飞花令

诗库

王立宏 编

暨南大学出版社
JINAN UNIVERSITY PRESS

中国·广州

图书在版编目（CIP）数据

飞花令. 诗库/王立宏编. —广州：暨南大学出版社，2024.4
ISBN 978 - 7 - 5668 - 2768 - 5

Ⅰ.①飞… Ⅱ.①王… Ⅲ.①古典诗歌—诗集—中国 Ⅳ.①I222

中国国家版本馆 CIP 数据核字（2023）第 139334 号

飞花令·诗库
FEIHUALING SHIKU

编 者：王立宏

· · · · · · · · · · · · · · · · · · · · · · · · · · · · · · · · · · · · · · · · · · · · · · · · · · · · · · · · · · · · · ·

出 版 人：阳 翼
项目统筹：杜小陆
责任编辑：黄 球
责任校对：刘舜怡
责任印制：周一丹 郑玉婷

出版发行：暨南大学出版社（511434）
电 话：总编室（8620）31105261
营销部（8620）37331682 37331689
传 真：（8620）31105289（办公室） 37331684（营销部）
网 址：http://www.jnupress.com
排 版：广州良弓广告有限公司
印 刷：深圳市新联美术印刷有限公司
开 本：850mm×1168mm 1/32
印 张：11.75
字 数：340 千
版 次：2024 年 4 月第 1 版
印 次：2024 年 4 月第 1 次
定 价：68.00 元

# 目录

飞花令

# 编写说明

古诗词是践行赏能教育研究的常用工具。

教学中善用古诗词，不只是为了引导学员提升文学修养，借古诗词之力，我们还提升了诸多老师、孩子及不少家庭的境界与认知。赏能教育研究者更在左右采获中如品香茗，受益良多。

写诗与背诗及飞花令游戏都是我们为提升孩子们持久学习诗词的热情而采取的常用方法，孩子们不仅课上课下面对面乐玩飞花令并彼此赋诗相赠，每周三晚上还在微信群里自发组织线上飞花令，已坚持多年。大人和孩子都习惯了这种有趣且高效的提升方式，经久弥新，乐此不疲。

教育研究实践中，赏能一直希望有一种容量足且适用性强的飞花令类书籍来满足大家的学习热情，也希望有青少年诗作合集供大家学习参考，但历经多年的搜寻与等待，面对各种不尽如人意的书籍和资料，我们最终决定，在赏能十余年的实践和积累基础上，自己编写适用的工具书，为诗词爱好者提供一组坚实的抓手。

本套书虽新面世，但笔者对通过诗词学习提升自身素质的思考和应用却已持续多年，这些思考和实践也体现在这套书的编写过程中，简单归纳如下：

## 一、概述

（1）这是一套为教、学、诵、写诗而编的诗词合集。书中大多内容赏能已实践应用了十余年。在这些诗词的"驱动"下，绝大多数赏能孩子及相关家长都背诵了大量名篇，且都学会了轻松写作现代诗和古诗。

（2）本套书飞花令部分由相互依存的诗库和令句两部分组成，

具备中学文化即可熟练使用。

（3）飞花令部分不只为飞花令游戏提供工具，更为学诗、赏诗、诵诗、写诗提供便利。故而诗库以五绝、五律、七绝、七律、古风分类，令字选择以文人抒发情怀、表达情感的用字习惯为标准，"东""西""前""后"之类四千余表示方向和位置的令句本已列出，因其在情感表达中不占主位，故而付梓前舍去。

（4）诗库部分收录诗文三千余首（篇），令句部分归纳提炼了六大类 96 个令字，共两万余个单字，分布于一万五千余诗句中。为方便查阅，同一大类中的诗词基本按诗词名称的音序排列。

（5）为方便读者对比了解和学习古人诗作全貌并予师法，诗库特选了 269 个诗组。相关联诗文编入同一诗组（如 3208《解嘲三首·其三》随《其一》归在七绝类），最大诗组是李白的《古风五十九首》（5012）。

（6）诗库的注释不以诗词理解为主要目的，只为读者认识生僻字及易读错字在诗词中的读音提供方便，故而会对出现在不同诗文中易读错的同一个字重复出注。

（7）诗句中所涉令字已单独标出，同一大类中涉及多个单字的重复诗句已合并。

（8）为方便读者对照参考孩子们的学诗效果，赏能小作家①诗集《人间纯真》同期出版。


二、 选编思路

中国诗词博大精深且浩如烟海，此观点早已有之，但编辑这套书时我受到的震撼远胜以前。

（1）自懵懂少年入学读书至今，我很少中断每日阅读，也很少中断读诗、赏诗、背诗，案头常备《十八家诗钞》《词综》《宋十大名家词》等合集及苏轼词、纳兰词、韩偓诗、林逋诗集、《剑南诗稿》、《李商隐集》等翻阅。对我而言，每部文集都是巍巍高山，但

---

① 接受赏能教育法训练的青少年一般被称为赏能小作家。

在编辑本套书之初选择诗文时，我才意识到这一座座"巍巍高山"在中国诗词的"山系"里都仿佛芥子般存在，故而选诗之初无从着手。后来，在多次翻阅不同诗集的纠结中，逐步形成了以飞花令游戏形式承载青少年学诗和写诗的兴趣提升为目的、以笔者直观感受为辅的诗文选择思路。

诗库的选择重点放在赏能小作家飞花令游戏中常用诗词的出处、学生作文中常引用诗词名句的原始出处、知名人士的诗作、著名诗人的组诗等处。选诗时兼顾了诗人在面上的分布。

在已选诗文中确定令句和令字时重点考虑了青少年诗词写作中的常用字，如"春""秋""雨""雪""琴""箫""哀""愁"等。与诗词写作关系不够密切的飞花令热词未列入选择重点。如"东""西""上""下"类方位词在游戏中也常作令字，但在写诗表达情感时不重要，故而舍去了。

（2）诗库选入了包括李白、杜甫、白居易、李贺、岑参、陶渊明、苏轼、陆游等269个诗组，是为了让青少年了解知名诗人的作品也并非篇篇优秀。文豪的佳作之所以比比皆是，除了读书宽泛、阅历丰富、思维灵动，更因为他们都很勤奋，善抓转瞬即逝的才思妙想，时时写，事事写，随着写作能力不断提升，传世名篇自然大量涌现。通过细读李白《古风五十九首》、李贺《南园十三首》和《马诗二十三首》、陆游《梅花绝句二十首》、杜甫《秦州杂诗二十首》以及郑板桥多首"题画诗"等，能发现有的篇章文字立意并不高远。语文课本上一直有诗词出现，很多学生不知道有的诗文出自诗组，而同组其他篇章也做不到字字珠玉隽永，"名诗人有大量普通作品"的认识对增强青少年的写诗信心和兴趣大有促进作用。

选自诗组的课本诗词举例如下：

王昌龄《从军行·青海长云暗雪山》——出自《从军行七首》（3069）

贺知章《回乡偶书·少小离家老大回》——出自《回乡偶书二首》（3187）

杜甫《江畔独步寻花·黄四娘家花满蹊》——出自《江畔独步寻花七绝句》（3203）

王之涣《凉州词·黄河远上白云间》——出自《凉州词二首》（3238）

赵翼《论诗·李杜诗篇万口传》——出自《论诗五首》（3253）

李白《秋浦歌·白发三千丈》——出自《秋浦歌十七首》（2465）

青少年对常引用的名句的原始出处颇有兴趣，这也是诗库选材的渠道，举例如下：

不经一番寒彻骨，怎得梅花扑鼻香。——出自黄檗禅师《上堂开示颂》（3326）

苟利国家生死以，岂因祸福避趋之？——出自林则徐《赴戍登程口占示家人二首》（4140）

为人性僻耽佳句，语不惊人死不休。——出自杜甫《江上值水如海势聊短述》（4205）

小楼一夜听春雨，深巷明朝卖杏花。——出自陆游《临安春雨初霁》（4224）

苦恨年年压金线，为他人作嫁衣裳。——出自秦韬玉《贫女》（4243）

诚知此恨人人有，贫贱夫妻百事哀。——出自元稹《遣悲怀三首》（4263）

横眉冷对千夫指，俯首甘为孺子牛。——出自鲁迅《自嘲》（4444）

（3）诗言志。或愤激，或闲适，或得意，或落寞，因情而作，有感而发，古今一理。执笔成文只为记录生活或表达观点，吟诗作赋也只是对此时、此地、此情、此景的文字记录。只要情真意切、有兴趣、不做作、不刻意，真情流露、言之有物，人人都是文章家，个个都是诗人。初学写诗认识到这一点很有必要。本诗库虽只是诗词汪洋里微小一滴，也能就此举例如下：

## ◆ 人生回顾

胜负两蜗角，荣枯一蚁窠。人情苦翻覆，吾意久蹉跎。——陆游《吴歌》（2730）

人皆养子望聪明，我被聪明误一生。惟愿孩儿愚且鲁，无灾无难到公卿。——苏轼《洗儿》（3434）

少年妄意慕功名，老眼看来一发轻。……要识放翁新得意，蓼花多处钓舟横。——陆游《功名》（4144）

## ◆ 生活艰辛

老妻画纸为棋局，稚子敲针作钓钩。但有故人供禄米，微躯此外更何求？——杜甫《江村》（4204）

有山皆种麦，有水皆种粳。牛领疮见骨，叱叱犹夜耕。……还家欲具说，恐伤父母情。老人俄得食，妻子鸿毛轻。——陆游《农家叹》（5034）

## ◆ 关心国是

春愁难遣强看山，往事惊心泪欲潸。四百万人同一哭，去年今日割台湾。——丘逢甲《春愁》（3043）

三万里河东入海，五千仞岳上摩天。遗民泪尽胡尘里，南望王师又一年。——陆游《秋夜将晓出篱门迎凉有感二首》（3297）

## ◆ 万丈豪情

黄金错刀白玉装，夜穿窗扉出光芒。……千年史册耻无名，一片丹心报天子。……楚虽三户能亡秦，岂有堂堂中国空无人！——陆游《金错刀行》（5023）

男儿何不带吴钩，收取关山五十州。请君暂上凌烟阁，若个书生万户侯？——李贺《南园十三首》（3272）

军歌应唱大刀环，誓灭胡奴出玉关。只解沙场为国死，何须马革裹尸还。——徐锡麟《出塞》（3025）

## ◆ 世情岁月

衙斋卧听萧萧竹，疑是民间疾苦声。些小吾曹州县吏，一枝一叶总关情。——郑燮《潍县署中画竹呈年伯包大中丞括》（3413）

嘴尖肚大耳偏高，才免饥寒便自豪。量小不堪容大物，两三寸

水起波涛。——郑燮《茶壶诗》(3019)

半生落魄已成翁，独立书斋啸晚风。笔底明珠无处卖，闲抛闲掷野藤中。——徐渭《题葡萄图》(3382)

### ◆关爱劝善

莫因酒病疏桃李，且把春愁付管弦。……及身强健且行乐，一笑端须直万钱。——黄庭坚《寄怀公寿》(4190)

谁道群生性命微？一般骨肉一般皮。劝君莫打枝头鸟，子在巢中望母归。——白居易《鸟》(3273)

### ◆觉悟禅理

四十年来画竹枝，日间挥写夜间思。冗繁削尽留清瘦，画到生时是熟时。——郑燮《题画竹六首》(3375)

行愁驿路问来人，西去经过愿一闻。落日回鞭相指点，前程从此是青云。——雍陶《路中问程知欲达青云驿》(3252)

昨夜江边春水生，艨艟巨舰一毛轻。向来枉费推移力，此日中流自在行。——朱熹《观书有感二首》(3117)

### ◆闲适惬意

莫笑蓬门雀可罗，老农正要养天和。穿林袅袅孙登啸，叩角呜呜宁戚歌。睡美到明三展转，饭甘捧腹一摩挲。床头更听糟床注，造物私吾亦已多。——陆游《蓬门》(4242)

书卷多情似故人，晨昏忧乐每相亲。眼前直下三千字，胸次全无一点尘。——于谦《观书》(4148)

### ◆性情吟讽

（其一）宦海归来两鬓星，故人怜我未凋零。（其二）宦海归来两鬓星，春风高卧竹西亭。（其三）宦海归来两鬓霜，更无心绪问银黄。（其四）宦海归来两袖空，逢人卖竹画清风。——郑燮《宦海归来诗四首》(3185)

三人成虎事多有，众口铄金君自宽。——黄庭坚《劝交代张和父酒》(4280)

### ◆随意记录

失学从儿懒，长贫任妇愁。百年浑得醉，一月不梳头。——杜甫

《屏迹三首》（2442）

永日不可暮，炎蒸毒我肠。安得万里风，飘飘吹我裳。——杜甫《夏夜叹》（1164）

懒摇白羽扇，裸袒青林中。脱巾挂石壁，露顶洒松风。——李白《夏日山中》（1163）

松风溜溜作春寒，伴我饥肠响夜阑。牛粪火中烧芋子，山人更吃懒残残。——苏轼《除夕访子野食烧芋戏作》（3037）

## 三、诗文背诵

笔者专职研究赏能教育始于 2010 年。一则因个人对诗词的偏好，再则深知中华文化之宏博，深信厚重的文学修养对人生影响甚大。因此，古典文化成了我常用的教育教学工具。

赏能教育法研究伊始，我把诗词接龙、对对子、背诵比赛、绝句和律诗写作、连句对诗等多种形式的游戏引入教学中，飞花令更是孩子们乐而不疲的常用游戏，这些游戏激发了孩子们强烈而持续的学习热情。为进一步激励他们，我先后选编了孩子们原创的 300 万字的作品，辑成了二十余种长篇写作教材和四种诗词教材。诗词教材里除了孩子们的原创作品，还收录了古人的几百首诗作及散文名篇，赏能学员对这些教材很是喜爱。在暨南大学出版社副社长杜小陆先生的支持下，我以赏能使用多年的诗词教材为基础，于 2018 年出版了《诗词美文伴赏能》，本书收录了从骆宾王《咏鹅》、李白《静夜思》到《长恨歌》《滕王阁序》《少年中国说》在内的 222 个中国历代名篇。最初整理这些名篇成书，主要是因我的爱好和习惯，从未想过孩子们能背诵《与博昌父老书》《阿房宫赋》《谏逐客书》之类虽优美但相对佶屈聱牙的文章，出乎意料的是，截至 2022 年底，已有三十余位孩子把《诗词美文伴赏能》全书两百多篇文章都背会了。还不止于此：一位读五年级的小学生背完《诗词美文伴赏能》后，又全文背诵了《红楼梦》中的所有诗词，接着又背完了《诗经》和《楚辞》全篇。一位读四年级的小学生背完《诗词美文伴赏能》全书后，又背了《西游记》和《红楼梦》中全部诗词及赞颂、描写、评论类章节，对《红楼梦》产生了浓厚兴趣，后来连续读完了清朝文人的十余种《红楼梦》续书，当前正在按自己意愿续写《红楼梦》。另一位四年级小学生背完《诗词美文伴赏能》后，又背完了《宋词三百首》，当前正持续背诵唐代赵蕤的《长短经》，他自信全文背诵了《长短经》后要成为"古往今来全球第一人"。为与其竞争，另一五年级的女生计划在他之前要背完刘勰的《文心雕龙》全篇。截至 2023 年暑假末，这两位小学生都已背完了不少篇章。赏能孩子中还有背完《孙子兵法》后接着背《六韬》的，有背《古文观止》的，全文背诵传统"四书"者更是大有人在。这些大量背诵的孩子不仅考试成绩出类拔萃，且个个自信开朗，对课本学习和课外探索充满热情，在"兴趣—优秀—自信—兴趣"螺旋式进步的良性循环作用下，这些能大量背诵的孩子终将成为同龄人中的佼佼者。

心理学研究及赏能教育研究实践表明，影响人生学习结果的最主要的四个基础阶段为：①出生后一至四个月；②两岁前后；①③三四岁时；④九至十三岁。不是其他年龄段不重要，而是这几个阶段更特别。

第一阶段学知识最快。婴儿通过自我感知，无师自通地掌握了不少知识，这些知识协助孩子形成了自己初步的个人偏好与习惯。②到第二阶段，孩子大脑中诸多神经元细胞彼此连接后形成了数以百计的神经突触，大约一半的那些未连接的神经元细胞在生命早期就此被淘汰。按"用进废退"原则，已形成的神经突触若未受到适当刺激也会退化，而保留下来的神经突触则决定一个人此生的聪明程度、思维方向和性格偏好。③ 第三阶段是孩子在成长环境中养成探

---

① 约翰·安德森. 认知心理学及其启示［M］. 7 版. 秦裕林，等译. 北京：人民邮电出版社，2012：427.

② SHAFFER D R & KIPP K. 发展心理学：儿童与青少年：第八版［M］. 邹泓，等译. 北京：中国轻工业出版社，2009：157 - 169.

③ SHAFFER D R & KIPP K. 发展心理学：儿童与青少年：第八版［M］. 邹泓，等译. 北京：中国轻工业出版社，2009：187.

索新领域新事物的习惯的时段，此时养成的习惯基本决定其终生对待学习的态度与模式，也大致决定上学后的成绩优劣。① 第四阶段，虽然逻辑思维能力还很弱，但记忆力却达到了人生顶峰。十三岁以后的岁月，记忆能力基本上只能保持或逐步减退。②

这四个阶段是心理和生理发育的"分水岭"阶段。

若把人一生的思维过程与个人电脑的工作过程类比，在第一阶段，孩子的大脑接收大量外界信息，犹如电脑对 CPU（中央处理器）等内核芯片的基础设计及植入初始代码。芯片设计合理、代码简洁高效、逻辑清晰、优美流畅，则后期运行大量繁杂程序时才会路路通畅游刃有余。在第二阶段能保存下来多少"优质的"神经突触，犹如组装个人电脑时在主板上插入了多少个大容量的内存条。内存越大，电脑运行越顺畅。对大脑的运作机制及思维过程而言，神经突触即其硬件设备。在第三阶段能否养成良好的探索与思维习惯，相当于新电脑是否具备良好的自主学习能力。没有自主学习能力的电脑只能处理程序既定的具体问题，而具备学习能力的电脑会根据环境的改变不断实现自我升级，能根据不同条件调整工作方向与学习方式。2017 年多次战胜人类围棋冠军的机器人阿尔法狗（AlphaGo）即是此类电脑的代表。第四阶段是记忆力的顶峰，本阶段的孩子喜背、善背，常炫耀其背诵成果。与十三岁后熟背的内容过时易忘不同，此时段的背诵结果往往终生铭记。大多成年人回顾记忆中尚存的可背文章并对照背诵这些篇章时的年龄段即能自证本结论。按照孩子的天性，顺其自然地通过游戏、类比、兴趣等联想式记忆的效果远大于很多老师和家长认知中的通用记忆模式。身处本阶段的青少年有极大的背诵热情，但理解力较弱，理解力是随年龄与学习积累而不断提升的。从这一角度出发，本阶段更有价值的学习方式即为不求甚解地大量背诵，这对以后的各类升级考试、高

---

① 王立宏. 赏能：青少年核心素养养成的理论与方法 ［M］. 广州：暨南大学出版社，2018：136–138.

② 张光鉴，等. 科学教育与相似论 ［M］. 南京：江苏科学技术出版社，2000：297.

素养养成、思维效率提升等，都有事半功倍之效。

赏能教育法在尊重孩子个体差异的前提下，区别不同心智阶段，脚踏实地地引导孩子对各类探索学习产生浓厚兴趣。本套《飞花令》的"施教"年龄段大致集中在三至十六岁，此即我们"重背诵轻理解"的缘由。赏能教育多年实践也验证了本年龄段"重背诵轻理解"对青少年卓越成长的促进作用。张光鉴[①]教授在《科学教育与相似论》一书中对不同年龄段的背诵与理解做了更具体的阐述："一个人的记忆力发展以零岁为起点，一至三岁这一段就会有非常显著的提高，三至六岁这段时间的进展则更为迅速，六至十三岁是人一生中记忆力发展的黄金时段。大概在十三岁前后，人的记忆力可达到顶点。而以后的岁月，往往只能保持在这一点上。二十岁后，常常还会因为种种干扰而造成记忆力减退。一个人一旦错过了十三岁以前发展记忆力的黄金时段，不能形成足够的知识的、情感的、经验的丰富积累，那将会给他的一生留下无法弥补的遗憾。至于理解力的发展，它虽同样从零岁开始，但在一至十三岁这段时间内，理解力的发展只是一个相对缓慢上升的阶段。大约在十三岁以后，才有可能取得长足进步。一般的人大概在十八岁以后才有可能趋于成熟。但人的一生，常可因为生活经验的积累和思考的磨炼而使理解力一直有所进步。如果硬要求十二岁以前的孩子进行严密的逻辑思维，往往会超出他们的可能而事倍功半。由此可见，记忆积累的效果是与年龄段有着极为密切的关系的。重视记忆积累，就是要在人的大脑和心理发育、成长的关键期，充分利用记忆的优势……尽可能多地记下那些该记而且是能够记住的好东西。这才是实事求是的态度，这才是符合、顺应人的发展规律。"[②]

"实践证明，二三年级的小学生只要经过半年或一年的练习，人人都能轻松背诵出几十首（篇）他们现在并不完全理解的古代诗

---

① 张光鉴：我国思维科学学科带头人，中国思维科学学会筹备组组长，"相似论"的创立者，国家有突出贡献的科学家，五一劳动奖章获得者，全国劳动模范，第六、七、八届全国人大代表，曾任著名科学家钱学森教授多年的助手。

② 张光鉴，等. 科学教育与相似论［M］. 南京：江苏科学技术出版社，2000：297.

文，多的竟能背诵三百首（篇）以上。无数先贤大师的成功经验告诉我们：一个记忆力很强的人，他的理解力必然会相对高些，想象力也必然丰富些。而那些因为背诵量不足、底气不足，只是能说会道、表面上聪明伶俐的'仲永'们，往往只是昙花一现式的人物。所以，在人记忆的黄金时段，很要紧的一条就是要注重积累……将来理解能力发展到了一定程度时，许多原来理解不深的东西自然能做到无师自通。"①

赏能教育十余年的研究实践充分验证了以上观点。在此认知基础上，我们日常教学中的飞花令并不是纯粹以游戏娱乐来放松精神，而是道法自然、实事求是、因时制宜地对青少年卓越成长进行有效的教育引导的过程，所谓"赏能孩子多天才"的原因也在于此。

### 四、 兴趣写作

赏能教育的实验对象被大家习惯性称为赏能小作家，皆因这些孩子几乎人人都能独立完成单篇数万字乃至数十万字的文学作品。十余年中，我们已收集了近千万字有出版价值的优秀作品。

2014年，广东人民出版社出版了赏能小作家首部作品《我是"裸跑弟"》，作者为时年六岁的"裸跑弟"何宜德。"裸跑弟"一直是网络红人，他六岁小学毕业，十二岁通过自学取得大学本科学历，十三岁收到菲律宾圣保罗大学博士录取通知书，十五岁获英国剑桥大学博士后入站通知书。其十万字的《我是"裸跑弟"》为日记体自传，完成于四到五岁阶段。赏能小作家真正意义上的长篇作品于2018年由暨南大学出版社出版，为26万字的科幻小说《天使历险记》，作者王珮璐也因此在十七岁读高中时便成为南京市江宁区作家协会年龄最小的会员。王珮璐在赏能学习期间完成了40余万字的《天使历险记》系列作品，正式出版的内容实为其《天使历险记》第四部。孩子们这种"超常"写作能力不是赏能老师教出来

---

① 张光鉴，等. 科学教育与相似论 [M]. 南京：江苏科学技术出版社，2000：298.

的，赏能教育研究者十余年实践证明，这种"超能力"实则是每个青少年的本能。善学习、爱炫耀、喜表达是孩子的天性，写作和背诵是孩子常用的多种炫耀表达方式中的两种，赏能老师仅是协助孩子把他们乐于炫耀的这种能力引导出来并顺水推舟，使之发扬显露，如此而已。

依青少年的心性特点，已具备如此厉害的写作能力，如此丰富的诗词及文言积累，仿写古诗词成为必然，尝试文言写作者也不鲜见。填词作赋可"生产"更高级炫耀内容，因势利导下，老师略作指引，孩子们兴趣盎然。押韵、对仗、平仄、格律这类平日甚觉枯燥的内容此时亦显有趣。经由写诗，必引发第二轮学习古诗文的热情。第二轮热情与首轮不同，首轮大多是泛热情，为诗而诗，本轮热情则带有明显的对比性、目的性、倾向性，很多人有了较明确的自己喜爱的诗人和作品。一批批学员来了走了，走了来了，周而复始，一轮轮热情此起彼伏重重映衬，形成了赏能学员主动热情持续探索的浓厚的诗词氛围。

赏能教育重在引导与激发，老师的教学方式与教学内容既随性又有目的性，通常以上课老师当前的学习内容和认知领悟为导入点。因为老师对刚读完的书、刚看完的剧、刚经历的人和事的认知更直观、感情更热烈，故而以之"施教"更易于做到水乳交融。赏能研究者一直在不间断读书、观察和思考，所以赏能课堂能做到十余年生机勃勃无暮气、推陈出新有创意。与之同理，赏能"诗歌教学法"也是老师在某阶段对诗歌产生了强烈感觉时对自己"诗意情感"的自然流露与宣泄。不同老师在不同时间段的教学引导方式各有千秋，但教学效果殊途同归，人人都能在愉快中成为高产"诗人"。

下面以笔者前一阶段的诗歌教学为例，简要介绍赏能引导学员"成为诗人"的过程，希望对初学诗歌写作者有点参考意义。

1. 自由诗写作

（1）预热阶段按孩子们的理解程度先后赏析了以下范文，除"诗意"本身，每篇范文各有写作手法上不同的学习侧重，简介如下：

《回延安》（贺敬之）——两句一韵的写法

《死水》（闻一多）——韵律和以美写丑及寓意翻转

《一切》（北岛）——同义罗列层层推进

《这也是一切》（舒婷）——换视角看问题

《假如你不够快乐》（汪国真）——平淡中的强烈情感表达

《断章》（卞之琳）——放大视角看世界

《乡愁》（余光中）——按序分层递进抒情

《感觉》《一代人》（顾城）——意境与反衬

《莲的心事》《一棵开花的树》（席慕蓉）——借物抒怀

因为每首诗都"诞生"于特定的自然及社会环境中，所以诗文本身、诗人创作的缘由和过程、作者的成长经历和社会大背景等，都是课堂拓展的内容。全面拓展的意义在于引导学员写自己的思想、写自己的诗。

（2）面对家长群体时，常有文学专业人士在座，我会邀请相关学者参与，以加深大家对诗歌的印象。面对孩子群体时，则略过诗文本身以外的、不利于相关年龄段孩子成长的内容（比如某些诗人不够积极的人生经历等）。赏能"教写诗"的目的并非纯粹为了写诗，而是为了增强孩子的写作兴趣，写诗的过程亦为卓越成长锦上添花。

（3）协助学员消散了步入诗歌之途的迷雾，带着伙伴们陶醉于诗歌之简单和美妙的时候，我会适当引导大家以所思所想所见所闻写出几首"诗"，并鼓励有勇气者当众朗诵。初学者往往因自己创作的"歪诗"而不好意思或当堂大笑，此刻，巧妙适时地在网上搜索几首所谓"屎尿体""梨花体""羊羔体""乌青体""平安体"类"名篇"予以衬托，很多人就会在哄笑中意识到自己的"歪诗"好像没有想象的那么"歪"，感觉写诗也没那么难，于是瞬间自信。

（4）有了写诗的兴趣，突破了"诗人才能写诗"的认知壁垒，愿意随时随地以简洁的文字大胆表达情感并记录生活，写出佳作是迟早的事。

2. 格律诗写作

格律诗以绝句和律诗为主，规则比较多，赏能课堂上只要求基本的押韵和对偶。

（1）押韵。从分析众所周知的绝句和律诗开始（如李绅《悯农》、李白《静夜思》、白居易《赋得古原草送别》、毛泽东《七律·长征》等），面对白板上学员随意写下的一两首诗，就地取材，从汉语拼音的声母和韵母讲起，到何谓押韵，再到绝句的一二四句、律诗的一二四六八句押韵（为了方便理解，要求初学者首句统一押韵）。其他更专业的要求，如押韵时的避忌问题（重韵、复韵、撞韵）等，是否作为"学诗"课堂上的要求，根据学员现场掌握的情况而定。

尽管不少孩子能背诵《笠翁对韵》等相关内容，但平仄问题比较复杂，一般只做简介，有个概念即可。同时，为把平仄问题和日常生活结合以加深印象，我简介了春节期间如何区分对联的上下联，大人和孩子都对此兴趣颇高。

区分上下联涉及的因素比较多，比如按因果分，因为上，果为下；按时间分，前为上，后为下；按用语习惯分，轻薄者为上，厚重者为下，如"风雨"为上，"福寿"为下；按空间分，小者为上，大者为下，如"家"为上，"国"为下。但总的来说，一般应按上下联最后一个字的平仄声调做区分，上联最后一个字为仄声（可对照汉语拼音的三四声），下联最后一个字为平声（可对照汉语拼音的一二声）。

上联：金鸡报晓青山秀（xiù 第四声，仄声，"青山"小）
下联：紫燕凌空旭日升（shēng 第一声，平声，"旭日"大）

上联：千秋伟业添锦绣（xiù 第四声，仄声，"千"小）
下联：万里鹏程展宏图（tú 第二声，平声，"万"大）

（2）对偶。介绍对偶中的词性和语句节奏时，我常用小故事予以说明。比如，今年五月给家长"教诗"时，我用了以下两个小故事：

石姓老师好养画眉鸟。他待人刻薄，学生畏之如虎。一日，石老师留作业后外出饮酒，顽童抓出笼中画眉戏弄，失手玩死小鸟。惧而丢至砖垛后，假作没事人。石老师查知后很生气，出上联"细羽家禽砖后死"，学生若对不出，即受重罚。肇事者惶恐硬对：

细（粗），羽（毛），家禽（野兽），砖（石），后（先），死（生）

石老师被称作"粗毛野兽石先生"，虽怒目却张口结舌，落不下高高举起的戒尺，因为学生按规则对对子，并无差错。

一学生身患癣疥瘙痒难忍，课堂上动来动去不得安宁，老师戏而出联：

抓抓痒痒，痒痒抓抓，不抓不痒，不痒不抓，越抓越痒，越痒越抓。

学生虽满身难受，才思却敏捷，随口出对曰：

生生死死，死死生生，不生不死，不死不生，先生先死，先死先生。

借用此类妙趣横生老少咸宜的无情对[①]，通过对小故事的分析和发挥，学员基本上都能掌握对偶的特点和要领，为古风写作奠定必要基础。本阶段"对偶教学"中我先后用过以下无情对及其背后的小故事：

---

① 无情对：本是晚清士大夫中兴起的一种文字游戏，后来演变为文人墨客喜爱的一种对联格式。它的特征是要求字面对仗愈工整愈好，上下联的内容隔得越远越好，绝不相干，使人产生奇谲难料回味不尽的妙趣。

珍妃苹果脸　瑞士葡萄牙
庭前花始放　阁下李先生
三星白兰地　五月黄梅天
黔河乌江皆黑水　素园雪山齐白石
树已千寻休纵斧　果然一点不相干
公门桃李争荣日　法国荷兰比利时

（3）断句与节奏。介绍诗句节奏，我通常会继续借用讲押韵时的例诗，经直观诵读和划分，理解起来比较容易。

总而言之，赏能"诗作课堂"上虽然出现了很多优秀作品，但赏能教诗和学诗的目的并非"为诗而诗"。作文为记事，写诗当言志。当今生活节奏快、诱惑多、压力大，普通人以长文记录生活几近奢侈，但作诗却有优势，短短几句话，寥寥数十字，在朋友圈或相关空间里随写随发并非难事。《人间纯真》即为赏能小作家空闲时有感而发的信手之作，只因是无压力的自然流露，兴之所至，提笔涂鸦，虽少了匠气，却透着灵气。其实，只要愿意写，常常写，佳作总会出现，积累到一定程度，自会产生兴趣去了解更多关于写诗的规则戒律，作品自会越来越规范。写作的本意是记录自己，非为取悦他人，只要愿意多写，只要言之有物，不遵守清规戒律又何妨？

在赏能学员、家长、各界朋友及出版社的关心下，这套构思已久的《飞花令》即将面世，掩卷回想，那段畅游诗海的感觉仍历历在目难以忘怀。《飞花令》前期准备工作一年有余，诗篇选择与诗句分类提炼用时半年，订正校对历时半年，基本成型后出版社又打磨多时。世上鲜有一蹴而就的成果，前期投入精力越多，最终见到的果实越甜，此即成书之际我的感受。但中国诗词卷帙浩繁，灿若星辰的名篇佳作不计其数，而编者时间局促且学识有限，虽欲以本书承载青少年读、赏、背、写诗的热情和兴趣，我却有"豪情万丈高，小马拉大车"的自知之明，只要这套书对孩子们的成长有点用处，对诗词爱好者有些微作用，我就非常高兴了。

此外，虽有十余年课堂飞花令教学做基础，但编者只是诗词爱好者，在教育研究领域和诗词古文学领域，我都不是科班出身，只能算是在责任和兴趣驱使下低头拉车的黄牛。我能说我每一步都走得踏实和稳当，却不敢说每一步都走在笔直的大道上，我只是诚实地走在我能看见的路上。故此，这套书在选材、编排、提炼与文字等各方面的错讹之处必定不少，衷心希望专家学者和读者朋友批评指正，在此不胜感激。

王立宏

2023 年 9 月 10 日

壹·五绝

## 1001 八阵图 （唐·杜甫）
功盖三分国，名成八阵图。
江流石不转，遗恨失吞吴。

## 1002 巴女词 （唐·李白）
巴水急如箭，巴船去若飞。
十月三千里，郎行几岁归。

## 1003 罢相作 （唐·李适之）
避贤初罢相，乐圣且衔杯。
为问门前客，今朝几个来。

## 1004 白鹭鸶 （唐·李白）
白鹭下秋水，孤飞如坠霜。
心闲且未去，独立沙洲傍。

## 1005 白石滩 （唐·王维）
清浅白石滩，绿蒲向堪把。
家住水东西，浣纱明月下。

## 1006 班婕妤①三首
（唐·王维）
其一
玉窗萤影度，金殿人声绝。
秋夜守罗帷，孤灯耿不灭。
其二
宫殿生秋草，君王恩幸疏。
那堪闻凤吹，门外度金舆。

其三
怪来妆阁闭，朝下不相迎。
总向春园里，花间笑语声。

## 1007 北垞② （唐·王维）
北垞湖水北，杂树映朱阑。
逶迤③南川水，明灭青林端。

## 1008 北窗 （宋·陆游）
云开见山雪，院静闻松风。
吏去曲肱④卧，疑非尘世中。

## 1009 奔亡道中五首
（唐·李白）
其一
苏武天山上，田横海岛边。
万重关塞断，何日是归年？
其二
亭伯去安在？李陵降未归。
愁容变海色，短服改胡衣。

---

① 婕妤（jié yú）：古时皇宫里的女官
名，是妃嫔的称号。班婕妤特指西汉
成帝的妃子，古代著名才女，以辞赋
见长。
② 北垞（chá）：地名，在歆（qī）湖
北岸。
③ 逶迤（wēi yí）：蜿蜒曲折拐来拐去的
样子。
④ 肱（gōng）：胳膊上从肩到肘的部分，
也泛指胳膊。

其三
谈笑三军却，交游七贵疏。
仍留一只箭，未射鲁连书。
其四
函谷如玉关，几时可生还？
洛阳为易水，嵩岳是燕山。
俗变羌胡语，人多沙塞颜。
申包惟恸哭①，七日鬓毛斑。
其五
森森望湖水，青青芦叶齐。
归心落何处，日没大江西。
歇马傍春草，欲行远道迷。
谁忍子规鸟，连声向我啼。

## 1010 别东林寺僧（唐·李白）
东林送客处，月出白猿啼。
笑别庐山远，何烦过虎溪。

## 1011 别辋川别业（唐·王维）
依迟动车马，惆怅出松萝。
忍别青山去，其如绿水何。

## 1012 采菊（宋·陆游）
秋花莫插鬓，虽好亦凄凉。
采菊还挼却②，空余满袖香。

## 1013 蚕妇（宋·张俞）
昨日入城市，归来泪满巾。
遍身罗绮者，不是养蚕人。

## 1014 蝉（唐·虞世南）
垂緌③饮清露，流响出疏桐。
居高声自远，非是藉秋风。

## 1015 嘲桃（唐·李商隐）
无赖夭桃面，平明露井东。
春风为开了，却拟笑春风。

## 1016 池上（清·张光启）
倚杖池边立，西风荷柄斜。
眼明秋水外，又放一枝花。

## 1017 池上二绝（唐·白居易）
其一
山僧对棋坐，局上竹阴清。
映竹无人见，时闻下子声。
其二
小娃撑小艇，偷采白莲回。
不解藏踪迹，浮萍一道开。

## 1018 春寒（宋·陆游）
滔天来洚水④，震瓦战昆阳。
此敌犹能御，春寒不可当。

----

① 恸（tòng）哭：放声痛哭，号哭。
② 挼（ruó）却：来回揉搓。
③ 垂緌（ruí）：古人结在颔下的帽缨下
　垂部分。这里指蝉的头部伸出的触
　须，因两者相似，故借用。
④ 洚（jiàng）水：即洪水。

**1019 春日**（宋·陆游）
冷饼细生菜，老翁殊未衰。
仍寻旧旛胜①，一笑伴诸儿。

**1020 春晚**（宋·陆游）
窗户迎新燕，阶除巢乳鸦。
欲知春已暮，地上亦无花。

**1021 春晓**（唐·孟浩然）
春眠不觉晓，处处闻啼鸟。
夜来风雨声，花落知多少。

**1022 春夜**（唐·虞世南）
春苑月裴回，竹堂侵夜开。
惊鸟排林度，风花隔水来。

**1023 春怨**（唐·金昌绪）
打起黄莺儿，莫教枝上啼。
啼时惊妾梦，不得到辽西。

**1024 崔九弟欲往南山马上口号与别**（唐·王维）
城隅一分手，几日还相见。
山中有桂花，莫待花如霰②。

**1025 答陆澧**（唐·张九龄）
松叶堪为酒，春来酿几多。
不辞山路远，踏雪也相过。

**1026 答裴迪辋口遇雨忆终南山之作**（唐·王维）
森森寒流广，苍苍秋雨晦。
君问终南山，心知白云外。

**1027 答友人赠乌纱帽**（唐·李白）
领得乌纱帽，全胜白接篱③。
山人不照镜，稚子道相宜。

**1028 答赵氏生伉**（唐·韦应物）
暂与云林别，忽陪鸳鹭翔。
看山不得去，知尔独相望。

**1029 登鹳雀楼**（唐·王之涣）
白日依山尽，黄河入海流。
欲穷千里目，更上一层楼。

**1030 登乐游原**（唐·李商隐）
向晚意不适，驱车登古原。
夕阳无限好，只是近黄昏。

---

① 旛（fān）胜：旧时立春日的装饰物。多剪纸、绢、金银箔成小旗、人、燕、蝶等形状，挂在花下、贴在屏风上或戴在鬓发上。
② 霰（xiàn）：天空中降落的白色不透明的小冰粒，此处形容月光下春花晶莹洁白。
③ 白接篱（lí）：指白头巾，白帽。

## 1031 钓滩 (唐·李白)
磨尽石岭墨,浔阳钓赤鱼。
霭峰①尖似笔,堪画不堪书。

## 1032 独坐敬亭山二首
(唐·李白)
其一
合沓②牵数峰,奔地镇平楚。
中间最高顶,髣髴③接天语。
其二
众鸟高飞尽,孤云独去闲。
相看两不厌,只有敬亭山。

## 1033 读书 (宋·陆游)
力不扶微学,心犹守旧闻。
壁间科斗字,秦火岂能焚?

## 1034 杜陵绝句 (唐·李白)
南登杜陵上,北望五陵间。
秋水明落日,流光灭远山。

## 1035 渡汉江 (唐·宋之问)
岭外音书绝,经冬复历春。
近乡情更怯,不敢问来人。

## 1036 对雪献从兄虞城宰
(唐·李白)
昨夜梁园里,弟寒兄不知。
庭前看玉树,肠断忆连枝。

## 1037 对月 (宋·陆游)
远客厌征路,流年逢素秋。
不知今夜月,还照几人愁?

## 1038 泛瑞安江风涛贴然
(宋·陆游)
俯仰两青空,舟行明镜中。
蓬莱定不远,正要一飙风④。

## 1039 汾上惊秋 (唐·苏颋⑤)
北风吹白云,万里渡河汾。
心绪逢摇落,秋声不可闻。

## 1040 风 (唐·李峤)
解落三秋叶,能开二月花。
过江千尺浪,入竹万竿斜。

## 1041 风云交作戏题
(宋·陆游)
霎脚如龙爪,空中挟雨来。
何关风伯事,欲到却吹回。

---

① 霭 (ǎi) 峰:山峰名,在安徽省黟 (yī) 县南。
② 合沓 (tà):重叠,纷至沓来。
③ 髣髴 (fǎng fú):约略、隐约、大约、类似的意思。
④ 飙 (fān) 风:疾风,暴风。
⑤ 苏颋 (tǐng):字廷硕,京兆武功 (今陕西省武功县) 人,唐朝宰相、政治家、文学家。

## 1042 逢侠者（唐·钱起）

燕赵悲歌士，相逢剧孟家。
寸心言不尽，前路日将斜。

## 1043 逢雪宿芙蓉山主人
（唐·刘长卿）

日暮苍山远，天寒白屋贫。
柴门闻犬吠，风雪夜归人。

## 1044 赋得白鹭鸶送宋少府
入三峡（唐·李白）

白鹭拳一足，月明秋水寒。
人惊远飞去，直向使君滩。

## 1045 宫槐陌（唐·王维）

仄径荫宫槐，幽阴多绿苔。
应门但迎扫，畏有山僧来。

## 1046 宫中题（唐·李昂）

辇路生秋草，上林花满枝。
凭高何限意，无复侍臣知。

## 1047 古意（宋·陆游）

千金募战士，万里筑长城。
何时青冢①月，却照汉家营？

## 1048 观放白鹰二首
（唐·李白）

其一
八月边风高，胡鹰白锦毛。
孤飞一片雪，百里见秋毫。

其二
寒冬十二月，苍鹰八九毛。
寄言燕雀莫相啅，
自有云霄万里高。

## 1049 过村舍（宋·陆游）

碓②舍临山路，牛栏隔草烟。
问今何岁月，恐是结绳前。

## 1050 过当涂（宋·米芾）

鸥鹭依寒水，蒹葭静晚风。
烟光秋雨细，树色碧山重。

## 1051 何满子（唐·张祜）

故国三千里，深宫二十年。
一声何满子，双泪落君前。

## 1052 红牡丹（唐·王维）

绿艳闲且静，红衣浅复深。
花心愁欲断，春色岂知心。

## 1053 华子冈（唐·王维）

飞鸟去不穷，连山复秋色。
上下华子冈，惆怅情何极。

---

① 青冢（zhǒng）：冢指高大的陵墓，青冢本专指昭君墓，亦泛指坟墓或边疆地区。

② 碓（duì）：古人的舂米用具。

## 1054 浣纱石上女 (唐·李白)

玉面耶溪女，青娥红粉妆。

一双金齿屐①，两足白如霜。

## 1055 荒园 (唐·王建)

朝日满园霜，牛冲篱落坏。

扫掠黄叶中，时时一窠②薤③。

## 1056 皇甫岳云溪杂题五首 (唐·王维)

### 莲花坞

日日采莲去，洲长多暮归。

弄篙莫溅水，畏湿红莲衣。

### 鸬鹚堰

乍向红莲没，复出清蒲扬。

独立何褵褷④，衔鱼古查上。

### 鸟鸣涧

人闲桂花落，夜静春山空。

月出惊山鸟，时鸣春涧中。

### 萍池

春池深且广，会待轻舟回。

靡靡绿萍合，垂杨扫复开。

### 上平田

朝耕上平田，暮耕上平田。

借问问津者，宁知沮溺⑤贤？

## 1057 黄花 (清·乾隆)

黄花鞠本色，红紫今纷罗。

亦如隐者流，后世假藉多。

## 1058 黄蔷薇 (宋·许及之)

佳色光浮额，微香露著衣。

枝条还更好，花品世间稀。

## 1059 黄子陂 (唐·司空曙)

岸芳春色晓，水影夕阳微。

寂寂深烟里，渔舟夜不归。

## 1060 寄人 (唐·李群玉)

寄语双莲子，须知用意深。

莫嫌一点苦，便拟弃莲心。

## 1061 见京兆韦参军量移东阳二首 (唐·李白)

其一

潮水还归海，流人却到吴。

相逢问愁苦，泪尽日南珠。

其二

闻说金华渡，东连五百滩。

全胜若耶好，莫道此行难。

猿啸千溪合，松风五月寒。

他年一携手，摇艇入新安。

---

① 屐（jī）：木头做的简易鞋，也泛指鞋。

② 窠（kē）：鸟兽昆虫的窝。

③ 薤（xiè）：多年生草本植物，地下有鳞茎叫作薤（jiào）头，可作蔬菜。

④ 褵褷（lí shī）：指羽毛初生时濡湿黏合、离披散乱的样子。

⑤ 沮溺（jǔ nì）：指春秋时长沮和桀（jié）溺两位隐士。亦泛指隐士。

## 1062 剑客（唐·贾岛）

十年磨一剑，霜刃未曾试。
今日把示君，谁有不平事。

## 1063 江晴（清·郑燮①）

雾裹山疑失，雷鸣雨未休。
夕阳开一半，吐出望江楼。

## 1064 江上渔者（宋·范仲淹）

江上往来人，但爱鲈鱼美。
君看一叶舟，出没风波里。

## 1065 江亭夜月送别二首
（唐·王勃）

其一
江送巴南水，山横塞北云。
津亭秋月夜，谁见泣离群？
其二
乱烟笼碧砌，飞月向南端。
寂寞离亭掩，江山此夜寒。

## 1066 江夏送倩公归汉东
（唐·李白）

彼美汉东国，川藏明月辉。
宁知丧乱后，更有一珠归。

## 1067 江行无题（唐·钱珝②）

咫尺③愁风雨，匡庐不可登。
只疑云雾窟，犹有六朝僧。

## 1068 江雪（唐·柳宗元）

千山鸟飞绝，万径人踪灭。
孤舟蓑笠翁，独钓寒江雪。

## 1069 椒园（唐·王维）

桂尊迎帝子，杜若赠佳人。
椒浆奠瑶席，欲下云中君。

## 1070 斤竹岭（唐·王维）

檀栾④映空曲，青翠漾涟漪。
暗入商山路，樵人不可知。

## 1071 静夜思（唐·李白）

床前明月光，疑是地上霜。
举头望明月，低头思故乡。

## 1072 九日龙山饮（唐·李白）

九日龙山饮，黄花笑逐臣。
醉看风落帽，舞爱月留人。

---

① 郑燮（xiè）：即郑板桥（1693—1766
年），江苏兴化人，清代书画家、文
学家，时称诗书画"三绝"。
② 钱珝（xǔ）：晚唐诗人。字瑞文，善
文辞。
③ 咫（zhǐ）尺：形容距离很近。
④ 檀栾（tán luán）：指秀丽美貌，诗文
中多用以形容竹。

## 1073 九月十日即事
（唐·李白）

昨日登高罢，今朝更举觞①。
菊花何太苦，遭此两重阳。

## 1074 绝句二首（唐·杜甫）
其一

迟日江山丽，春风花草香。
泥融飞燕子，沙暖睡鸳鸯。

其二

江碧鸟逾白，山青花欲燃。
今春看又过，何日是归年？

## 1075 口号（唐·李白）

食出野田美，酒临远水倾。
东流若未尽，应见别离情。

## 1076 哭孟浩然（唐·王维）

故人不可见，汉水日东流。
借问襄阳老，江山空蔡州。

## 1077 劳劳亭（唐·李白）

天下伤心处，劳劳送客亭。
春风知别苦，不遣柳条青。

## 1078 离骚（唐·陆龟蒙）

天问复招魂，无因彻帝阍。
岂知千丽句，不敌一谗言。

## 1079 临高台送黎拾遗
（唐·王维）

相送临高台，川原杳②何极。
日暮飞鸟还，行人去不息。

## 1080 临湖亭（唐·王维）

轻舸③迎上客，悠悠湖上来。
当轩对尊酒，四面芙蓉开。

## 1081 流夜郎题葵叶
（唐·李白）

惭君能卫足，叹我远移根。
白日如分照，还归守故园。

## 1082 柳浪（唐·王维）

分行接绮树，倒影入清漪。
不学御沟上，春风伤别离。

## 1083 柳桥晚眺（宋·陆游）

小浦闻鱼跃，横林待鹤归。
闲云不成雨，故傍碧山飞。

———————

① 觞（shāng）：古代盛酒器。作动词时有敬酒和饮酒的意思。
② 杳（yǎo）：远得看不见踪影。
③ 轻舸（gě）：快船，小船。

## 1084 鹿柴① （唐·王维）

空山不见人，但闻人语响。
返景入深林，复照青苔上。

## 1085 渌水曲② （唐·李白）

渌水明秋月，南湖采白蘋。
荷花娇欲语，愁杀荡舟人。

## 1086 栾家濑 （唐·王维）

飒飒③秋雨中，浅浅石溜泻。
跳波自相溅，白鹭惊复下。

## 1087 洛阳道 （唐·储光羲）

大道直如发，春日佳气多。
五陵贵公子，双双鸣玉珂。

## 1088 马诗二十三首

（唐·李贺）

其一
龙脊贴连钱，银蹄白踏烟。
无人织锦韂④，谁为铸金鞭。
其二
腊月草根甜，天街雪似盐。
未知口硬软，先拟蒺藜衔。
其三
忽忆周天子，驱车上玉山。
鸣驺⑤辞凤苑，赤骥最承恩。
其四
此马非凡马，房星本是星。

向前敲瘦骨，犹自带铜声。
其五
大漠沙如雪，燕山月似钩。
何当金络脑，快走踏清秋。
其六
饥卧骨查牙，粗毛刺破花。
鬣⑥焦珠色落，发断锯长麻。
其七
西母酒将阑，东王饭已干。
君王若燕去，谁为拽车辕？
其八
赤兔无人用，当须吕布骑。
吾闻果下马，羁策任蛮儿。
其九
飂叔⑦去匆匆，如今不葬龙。
夜来霜压栈，骏骨折西风。

---

① 鹿柴（zhài）：王维辋川别墅之一
（在今陕西省蓝田县西南）。柴，通
"寨""砦"，用树木围成的栅栏。

② 渌（lù）水曲：古乐府曲名。渌水，
即绿水，清澈的水。

③ 飒（sà）飒：形容风吹动树木枝叶等
的声音。

④ 韂（chàn）：马鞍下面垫的东西。

⑤ 鸣驺（zōu）：古代随显贵出行并传呼
喝道的骑卒。有时也借指显贵。

⑥ 鬣（liè）：指狮子、马等颈上的长毛
或鱼颔旁的小鳍。有时也指扫帚的
末端。

⑦ 飂（liù）叔：指飂叔安。己姓，飂
氏，名叔安，上古时飂国（廖国）国
君，廖姓始祖。

其十

催榜渡乌江，神骓泣向风。

君王今解剑，何处逐英雄？

其十一

内马赐宫人，银鞯①刺麒麟。

午时盐坂上，蹭蹬溘风尘。

其十二

批竹初攒耳，桃花未上身。

他时须搅阵，牵去借将军。

其十三

宝玦②谁家子，长闻侠骨香。

堆金买骏骨，将送楚襄王。

其十四

香幞③赭罗④新，盘龙蹙⑤蹬鳞。

回看南陌上，谁道不逢春？

其十五

不从桓公猎，何能伏虎威？

一朝沟陇出，看取拂云飞。

其十六

唐剑斩隋公，拳毛属太宗。

莫嫌金甲重，且去捉飚风。

其十七

白铁锉⑥青禾，砧⑦间落细莎⑧。

世人怜小颈，金埒⑨畏长牙。

其十八

伯乐向前看，旋毛在腹间。

只今掊白草，何日蓦青山？

其十九

萧寺驮经马，元从竺国来。

空知有善相，不解走章台。

其二十

重围如燕尾，宝剑似鱼肠。

欲求千里脚，先采眼中光。

其二十一

暂系腾黄马，仙人上彩楼。

须鞭玉勒吏，何事谪⑩高州？

其二十二

汉血到王家，随鸾撼玉珂。

少君骑海上，人见是青骡。

其二十三

武帝爱神仙，烧金得紫烟。

厩中皆肉马，不解上青天。


## 1089 梅花（宋·王安石）

墙角数枝梅，凌寒独自开。

遥知不是雪，为有暗香来。

---

① 鞯（jiān）：马鞍下面的垫子。

② 宝玦（jué）：珍贵的佩玉。

③ 香幞（fú）：即香罗帕，平时盖在马鞍上，骑时则去掉。

④ 赭（zhě）罗：红褐色的罗纱。

⑤ 蹙（cù）：急迫、紧迫的样子，引申为收缩的样子。

⑥ 锉（cuò）：细切。

⑦ 砧（zhēn）：指垫以切草的砧板。

⑧ 莎（suō）：莎草，多年生草本植物，叶细，呈线形。

⑨ 金埒（liè）：埒，矮墙。金埒即用钱币筑成的界垣，借指豪华骑射场，也借指名贵的马匹。

⑩ 谪（zhé）：指古代对高级官员降职并调到边远地方做官，或神仙受罚降到人间。

**1090 梅花**（五代·李中）
群木方憎雪，开花长在先。
流莺与舞蝶，不见许因缘。

**1091 美女篇**（魏晋·曹植）
美女妖且闲，采桑歧路间。
柔条纷冉冉，叶落何翩翩。

**1092 悯农二首**（唐·李绅）
其一
春种一粒粟，秋收万颗子。
四海无闲田，农夫犹饿死。
其二
锄禾日当午，汗滴禾下土。
谁知盘中餐，粒粒皆辛苦。

**1093 木兰柴**（唐·王维）
秋山敛余照，飞鸟逐前侣。
彩翠时分明，夕岚无处所。

**1094 陪从祖济南太守泛鹊山湖三首**（唐·李白）
其一
初谓鹊山近，宁知湖水遥。
此行殊访戴，自可缓归桡①。
其二
湖阔数千里，湖光摇碧山。
湖西正有月，独送李膺还。

其三
水入北湖去，舟从南浦回。
遥看鹊山转，却似送人来。

**1095 陪侍郎叔游洞庭醉后三首**（唐·李白）
其一
今日竹林宴，我家贤侍郎。
三杯容小阮，醉后发清狂。
其二
船上齐桡乐，湖心泛月归。
白鸥闲不去，争拂酒筵飞。
其三
划却②君山好，平铺湘水流。
巴陵无限酒，醉杀洞庭秋。

**1096 盆池**（宋·陆游）
寒溜初通后，新荷未长时。
谁持大圜镜，为我照须眉？

**1097 盆池**（唐·杜牧）
凿破苍苔地，偷他一片天。
白云生镜里，明月落阶前。

---

① 归桡（ráo）：犹归舟。桡，船桨。
② 划（chǎn）却：削去，铲掉。划，同"铲"。

012

## 1098 菩提寺禁口号又示裴迪 (唐·王维)

安得舍罗网，拂衣辞世喧。
悠然策藜杖，归向桃花源。

## 1099 栖贤寺 (唐·李白)

知见一何高，拭眼避天位。
同观洗耳人，千古应无愧。

## 1100 漆园 (唐·王维)

古人非傲吏，自阙经世务。
偶寄一微官，婆娑数株树。

## 1101 蔷薇 (唐·吴融)

万卉春风度，繁花夏景长。
馆娃人尽醉，西子始新妆。

## 1102 峭壁兰 (清·郑燮)

峭壁一千尺，兰花在空碧。
下有采樵人，伸手折不得。

## 1103 清溪半夜闻笛 (唐·李白)

羌笛梅花引，吴溪陇水情。
寒山秋浦月，肠断玉关声。

## 1104 秋风引 (唐·刘禹锡)

何处秋风至？萧萧送雁群。
朝来入庭树，孤客最先闻。

## 1105 秋日 (唐·耿玮)

返照入闾巷①，忧来谁共语？
古道少人行，秋风动禾黍。

## 1106 秋日湖上 (唐·薛莹)

落日五湖游，烟波处处愁。
浮沉千古事，谁与问东流。

## 1107 秋夜 (宋·舒岳祥)

院静泉声合，夜深虫语多。
近窗移素榻，欹②枕见星河。

## 1108 秋夜寄邱员外 (唐·韦应物)

怀君属秋夜，散步咏凉天。
空山松子落，幽人应未眠。

## 1109 阙题二首 (唐·刘昚虚③)

其一
道由白云尽，春与青溪长。
时有落花至，远随流水香。
其二
闲门向山路，深柳读书堂。
幽映每白日，清辉照衣裳。

---

① 闾 (lú) 巷：小的街道。泛指乡里民间。
② 欹 (qī)：倾斜，歪向一边。
③ 刘昚 (shèn) 虚：生卒年不详。盛唐诗人，少年成名，与孟浩然等为友。

## 1110 阙题二首（唐·王维）

**其一**

荆溪白石出，天寒红叶稀。

山路元无雨，空翠湿人衣。

**其二**

相看不忍发，惨淡暮潮平。

语罢更携手，月明洲渚生。

## 1111 人日思归（隋·薛道衡）

入春才七日，离家已二年。

人归落雁后，思发在花前。

## 1112 塞上（唐·周朴）

受降城必破，回落陇头移。

蕃道北海北，谋生今始知。

## 1113 塞下曲（唐·卢纶）

鹫翎金仆姑，燕尾绣蝥弧①。

独立扬新令，千营共一呼。

## 1114 塞下曲（唐·许浑）

夜战桑乾北，秦兵半不归。

朝来有乡信，犹自寄寒衣。

## 1115 山麓（宋·陆游）

草合路如线，偶随樵子行。

林间遇磐石，小憩看春耕。

## 1116 山中（宋·王安石）

随月出山去，寻云相伴归。

春晨花上露，芳气着人衣。

## 1117 山中（唐·王勃）

长江悲已滞，万里念将归。

况属高风晚，山山黄叶飞。

## 1118 山中寄诸弟妹
（唐·王维）

山中多法侣，禅诵自为群。

城郭遥相望，唯应见白云。

## 1119 山茱萸（唐·王维）

朱实山下开，清香寒更发。

幸与丛桂花，窗前向秋月。

## 1120 伤曹娘二首
（唐·宋之问）

**其一**

凤飞楼伎绝，鸾死镜台空。

独怜脂粉气，犹著舞衣中。

**其二**

河伯怜娇态，冯夷要姝妓。

寄言游戏人，莫弄黄河水。

---

① 蝥弧（máo hú）：春秋诸侯郑伯旗名。
后借指军旗。

## 1121 舍利弗（唐·李白）

金绳界宝地，珍木荫瑶池。
云间妙音奏，天际法蠡①吹。

## 1122 社日（宋·陆游）

坎坎迎神鼓，儿童喜欲颠。
放翁无社酒，闭户课残编。

## 1123 涉溪（宋·陆游）

挥汗欲成雨，聚蚊真若雷。
山翁在何许，赤脚步溪来。

## 1124 书感（宋·陆游）

梦里逢无咎，天涯哭季长。
吾生亦有几？且复钓沧浪。

## 1125 书怀绝句（宋·陆游）

老死已无日，功名犹自期。
清笳太行路，何日出王师？

## 1126 书事（唐·王维）

轻阴阁小雨，深院昼慵②开。
坐看苍苔色，欲上人衣来。

## 1127 书文稿后（宋·陆游）

上蔡牵黄犬，丹徒作布衣。
苦言谁解听？临祸始知非。

## 1128 疏篱（宋·陆游）

数掩围柴荆，王维画不成。
尤怜月中影，特地起诗情。

## 1129 松棚（宋·陆游）

松棚寻丈地，客至共开颜。
堪笑杜陵老，坐思千万间。

## 1130 嵩山夜还（唐·宋之问）

家住嵩山下，好采旧山薇。
自省游泉石，何曾不夜归。

## 1131 送别（唐·王维）

山中相送罢，日暮掩柴扉。
春草明年绿，王孙归不归。

## 1132 送别（唐·王之涣）

杨柳东门树，青青夹御河。
近来攀折苦，应为别离多。

## 1133 送崔九（唐·裴迪）

归山深浅去，须尽丘壑③美。
莫学武陵人，暂游桃源里。

---

① 法蠡（lí）：即法螺（佛教法器）。
② 慵（yōng）：懒。此谓尽管在白昼，还是懒得开院门。
③ 丘壑（hè）：即山谷，借指隐士隐居的地方，也比喻深远的思虑。

1134 送郭司仓（唐·王昌龄）
映门淮水绿，留骑主人心。
明月随良缘，春潮夜夜深。

1135 送灵澈上人
（唐·刘长卿）
苍苍竹林寺，杳杳钟声晚。
荷笠带斜阳，青山独归远。

1136 送陆判官往琵琶峡
（唐·李白）
水国秋风夜，殊非远别时。
长安如梦里，何日是归期。

1137 送殷淑三首（唐·李白）
其一
痛饮龙邻下，灯青月复寒。
醉歌惊白鹭，半夜起沙滩。
其二
海水不可解，连江夜为潮。
俄然浦屿阔，岸去酒船遥。
惜别耐取醉，鸣榔且长谣。
天明尔当去，应便有风飘。
其三
白鹭洲前月，天明送客回。
青龙山后日，早出海云来。
流水无情去，征帆逐吹开。
相看不忍别，更进手中杯。

1138 所见（清·袁枚）
牧童骑黄牛，歌声振林樾。
意欲捕鸣蝉，忽然闭口立。

1139 苔（清·袁枚）
白日不到处，青春恰自来。
苔花如米小，也学牡丹开。

1140 题冬竹诗（清·郑燮）
幽篁一夜雪，疏影失青绿。
莫被风吹皱，玲珑碎寒玉。

1141 题画兰（清·郑燮）
兰草已成行，山中意味长。
坚贞还自抱，何事斗群芳。

1142 题画竹二首（清·郑燮）
其一
磊磊一块石，疏疏两枝竹。
佳趣少人知，幽情在空谷。
其二
种竹不须多，多则刮耳目。
萧萧二三竿，自然清风足。

1143 题情深树寄象公
（唐·李白）
肠断枝上猿，泪添山下樽。
白云见我去，亦为我飞翻。

## 1144 题秋竹诗 (清·郑燮)
敢云少少许，胜人多多许。
努力作秋声，瑶窗弄风雨。

## 1145 题新竹图诗
(清·郑燮)
邻家种修竹，时复过墙来。
一片青葱色，居然为我栽。

## 1146 题游侠图 (清·郑燮)
大雪满天地，胡为仗剑游。
欲谈心里事，同上酒家楼。

## 1147 题友人云母障子
(唐·王维)
君家云母障，时向野庭开。
自有山泉入，非因采画来。

## 1148 题竹图诗 (清·郑燮)
莫漫锄荆棘，由他与竹高。
西铭原有说，万物总同胞。

## 1149 题竹枝图 (清·郑燮)
一节复一节，千枝攒万叶。
我自不开花，免撩蜂与蝶。

## 1150 田家 (唐·聂夷中)
父耕原上田，子劚①山下荒。
六月禾未秀，官家已修仓。

## 1151 田上 (唐·崔道融)
雨足高田白，披蓑半夜耕。
人牛力俱尽，东方殊未明。

## 1152 田园言怀 (唐·李白)
贾谊三年谪②，班超万里侯。
何如牵白犊，饮水对清流。

## 1153 铜官山醉后绝句
(唐·李白)
我爱铜官乐，千年未拟还。
要须回舞袖，拂尽五松山。

## 1154 文杏馆 (唐·王维)
文杏裁为梁，香茅结为宇。
不知栋里云，去作人间雨。

## 1155 闻裴秀才迪吟诗因戏赠
(唐·王维)
猿吟一何苦，愁朝复悲夕。
莫作巫峡声，肠断秋江客。

## 1156 闻谢杨儿吟猛虎词因
此有赠 (唐·李白)
同州隔秋浦，闻吟猛虎词。

---

① 劚 (zhú)：即大锄。这里指挖地。
② 谪 (zhé)：指古代把高级官员降职并
　　调到边远地方做官，或神仙受罚降到
　　人间。

晨朝来借问，知是谢杨儿。

## 1157 闻雁（唐·韦应物）
故园渺何处，归思方悠哉。
淮南秋雨夜，高斋闻雁来。

## 1158 问刘十九（唐·白居易）
绿蚁新醅①酒，红泥小火炉。
晚来天欲雪，能饮一杯无。

## 1159 息夫人（唐·王维）
莫以今时宠，能忘旧日恩。
看花满眼泪，不共楚王言。

## 1160 系寻阳上崔相涣三首
（唐·李白）
其一
邯郸四十万，同日陷长平。
能回造化笔，或冀一人生。
其二
毛遂不堕井，曾参宁杀人。
虚言误公子，投杼惑慈亲。
白璧双明月，方知一玉真。
其三
虚传一片雨，枉作阳台神。
纵为梦里相随去，
不是襄王倾国人。

## 1161 霞（唐·王周）
拂拂生残晖，层层如裂绯。
天风剪成片，疑作仙人衣。

## 1162 夏日绝句（宋·李清照）
生当作人杰，死亦为鬼雄。
至今思项羽，不肯过江东。

## 1163 夏日山中（唐·李白）
懒摇白羽扇，裸袒青林中。
脱巾挂石壁，露顶洒松风。

## 1164 夏夜叹（唐·杜甫）
永日不可暮，炎蒸毒我肠。
安得万里风，飘飖②吹我裳。

## 1165 相思（唐·王维）
红豆生南国，春来发几枝？
愿君多采撷③，此物最相思。

## 1166 小径（宋·陆游）
环绕无十步，捷行财半之。
安西九千里，自有着鞭时。

---

① 醅（pēi）：没有过滤的酒。
② 飘飖（yáo）：风吹的样子；飘荡、飞扬、起伏的样子。
③ 采撷（xié）：摘取，采集。

## 1167 辛夷坞 （唐·王维）
木末芙蓉花，山中发红萼。
涧户寂无人，纷纷开且落。

## 1168 幸江都作诗 （隋·杨广）
求归不得去，真成遭个春。
鸟声争劝酒，梅花笑杀人。

## 1169 雪 （唐·罗隐）
尽道丰年瑞，丰年事若何。
长安有贫者，为瑞不宜多。

## 1170 寻隐者不遇 （唐·贾岛）
松下问童子，言师采药去。
只在此山中，云深不知处。

## 1171 阳春曲 （唐·李白）
芣苡生前径，含桃落小园。
春心自摇荡，百舌更多言。

## 1172 夜宿山寺 （唐·李白）
危楼高百尺，手可摘星辰。
不敢高声语，恐惊天上人。

## 1173 夜下征虏亭 （唐·李白）
船下广陵去，月明征虏亭。
山花如绣颊，江火似流萤。

## 1174 夜雪 （唐·白居易）
已讶衾枕冷，复见窗户明。
夜深知雪重，时闻折竹声。

## 1175 移住别友 （唐·罗隐）
自到西川住，惟君别有情。
常逢对门远，又隔一重城。

## 1176 忆东山二首 （唐·李白）
其一
不向东山久，蔷薇几度花。
白云还自散，明月落谁家。
其二
我今携谢妓，长啸绝人群。
欲报东山客，开关扫白云。

## 1177 忆梅 （唐·李商隐）
定定住天涯，依依向物华。
寒梅最堪恨，常作去年花。

## 1178 咏春雪 （唐·陈子良）
光映妆楼月，花承歌扇风。
欲妒梅将柳，故落早春中。

## 1179 咏鹅 （唐·骆宾王）
鹅，鹅，鹅，曲项向天歌。
白毛浮绿水，红掌拨清波。

## 1180 咏山樽二首 (唐·李白)

### 其一

拥肿寒山木，嵌空成酒樽。

愧无江海量，偃蹇①在君门。

### 其二

蟠木不雕饰，且将斤斧疏。

樽成山岳势，材是栋梁余。

外与金罍②并，中涵玉醴③虚。

惭君垂拂拭，遂忝④玳筵居。

## 1181 于易水送人

(唐·骆宾王)

此地别燕丹，壮士发冲冠。

昔时人已没，今日水犹寒。

## 1182 玉阶怨 (唐·李白)

玉阶生白露，夜久侵罗袜。

却下水精帘，玲珑望秋月。

## 1183 怨情 (唐·李白)

美人卷珠帘，深坐颦⑤蛾眉。

但见泪痕湿，不知心恨谁。

## 1184 越女词五首 (唐·李白)

### 其一

长干吴儿女，眉目艳新月。

屐⑥上足如霜，不着鸦头袜。

### 其二

吴儿多白皙，好为荡舟剧。

卖眼掷春心，折花调行客。

### 其三

耶溪采莲女，见客棹歌回。

笑入荷花去，佯羞不出来。

### 其四

东阳素足女，会稽⑦素舸郎。

相看月未堕，白地断肝肠。

### 其五

镜湖水如月，耶溪女如雪。

新妆荡新波，光景两奇绝。

## 1185 杂诗 (唐·王维)

君自故乡来，应知故乡事。

来日绮窗前，寒梅着花未？

## 1186 赠内 (唐·李白)

三百六十日，日日醉如泥。

虽为李白妇，何异太常妻。

---

① 偃蹇 (yǎn jiǎn)：骄横傲慢的样子，或困顿窘迫的样子。

② 金罍 (léi)：以黄金为饰的酒樽。

③ 玉醴 (lǐ)：指甘泉，也指传说中的仙药和美酒。

④ 忝 (tiǎn)：谦辞，表示辱没他人，自己有愧。

⑤ 颦 (pín)：皱眉。

⑥ 屐 (jǐ)：木头做的简易鞋，也泛指鞋。

⑦ 会稽 (kuài jī)：会稽郡，古地名，今江苏苏州城区。

1187 赠韦穆十八（唐·王维）
与君青眼客，共有白云心。
不相东山去，日令春草深。

1188 终南望余雪（唐·祖咏）
终南阴岭秀，积雪浮云端。
林表明霁色，城中增暮寒。

1189 茱萸沜①（唐·王维）
结实红且绿，复如花更开。
山中傥留客，置此芙蓉杯。

1190 竹里馆（唐·王维）
独坐幽篁里，弹琴复长啸。
深林人不知，明月来相照。

1191 竹园书屋（宋·胡安国）
四壁无图画，推窗尽简书。
真吾何所寄，深处乐如如。

1192 紫藤树（唐·李白）
紫藤挂云木，花蔓宜阳春。
密叶隐歌鸟，香风留美人。

1193 自遣（唐·李白）
对酒不觉暝，落花盈我衣。
醉起步溪月，鸟还人亦稀。

1194 醉题王汉阳厅
（唐·李白）
我似鹧鸪鸟，南迁懒北飞。
时寻汉阳令，取醉月中归。

1195 左掖梨花（唐·丘为）
冷艳全欺雪，余香乍入衣。
春风且莫定，吹向玉阶飞。

1196 左掖梨花（唐·王维）
闲洒阶边草，轻随箔外风。
黄莺弄不足，衔入未央宫。

---

① 茱萸沜（zhū yú pàn）：西安蓝田辋川
的风景点，是一片岸边长着繁茂茱萸
的深山池沼。

贰 · 五律

## 2001 八月十五夜月二首
（唐·杜甫）

**其一**

满目飞明镜，归心折大刀。
转蓬行地远，攀桂仰天高。
水路疑霜雪，林栖见羽毛。
此时瞻白兔，直欲数秋毫。

**其二**

稍下巫山峡，犹衔白帝城。
气沉全浦暗，轮仄半楼明。
刁斗皆催晓，蟾蜍且自倾。
张弓倚残魄，不独汉家营。

## 2002 巴西驿亭观江涨呈窦使君（唐·杜甫）

宿雨南江涨，波涛乱远峰。
孤亭凌喷薄，万井逼春容。
霄汉愁高鸟，泥沙困老龙。
天边同客舍，携我豁心胸。

## 2003 巴西驿亭观江涨呈窦使君二首（唐·杜甫）

**其一**

转惊波作怒，即恐岸随流。
赖有杯中物，还同海上鸥。
关心小刲县，傍眼见扬州。
为接情人饮，朝来减半愁。

**其二**

向晚波微绿，连空岸脚青。

日兼春有暮，愁与醉无醒。
漂泊犹杯酒，踌躇此驿亭。
相看万里外，同是一浮萍。

## 2004 灞上秋居（唐·马戴）

灞原风雨定，晚见雁行频。
落叶他乡树，寒灯独夜人。
空园白露滴，孤壁野僧邻。
寄卧郊扉久，何年致此身。

## 2005 白帝城楼（唐·杜甫）

江度寒山阁，城高绝塞楼。
翠屏宜晚对，白谷会深游。
急急能鸣雁，轻轻不下鸥。
彝①陵春色起，渐拟放扁舟。

## 2006 白帝楼（唐·杜甫）

漠漠虚无里，连连睥睨②侵。
楼光去日远，峡影入江深。
腊破思端绮，春归待一金。
去年梅柳意，还欲搅边心。

## 2007 白露（唐·杜甫）

白露团甘子，清晨散马蹄。
圃开连石树，船渡入江溪。

---

① 彝（yí）：古代的盛酒器具，也泛指古代宗庙祭器。
② 睥睨（pì nì）：斜着眼看，有厌恶或高傲之意。

凭几看鱼乐，回鞭急鸟栖。
渐知秋实美，幽径恐多蹊。

## 2008 白首 (唐·杜甫)

垂白冯唐老，清秋宋玉悲。
江喧长少睡，楼迥独移时。
多难身何补，无家病不辞。
甘从千日醉，未许七哀诗。

## 2009 白水明府舅宅喜雨
(唐·杜甫)

吾舅政如此，古人谁复过。
碧山晴又湿，白水雨偏多。
精祷既不昧，欢娱将谓何。
汤年旱颇甚，今日醉弦歌。

## 2010 白田马上闻莺
(唐·李白)

黄鹂啄紫椹，五月鸣桑枝。
我行不记日，误作阳春时。
蚕老客未归，白田已缲丝①。
驱马又前去，扪心空自悲。

## 2011 白盐山 (唐·杜甫)

卓立群峰外，蟠根积水边。
他皆任厚地，尔独近高天。
白榜千家邑，清秋万估船。
词人取佳句，刻画竟谁传。

## 2012 百舌 (唐·杜甫)

百舌来何处，重重只报春。
知音兼众语，整翮②岂多身。
花密藏难见，枝高听转新。
过时如发口，君侧有谗人。

## 2013 薄暮 (唐·杜甫)

江水长流地，山云薄暮时。
寒花隐乱草，宿鸟择深枝。
旧国见何日，高秋心苦悲。
人生不再好，鬓发白成丝。

## 2014 薄游 (唐·杜甫)

渐渐风生砌，团团日隐墙。
遥空秋雁灭，半岭暮云长。
病叶多先坠，寒花只暂香。
巴城添泪眼，今夜复清光。

## 2015 悲秋 (唐·杜甫)

凉风动万里，群盗尚纵横。
家远传书日，秋来为客情。
愁窥高鸟过，老逐众人行。
始欲投三峡，何由见两京。

---

① 缲 (sāo) 丝: 煮茧抽丝。
② 整翮 (hé): 整理羽翼。

## 2016 北来人二首
（宋·刘克庄）

**其一**

试说东都事，添人白发多。

寝园残石马，废殿泣铜驼。

胡运占难久，边情听易讹①。

凄凉旧京女，妆髻尚宣和。

**其二**

十口同离仳②，今成独雁飞。

饥锄荒寺菜，贫着陷蕃衣。

甲第歌钟沸，沙场探骑稀。

老身闽地死，不见翠銮归。

## 2017 北邻（唐·杜甫）

明府岂辞满，藏身方告劳。

青钱买野竹，白帻岸江皋。

爱酒晋山简，能诗何水曹。

时来访老疾，步屧③到蓬蒿。

## 2018 北青萝（唐·李商隐）

残阳西入崦，茅屋访孤僧。

落叶人何在，寒云路几层。

独敲初夜磬，闲倚一枝藤。

世界微尘里，吾宁爱与憎。

## 2019 北斋二首（宋·陆游）

**其一**

新竹侵幽慢，疏莲散远汀。

研朱朝点易，捣蘖④夜潢经。

岩壑知心赏，琴樽乐性灵。

会当烦太史，一奏少微星。

**其二**

质衣葺⑤北斋，攲⑥壤略撑拄。

窗扉则虚名，聊足度寒暑。

独学无与论，推核实劳苦。

审观古人意，十亦得四五。

无功与子光，相可岂待语。

一床宽有余，高卧听檐雨。

## 2020 别常征君（唐·杜甫）

儿扶犹杖策，卧病一秋强。

白发少新洗，寒衣宽总长。

故人忧见及，此别泪相忘。

各逐萍流转，来书细作行。

## 2021 别储邕⑦之剡中⑧
（唐·李白）

借问剡中道，东南指越乡。

---

① 讹（é）：谣言；错误；敲诈。

② 离仳（pǐ）：通常作仳离。本义指夫妻离散，特指妻子被弃而离去。此处作离别之意。

③ 屧（xiè）：即木鞋，也指鞋垫。

④ 蘖（niè）：树木砍去后又长出来的新芽。泛指植物由茎的基部长出的分枝。

⑤ 葺（qì）：用茅草覆盖房顶。现泛指修理房屋。

⑥ 攲（qī）：倾斜，歪向一边。

⑦ 储邕（yōng）：诗人的朋友。

⑧ 剡（shàn）中：地名。

舟从广陵去，水入会稽①长。
竹色溪下绿，荷花镜里香。
辞君向天姥②，拂石卧秋霜。

## 2022 别崔少府（唐·高适）
知君少得意，汶上掩柴扉。
寒食仍留火，春风未授衣。
皆言黄绶屈，早向青云飞。
借问他乡事，今年归不归。

## 2023 别房太尉墓（唐·杜甫）
他乡复行役，驻马别孤坟。
近泪无干土，低空有断云。
对棋陪谢傅，把剑觅徐君。
唯见林花落，莺啼送客闻。

## 2024 别薛华（唐·王勃）
送送多穷路，遑遑独问津。
悲凉千里道，凄断百年身。
心事同漂泊，生涯共苦辛。
无论去与住，俱是梦中人。

## 2025 别云间（明·夏完淳）
三年羁③旅客，今日又南冠。
无限山河泪，谁言天地宽！
已知泉路近，欲别故乡难。
毅魄归来日，灵旗空际看。

## 2026 宾至（唐·杜甫）
患气经时久，临江卜宅新。
喧卑方避俗，疏快颇宜人。
有客过茅宇，呼儿正葛巾。
自锄稀菜甲，小摘为情亲。

## 2027 病马（唐·杜甫）
乘尔亦已久，天寒关塞深。
尘中老尽力，岁晚病伤心。
毛骨岂殊众，驯良犹至今。
物微意不浅，感动一沉吟。

## 2028 泊松滋江亭（唐·杜甫）
沙帽随鸥鸟，扁舟系此亭。
江湖深更白，松竹远微青。
一柱全应近，高唐莫再经。
今宵南极外，甘作老人星。

## 2029 泊岳阳城下（唐·杜甫）
江国逾千里，山城仅百层。
岸风翻夕浪，舟雪洒寒灯。
留滞才难尽，艰危气益增。
图南未可料，变化有鲲鹏。

---

① 会稽（kuài jī）：会稽郡，古地名，今江苏苏州城区。
② 天姥（mǔ）：天姥山，位于浙江绍兴。
③ 羁（jī）：本指马笼头，引申为拘束和束缚，也指旅人停留（在外地），寄居他乡。

## 2030 不归（唐·杜甫）

河间尚征伐，汝骨在空城。
从弟人皆有，终身恨不平。
数金怜俊迈，总角爱聪明。
面上三年土，春风草又生。

## 2031 不见（近无李白消息）
（唐·杜甫）

不见李生久，佯狂真可哀。
世人皆欲杀，吾意独怜才。
敏捷诗千首，飘零酒一杯。
匡山读书处，头白好归来。

## 2032 不离西阁二首
（唐·杜甫）

其一

江柳非时发，江花冷色频。
地偏应有瘴，腊近已含春。
失学从愚子，无家住老身。
不知西阁意，肯别定留人。

其二

西阁从人别，人今亦故亭。
江云飘素练，石壁断空青。
沧海先迎日，银河倒列星。
平生耽胜事，吁骇始初经。

## 2033 不寐（唐·杜甫）

瞿塘夜水黑，城内改更筹。
翳翳①月沉雾，辉辉星近楼。
气衰甘少寐，心弱恨和愁。
多垒满山谷，桃源无处求。

## 2034 采樵作（唐·孟浩然）

采樵入深山，山深树重叠。
桥崩卧槎拥，路险垂藤接。
日落伴将稀，山风拂萝衣。
长歌负轻策，平野望烟归。

## 2035 草阁（唐·杜甫）

草阁临无地，柴扉永不关。
鱼龙回夜水，星月动秋山。
久露清初湿，高云薄未还。
泛舟惭小妇，飘泊损红颜。

## 2036 草书屏风（唐·韩偓②）

何处一屏风，分明怀素踪。
虽多尘色染，犹见墨痕浓。
怪石奔秋涧，寒藤挂古松。
若教临水畔，字字恐成龙。

## 2037 草堂即事（唐·杜甫）

荒村建子月，独树老夫家。

---

① 翳（yì）翳：本义指草木茂密成荫貌，引申指昏暗的样子。
② 韩偓（wò）：字致光，号致尧，小字冬郎，自号玉山樵人，京兆万年（今陕西西安）人，晚唐大臣、诗人，"南安四贤"之一，著有《玉山樵人集》。聪敏好学，十岁能诗，得到姨父李商隐赞誉。

雾里江船渡，风前径竹斜。
寒鱼依密藻，宿鹭起圆沙。
蜀酒禁愁得，无钱何处赊①。

2038 蝉（唐·李商隐）
本以高难饱，徒劳恨费声。
五更疏欲断，一树碧无情。
薄宦梗犹泛，故园芜已平。
烦君最相警，我亦举家清。

2039 蝉（唐·张乔）
先秋蝉一悲，长是客行时。
曾感去年者，又鸣何处枝。
细听残韵在，回望旧声迟。
断续谁家树，凉风送别离。

2040 嘲春风（唐·温庭筠）
春风何处好，别殿饶芳草。
莓泉转鸾旗，蒌葟吹雉葆。
扬芳历九门，澹荡入兰荪。
争奈白团扇，时时偷主恩。

2041 嘲王历阳不肯饮酒
（唐·李白）
地白风色寒，雪花大如手。
笑杀陶渊明，不饮杯中酒。
浪抚一张琴，虚栽五株柳。
空负头上巾，吾于尔何有。

2042 晨雨（唐·杜甫）
小雨晨光内，初来叶上闻。
雾交才洒地，风逆旋随云。
暂起柴荆色，轻沾鸟兽群。
麝香山一半，亭午未全分。

2043 城上（唐·杜甫）
草满巴西绿，空城白日长。
风吹花片片，春动水茫茫。
八骏随天子，群臣从武皇。
遥闻出巡守，早晚遍遐荒②。

2044 乘雨入行军六弟宅
（唐·杜甫）
曙角凌云罢，春城带雨长。
水花分堑弱，巢燕得泥忙。
令弟雄军佐，凡才污省郎。
萍漂忍流涕，衰飒近中堂。

2045 畴昔（宋·陆游）
行路悲畴昔③，驱车每戴星。
数残双只堠④，历尽短长亭。
飞盖交迎饯，听歌半醉醒。
至今湖海夜，犹梦陇山青。

---

① 赊（shē）：买卖货品时延期收款或
  付款。
② 遐（xiá）荒：边远荒僻之地。
③ 畴（chóu）昔：往昔、以前，引申为
  往事或以往的情怀。
④ 堠（hòu）：古代瞭望敌方情况的
  土堡。

## 2046 酬比部杨员外暮宿琴台朝跻书阁率尔见赠之作

（唐·王维）

旧简拂尘看，鸣琴候月弹。
桃源迷汉姓，松树有秦官。
空谷归人少，青山背日寒。
羡君栖隐处，遥望白云端。

## 2047 酬崔十五见招

（唐·李白）

尔有鸟迹书，相招琴溪饮。
手迹尺素中，如天落云锦。
读罢向空笑，疑君在我前。
长吟字不灭，怀袖且三年。

## 2048 酬高使君相赠

（唐·杜甫）

古寺僧牢落，空房客寓居。
故人供禄米，邻舍与园蔬。
双树容听法，三车肯载书。
草玄吾岂敢，赋或似相如。

## 2049 酬贺四赠葛巾之作

（唐·王维）

野巾传惠好，兹贶①重兼金。
嘉此幽栖物，能齐隐吏心。
早朝方暂挂，晚沐复来簪②。
坐觉嚣尘远，思君共入林。

## 2050 酬孟云卿（唐·杜甫）

乐极伤头白，更长爱烛红。
相逢难衮衮，告别莫匆匆。
但恐天河落，宁辞酒盏空。
明朝牵世务，挥泪各西东。

## 2051 酬慕容十一（唐·王维）

行行西陌返，驻憾③问车公。
挟毂④双官骑，应门五尺僮。
老年如塞北，强起离墙东。
为报壶丘子，来人道姓蒙。

## 2052 酬裴侍御留岫师弹琴见寄（唐·李白）

君同鲍明远，邀彼休上人。
鼓琴乱白雪，秋变江上春。
瑶草绿未衰，攀翻寄情亲。
相思两不见，流泪空盈巾。

## 2053 酬韦韶州见寄

（唐·杜甫）

养拙江湖外，朝廷记忆疏。
深惭长者辙，重得故人书。
白发丝难理，新诗锦不如。
虽无南去雁，看取北来鱼。

---

① 贶（kuàng）：赠；赐。
② 簪（zān）：簪子，旧时用来别住头发的一种饰物；往头上插戴饰物。
③ 驻憾（xiǎn）：停车。
④ 毂（gǔ）：车轮中心的圆木，借指车轮或车。

030

## 2054 酬严少尹徐舍人见过不遇（唐·王维）

公门暇日少，穷巷故人稀。
偶值乘篮舆，非关避白衣。
不知炊黍谷，谁解扫荆扉。
君但倾茶碗，无妨骑马归。

## 2055 酬虞部苏员外过蓝田别业不见留之作（唐·王维）

贫居依谷口，乔木带荒村。
石路枉回驾，山家谁候门。
渔舟胶冻浦，猎火烧寒原。
唯有白云外，疏钟闻夜猿。

## 2056 酬张少府（唐·王维）

晚年唯好静，万事不关心。
自顾无长策，空知返旧林。
松风吹解带，山月照弹琴。
君问穷通理，渔歌入浦深。

## 2057 愁坐（唐·杜甫）

高斋常见野，愁坐更临门。
十月山寒重，孤城月水昏。
葭萌氐种迥，左担犬戎存①。
终日忧奔走，归期未敢论。

## 2058 出郭（唐·杜甫）

霜露晚凄凄，高天逐望低。
远烟盐井上，斜景雪峰西。
故国犹兵马，他乡亦鼓鼙②。
江城今夜客，还与旧乌啼。

## 2059 初出关旅亭夜坐怀王大校书（唐·孟浩然）

向夕槐烟起，葱茏池馆曛。
客中无偶坐，关外惜离群。
烛至萤光灭，荷枯雨滴闻。
永怀芸阁友，寂寞滞扬云。

## 2060 初出济州别城中故人（唐·王维）

微官易得罪，谪去济川阴。
执政方持法，明君照此心。
闾阎河润上，井邑海云深。
纵有归来日，各愁年鬓侵。

## 2061 初冬（唐·杜甫）

垂老戎衣窄，归休寒色深。
渔舟上急水，猎火着高林。
日有习池醉，愁来梁甫吟。
干戈未偃息，出处遂何心。

---

① 葭（jiā）萌氐（dī）种迥（jiǒng），左担犬戎（róng）存：葭萌、左担，与梓州相近；氐种，指羌人；犬戎，指西北游牧民族，亦指吐蕃。诗人恐边关内外相结为乱，故忧思奔走。

② 鼓鼙（pí）：鼓，指大鼓；鼙，指小鼓。古代军中用来发号进攻。借指军事。

## 2062 初发曲江溪中
（唐·张九龄）

溪流清且深，松石复阴临。
正尔可嘉处，胡为无赏心。
我由不忍别，物亦有缘侵。
自匪常行迈，谁能知此音。

## 2063 初秋忆金均两弟
（唐·张九龄）

江渚秋风至，他乡离别心。
孤云愁自远，一叶感何深。
忧喜尝同域，飞鸣忽异林。
青山西北望，堪作白头吟。

## 2064 初月（唐·杜甫）

光细弦岂上，影斜轮未安。
微升古塞外，已隐暮云端。
河汉不改色，关山空自寒。
庭前有白露，暗满菊花团。

## 2065 初月（唐·李白）

玉蟾离海上，白露湿花时。
云畔风生爪，沙头水浸眉。
乐哉弦管客，愁杀战征儿。
因绝西园赏，临风一咏诗。

## 2066 除架（唐·杜甫）

束薪已零落，瓠①叶转萧疏。
幸结白花了，宁辞青蔓除。
秋虫声不去，暮雀意何如。

寒事今牢落，人生亦有初。

## 2067 除夜（宋·文天祥）

乾坤空落落，岁月去堂堂。
末路惊风雨，穷边饱雪霜。
命随年欲尽，身与世俱忘。
无复屠苏梦，挑灯夜未央。

## 2068 除夜（唐·崔涂）

迢递三巴路，羁危万里身。
乱山残雪夜，孤烛异乡人。
渐与骨肉远，转于僮仆亲。
那堪正飘泊，明日岁华新。

## 2069 除夜乐城逢张少府
（唐·孟浩然）

云海泛瓯闽，风潮泊岛滨。
何知岁除夜，得见故乡亲。
余是乘槎客，君为失路人。
平生复能几，一别十余春。

## 2070 楚江黄龙矶南宴杨执
戟治楼（唐·李白）

五月入五洲，碧山对青楼。
故人杨执戟，春赏楚江流。
一见醉漂月，三杯歌棹讴。
桂枝攀不尽，他日更相求。

————————

① 瓠（hù）：瓠瓜，也叫瓠子，一年生
攀缘草本植物，是葫芦的变种。

032

## 2071 垂钓（唐·白居易）

临水一长啸，忽思十年初。
三登甲乙第，一入承明庐。
浮生多变化，外事有盈虚。
今来伴江叟，沙头坐钓鱼。

## 2072 春感诗（唐·李白）

茫茫南与北，道直事难谐。
榆荚钱生树，杨花玉糁街。
尘萦游子面，蝶弄美人钗。
却忆青山上，云门掩竹斋。

## 2073 春江晚景（唐·张九龄）

江林多秀发，云日复相鲜。
征路那逢此，春心益渺然。
兴来只自得，佳气莫能传。
薄暮津亭下，余花满客船。

## 2074 春日江村五首
（唐·杜甫）

### 其一
农务村村急，春流岸岸深。
乾坤万里眼，时序百年心。
茅屋还堪赋，桃源自可寻。
艰难昧生理，飘泊到如今。

### 其二
迢递来三蜀，蹉跎有六年。
客身逢故旧，发兴自林泉。
过懒从衣结，频游任履穿。

藩篱无限景，恣意买江天。

### 其三
种竹交加翠，栽桃烂熳红。
经心石镜月，到面雪山风。
赤管随王命，银章付老翁。
岂知牙齿落，名玷荐贤中。

### 其四
扶病垂朱绂①，归休步紫苔。
郊扉存晚计，幕府愧群材。
燕外晴丝卷，鸥边水叶开。
邻家送鱼鳖，问我数能来。

### 其五
群盗哀王粲，中年召贾生。
登楼初有作，前席竟为荣。
宅入先贤传，才高处士名。
异时怀二子，春日复含情。

## 2075 春日上方即事
（唐·王维）

好读高僧传，时看辟谷方。
鸠形将刻杖，龟壳用支床。
柳色春山映，梨花夕鸟藏。
北窗桃李下，闲坐但焚香。

## 2076 春日忆李白（唐·杜甫）

白也诗无敌，飘然思不群。
清新庾开府，俊逸鲍参军。

---

① 朱绂（fú）：古代礼服上的红色蔽膝，
后多借指官服，也借指做官。

渭北春天树，江东日暮云。
何时一樽酒，重与细论文。

## 2077 春日游罗敷潭
（唐·李白）

行歌入谷口，路尽无人跻。
攀崖度绝壑①，弄水寻回溪。
云从石上起，客到花间迷。
淹留未尽兴，日落群峰西。

## 2078 春日梓州登楼二首
（唐·杜甫）

其一

行路难如此，登楼望欲迷。
身无却少壮，迹有但羁栖。
江水流城郭，春风入鼓鼙②。
双双新燕子，依旧已衔泥。

其二

天畔登楼眼，随春入故园。
战场今始定，移柳更能存。
厌蜀交游冷，思吴胜事繁。
应须理舟楫，长啸下荆门。

## 2079 春山夜月 （唐·于良史）

春山多胜事，赏玩夜忘归。
掬水月在手，弄花香满衣。
兴来无远近，欲去惜芳菲。
南望鸣钟处，楼台深翠微。

## 2080 春水 （唐·杜甫）

三月桃花浪，江流复旧痕。
朝来没沙尾，碧色动柴门。
接缕垂芳饵，连筒灌小园。
已添无数鸟，争浴故相喧。

## 2081 春宿左省 （唐·杜甫）

花隐掖垣③暮，啾啾栖鸟过。
星临万户动，月傍九霄多。
不寝听金钥，因风想玉珂。
明朝有封事，数问夜如何。

## 2082 春望 （唐·杜甫）

国破山河在，城春草木深。
感时花溅泪，恨别鸟惊心。
烽火连三月，家书抵万金。
白头搔更短，浑欲不胜簪。

## 2083 春望 （唐·林滋）

春海镜长天，青郊丽上年。
林光虚霁晓，山翠薄晴烟。
气暖禽声变，风恬草色鲜。
散襟披石磴，韶景自深怜。

---

① 壑（hè）：山沟或大水坑。
② 鼓鼙（pí）：鼓，指大鼓；鼙，指小鼓。古代军中用来发号进攻。借指军事。
③ 垣（yuán）：城墙，墙壁。也借指省城类城市。

## 2084 春夜喜雨（唐·杜甫）

好雨知时节，当春乃发生。
随风潜入夜，润物细无声。
野径云俱黑，江船火独明。
晓看红湿处，花重锦官城。

## 2085 春意（唐·孟浩然）

佳人能画眉，妆罢出帘帏。
照水空自爱，折花将遗谁。
春情多艳逸，春意倍相思。
愁心极杨柳，一种乱如丝。

## 2086 春园即事（唐·王维）

宿雨乘轻屐①，春寒着弊袍。
开畦分白水，间柳发红桃。
草际成棋局，林端举桔槔。
还持鹿皮几，日暮隐蓬蒿。

## 2087 春远（唐·杜甫）

肃肃花絮晚，菲菲红素轻。
日长唯鸟雀，春远独柴荆。
数有关中乱，何曾剑外清。
故乡归不得，地入亚夫营。

## 2088 春滞沅湘有怀山中
（唐·李白）

沅湘春色还，风暖烟草绿。
古之伤心人，于此肠断续。
予非怀沙客，但美采菱曲。

所愿归东山，寸心于此足。

## 2089 春中喜王九相寻
（唐·孟浩然）

二月湖水清，家家春鸟鸣。
林花扫更落，径草踏还生。
酒伴来相命，开尊共解酲②。
当杯已入手，歌妓莫停声。

## 2090 祠南夕望（唐·杜甫）

百丈牵江色，孤舟泛日斜。
兴来犹杖屦，目断更云沙。
山鬼迷春竹，湘娥倚暮花。
湖南清绝地，万古一长嗟。

## 2091 次北固山下（唐·王湾）

客路青山外，行舟绿水前。
潮平两岸阔，风正一帆悬。
海日生残夜，江春入旧年。
乡书何处达？归雁洛阳边。

## 2092 从军行（唐·杨炯）

烽火照西京，心中自不平。
牙璋辞凤阙，铁骑绕龙城。
雪暗凋旗画，风多杂鼓声。
宁为百夫长，胜作一书生。

---

① 屐（jī）：木头做的简易鞋，也泛
指鞋。
② 解酲（chéng）：从酒醉状态中清醒
过来。

## 2093 从岐王过杨氏别业应教
(唐·王维)

杨子谈经所，淮王载酒过。
兴阑啼鸟换，坐久落花多。
径转回银烛，林开散玉珂。
严城时未启，前路拥笙歌。

## 2094 从岐王夜宴卫家山池
应教 (唐·王维)

座客香貂满，宫娃绮幔张。
涧花轻粉色，山月少灯光。
积翠纱窗暗，飞泉绣户凉。
还将歌舞出，归路莫愁长。

## 2095 从人觅小胡孙许寄
(唐·杜甫)

人说南州路，山猿树树悬。
举家闻若骇，为寄小如拳。
预哂①愁胡面，初调见马鞭。
许求聪慧者，童稚捧应癫。

## 2096 从驿次草堂复至东屯
二首 (唐·杜甫)

其一
峡内归田客，江边借马骑。
非寻戴安道，似向习家池。
峡险风烟僻，天寒橘柚垂。
筑场看敛积，一学楚人为。

其二
短景难高卧，衰年强此身。
山家蒸栗暖，野饭射麋②新。
世路知交薄，门庭畏客频。
牧童斯在眼，田父实为邻。

## 2097 促织 (唐·杜甫)

促织甚微细，哀音何动人。
草根吟不稳，床下夜相亲。
久客得无泪，故妻难及晨。
悲丝与急管，感激异天真。

## 2098 崔驸马山亭宴集
(唐·杜甫)

萧史幽栖地，林间踏凤毛。
洑流何处入，乱石闭门高。
客醉挥金碗，诗成得绣袍。
清秋多宴会，终日困香醪。

## 2099 崔明府宅夜观妓
(唐·孟浩然)

白日既云暮，朱颜亦已酡③。
画堂初点烛，金幌半垂罗。
长袖平阳曲，新声子夜歌。
从来惯留客，兹夕为谁多。

---

① 哂 (shěn)：微笑；讥笑。
② 麋 (mí)：麋鹿，也叫四不像。
③ 酡 (tuó)：本义指醉酒。引申为因喝
　　酒而脸红。

## 2100 村夜 (唐·杜甫)

萧萧风色暮，江头人不行。
村春雨外急，邻火夜深明。
胡羯①何多难，渔樵寄此生。
中原有兄弟，万里正含情。

## 2101 村雨 (唐·杜甫)

雨声传两夜，寒事飒高秋。
挈带看朱绂②，开箱睹黑裘。
世情只益睡，盗贼敢忘忧。
松菊新沾洗，茅斋慰远游。

## 2102 大堤行 (唐·孟浩然)

大堤行乐处，车马相驰突。
岁岁春草生，踏青二三月。
王孙挟珠弹，游女矜罗袜。
携手今莫同，江花为谁发。

## 2103 大历二年九月三十日 (唐·杜甫)

为客无时了，悲秋向夕终。
瘴余夔子国③，霜薄楚王宫。
草敌虚岚翠，花禁冷叶红。
年年小摇落，不与故园同。

## 2104 代美人愁镜二首 (唐·李白)

其一

明明金鹊镜，了了玉台前。
拂拭交冰月，光辉何清圆。
红颜老昨日，白发多去年。
铅粉坐相误，照来空凄然。

其二

美人赠此盘龙之宝镜，烛我金缕之罗衣。时将红袖拂明月，为惜普照之余晖。影中金鹊飞不灭，台下青鸾思独绝。藁砧④一别若箭弦，去有日，来无年。狂风吹却妾心断，玉箸并堕菱花前。

## 2105 代秋情 (唐·李白)

几日相别离，门前生稻葵。
寒蝉聒梧桐，日夕长鸣悲。
白露湿萤火，清霜凌兔丝。
空掩紫罗袂，长啼无尽时。

## 2106 待储光羲不至 (唐·王维)

重门朝已启，起坐听车声。

---

① 胡羯 (jié)：古时泛指北方异族侵略者。
② 朱绂 (fú)：古代礼服上的红色蔽膝，后多借指官服，也借指做官。
③ 夔 (kuí) 子国：夔国，古国名，在今湖北省秭归县。夔，古代中国神话传说中一条腿的怪物。
④ 藁砧 (gǎo zhēn)：铡草时承铁 (铡刀) 的砧板。铁和"夫"同音，故古时藁砧的隐语为"夫 (丈夫)"。

要欲闻清佩，方将出户迎。
晚钟鸣上苑，疏雨过春城。
了自不相顾，临堂空复情。

## 2107 待酒不至 (唐·李白)
玉壶系青丝，沽酒来何迟。
山花向我笑，正好衔杯时。
晚酌东窗下，流莺复在兹。
春风与醉客，今日乃相宜。

## 2108 捣衣 (唐·杜甫)
亦知戍不返，秋至拭清砧。
已近苦寒月，况经长别心。
宁辞捣熨①倦，一寄塞垣深。
用尽闺中力，君听空外音。

## 2109 得弟消息二首
(唐·杜甫)
其一
近有平阴信，遥怜舍弟存。
侧身千里道，寄食一家村。
烽举新酣战，啼垂旧血痕。
不知临老日，招得几人魂。
其二
汝懦归无计，吾衰往未期。
浪传乌鹊喜，深负鹡鸰②诗。
生理何颜面，忧端且岁时。
两京三十口，虽在命如丝。

## 2110 得舍弟消息 (唐·杜甫)
乱后谁归得，他乡胜故乡。
直为心厄苦，久念汝存亡。
汝书犹在壁，汝妾已辞房。
旧犬知愁恨，垂头傍我床。

## 2111 登白马潭 (唐·杜甫)
水生春缆没，日出野船开。
宿鸟行犹去，丛花笑不来。
人人伤白首，处处接金杯。
莫道新知要，南征且未回。

## 2112 登辨觉寺 (唐·王维)
竹径从初地，莲峰出化城。
窗中三楚尽，林上九江平。
软草承趺坐③，长松响梵声。
空居法云外，观世得无生。

## 2113 登范县城东楼
(清·郑燮)
独上秋城望，高楼出晓烟。
西风漳邺水，旭日鲁邹天。
过客荒无馆，供官薄有田。
时平兼地僻，何况又丰年。

———————

① 熨 (yùn)：熨衣服，用熨斗烫平衣服。
② 鹡鸰 (jí líng)：鹡鸰属鸟类，俗称张飞鸟。古代文人也以鹡鸰借指兄弟。
③ 趺 (fū) 坐：佛教徒盘腿端坐，左脚放在右腿上，右脚放在左腿上。

## 2114 登河北城楼作

（唐·王维）

井邑傅岩上，客亭云雾间。
高城眺落日，极浦映苍山。
岸火孤舟宿，渔家夕鸟还。
寂寥天地暮，心与广川闲。

## 2115 登敬亭北二小山余时送客逢崔侍御并登此地

（唐·李白）

送客谢亭北，逢君纵酒还。
屈盘戏白马，大笑上青山。
回鞭指长安，西日落秦关。
帝乡三千里，杳在碧云间。

## 2116 登牛头山亭子

（唐·杜甫）

路出双林外，亭窥万井中。
江城孤照日，山谷远含风。
兵革身将老，关河信不通。
犹残数行泪，忍对百花丛。

## 2117 登裴秀才迪小台

（唐·王维）

端居不出户，满目望云山。
落日鸟边下，秋原人外闲。
遥知远林际，不见此檐间。
好客多乘月，应门莫上关。

## 2118 登新平楼（唐·李白）

去国登兹楼，怀归伤暮秋。
天长落日远，水净寒波流。
秦云起岭树，胡雁飞沙洲。
苍苍几万里，目极令人愁。

## 2119 登兖州城楼（唐·杜甫）

东郡趋庭日，南楼纵目初。
浮云连海岳，平野入青徐。
孤嶂秦碑在，荒城鲁殿余。
从来多古意，临眺独踌躇。

## 2120 登岳阳楼（唐·杜甫）

昔闻洞庭水，今上岳阳楼。
吴楚东南坼，乾坤日夜浮。
亲朋无一字，老病有孤舟。
戎马关山北，凭轩涕泗流。

## 2121 地隅（唐·杜甫）

江汉山重阻，风云地一隅。
年年非故物，处处是穷途。
丧乱秦公子，悲凉楚大夫。
平生心已折，行路日荒芜。

## 2122 东陂遇雨率尔贻谢南池

（唐·孟浩然）

田家春事起，丁壮就东陂。
殷殷雷声作，森森雨足垂。
海虹晴始见，河柳润初移。
予意在耕凿，因君问土宜。

## 2123 东津送韦讽摄阆州①录事（唐·杜甫）

闻说江山好，怜君吏隐兼。
宠行舟远泛，怯别酒频添。
推荐非承乏，操持必去嫌。
他时如按县，不得慢陶潜。

## 2124 东京留别诸公
（唐·孟浩然）

吾道昧所适，驱车还向东。
主人开旧馆，留客醉新丰。
树绕温泉绿，尘遮晚日红。
拂衣从此去，高步蹑华嵩②。

## 2125 东楼（唐·杜甫）

万里流沙道，西征过北门。
但添新战骨，不返旧征魂。
楼角临风迥，城阴带水昏。
传声看驿使，送节向河源。

## 2126 东屯北崦（唐·杜甫）

盗贼浮生困，诛求异俗贫。
空村惟见鸟，落日未逢人。
步壑③风吹面，看松露滴身。
远山回白首，战地有黄尘。

## 2127 冬日有怀李白
（唐·杜甫）

寂寞书斋里，终朝独尔思。

更寻嘉树传，不忘角弓诗。
短褐风霜入，还丹日月迟。
未因乘兴去，空有鹿门期。

## 2128 冬深（唐·杜甫）

花叶随天意，江溪共石根。
早霞随类影，寒水各依痕。
易下杨朱泪，难招楚客魂。
风涛暮不稳，舍棹宿谁门。

## 2129 冬晚对雪忆胡居士家
（唐·王维）

寒更传晓箭，清镜览衰颜。
隔牖④风惊竹，开门雪满山。
洒空深巷静，积素广庭闲。
借问袁安舍，翛然⑤尚闭关。

## 2130 洞房（唐·杜甫）

洞房环佩冷，玉殿起秋风。
秦地应新月，龙池满旧宫。
系舟今夜远，清漏往时同。
万里黄山北，园陵白露中。

---

① 阆（làng）州：唐、宋两朝设置的行政区划，位于今四川省东北部。
② 华嵩（sōng）：华山与嵩山的并称。
③ 壑（hè）：山沟或大水坑。
④ 牖（yǒu）：窗户。
⑤ 翛（xiāo）然：无拘无束，超脱的样子。

## 2131 洞庭湖寄阎九
（唐·孟浩然）

洞庭秋正阔，余欲泛归船。
莫辨荆吴地，唯余水共天。
渺弥江树没，合沓海潮连。
迟尔为舟楫，相将济巨川。

## 2132 洞庭醉后送绛州吕使君果流澧州（唐·李白）

昔别若梦中，天涯忽相逢。
洞庭破秋月，纵酒开愁容。
赠剑刻玉字，延平两蛟龙。
送君不尽意，书及雁回峰。

## 2133 斗草（明·马如玉）

撷翠游芳陌，搴英度翠池。
戏争人胜负，惊散蝶雄雌。
莫折忘忧草，偏怜蠲①恚枝。
缤纷宁健美，终委道旁泥。

## 2134 斗鸡（唐·杜甫）

斗鸡初赐锦，舞马既登床。
帘下宫人出，楼前御柳长。
仙游终一閟②，女乐久无香。
寂寞骊山道，清秋草木黄。

## 2135 独立（唐·杜甫）

空外一鸷鸟，河间双白鸥。
飘飘③搏击便，容易往来游。
草露亦多湿，蛛丝仍未收。
天机近人事，独立万端忧。

## 2136 独酌（唐·杜甫）

步屧④深林晚，开樽独酌迟。
仰蜂黏落絮，行蚁上枯梨。
薄劣惭真隐，幽偏得自怡。
本无轩冕意，不是傲当时。

## 2137 独酌成诗（唐·杜甫）

灯花何太喜，酒绿正相亲。
醉里从为客，诗成觉有神。
兵戈犹在眼，儒术岂谋身。
共被微官缚，低头愧野人。

## 2138 独坐三首（唐·杜甫）

其一

竟日雨冥冥，双崖洗更青。
水花寒落岸，山鸟暮过庭。
暖老须燕玉，充饥忆楚萍。
胡笳⑤在楼上，哀怨不堪听。

其二

白狗斜临北，黄牛更在东。

---

① 蠲（juān）：除去，驱出，去掉。
② 閟（bì）：本义是掩门躲藏，引申为隐匿，也指慎重、珍重。
③ 飘飘（yáo）：风吹的样子；飘荡、飞扬、起伏的样子。
④ 屧（jù）：古时用麻、葛等做成的鞋。
⑤ 胡笳（jiā）：古代少数民族的一种乐器。

峡云常照夜，江月会兼风。
晒药安垂老，应门试小童。
亦知行不逮，苦恨耳多聋。
其三
悲愁回白首，倚杖背孤城。
江敛洲渚出，天虚风物清。
沧溟服衰谢，朱绂①负平生。
仰羡黄昏鸟，投林羽翮轻。

## 2139 杜位宅守岁 (唐·杜甫)
守岁阿戎家，椒盘已颂花。
盍簪②喧枥③马，列炬散林鸦。
四十明朝过，飞腾暮景斜。
谁能更拘束，烂醉是生涯。

## 2140 渡江 (唐·杜甫)
春江不可渡，二月已风涛。
舟楫欹④斜疾，鱼龙偃卧高。
渚花兼素锦，汀草乱青袍。
戏问垂纶客，悠悠见汝曹。

## 2141 渡荆门送别 (唐·李白)
渡远荆门外，来从楚国游。
山随平野尽，江入大荒流。
月下飞天镜，云生结海楼。
仍怜故乡水，万里送行舟。

## 2142 渡扬子江 (唐·孟浩然)
桂楫中流望，京江两畔明。

林开扬子驿，山出润州城。
海尽边阴静，江寒朔吹生。
更闻枫叶下，淅沥度秋声。

## 2143 端午日赐衣 (唐·杜甫)
宫衣亦有名，端午被恩荣。
细葛含风软，香罗叠雪轻。
自天题处湿，当暑着来清。
意内称长短，终身荷圣情。

## 2144 对酒忆贺监二首
(唐·李白)
其一
四明有狂客，风流贺季真。
长安一相见，呼我谪仙⑤人。
昔好杯中物，翻为松下尘。
金龟换酒处，却忆泪沾巾。
其二
狂客归四明，山阴道士迎。
敕赐镜湖水，为君台沼荣。
人亡余故宅，空有荷花生。
念此杳如梦，凄然伤我情。

────────

① 朱绂（fú）：古代礼服上的红色蔽膝，
　后多借指官服，也借指做官。
② 盍簪（hé zān）：士人聚会，引申指
　朋友。
③ 枥（lì）：马槽。
④ 欹（qī）：倾斜，歪向一边。
⑤ 谪（zhé）仙：本指受罚降到人间的
　神仙。古人用以称誉才学优异的人。
　后专指李白。

## 2145 对酒醉题屈突明府厅
（唐·李白）

陶令八十日，长歌归去来。
故人建昌宰，借问几时回。
风落吴江雪，纷纷入酒杯。
山翁今已醉，舞袖为君开。

## 2146 对雪二首（唐·杜甫）
其一
北雪犯长沙，胡云冷万家。
随风且间叶，带雨不成花。
金错囊从罄，银壶酒易赊。
无人竭浮蚁，有待至昏鸦。
其二
战哭多新鬼，愁吟独老翁。
乱云低薄暮，急雪舞回风。
瓢弃樽无绿，炉存火似红。
数州消息断，愁坐正书空。

## 2147 对雨（唐·杜甫）
莽莽天涯雨，江边独立时。
不愁巴道路，恐湿汉旌旗。
雪岭防秋急，绳桥战胜迟。
西戎甥舅礼，未敢背恩私。

## 2148 对雨（唐·李白）
卷帘聊举目，露湿草绵芊。
古岫①藏云毳②，空庭织碎烟。
水纹愁不起，风线重难牵。

尽日扶犁叟，往来江树前。

## 2149 对雨书怀走邀许十一簿公（唐·杜甫）
东岳云峰起，溶溶满太虚。
震雷翻幕燕，骤雨落河鱼。
座对贤人酒，门听长者车。
相邀愧泥泞，骑马到阶除。

## 2150 峨眉亭（明·张以宁）
白酒双银瓶，独酌峨眉亭。
不见谪仙人，但见三山青。
秋色淮上来，苍然满云汀。
欲将十五弦，弹与蛟龙听。

## 2151 耳聋（唐·杜甫）
生年鹖冠子③，叹世鹿皮翁④。
眼复几时暗，耳从前月聋。
猿鸣秋泪缺，雀噪晚愁空。
黄落惊山树，呼儿问朔风。

---

① 岫（xiù）：指山或山洞。
② 毳（cuì）：鸟兽的细毛。
③ 鹖（hé）冠子：战国时期楚国人，亦说赵（cóng）人。著名思想家、道学家、兵学家。壮年病，双耳失聪，居深山，以鹖为冠，故名。终生不仕，唯著书立说，以大隐著称。所著《鹖冠子》一书闻名于世。
④ 鹿皮翁：民间传说中仙人的名字。

**2152 发潭州（唐·杜甫）**

夜醉长沙酒，晓行湘水春。
岸花飞送客，樯燕语留人。
贾傅才未有，褚公书绝伦。
高名前后事，回首一伤神。

**2153 蕃剑（唐·杜甫）**

致此自僻远，又非珠玉装。
如何有奇怪，每夜吐光芒。
虎气必腾踔①，龙身宁久藏。
风尘苦未息，持汝奉明王。

**2154 返照（唐·杜甫）**

返照开巫峡，寒空半有无。
已低鱼复暗，不尽白盐孤。
荻岸如秋水，松门似画图。
牛羊识僮仆，既夕应传呼。

**2155 泛江（唐·杜甫）**

方舟不用楫，极目总无波。
长日容杯酒，深江净绮罗。
乱离还奏乐，飘泊且听歌。
故国流清渭，如今花正多。

**2156 泛江送客（唐·杜甫）**

二月频送客，东津江欲平。
烟花山际重，舟楫浪前轻。
泪逐劝杯下，愁连吹笛生。
离筵不隔日，那得易为情。

**2157 泛江送魏十八仓曹还京因寄岑中允参、范郎中季明（唐·杜甫）**

迟日深春水，轻舟送别筵。
帝乡愁绪外，春色泪痕边。
见酒须相忆，将诗莫浪传。
若逢岑与范，为报各衰年。

**2158 泛前陂（唐·王维）**

秋空自明迥，况复远人间。
畅以沙际鹤，兼之云外山。
澄波澹将夕，清月皓方闲。
此夜任孤棹②，夷犹殊未还。

**2159 范二员外邈、吴十侍御郁特枉驾阙展待聊寄此（唐·杜甫）**

暂往比邻去，空闻二妙归。
幽栖诚简略，衰白已光辉。
野外贫家远，村中好客稀。
论文或不愧，肯重款柴扉。

---

① 腾踔（chuō）：凌空跳起，犹腾达。
引申指地位上升官途得意。亦作
"腾趠"。
② 棹（zhào）：本指船用的撑竿，引申
为长的船桨，亦借指船。

## 2160 房兵曹胡马诗

（唐·杜甫）

胡马大宛名，锋棱瘦骨成。

竹批双耳峻，风入四蹄轻。

所向无空阔，真堪托死生。

骁腾有如此，万里可横行。

## 2161 访戴天山道士不遇

（唐·李白）

犬吠水声中，桃花带露浓。

树深时见鹿，溪午不闻钟。

野竹分青霭，飞泉挂碧峰。

无人知所去，愁倚两三松。

## 2162 放船二首（唐·杜甫）

其一

收帆下急水，卷幔逐回滩。

江市戎戎①暗，山云淰淰②寒。

村荒无径入，独鸟怪人看。

已泊城楼底，何曾夜色阑。

其二

送客苍溪县，山寒雨不开。

直愁骑马滑，故作泛舟回。

青惜峰峦过，黄知橘柚来。

江流大自在，坐稳兴悠哉。

## 2163 放后遇恩不沾

（唐·李白）

天作云与雷，霈然德泽开。

东风日本至，白雉越裳来。

独弃长沙国，三年未许回。

何时入宣室，更问洛阳才。

## 2164 废畦③（唐·杜甫）

秋蔬拥霜露，岂敢惜凋残。

暮景数枝叶，天风吹汝寒。

绿沾泥滓尽，香与岁时阑。

生意春如昨，悲君白玉盘。

## 2165 风霜（宋·陆游）

天上风霜惨，人间日月遒。

江湖南北雁，原野雨晴鸠。

莽苍新阡陌，凋零旧辈流。

惟应赤藤杖，伴我送悠悠。

## 2166 风雨（唐·李商隐）

凄凉宝剑篇，羁泊欲穷年。

黄叶仍风雨，青楼自管弦。

新知遭薄俗，旧好隔良缘。

心断新丰酒，销愁斗几千。

## 2167 逢唐兴刘主簿弟

（唐·杜甫）

分手开元末，连年绝尺书。

---

① 戎（róng）戎：茂盛浓密的样子。

② 淰（niǎn）淰：散乱不定的样子。

③ 畦（qí）：田园中分成的小区。古代称田五十亩为一畦。

江山且相见，戎马未安居。
剑外官人冷，关中驿骑疏。
轻舟下吴会，主簿意何如。

## 2168 凤台曲 (唐·李白)
尝闻秦帝女，传得凤凰声。
是日逢仙子，当时别有情。
人吹彩箫去，天借绿云迎。
曲在身不返，空余弄玉名。

## 2169 奉酬寇十侍御锡见寄四韵复寄寇 (唐·杜甫)
往别郇瑕①地，于今四十年。
来簪御府笔，故泊洞庭船。
诗忆伤心处，春深把臂前。
南瞻按百越，黄帽待君偏。

## 2170 奉酬李都督表丈早春作 (唐·杜甫)
力疾坐清晓，来时悲早春。
转添愁伴客，更觉老随人。
红入桃花嫩，青归柳叶新。
望乡应未已，四海尚风尘。

## 2171 奉答岑参补阙见赠 (唐·杜甫)
窈窕②清禁闼③，罢朝归不同。
君随丞相后，我往日华东。
冉冉柳枝碧，娟娟花蕊红。

故人得佳句，独赠白头翁。

## 2172 奉和贺监林月清酌 (唐·王湾)
华月当秋满，朝英假兴同。
净林新霁入，规院小凉通。
碎影行筵里，摇花落酒中。
消宵凝爽意，并此助文雄。

## 2173 奉和圣制赐史供奉曲江宴应制 (唐·王维)
侍从有邹枚，琼筵就水开。
言陪柏梁宴，新下建章来。
对酒山河满，移舟草树回。
天文同丽日，驻景惜行杯。

## 2174 奉和杨驸马六郎秋夜即事 (唐·王维)
高楼月似霜，秋夜郁金堂。
对坐弹卢女，同看舞凤凰。
少儿多送酒，小玉更焚香。
结束平阳骑，明朝入建章。

---

① 郇瑕 (huán xiá)：泛指山西临猗一带晋国故地。
② 窈窕 (yǎo tiǎo)：形容女子文静而美好。
③ 禁闼 (tà)：本指宫廷门户，亦指宫廷和朝廷。

## 2175 奉济驿重送严公四韵

（唐·杜甫）

远送从此别，青山空复情。

几时杯重把，昨夜月同行。

列郡讴歌惜，三朝出入荣。

江村独归处，寂寞养残生。

## 2176 奉简高三十五使君

（唐·杜甫）

当代论才子，如公复几人。

骅骝开道路，鹰隼出风尘。

行色秋将晚，交情老更亲。

天涯喜相见，披豁对吾真。

## 2177 奉饯高尊师如贵道士传道箓①毕归北海（唐·李白）

道隐不可见，灵书藏洞天。

吾师四万劫，历世递相传。

别杖留青竹，行歌蹑②紫烟。

离心无远近，长在玉京悬。

## 2178 奉陪郑驸马韦曲二首

（唐·杜甫）

其一

韦曲花无赖，家家恼杀人。

绿尊虽尽日，白发好禁春。

石角钩衣破，藤枝刺眼新。

何时占丛竹，头戴小乌巾。

其二

野寺垂杨里，春畦乱水间。

美花多映竹，好鸟不归山。

城郭终何事，风尘岂驻颜。

谁能共公子，薄暮欲俱还。

## 2179 奉使崔都水翁下峡

（唐·杜甫）

无数涪江③筏，鸣桡④总发时。

别离终不久，宗族忍相遗。

白狗黄牛峡，朝云暮雨祠。

所过频问讯，到日自题诗。

## 2180 奉送卿二翁统节度镇军还江陵（唐·杜甫）

火旗还锦缆，白马出江城。

嘹唳⑤吟笳⑥发，萧条别浦清。

寒空巫峡曙，落日渭阳明。

留滞嗟衰疾，何时见息兵。

---

① 道箓（lù）：道教的符箓。

② 蹑（niè）：本义指有意识地踩踏。引申为放轻脚步悄悄走。

③ 涪（fú）江：河川名。源出四川松潘东北雪澜山，东南流至重庆合川入嘉陵江。

④ 鸣桡（ráo）：意指开船。

⑤ 唳（lì）：意为鸟鸣。

⑥ 笳（jiā）：即胡笳，古代少数民族的一种乐器。

## 2181 奉送十七舅下邵桂
（唐·杜甫）
绝域三冬暮，浮生一病身。
感深辞舅氏，别后见何人。
缥缈苍梧帝，推迁孟母邻。
昏昏阻云水，侧望苦伤神。

## 2182 奉送韦中丞之晋赴湖南
（唐·杜甫）
宠渥征黄渐，权宜借寇频。
湖南安背水，峡内忆行春。
王室仍多故，苍生倚大臣。
还将徐孺子，处处待高人。

## 2183 奉赠王中允（唐·杜甫）
中允声名久，如今契阔深。
共传收庚信，不比得陈琳。
一病缘明主，三年独此心。
穷愁应有作，试诵白头吟。

## 2184 奉赠严八阁老
（唐·杜甫）
扈圣登黄阁，明公独妙年。
蛟龙得云雨，雕鹗在秋天。
客礼容疏放，官曹可接联。
新诗句句好，应任老夫传。

## 2185 浮世（宋·陆游）
浮世如流水，滔滔日夜东。

百年均梦寐，万古一虚空。
青鸟来云外，铜驼卧棘中。
相逢惟痛饮，令我忆无功。

## 2186 浯江泛舟送韦班归京
（唐·杜甫）
追饯同舟日，伤春一水间。
飘零为客久，衰老羡君还。
花远重重树，云轻处处山。
天涯故人少，更益鬓毛斑。

## 2187 赴京途中遇雪
（唐·孟浩然）
迢递秦京道，苍茫岁暮天。
穷阴连晦朔①，积雪满山川。
落雁迷沙渚，饥乌集野田。
客愁空伫立②，不见有人烟。

## 2188 赴青城县出成都寄陶、王二少尹（唐·杜甫）
老耻妻孥③笑，贫嗟出入劳。
客情投异县，诗态忆吾曹。
东郭沧江合，西山白雪高。
文章差底病，回首兴滔滔。

———————
① 晦朔（huì shuò）：晦，农历每月最后一天。朔，农历每月第一天。晦朔是指农历月末最后一天到下月第一天，即从天黑到天明。
② 伫（zhù）立：长时间地站着。
③ 妻孥（nú）：妻子和子女的统称。

048

## 2189 赋得古原草送别

（唐·白居易）

离离原上草，一岁一枯荣。

野火烧不尽，春风吹又生。

远芳侵古道，晴翠接荒城。

又送王孙去，萋萋满别情。

## 2190 赋得盈盈楼上女

（唐·孟浩然）

夫婿久离别，青楼空望归。

妆成卷帘坐，愁思懒缝衣。

燕子家家入，杨花处处飞。

空床难独守，谁为报金徽。

## 2191 覆舟二首（唐·杜甫）

其一

巫峡盘涡晓，黔阳贡物秋。

丹砂同陨石，翠羽共沉舟。

羁使空斜影，龙居闷①积流。

篙工幸不溺，俄顷逐轻鸥。

其二

竹宫时望拜，桂馆或求仙。

姹女②临波日，神光照夜年。

徒闻斩蛟剑，无复爨③犀船。

使者随秋色，迢迢独上天。

## 2192 甘园（唐·杜甫）

春日清江岸，千甘二顷园。

青云羞叶密，白雪避花繁。

结子随边使，开筒近至尊。

后于桃李熟，终得献金门。

## 2193 感兴八首（唐·李白）

其一

瑶姬天帝女，精彩化朝云。

宛转入宵梦，无心向楚君。

锦衾抱秋月，绮席空兰芬。

茫昧竟谁测？虚传宋玉文。

其二

洛浦有宓妃④，飘飖⑤雪争飞。

轻云拂素月，了可见清辉。

解佩欲西去，含情讵相违。

香尘动罗袜，绿水不沾衣。

陈王徒作赋，神女岂同归？

好色伤大雅，多为世所讥。

其三

裂素持作书，将寄万里怀。

眷眷⑥待远信，竟岁无人来。

征鸿务随阳，又不为我栖。

委之在深箧⑦，蠹鱼⑧坏其题。

---

① 闷（bì）：本义是掩门躲藏，引申为隐匿，也指慎重或珍重。

② 姹（chà）女：指美少女。

③ 爨（cuàn）：烧火煮饭，也指灶。

④ 宓妃（fú fēi）：传说中的洛水女神。

⑤ 飘飖（yáo）：风吹的样子；飘荡、飞扬、起伏的样子。

⑥ 眷（juàn）眷：依依不舍的样子。

⑦ 箧（qiè）：指小箱子，常用的藏物家具。大曰箱，小曰箧。

⑧ 蠹（dù）鱼：又称蠹、衣鱼、白鱼、书虫或衣虫，是一种灵巧、怕光、无翅的缨尾目昆虫。常蛀蚀书册等器物。

何如投水中，流落他人开。
不惜他人开，但恐生是非。
其四
芙蓉娇绿波，桃李夸白日。
偶蒙春风荣，生此艳阳质。
岂无佳人色？但恐花不实。
宛转龙火飞，零落互相失。
讵知凌寒松，千载长守一？
其五
十五游神仙，仙游未曾歇。
吹笙坐松风，泛瑟窥海月。
西山玉童子，使我炼金骨。
欲逐黄鹤飞，相呼向蓬阙①。
其六
西国有美女，结楼青云端。
蛾眉艳晓月，一笑倾城欢。
高节不可夺，炯心如凝丹。
常恐彩色晚，不为人所观。
安得配君子，共乘双飞鸾。
其七
竭来荆山客，谁为珉玉分？
良宝绝见弃，虚持三献君。
直木忌先伐，芬兰哀自焚。
盈满天所损，沉冥道所群。
东海有碧水，西山多白云。
鲁连及夷齐，可以蹑清芬。
其八
嘉谷隐丰草，草深苗且稀。
农夫既不异，孤穗将安归。
常恐委畴陇，忽与秋蓬飞。
乌得荐宗庙，为君生光辉。

## 2194 感遇 (唐·李白)

可叹东篱菊，茎疏叶且微。
虽言异兰蕙，亦自有芳菲。
未泛盈樽酒，徒沾清露辉。
当荣君不采，飘落欲何依。

## 2195 高楠 (唐·杜甫)

楠树色冥冥，江边一盖青。
近根开药圃，接叶制茅亭。
落景阴犹合，微风韵可听。
寻常绝醉困，卧此片时醒。

## 2196 更题 (唐·杜甫)

只应踏初雪，骑马发荆州。
直怕巫山雨，真伤白帝秋。
群公苍玉佩，天子翠云裘。
同舍晨趋侍，胡为淹此留。

## 2197 公安送李二十九弟晋肃入蜀余下沔②鄂③ (唐·杜甫)

正解柴桑缆，仍看蜀道行。
樯乌相背发，塞雁一行鸣。
南纪连铜柱，西江接锦城。
凭将百钱卜，飘泊问君平。

---

① 蓬阙（què）：指道观和传说中神仙居住的地方。
② 沔（miǎn）：沔水，汉水的上游，在陕西，古代也指整个汉水。
③ 鄂（è）：湖北的别称。

## 2198 公安县怀古（唐·杜甫）

野旷吕蒙营，江深刘备城。

寒天催日短，风浪与云平。

洒落君臣契，飞腾战伐名。

维舟倚前浦，长啸一含情。

## 2199 宫中行乐词八首

（唐·李白）

### 其一

小小生金屋，盈盈在紫微。

山花插宝髻，石竹绣罗衣。

每出深宫里，常随步辇①归。

只愁歌舞散，化作彩云飞。

### 其二

柳色黄金嫩，梨花白雪香。

玉楼巢翡翠，金殿锁鸳鸯。

选妓随雕辇，征歌出洞房。

宫中谁第一，飞燕在昭阳。

### 其三

卢橘为秦树，蒲萄出汉宫。

烟花宜落日，丝管醉春风。

笛奏龙鸣水，箫吟凤下空。

君王多乐事，还与万方同。

### 其四

玉树春归日，金宫乐事多。

后庭朝未入，轻辇夜相过。

笑出花间语，娇来烛下歌。

莫教明月去，留着醉姮娥②。

### 其五

绣户香风暖，纱窗曙色新。

宫花争笑日，池草暗生春。

绿树闻歌鸟，青楼见舞人。

昭阳桃李月，罗绮自相亲。

### 其六

今日明光里，还须结伴游。

春风开紫殿，天乐下珠楼。

艳舞全知巧，娇歌半欲羞。

更怜花月夜，宫女笑藏钩。

### 其七

寒雪梅中尽，春风柳上归。

宫莺娇欲醉，檐燕语还飞。

迟日明歌席，新花艳舞衣。

晚来移彩仗，行乐泥光辉。

### 其八

水绿南薰殿，花红北阙楼。

莺歌闻太液，凤吹绕瀛洲。

素女鸣珠佩，天人弄彩球。

今朝风日好，宜入未央游。

## 2200 恭懿太子挽歌五首

（唐·王维）

### 其一

何悟藏环早，才知拜璧年。

翀③天王子去，对日圣君怜。

---

① 步辇（niǎn）：古代一种用人抬的类似轿子的代步工具。

② 姮（héng）娥：一般指月中女神嫦娥，也借指月亮。

③ 翀（chōng）：鸟直着向上飞。

树转宫犹出，笳①悲马不前。
虽蒙绝驰道，京兆别开阡。
其二
兰殿新恩切，椒宫夕临幽。
白云随凤管，明月在龙楼。
人向青山哭，天临渭水愁。
鸡鸣常问膳，今恨玉京留。
其三
骑吹凌霜发，旌旗夹路陈。
凯容金节护，册命玉符新。
傅母悲香袱，君家拥画轮。
射熊今梦帝，秤象问何人。
其四
苍舒留帝宠，子晋有仙才。
五岁过人智，三天使鹤催。
心悲阳禄馆，目断望思台。
若道长安近，何为更不来。
其五
西望昆池阔，东瞻下杜平。
山朝豫章馆，树转凤凰城。
五校连旗色，千门叠鼓声。
金环如有验，还向画堂生。

## 2201 孤雁（唐·杜甫）

孤雁不饮啄，飞鸣声念群。
谁怜一片影，相失万重云？
望尽似犹见，哀多如更闻。
野鸦无意绪，鸣噪自纷纷。

## 2202 姑孰十咏·桓公井
（唐·李白）

桓公名已古，废井曾未竭。
石甃②冷苍苔，寒泉湛孤月。
秋来桐暂落，春至桃还发。
路远人罕窥，谁能见清彻。

## 2203 古朗月行（唐·李白）

小时不识月，呼作白玉盘。
又疑瑶台镜，飞在青云端。
仙人垂两足，桂树何团团。
白兔捣药成，问言与谁餐？

## 2204 故南阳夫人樊氏挽歌
（唐·王维）

锦衣余翟茀③，绣毂④罢鱼轩。
淑女诗长在，夫人法尚存。
凝笳随晓旆⑤，行哭向秋原。
归去将何见，谁能返戟门。

---

① 笳（jiā）：即胡笳，古代少数民族的
  一种乐器。
② 石甃（zhòu）：石砌的井壁。
③ 翟茀（zhái fú）：古代贵族妇女所乘
  的一种车子。
④ 绣毂（gǔ）：华贵的车子。
⑤ 旆（pèi）：古时末端如燕尾状的旗
  子，也泛指各种旗帜。

## 2205 故太子太师徐公挽歌四首 （唐·王维）

### 其一

功德冠群英，弥纶有大名。
轩皇用风后，傅说是星精。
就第优遗老，来朝诏不名。
留侯常辟谷，何苦不长生。

### 其二

谋猷为相国，翊戴奉宸舆。
剑履升前殿，貂蝉托后车。
齐侯疏土宇，汉室赖图书。
僻处留田宅，仍才十顷余。

### 其三

旧里趋庭日，新年置酒辰。
闻诗鸢渚客，献赋凤楼人。
北首辞明主，东堂哭大臣。
犹思御朱辂①，不惜污车茵。

### 其四

久践中台座，终登上将坛。
谁言断车骑，空忆盛衣冠。
风日咸阳惨，笳箫渭水寒。
无人当便阙，应罢太师官。

## 2206 故武卫将军挽歌三首 （唐·杜甫）

### 其一

严警当寒夜，前军落大星。
壮夫思感决，哀诏惜精灵。
王者今无战，书生已勒铭。

封侯意疏阔，编简为谁青。

### 其二

舞剑过人绝，鸣弓射兽能。
铦②锋行惬顺③，猛噬④失跷腾⑤。
赤羽千夫膳，黄河十月冰。
横行沙漠外，神速至今称。

### 其三

哀挽青门去，新阡绛水遥。
路人纷雨泣，天意飒风飘。
部曲精仍锐，匈奴气不骄。
无由睹雄略，大树日萧萧。

## 2207 故西河郡杜太守挽歌三首 （唐·王维）

### 其一

天上去西征，云中护北平。
生擒白马将，连破黑雕城。
忽见刍灵⑥苦，徒闻竹使荣。
空留左氏传，谁继卜商名。

---

① 辂（lù）：古代车辕上用来挽车的横木，或指古代的一种大车。
② 铦（xiān）：古时一种有锋刃的农具，故又作锋利的代名词。
③ 惬（qiè）顺：顺心如意。
④ 噬（shì）：吞咬。
⑤ 跷（qiāo）腾：壮武腾跃的样子。
⑥ 刍（chú）灵：用茅草扎成的人马，为古人送葬之物。

其二

返葬金符守，同归石窌①妻。

卷衣悲画翟，持翣②待鸣鸡。

容卫都人惨，山川驷马嘶。

犹闻陇上客，相对哭征西。

其三

涂刍去国门，秘器出东园。

太守留金印，夫人罢锦轩。

旌旗转衰木，箫鼓上寒原。

坟树应西靡，长思魏阙恩。

## 2208 故刑部李尚书荆谷山集会（唐·张九龄）

尝闻继老聃，身退道弥耽。

结宇倚青壁，疏泉喷碧潭。

苔石随人古，烟花寄酒酣。

山光纷向夕，归兴杜城南。

## 2209 挂席江上待月有怀（唐·李白）

待月月未出，望江江自流。

倏忽城西郭，青天悬玉钩。

素华虽可揽，清景不可游。

耿耿金波里，空瞻鸤鹊楼③。

## 2210 观安西兵过赴关中待命二首（唐·杜甫）

其一

四镇富精锐，摧锋皆绝伦。

还闻献士卒，足以静风尘。

老马夜知道，苍鹰饥著人。

临危经久战，用急始如神。

其二

奇兵不在众，万马救中原。

谈笑无河北，心肝奉至尊。

孤云随杀气，飞鸟避辕门。

竟日留欢乐，城池未觉喧。

## 2211 观兵（唐·杜甫）

北庭送壮士，貔虎④数尤多。

精锐旧无敌，边隅今若何。

妖氛拥白马，元帅待雕戈。

莫守邺城下，斩鲸辽海波。

---

① 石窌（liù）：春秋时齐地，在今山东省济南市长清区。后也泛指封地。石窌妻典故出自《左传·成公二年》：齐顷公于劣势作战中脱困，路遇一女子，卫兵命其让道，女子挡道问："国君安全了吗？"卫兵答："安全了。"又问："锐司徒安全了吗？"卫兵答："安全了。"女子边快速让路边说："那我就放心了。"后查知女子为辟司徒之妻，锐司徒之女。齐顷公因她知礼而赐石窌为其封地。

② 翣（shà）：古代仪仗中的长柄羽扇。

③ 鸤（zhī）鹊楼：鸤鹊是传说中的异鸟名，也指喜鹊。汉代长安有道观名鸤鹊，南朝亦有鸤鹊楼位于南京。此处指长安鸤鹊楼。

④ 貔（pí）虎：泛指猛兽。也比喻勇猛的将士和桀骜不驯的武夫。

054

## 2212 观胡人吹笛 （唐·李白）

胡人吹玉笛，一半是秦声。
十月吴山晓，梅花落敬亭。
愁闻出塞曲，泪满逐臣缨。
却望长安道，空怀恋主情。

## 2213 观李固请司马弟山水图三首 （唐·杜甫）

其一

简易高人意，匡床竹火炉。
寒天留远客，碧海挂新图。
虽对连山好，贪看绝岛孤。
群仙不愁思，冉冉下蓬壶。

其二

方丈浑连水，天台总映云。
人间长见画，老去恨空闻。
范蠡①舟偏小，王乔鹤不群。
此生随万物，何路出尘氛。

其三

高浪垂翻屋，崩崖欲压床。
野桥分子细，沙岸绕微茫。
红浸珊瑚短，青悬薜荔②长。
浮查并坐得，仙老暂相将。

## 2214 观猎 （唐·李白）

太守耀清威，乘闲弄晚晖。
江沙横猎骑，山火绕行围。
箭逐云鸿落，鹰随月兔飞。
不知白日暮，欢赏夜方归。

## 2215 观猎 （唐·王维）

风劲角弓鸣，将军猎渭城。
草枯鹰眼疾，雪尽马蹄轻。
忽过新丰市，还归细柳营。
回看射雕处，千里暮云平。

## 2216 观鱼潭 （唐·李白）

观鱼碧潭上，木落潭水清。
日暮紫鳞跃，圆波处处生。
凉烟浮竹尽，秋月照沙明。
何必沧浪去，兹焉可濯缨③。

## 2217 观月 （宋·陆游）

清风发疏林，瞰月上素壁。
悠然倚庭楯④，爱此风月夕。
人间好时节，俯仰成宿昔。
少年不痛饮，老大空叹息。

---

① 范蠡（lǐ）：春秋时楚国人，与文种同事越王勾践二十余年，助勾践灭吴，被尊为上将军。后辞官归隐，变姓名为鸱（chī）夷子皮。至陶后做生意，因成巨富，自号陶朱公，后世尊为财神之一。
② 薜荔（bì lì）：又称木莲，常绿藤本蔓生植物。果实富胶汁，可制凉粉，有解暑作用。
③ 濯（zhuó）缨：洗涤帽缨。比喻超脱世俗，操守高洁。《孟子·离娄上》和《楚辞·渔夫》："沧浪之水清兮，可以濯我（吾）缨。"
④ 楯（shǔn）：栏杆。

## 2218 官定后戏赠 (唐·杜甫)

不作河西尉,凄凉为折腰。
老夫怕趋走,率府且逍遥。
耽酒须微禄,狂歌托圣朝。
故山归兴尽,回首向风飙①。

## 2219 官亭夕坐戏简颜十少府
(唐·杜甫)

南国调寒杵②,西江浸日车。
客愁连蟋蟀,亭古带蒹葭③。
不返青丝鞚④,虚烧夜烛花。
老翁须地主,细细酌流霞。

## 2220 广陵别薛八
(唐·孟浩然)

士有不得志,栖栖吴楚间。
广陵相遇罢,彭蠡泛舟还。
樯出江中树,波连海上山。
风帆明日远,何处更追攀。

## 2221 广陵赠别 (唐·李白)

玉瓶沽美酒,数里送君还。
系马垂杨下,衔杯大道间。
天边看渌水,海上见青山。
兴罢各分袂,何须醉别颜。

## 2222 广州段功曹到得杨五
长史谭书功曹却归聊寄此诗
(唐·杜甫)

卫青开幕府,杨仆将楼船。

汉节梅花外,春城海水边。
铜梁书远及,珠浦使将旋。
贫病他乡老,烦君万里传。

## 2223 归 (唐·杜甫)

束带还骑马,东西却渡船。
林中才有地,峡外绝无天。
虚白高人静,喧卑俗累牵。
他乡悦迟暮,不敢废诗篇。

## 2224 归来 (唐·杜甫)

客里有所过,归来知路难。
开门野鼠走,散帙⑤壁鱼干。
洗杓⑥开新酝,低头拭小盘。
凭谁给麹糵⑦,细酌老江干。

## 2225 归梦 (唐·杜甫)

道路时通塞,江山日寂寥。
偷生唯一老,伐叛已三朝。

---

① 飙 (biāo):暴风。
② 杵 (chǔ):一头粗一头细的圆木棒,
   用来在臼里捣粮食或洗衣服时捶
   衣服。
③ 蒹葭 (jiān jiā):荻与芦,有时也统
   称芦苇。蒹是没长穗的荻,葭是初生
   的芦苇。
④ 鞚 (kòng):马笼头。
⑤ 散帙 (zhì):意思是指打开书帙,亦
   借指读书。
⑥ 杓 (sháo):同"勺"。
⑦ 麹糵 (qū niè):指酒曲或发霉发芽的
   谷粒。

雨急青枫暮，云深黑水遥。
梦归归未得，不用楚辞招。

## 2226 归嵩山作（唐·王维）

清川带长薄，车马去闲闲。
流水如有意，暮禽相与还。
荒城临古渡，落日满秋山。
迢递嵩高下，归来且闭关。

## 2227 归辋川作（唐·王维）

谷口疏钟动，渔樵稍欲稀。
悠然远山暮，独向白云归。
菱蔓弱难定，杨花轻易飞。
东皋春草色，惆怅掩柴扉。

## 2228 归雁三首（唐·杜甫）

其一
闻道今春雁，南归自广州。
见花辞涨海，避雪到罗浮。
是物关兵气，何时免客愁。
年年霜露隔，不过五湖秋。
其二
万里衡阳雁，今年又北归。
双双瞻客上，一一背人飞。
云里相呼疾，沙边自宿稀。
系书元浪语，愁寂故山薇。
其三
欲雪违胡地，先花别楚云。
却过清渭影，高起洞庭群。

塞北春阴暮，江南日色曛。
伤弓流落羽，行断不堪闻。

## 2229 归燕（唐·杜甫）

不独避霜雪，其如俦①侣稀。
四时无失序，八月自知归。
春色岂相访，众雏还识机。
故巢傥未毁，会傍主人飞。

## 2230 归至郢中②
（唐·孟浩然）

远游经海峤，返棹归山阿。
日夕见乔木，乡关在伐柯。
愁随江路尽，喜入郢门多。
左右看桑土，依然即匪他。

## 2231 闺情（唐·孟浩然）

一别隔炎凉，君衣忘短长。
裁缝无处等，以意忖情量。
畏瘦疑伤窄，防寒更厚装。
半啼封裹了，知欲寄谁将。

## 2232 过崔八丈水亭
（唐·李白）

高阁横秀气，清幽并在君。
檐飞宛溪水，窗落敬亭云。

---

① 俦（chóu）：伴侣，同辈，同类。
② 郢（yǐng）中：即郢都，借指古
楚地。

猿啸风中断，渔歌月里闻。
闲随白鸥去，沙上自为群。

## 2233 过崔驸马山池
（唐·王维）
画楼吹笛妓，金碗酒家胡。
锦石称贞女，青松学大夫。
脱貂贳①桂醑②，射雁与山厨。
闻道高阳会，愚公谷正愚。

## 2234 过福禅师兰若
（唐·王维）
岩壑转微径，云林隐法堂。
羽人飞奏乐，天女跪焚香。
竹外峰偏曙，藤阴水更凉。
欲知禅坐久，行路长春芳。

## 2235 过感化寺昙兴上人山院
（唐·王维）
暮持筇竹③杖，相待虎溪头。
催客闻山响，归房逐水流。
野花丛发好，谷鸟一声幽。
夜坐空林寂，松风直似秋。

## 2236 过故斛④斯校书庄二首
（唐·杜甫）
其一
此老已云殁⑤，邻人嗟未休。
竟无宣室召，徒有茂陵求。

妻子寄他食，园林非昔游。
空余穗帷⑥在，淅淅野风秋。
其二
燕入非傍舍，鸥归只故池。
断桥无复板，卧柳自生枝。
遂有山阳作，多惭鲍叔知。
素交零落尽，白首泪双垂。

## 2237 过故人庄（唐·孟浩然）
故人具鸡黍，邀我至田家。
绿树村边合，青山郭外斜。
开轩面场圃，把酒话桑麻。
待到重阳日，还来就菊花。

## 2238 过景空寺故融公兰若
（唐·孟浩然）
池上青莲宇，林间白马泉。
故人成异物，过客独潸然⑦。
既礼新松塔，还寻旧石筵。
平生竹如意，犹挂草堂前。

---

① 贳（shì）：出赁、出借或赊欠，引申为宽纵、赦免。
② 桂醑（xǔ）：桂花酒，亦泛指美酒。
③ 筇（qióng）竹：竹名。因高节实中，常用以为手杖，为杖中珍品。
④ 斛（hú）：姓。
⑤ 殁（mò）：去世。
⑥ 穗帷（suì wéi）：亦作"穗帏"，指穗帐，即设于灵柩前的帷幕。
⑦ 潸（shān）然：流泪的样子。

## 2239 过客相寻（唐·杜甫）

穷老真无事，江山已定居。
地幽忘盥栉①，客至罢琴书。
挂壁移筐果，呼儿闯煮鱼。
时闻系舟楫，及此问吾庐。

## 2240 过南邻朱山人水亭
（唐·杜甫）

相近竹参差，相过人不知。
幽花欹②满树，小水细通池。
归客村非远，残樽席更移。
看君多道气，从此数追随。

## 2241 过始皇墓（唐·王维）

古墓成苍岭，幽宫象紫台。
星辰七曜隔，河汉九泉开。
有海人宁渡，无春雁不回。
更闻松韵切，疑是大夫哀。

## 2242 过宋员外之问旧庄
（唐·杜甫）

宋公旧池馆，零落守阳阿。
枉道祇从入，吟诗许更过？
淹留问耆老③，寂寞向山河。
更识将军树，悲风日暮多。

## 2243 过香积寺（唐·王维）

不知香积寺，数里入云峰。
古木无人径，深山何处钟。

泉声咽危石，日色冷青松。
薄暮空潭曲，安禅制毒龙。

## 2244 寒食（唐·杜甫）

寒食江村路，风花高下飞。
汀烟轻冉冉，竹日静晖晖。
田父要皆去，邻家闹不违。
地偏相识尽，鸡犬亦忘归。

## 2245 寒夜（唐·孟浩然）

闺夕绮窗闭，佳人罢缝衣。
理琴开宝匣，就枕卧重帏。
夜久灯花落，薰笼香气微。
锦衾④重自暖，遮莫晓霜飞。

## 2246 寒夜张明府宅宴
（唐·孟浩然）

瑞雪初盈尺，寒宵始半更。
列筵邀酒伴，刻烛限诗成。
香炭金炉暖，娇弦玉指清。
醉来方欲卧，不觉晓鸡鸣。

## 2247 汉江临泛（唐·王维）

楚塞三湘接，荆门九派通。
江流天地外，山色有无中。

---

① 盥栉（guàn zhì）：梳洗或整理容颜。
② 欹（qī）：倾斜，歪向一边。
③ 耆（qí）老：老年人。
④ 锦衾（qīn）：锦缎制的被子。衾，
被子。

郡邑浮前浦，波澜动远空。
襄阳好风日，留醉与山翁。

## 2248 汉水雨度（清·韦佩金）

汉水不变酒，萧然春若秋。
清明连夜雨，花柳一江愁。
鼓我沧浪棹，何年西北流。
纷纷峭帆去，七日下扬州。

## 2249 杭州送裴大泽赴庐州长史（唐·李白）

西江天柱远，东越海门深。
去割慈亲恋，行忧报国心。
好风吹落日，流水引长吟。
五月披裘者，应知不取金。

## 2250 和贾主簿弁九日登岘山（唐·孟浩然）

楚万重阳日，群公赏宴来。
共乘休沐暇，同醉菊花杯。
逸思高秋发，欢情落景催。
国人咸寡和，遥愧洛阳才。

## 2251 和江陵宋大少府暮春雨后同诸公及舍弟宴书斋（唐·杜甫）

渥洼汗血种，天上麒麟儿。
才士得神秀，书斋闻尔为。
棣华①晴雨好，彩服暮春宜。

朋酒日欢会，老夫今始知。

## 2252 和晋陵陆丞早春游望（唐·杜审言）

独有宦游人，偏惊物候新。
云霞出海曙，梅柳渡江春。
淑气催黄鸟，晴光转绿蘋。
忽闻歌古调，归思欲沾巾。

## 2253 和裴迪登新津寺寄王侍郎（唐·杜甫）

何限倚山木，吟诗秋叶黄。
蝉声集古寺，鸟影度寒塘。
风物悲游子，登临忆侍郎。
老夫贪佛日，随意宿僧房。

## 2254 和尹谏议史馆山池（唐·王维）

云馆接天居，霓裳侍玉除。
春池百子外，芳树万年余。
洞有仙人箓，山藏太史书。
君恩深汉帝，且莫上空虚。

## 2255 和张丞相春朝对雪（唐·孟浩然）

迎气当春至，承恩喜雪来。
润从河汉下，花逼艳阳开。

---

① 棣（dì）华：比喻兄弟和睦相亲。

060

不睹丰年瑞，焉知燮理才。
撒盐如可拟，愿糁①和羹梅。

## 2256 和张二自穰县还途中遇雪（唐·孟浩然）

风吹沙海雪，渐作柳园春。
宛转随香骑，轻盈伴玉人。
歌疑郢②中客，态比洛川神。
今日南归楚，双飞似入秦。

## 2257 和张明府登鹿门作（唐·孟浩然）

忽示登高作，能宽旅寓情。
弦歌既多暇，山水思微清。
草得风光动，虹因雨气成。
谬③承巴里和，非敢应同声。

## 2258 荷锄（宋·陆游）

五亩畦④蔬地，秋来日荷锄。
何曾笑尔辈，但觉爱吾庐。
胆怯沽官酿，瞳昏读监书。
区区尚多事，未解杂樵渔。

## 2259 恨（明·王世贞）

零落先朋旧，艰危但甲兵。
陆沉应有任，瓦解向谁明。
展转疑吾道，低回愧此生。
不知巫峡水，流恨几时平。

## 2260 横山（宋·杨万里）

已过方山了，横山更绝奇。
争高一尖喜，妒逸众青追。
万马头惊拶⑤，千旗脚恣吹。
娟峰恰三五，隔柳尚参差。

## 2261 后游（唐·杜甫）

寺忆新游处，桥怜再渡时。
江山如有待，花柳更无私。
野润烟光薄，沙暄日色迟。
客愁全为减，舍此复何之。

## 2262 忽忽（宋·陆游）

忽忽复悠悠，频惊岁月遒⑥。
若无船贮酒，将奈斛量愁。
列炬燕宫夜，呼鹰汉庙秋。
凋年莫多感，梦境付沧洲。

## 2263 湖边采莲妇（唐·李白）

小姑织白纻，未解将人语。
大嫂采芙蓉，溪湖千万重。

---

① 糁（shēn）：谷类制成的不规则小颗粒。
② 郢（yǐng）中：即郢都，借指古楚地。
③ 谬（miù）：错误和荒唐的论调，引申为表述差错。
④ 畦（qí）：田园中分成的小区。古代称田五十亩为一畦。
⑤ 拶（zǎn）：压紧。
⑥ 遒（qiú）：强健有力。

长兄行不在，莫使外人逢。
愿学秋胡妇，贞心比古松。

## 2264 花底（唐·杜甫）
紫萼扶千蕊，黄须照万花。
忽疑行暮雨，何事入朝霞。
恐是潘安县，堪留卫玠车。
深知好颜色，莫作委泥沙。

## 2265 画鹰（唐·杜甫）
素练风霜起，苍鹰画作殊。
㧐身①思狡兔②，侧目似愁胡。
绦镟③光堪摘④，轩楹势可呼。
何当击凡鸟，毛血洒平芜。

## 2266 怀灞上游（唐·杜甫）
怅望东陵道，平生灞上游。
春浓停野骑，夜宿敞云楼。
离别人谁在，经过老自休。
眼前今古意，江汉一归舟。

## 2267 怀锦水居止二首
（唐·杜甫）
其一
军旅西征僻，风尘战伐多。
犹闻蜀父老，不忘舜讴歌。
天险终难立，柴门岂重过。
朝朝巫峡水，远逗锦江波。

其二
万里桥南宅，百花潭北庄。
层轩皆面水，老树饱经霜。
雪岭界天白，锦城曛日黄。
惜哉形胜地，回首一茫茫。

## 2268 怀旧（唐·杜甫）
地下苏司业，情亲独有君。
那因丧乱后，便有死生分。
老罢知明镜，悲来望白云。
自从失词伯，不复更论文。

## 2269 淮海对雪赠傅霭⑤
（唐·李白）
朔雪落吴天，从风渡溟渤。
海树成阳春，江沙浩明月。
兴从剡溪⑥起，思绕梁园发。
寄君郢中歌，曲罢心断绝。

----

① 㧐（sǒng）身：即竦（sǒng）身，收敛躯体准备搏击的样子。
② 思狡（jiǎo）兔：想捕获狡兔。
③ 绦镟（tāo xuàn）：系鸟的绳和环。
④ 光堪（kān）摘（zhāi）：言绦镟之色鲜明可爱。堪，可以。摘，同"摘"。
⑤ 傅霭（ǎi）：李白的友人。霭，云气，雾气。
⑥ 剡（shàn）溪：水名，浙江绍兴嵊州境内主要河流。

## 2270 淮上喜会梁州故人
（唐·韦应物）

江汉曾为客，相逢每醉还。
浮云一别后，流水十年间。
欢笑情如旧，萧疏鬓已斑。
何因不归去？淮上有秋山。

## 2271 黄鱼（唐·杜甫）

日见巴东峡，黄鱼出浪新。
脂膏兼饲犬，长大不容身。
筒桶相沿久，风雷肯为神。
泥沙卷涎沫，回首怪龙鳞。

## 2272 挥手（宋·陆游）

挥手群玉府，说驾石帆山。
偶与片云出，却随孤鹤还。
松风暮萧瑟，石溜夜淙潺①。
阿敏读书处，更添茆一间。

## 2273 惠义寺送王少尹赴成都
（唐·杜甫）

苒苒谷中寺，娟娟林表峰。
阑干上处远，结构坐来重。
骑马行春径，衣冠起晚钟。
云门青寂寂，此别惜相从。

## 2274 鸡（唐·杜甫）

纪德名标五，初鸣度必三。
殊方听有异，失次晓无惭。

问俗人情似，充庖尔辈堪。
气交亭育际，巫峡漏司南。

## 2275 即事（唐·杜甫）

闻道花门破，和亲事却非。
人怜汉公主，生得渡河归。
秋思抛云髻，腰支胜宝衣。
群凶犹索战，回首意多违。

## 2276 麂（唐·杜甫）

永与清溪别，蒙将玉馔俱。
无才逐仙隐，不敢恨庖厨。
乱世轻全物，微声及祸枢。
衣冠兼盗贼，饕餮②用斯须。

## 2277 季秋江村（唐·杜甫）

乔木村墟古，疏篱野蔓悬。
清琴将暇日，白首望霜天。
登俎③黄甘重，支床锦石圆。
远游虽寂寞，难见此山川。

---

① 淙潺（cóng chán）：水流声。淙，流水拟声词。潺，溪水缓缓流动的样子。

② 饕餮（tāo tiè）：传说中凶恶贪吃的神兽，是四大凶兽之一。也比喻凶恶贪婪的人和贪吃的人。

③ 俎（zǔ）：古代祭祀时盛肉的器物或古代切肉用的砧（zhēn）板。

## 2278 济上四贤咏 (唐·王维)

**成文学**

宝剑千金装，登君白玉堂。
身为平原客，家有邯郸娼。
使气公卿坐，论心游侠场。
中年不得意，谢病客游梁。

**崔录事**

解印归田里，贤哉此丈夫。
少年曾任侠，晚节更为儒。
遁迹东山下，因家沧海隅。
已闻能狎①鸟，余欲共乘桴②。

**郑霍二山人**

翩翩繁华子，多出金张门。
幸有先人业，早蒙明主恩。
童年且未学，肉食鹜华轩。
岂乏中林士，无人荐至尊。
郑公老泉石，霍子安丘樊。
卖药不二价，著书盈万言。
息阴无恶木，饮水必清源。
吾贱不及议，斯人竟谁论。

## 2279 寄安陆友人

(唐·姚合)

别路在春色，故人云梦中。
鸟啼三月雨，蝶舞百花风。
烟束远山碧，霞欹③落照红。
想君登此兴，回首念飘蓬。

## 2280 寄从弟宣州长史昭

(唐·李白)

尔佐宣州郡，守官清且闲。
常夸云月好，邀我敬亭山。
五落洞庭叶，三江游未还。
相思不可见，叹息损朱颜。

## 2281 寄当涂赵少府炎

(唐·李白)

晚登高楼望，木落双江清。
寒山饶积翠，秀色连州城。
目送楚云尽，心悲胡雁声。
相思不可见，回首故人情。

## 2282 寄杜位 (唐·杜甫)

寒日经檐短，穷猿失木悲。
峡中为客恨，江上忆君时。
天地身何在，风尘病敢辞。
封书两行泪，沾洒裛④新诗。

## 2283 寄高三十五书记

(唐·杜甫)

叹惜高生老，新诗日又多。
美名人不及，佳句法如何。

---

① 狎（xiá）：亲昵而不庄重。
② 乘桴（fú）：乘坐竹木小筏，借指避世归隐。
③ 欹（qī）：倾斜，歪向一边。
④ 裛（yì）：古同"浥"，沾湿、湿润的意思。

主将收才子，崆峒足凯歌。
闻君已朱绂①，且得慰蹉跎②。

## 2284 寄高三十五詹事

（唐·杜甫）

安稳高詹事，兵戈久索居。
时来如宦达，岁晚莫情疏。
天上多鸿雁，池中足鲤鱼。
相看过半百，不寄一行书。

## 2285 寄高适（唐·杜甫）

楚隔乾坤远，难招病客魂。
诗名惟我共，世事与谁论。
北阙更新主，南星落故园。
定知相见日，烂漫倒芳尊。

## 2286 寄贺兰铦③（唐·杜甫）

朝野欢娱后，乾坤震荡中。
相随万里日，总作白头翁。
岁晚仍分袂，江边更转蓬。
勿云俱异域，饮啄几回同。

## 2287 寄淮南友人（唐·李白）

红颜悲旧国，青岁歇芳洲。
不待金门诏，空持宝剑游。
海云迷驿道，江月隐乡楼。
复作淮南客，因逢桂树留。

## 2288 寄荆州张丞相

（唐·王维）

所思竟何在，怅望深荆门。
举世无相识，终身思旧恩。
方将与农圃，艺植老丘园。
目尽南飞雁，何由寄一言。

## 2289 寄邛州④崔录事

（唐·杜甫）

邛州崔录事，闻在果园坊。
久待无消息，终朝有底忙。
应愁江树远，怯见野亭荒。
浩荡风尘外，谁知酒熟香。

## 2290 寄上吴王三首

（唐·李白）

其一

淮王爱八公，携手绿云中。
小子忝枝叶，亦攀丹桂丛。
谬⑤以词赋重，而将枚马同。
何日背淮水，东之观土风。

---

① 朱绂（fú）：古代礼服上的红色蔽膝，后多借指官服，也借指做官。
② 蹉跎（cuō tuó）：光阴白白地流逝。
③ 贺兰铦（xiān）：杜甫的友人。铦，古时一种有锋刃的农具，故又作锋利的代名词。
④ 邛（qióng）州：即今四川省成都邛崃（lái）市，自古为"天府南来第一州"。
⑤ 谬（miù）：错误和荒唐的论调，引申为表述差错。

其二

坐啸庐江静，闲闻进玉觞①。
去时无一物，东壁挂胡床。

其三

英明庐江守，声誉广平籍。
洒扫黄金台，招邀青云客。
客曾与天通，出入清禁中。
襄王怜宋玉，愿入兰台宫。

## 2291 寄天台道士

（唐·孟浩然）

海上求仙客，三山望几时。
焚香宿华顶，裛露②采灵芝。
屡蹑③莓苔滑，将寻汗漫期。
倘因松子去，长与世人辞。

## 2292 寄王汉阳（唐·李白）

南湖秋月白，王宰夜相邀。
锦帐郎官醉，罗衣舞女娇。
笛声喧沔④鄂⑤，歌曲上云霄。
别后空愁我，相思一水遥。

## 2293 寄杨五桂州谭

（唐·杜甫）

五岭皆炎热，宜人独桂林。
梅花万里外，雪片一冬深。
闻此宽相忆，为邦复好音。
江边送孙楚，远附白头吟。

## 2294 寄赠王十将军承俊

（唐·杜甫）

将军胆气雄，臂悬两角弓。
缠结青骢⑥马，出入锦城中。
时危未授钺，势屈难为功。
宾客满堂上，何人高义同。

## 2295 寄赵正字（唐·孟浩然）

正字芸香阁，幽人竹素园。
经过宛如昨，归卧寂无喧。
高鸟能择木，羚羊漫触藩⑦。
物情今已见，从此愿忘言。

## 2296 寂寂（宋·陆游）

接客厌纷纷，客去喜寂寂。
今朝下帘坐，疏雨时一滴。
地炉拥破褐，自笑懒无敌。
新春傥得归，更面九年壁。

---

① 觞（shāng）：古代盛酒器。作动词时有敬酒和饮酒的意思。
② 裛（yì）露：带露。裛，古同"浥"，沾湿、湿润的意思。
③ 蹑（niè）：本义指有意识地踩踏。引申为放轻脚步悄悄走。
④ 沔（miǎn）：沔水，汉水的上游，在陕西，古代也指整个汉水。
⑤ 鄂（è）：湖北的别称。
⑥ 骢（cōng）：毛色青白相间的马，今名菊花青马。古人也用"骢"来形容速度非常快的马。
⑦ 藩（fān）：本指篱笆或屏障，也引申为封建王朝分封的属地或属国。

## 2297 蒹葭① (唐·杜甫)

摧折不自守，秋风吹若何。
暂时花戴雪，几处叶沉波。
体弱春风早，丛长夜露多。
江湖后摇落，亦恐岁蹉跎。

## 2298 简②卢陟③ (唐·韦应物)

可怜白雪曲，未遇知音人。
恓惶④戎⑤旅下，蹉跎淮海滨。
涧树含朝雨，山鸟哢⑥余春。
我有一瓢酒，可以慰风尘。

## 2299 见物便见心

### (宋·张伯端)

见物便见心，无物心不现。
十方通塞中，真心无不遍。
若生知识解，却成颠倒见。
睹境能无心，始见菩提面。

## 2300 见野草中有日白头翁者

### (唐·李白)

醉入田家去，行歌荒野中。
如何青草里，亦有白头翁。
折取对明镜，宛将衰鬓同。
微芳似相诮，留恨向东风。

## 2301 饯别王十一南游

### (唐·刘长卿)

望君烟水阔，挥手泪沾巾。
飞鸟没何处，青山空向人。
长江一帆远，落日五湖春。
谁见汀洲⑦上，相思愁白蘋⑧。

## 2302 涧南即事贻皎上人

### (唐·孟浩然)

弊庐在郭外，素产惟田园。
左右林野旷，不闻朝市喧。
钓竿垂北涧，樵唱入南轩。
书取幽栖事，将寻静者论。

## 2303 箭 (唐·李峤)

汉甸初收羽，燕城忽解围。
影随流水急，光带落星飞。
夏列三成范，尧沉九日辉。
断蛟云梦泽，希为识忘归。

---

① 蒹葭（jiān jiā）：荻与芦，有时也统称芦苇。蒹是没长穗的荻，葭是初生的芦苇。
② 简：书信，此处活用作动词。
③ 卢陟（zhì）：韦应物的外甥。
④ 恓惶（xī huáng）：穷苦或惊恐烦恼的样子。
⑤ 戎（róng）：武器或军队。
⑥ 哢（lòng）：鸟鸣声。
⑦ 汀（tīng）洲：水中小洲。
⑧ 白蘋（pín）：水中浮草，花白色，故名。

## 2304 江边星月二首

（唐·杜甫）

**其一**

骤雨清秋夜，金波耿玉绳。
天河元自白，江浦向来澄。
映物连珠断，缘空一镜升。
余光隐更漏，况乃露华凝。

**其二**

江月辞风缆，江星别雾船。
鸡鸣还曙色，鹭浴自清川。
历历竟谁种，悠悠何处圆。
客愁殊未已，他夕始相鲜。

## 2305 江汉（唐·杜甫）

江汉思归客，乾坤一腐儒。
片云天共远，永夜月同孤。
落日心犹壮，秋风病欲疏。
古来存老马，不必取长途。

## 2306 江间（明·屈大均）

江间愁积雨，水浊少黄鱼。
潮味一春淡，海鲜三月疏。
白头甜野笋，黄口苦园蔬。
食力于陵子，桔槔①闲有余。

## 2307 江梅（唐·杜甫）

梅蕊腊前破，梅花年后多。
绝知春意好，最奈客愁何。
雪树元同色，江风亦自波。
故园不可见，巫岫②郁嵯峨③。

## 2308 江上（唐·杜甫）

江上日多雨，萧萧荆楚秋。
高风下木叶，永夜揽貂裘④。
勋业频看镜，行藏独倚楼。
时危思报主，衰谢不能休。

## 2309 江上别流人

（唐·孟浩然）

以我越乡客，逢君谪⑤居者。
分飞黄鹤楼，流落苍梧野。
驿使乘云去，征帆沿溜下。
不知从此分，还袂何时把。

## 2310 江上寄巴东故人

（唐·李白）

汉水波浪远，巫山云雨飞。
东风吹客梦，西落此中时。
觉后思白帝，佳人与我违。
瞿塘饶贾客，音信莫令稀。

---

① 桔槔（jié gāo）：汲水工具。在水边架一杠杆，一端系提水工具，一端坠重物，可一起一落地汲水。
② 巫岫（xiù）：巫山。
③ 嵯峨（cuó é）：形容山势高峻。
④ 貂裘（diāo qiú）：用貂的毛皮制作的衣服。
⑤ 谪（zhé）：指古代把高级官员降职并调到边远地方做官，或神仙受罚降到人间。

## 2311 江上寄山阴崔少府国辅

（唐·孟浩然）

春堤杨柳发，忆与故人期。

草木本无意，荣枯自有时。

山阴定远近，江上日相思。

不及兰亭会，空吟被禊①诗。

## 2312 江上送女道士褚三清

### 游南岳 （唐·李白）

吴江女道士，头戴莲花巾。

霓衣不湿雨，特异阳台云。

足下远游履，凌波生素尘。

寻仙向南岳，应见魏夫人。

## 2313 江亭 （唐·杜甫）

坦腹江亭暖，长吟野望时。

水流心不竞，云在意俱迟。

寂寂春将晚，欣欣物自私。

故林归未得，排闷强裁诗。

## 2314 江亭送眉州辛别驾升之

（唐·杜甫）

柳影含云幕，江波近酒壶。

异方惊会面，终宴惜征途。

沙晚低风蝶，天晴喜浴凫②。

别离伤老大，意绪日荒芜。

## 2315 江亭王阆州筵饯萧遂州

（唐·杜甫）

离亭非旧国，春色是他乡。

老畏歌声断，愁随舞曲长。

二天开宠饯，五马烂生光。

川路风烟接，俱宜下凤凰。

## 2316 江头四咏 （唐·杜甫）

### 丁香

丁香体柔弱，乱结枝犹垫。

细叶带浮毛，疏花披素艳。

深栽小斋后，庶近幽人占。

晚堕兰麝中，休怀粉身念。

### 花鸭

花鸭无泥滓③，阶前每缓行。

羽毛知独立，黑白太分明。

不觉群心妒，休牵众眼惊。

稻粱沾汝在，作意莫先鸣。

### 鸂鶒④

故使笼宽织，须知动损毛。

看云莫怅望，失水任呼号。

---

① 被禊（fú xì）：古人在水边戒浴，以除不祥的一种祭祀。

② 凫（fú）：野鸭子。凫水即游泳。

③ 泥滓（zǐ）：指泥渣，也借指污浊，或比喻耻辱。

④ 鸂鶒（xī chì）：水鸟名，亦作"鸂鶆（lái）"，形大于鸳鸯，而多紫色，好并游。

六翮①曾经剪，孤飞卒未高。
且无鹰隼②虑，留滞③莫辞劳。

## 栀子④

栀子比众木，人间诚未多。
于身色有用，与道气伤和。
红取风霜实，青看雨露柯。
无情移得汝，贵在映江波。

## 2317 江头闲行送去客

（宋·陈杰）

正有寻梅约，今朝此见梅。
小停剡溪⑤棹⑥，更尽渭城杯。
人物良堪惜，山川会复来。
前村风雪夜，归意莫生埃。

## 2318 江头雨霁

（宋·释文珦）

雨收江路凉，徐行吊孤影。
远岫⑦夕阳明，平洲霁华静。
流头人尽归，佳趣在渔艇。
渔翁不自知，醉卧风吹醒。

## 2319 江晚旅怀 （明·张羽）

短长亭下景，引睇入吟哦。
疏树立寒色，短烟行夕波。
山空秋气老，江远客愁多。
忽动匡庐兴，白云生薜萝⑧。

## 2320 江夏别宋之悌

（唐·李白）

楚水清若空，遥将碧海通。
人分千里外，兴在一杯中。
谷鸟吟晴日，江猿啸晚风。
平生不下泪，于此泣无穷。

## 2321 江夏送友人 （唐·李白）

雪点翠云裘，送君黄鹤楼。
黄鹤振玉羽，西飞帝王州。
凤无琅玕⑨实，何以赠远游。
裴回相顾影，泪下汉江流。

## 2322 江夏送张丞 （唐·李白）

欲别心不忍，临行情更亲。
酒倾无限月，客醉几重春。

―――――

① 翮（hé）：鸟羽的茎状中空透明部分，
　 也指鸟的翅膀。
② 鹰隼（sǔn）：鹰和隼都捕食小鸟等小
　 动物，借喻凶猛或勇猛的人。
③ 滞（zhì）：停滞，不流通。
④ 栀（zhī）子：常绿灌木或小乔木，
　 夏秋结果，生青熟黄，可做黄色染
　 料，也可入药。
⑤ 剡（shàn）溪：水名，浙江绍兴嵊州
　 境内主要河流。
⑥ 棹（zhào）：本指船用的撑竿，引申
　 为长的船桨，亦借指船。
⑦ 岫（xiù）：指山或山洞。
⑧ 薜（bì）萝：薜荔和女萝。两者皆野
　 生植物，常攀缘于山野林木或屋壁
　 之上。
⑨ 琅玕（láng gān）：中国神话传说中的
　 仙树，其实似珠，借指像珠子的美石。

藉草依流水，攀花赠远人。
送君从此去，回首泣迷津。

## 2323 江月（唐·杜甫）

江月光于水，高楼思杀人。
天边长作客，老去一沾巾。
玉露团清影，银河没半轮。
谁家挑锦字，灭烛翠眉颦①。

## 2324 江涨二首（唐·杜甫）

其一
江涨柴门外，儿童报急流。
下床高数尺，倚杖没中洲。
细动迎风燕，轻摇逐浪鸥。
渔人萦小楫，容易拔船头。
其二
江发蛮夷涨，山添雨雪流。
大声吹地转，高浪蹴②天浮。
鱼鳖为人得，蛟龙不自谋。
轻帆好去便，吾道付沧洲。

## 2325 将晓二首（唐·杜甫）

其一
石城除击柝③，铁锁欲开关。
鼓角悲荒塞，星河落曙山。
巴人常小梗，蜀使动无还。
垂老孤帆色，飘飘犯百蛮。
其二
军吏回官烛，舟人自楚歌。

寒沙蒙薄雾，落月去清波。
壮惜身名晚，衰惭应接多。
归朝日簪笏④，筋力定如何。

## 2326 戒言（宋·陆游）

饶舌忧患始，铭膺⑤勤戒深。
谈空摩诘⑥默，对酒子光瘖⑦。
久已忘齐语，何尝解越吟。
悠然嫌未足，更抚绝弦琴。

## 2327 金陵白下亭留别
（唐·李白）

驿亭三杨树，正当白下门。
吴烟暝长条，汉水啮⑧古根。
向来送行处，回首阻笑言。
别后若见之，为余一攀翻。

## 2328 金陵白杨十字巷
（唐·李白）

白杨十字巷，北夹湖沟道。

---

① 颦（pín）：皱眉。
② 蹴（cù）：踢或踏。
③ 击柝（tuò）：敲梆子巡夜，亦喻战事
　　或战乱。
④ 簪笏（zān hù）：指冠簪和手板。古
　　代仕宦所用，故亦借指官员或官职。
⑤ 膺（yīng）：指胸中，或指接受、
　　承受。
⑥ 摩诘（mó jié）：佛教人名，即维摩诘
　　的简称。
⑦ 瘖（yīn）：嗓子哑，不能出声。
⑧ 啮（niè）：咬（多指鼠、兔等）。

不见吴时人，空生唐年草。
天地有反覆，宫城尽倾倒。
六帝余古丘，樵苏泣遗老。

## 2329 金陵三首 （唐·李白）

### 其一

晋家南渡日，此地旧长安。
地即帝王宅，山为龙虎盘。
金陵空壮观，天堑①净波澜。
醉客回桡去，吴歌且自欢。

### 其二

地拥金陵势，城回江水流。
当时百万户，夹道起朱楼。
亡国生春草，离宫没古丘。
空余后湖月，波上对瀛州。

### 其三

六代兴亡国，三杯为尔歌。
苑方秦地少，山似洛阳多。
古殿吴花草，深宫晋绮罗。
并随人事灭，东逝与沧波。

## 2330 金陵听韩侍御吹笛

（唐·李白）

韩公吹玉笛，倜傥②流英音。
风吹绕钟山，万壑皆龙吟。
王子停凤管，师襄掩瑶琴。
余韵度江去，天涯安可寻。

## 2331 金陵新亭 （唐·李白）

金陵风景好，豪士集新亭。
举目山河异，偏伤周顗③情。
四坐楚囚悲，不忧社稷④倾。
王公何慷慨，千载仰雄名。

## 2332 金乡送韦八之西京

（唐·李白）

客自长安来，还归长安去。
狂风吹我心，西挂咸阳树。
此情不可道，此别何时遇。
望望不见君，连山起烟雾。

## 2333 京还赠王维

（唐·孟浩然）

拂衣何处去，高枕南山南。
欲徇五斗禄，其如七不堪。
早朝非晚起，束带异抽簪⑤。
因向智者说，游鱼思旧潭。

---

① 天堑（qiàn）：天然的壕沟，比喻地形险要。

② 倜傥（tì tǎng）：卓异，特别；豪迈洒脱不受约束的样子。

③ 周顗（yǐ）：字伯仁，晋朝大臣、名士。

④ 社稷（jì）：本指土神和谷神，后用来泛称国家。

⑤ 簪（zān）：簪子，旧时用来别住头发的一种饰物；往头上插戴饰物。

## 2334 警急（唐·杜甫）

才名旧楚将，妙略拥兵机。
玉垒虽传檄，松州会解围。
和亲知拙计，公主漫无归。
青海今谁得，西戎①实饱飞。

## 2335 敬简王明府（唐·杜甫）

叶县郎官宰，周南太史公。
神仙才有数，流落意无穷。
骥病思偏秣②，鹰愁怕苦笼。
看君用高义，耻与万人同。

## 2336 九日得新字
（唐·孟浩然）

初九未成旬，重阳即此晨。
登高闻古事，载酒访幽人。
落帽恣③欢饮，授衣同试新。
茱萸正可佩，折取寄情亲。

## 2337 九日登梓州城二首
（唐·杜甫）

其一
客心惊暮序，宾雁下襄州。
共赏重阳节，言寻戏马游。
湖风秋戍柳，江雨暗山楼。
且酌东篱菊，聊祛④南国愁。
其二
伊昔黄花酒，如今白发翁。
追欢筋力异，望远岁时同。

弟妹悲歌里，朝廷醉眼中。
兵戈与关塞，此日意无穷。

## 2338 九日二首（唐·杜甫）

其一
旧日重阳日，传杯不放杯。
即今蓬鬓改，但愧菊花开。
北阙心长恋，西江首独回。
茱萸赐朝士，难得一枝来。
其二
旧与苏司业，兼随郑广文。
采花香泛泛，坐客醉纷纷。
野树歌还倚，秋砧醒却闻。
欢娱两冥漠，西北有孤云。

## 2339 九日奉寄严大夫
（唐·杜甫）

九日应愁思，经时冒险艰。
不眠持汉节，何路出巴山。
小驿香醪⑤嫩，重岩细菊斑。
遥知簇鞍马，回首白云间。

---

① 西戎（róng）：我国古代对西北少数
　民族的总称。
② 秣（mò）：牲口的饲料。
③ 恣（zì）：放纵，没有拘束。
④ 祛（qū）：除去，驱逐。
⑤ 香醪（láo）：美酒。

## 2340 九日怀襄阳

（唐·孟浩然）

去国似如昨，倏然经杪秋。

岘山不可见，风景令人愁。

谁采篱下菊，应闲池上楼。

宜城多美酒，归与葛强游。

## 2341 九日龙沙作寄刘大昚虚① （唐·孟浩然）

龙沙豫章北，九日挂帆过。

风俗因时见，湖山发兴多。

客中谁送酒，棹②里自成歌。

歌竟乘流去，滔滔任夕波。

## 2342 九日曲江 （唐·杜甫）

缀席茱萸③好，浮舟菡萏④衰。

季秋时欲半，九日意兼悲。

江水清源曲，荆门此路疑。

晚来高兴尽，摇荡菊花期。

## 2343 久客 （唐·杜甫）

羁旅知交态，淹留见俗情。

衰颜聊自哂⑤，小吏最相轻。

去国哀王粲，伤时哭贾生。

狐狸何足道，豺虎正纵横。

## 2344 菊花 （唐·李商隐）

暗暗淡淡紫，融融冶冶黄。

陶令篱边色，罗含宅里香。

几时禁重露，实是怯残阳。

愿泛金鹦鹉，升君白玉堂。

## 2345 倦夜 （唐·杜甫）

竹凉侵卧内，野月满庭隅。

重露成涓滴，稀星乍有无。

暗飞萤自照，水宿鸟相呼。

万事干戈里，空悲清夜徂。

## 2346 军中醉饮寄沈八、刘叟 （唐·杜甫）

酒渴爱江清，余甘漱⑥晚汀⑦。

软沙欹⑧坐稳，冷石醉眠醒。

野膳随行帐，华音发从伶。

数杯君不见，醉已遣沉冥。

## 2347 开炉 （宋·陆游）

余疾三分在，闲愁一点无。

书能伴孙读，身欲却人扶。

---

① 刘大昚（shèn）虚：即刘昚虚。生卒年不详。盛唐诗人，少年成名，与孟浩然等为友。

② 棹（zhào）：本指船用的撑竿，引申为长的船桨，亦借指船。

③ 茱萸（zhū yú）：吴茱萸、食茱萸、山茱萸等的统称。

④ 菡萏（hàn dàn）：荷花别称，古称水芙蓉、芙蕖。

⑤ 哂（shěn）：微笑；讥笑。

⑥ 漱（shù）：含水冲洗（口腔）。

⑦ 汀（tīng）：水边平地。

⑧ 欹（qī）：倾斜，歪向一边。

霁日鸦鸣乐，清霜草蔓枯。
南山送僧炭，随事且开炉。

## 2348 可惜（唐·杜甫）
花飞有底急，老去愿春迟。
可惜欢娱地，都非少壮时。
宽心应是酒，遣兴莫过诗。
此意陶潜解，吾生后汝期。

## 2349 客旧馆（唐·杜甫）
陈迹随人事，初秋别此亭。
重来梨叶赤，依旧竹林青。
风慢何时卷，寒砧①昨夜声。
无由出江汉，愁绪月冥冥。

## 2350 客亭（唐·杜甫）
秋窗犹曙色，落木更天风。
日出寒山外，江流宿雾中。
圣朝无弃物，老病已成翁。
多少残生事，飘零似转蓬。

## 2351 客夜（唐·杜甫）
客睡何曾着，秋天不肯明。
卷帘残月影，高枕远江声。
计拙无衣食，途穷仗友生。
老妻书数纸，应悉未归情。

## 2352 空囊（唐·杜甫）
翠柏苦犹食，明霞高可餐。

世人共卤莽，吾道属艰难。
不爨②井晨冻，无衣床夜寒。
囊空恐羞涩，留得一钱看。

## 2353 口号赠征君鸿
（唐·李白）
陶令辞彭泽，梁鸿入会稽③。
我寻高士传，君与古人齐。
云卧留丹壑，天书降紫泥。
不知杨伯起，早晚向关西。

## 2354 哭李常侍峄④二首
（唐·杜甫）
其一
一代风流尽，修文地下深。
斯人不重见，将老失知音。
短日行梅岭，寒山落桂林。
长安若个畔，犹想映貂金。
其二
青琐陪双入，铜梁阻一辞。
风尘逢我地，江汉哭君时。
次第寻书札，呼儿检赠诗。
发挥王子表，不愧史臣词。

---

① 寒砧（hán zhēn）：寒秋时赶制冬衣
的捣衣声。砧，捣衣石。
② 爨（cuàn）：烧火煮饭，也指灶。
③ 会稽（kuài jī）：会稽郡，古地名，
今江苏苏州城区。
④ 峄（yì）：此处为人名。

## 2355 哭严仆射归榇① (唐·杜甫)

素慢随流水，归舟返旧京。
老亲如宿昔，部曲异平生。
风送蛟龙雨，天长骠骑②营。
一哀三峡暮，遗后见君情。

## 2356 哭长孙侍御 (唐·杜甫)

道为谋书重，名因赋颂雄。
礼闱③曾擢桂④，宪府旧乘骢⑤。
流水生涯尽，浮云世事空。
唯余旧台柏，萧瑟九原中。

## 2357 苦竹 (唐·杜甫)

青冥亦自守，软弱强扶持。
味苦夏虫避，丛卑春鸟疑。
轩墀⑥曾不重，剪伐欲无辞。
幸近幽人屋，霜根结在兹。

## 2358 览镜呈柏中丞 (唐·杜甫)

渭水流关内，终南在日边。
胆销豺虎窟，泪入犬羊天。
起晚堪从事，行迟更学仙。
镜中衰谢色，万一故人怜。

## 2359 览镜书怀 (唐·李白)

得道无古今，失道还衰老。
自笑镜中人，白发如霜草。
扣心空叹息，问影何枯槁。
桃李竟何言，终成南山皓。

## 2360 老病 (唐·杜甫)

老病巫山里，稽留楚客中。
药残他日裹，花发去年丛。
夜足沾沙雨，春多逆水风。
合分双赐笔，犹作一飘蓬。

## 2361 老身 (宋·陆游)

老身无处着，登望忆闲游。
白浪浮天远，黄云出塞秋。
百年殊鼎鼎，万事只悠悠。
岁晚长亭路，寒侵季子裘。

## 2362 老翁二首 (宋·陆游)

其一
老翁垂七十，不复叹头颅。
浩荡新渔艇，凋零旧酒徒。

---

① 榇 (chèn)：棺材。
② 骠骑 (piào qí)：意思为飞骑。也用作古代将军的名号。
③ 礼闱 (wéi)：汉代尚书省在建礼门内，又近禁闱，故称之为礼闱。
④ 擢 (zhuó) 桂：犹折桂，指科举及第。
⑤ 骢 (cōng)：毛色青白相间的马，今名菊花青马。古人也用"骢"来形容速度非常快的马。
⑥ 轩墀 (xuān chí)：殿堂前的台阶，借指朝廷。

076

严徐元衮衮①，管葛亦区区。
独有欣然处，登山未用扶。
其二
老翁睡少知遥夜，贫士衾单怯
苦寒。闷里不嫌村酒薄，瘦来
偏觉旧衣宽。篱门遇健时能出，
书卷乘闲亦取看。深愧野人怜
寂寞，放锄相唤共朝餐。

## 2363 雷（唐·杜甫）

巫峡中宵动，沧江十月雷。
龙蛇不成蛰，天地划争回。
却碾空山过，深蟠绝壁来。
何须妒云雨，霹雳楚王台。

## 2364 骊山（唐·杜甫）

骊山绝望幸，花萼罢登临。
地下无朝烛，人间有赐金。
鼎湖龙去远，银海雁飞深。
万岁蓬莱日，长悬旧羽林。

## 2365 黎拾遗昕裴秀才迪见过秋夜对雨之作（唐·王维）

促织鸣已急，轻衣行向重。
寒灯坐高馆，秋雨闻疏钟。
白法调狂象，玄言问老龙。
何人顾蓬径，空愧求羊踪。

## 2366 李监宅（唐·杜甫）

尚觉王孙贵，豪家意颇浓。
屏开金孔雀，褥隐绣芙蓉。
且食双鱼美，谁看异味重。
门阑多喜色，女婿近乘龙。

## 2367 李少府与杨九再来（唐·孟浩然）

弱岁早登龙，今来喜再逢。
如何春月柳，犹忆岁寒松。
烟火临寒食，笙歌达曙钟。
喧喧斗鸡道，行乐美朋从。

## 2368 李氏园林卧疾（唐·孟浩然）

我爱陶家趣，园林无俗情。
春雷百卉坼②，寒食四邻清。
伏枕嗟公干，归山羡子平。
年年白社客，空滞洛阳城。

## 2369 历历（唐·杜甫）

历历开元事，分明在眼前。
无端盗贼起，忽已岁时迁。
巫峡西江外，秦城北斗边。
为郎从白首，卧病数秋天。

---

① 衮（gǔn）衮：连续不断地流动，引
申为急速流逝，此指时光匆匆。
② 坼（chè）：裂开或分裂。

## 2370 凉州郊外游望

（唐·王维）

野老才三户，边村少四邻。

婆娑依里社，箫鼓赛田神。

洒酒浇刍狗①，焚香拜木人。

女巫纷屡舞，罗袜自生尘。

## 2371 邻水延福寺早行

（宋·陆游）

化蝶方酣枕，闻鸡又著鞭。

乱山徐吐日，积水远生烟。

淹泊真衰矣，登临独悯然。

桃花应笑客，无酒到愁边。

## 2372 临涣裴明府席遇张十一、房六 （唐·孟浩然）

河县柳林边，河桥晚泊船。

文叨才子会，官喜故人连。

笑语同今夕，轻肥异往年。

晨风理归棹，吴楚各依然。

## 2373 刘九法曹郑瑕丘石门宴集 （唐·杜甫）

秋水清无底，萧然静客心。

掾曹②乘逸兴，鞍马去相寻。

能吏逢联璧，华筵直一金。

晚来横吹好，泓下亦龙吟。

## 2374 留别龚处士 （唐·李白）

龚子栖闲地，都无人世喧。

柳深陶令宅，竹暗辟疆园。

我去黄牛峡，遥愁白帝猿。

赠君卷葹③草，心断竟何言。

## 2375 留别贾严二阁老两院补阙 （唐·杜甫）

田园须暂往，戎马惜离群。

去远留诗别，愁多任酒醺④。

一秋常苦雨，今日始无云。

山路时吹角，那堪处处闻。

## 2376 留别王维 （唐·孟浩然）

寂寂竟何待，朝朝空自归。

欲寻芳草去，惜与故人违。

当路谁相假，知音世所稀。

只应守寂寞，还掩故园扉。

## 2377 流夜郎至江夏陪长史叔及薛明府宴兴德寺南阁 （唐·李白）

绀殿⑤横江上，青山落镜中。

岸回沙不尽，日映水成空。

---

① 刍（chú）狗：古时结草为狗形，以供祭祀之用，用毕则弃之，后亦借以比喻无用之物。

② 掾（yuàn）曹：官名，相当于掾史。

③ 卷葹（shī）：亦作菤（juǎn）葹或卷施，草名，相传此草拔心不死。

④ 醺（xūn）：酒醉。

⑤ 绀（gàn）殿：指佛寺。

天乐流香阁，莲舟飏①晚风。
恭陪竹林宴，留醉与陶公。

## 2378 柳边 （唐·杜甫）

只道梅花发，那知柳亦新。
枝枝总到地，叶叶自开春。
紫燕时翻翼，黄鹂不露身。
汉南应老尽，霸上远愁人。

## 2379 龙门 （唐·杜甫）

龙门横野断，驿树出城来。
气色皇居近，金银佛寺开。
往还时屡改，川水日悠哉。
相阅征途上，生涯尽几回。

## 2380 楼上 （唐·杜甫）

天地空搔首，频抽白玉簪。
皇舆三极北，身事五湖南。
恋阙②劳肝肺，论材愧杞楠。
乱离难自救，终是老湘潭。

## 2381 鲁城北郭曲腰桑下送张子还嵩阳 （唐·李白）

送别枯桑下，凋叶落半空。
我行懵③道远，尔独知天风。
谁念张仲蔚，还依蒿与蓬。
何时一杯酒，更与李膺同。

## 2382 鲁郡东石门送杜二甫 （唐·李白）

醉别复几日，登临遍池台。
何时石门路，重有金樽开。
秋波落泗水，海色明徂徕④。
飞蓬各自远，且尽手中杯。

## 2383 鲁郡尧祠送吴五之琅琊 （唐·李白）

尧没三千岁，青松古庙存。
送行奠桂酒，拜舞清心魂。
日色促归人，连歌倒芳樽。
马嘶俱醉起，分手更何言。

## 2384 鲁山山行 （宋·梅尧臣）

适与野情惬⑤，千山高复低。
好峰随处改，幽径独行迷。
霜落熊升树，林空鹿饮溪。
人家在何许？云外一声鸡。

---

① 飏（yáng）：飞扬，飘扬。
② 恋阙（liàn quē）：留恋宫阙，旧时也用以比喻心不忘君。
③ 懵（měng）：一时的心乱迷糊，也指无知和受到欺骗。
④ 徂徕（cú lái）：山名，在山东省泰安市东南；也指往复和来回。
⑤ 惬（qiè）：（心里）满足。

## 2385 路逢襄阳杨少府入城戏呈杨员外绾 (唐·杜甫)

寄语杨员外，山寒少茯苓。
归来稍喧暖，当为劚①青冥。
翻动神仙窟，封题鸟兽形。
兼将老藤杖，扶汝醉初醒。

## 2386 洛阳 (唐·杜甫)

洛阳昔陷没，胡马犯潼关。
天子初愁思，都人惨别颜。
清笳去宫阙，翠盖出关山。
故老仍流涕，龙髯幸再攀。

## 2387 洛中送奚三还扬州 (唐·孟浩然)

水国无边际，舟行共使风。
羡君从此去，朝夕见乡中。
予亦离家久，南归恨不同。
音书若有问，江上会相逢。

## 2388 落花 (唐·李商隐)

高阁客竟去，小园花乱飞。
参差连曲陌，迢递送斜晖。
肠断未忍扫，眼穿仍欲归。
芳心向春尽，所得是沾衣。

## 2389 落日 (唐·杜甫)

落日在帘钩，溪边春事幽。
芳菲缘岸圃，樵爨②倚滩舟。

啅③雀争枝坠，飞虫满院游。
浊醪④谁造汝，一酌散千忧。

## 2390 落日忆山中 (唐·李白)

雨后烟景绿，晴天散余霞。
东风随春归，发我枝上花。
花落时欲暮，见此令人嗟。
愿游名山去，学道飞丹砂。

## 2391 旅宿淮阳亭口号 (唐·张九龄)

日暮荒亭上，悠悠旅思多。
故乡临桂水，今夜渺星河。
暗草霜华发，空亭雁影过。
兴来谁与晤，劳者自为歌。

## 2392 旅夜书怀 (唐·杜甫)

细草微风岸，危樯独夜舟。
星垂平野阔，月涌大江流。
名岂文章著，官应老病休。
飘飘何所似，天地一沙鸥。

## 2393 漫成二首 (唐·杜甫)

其一
野日荒荒白，春流泯泯清。

---

① 劚 (zhú)：即大锄。这里指挖地。
② 樵爨 (qiáo cuàn)：打柴做饭，也指烧火做饭的人。
③ 啅 (zhào)：(鸟) 聒噪。
④ 醪 (láo)：浊酒。

渚蒲随地有，村径逐门成。
只作披衣惯，常从漉酒生。
眼前无俗物，多病也身轻。

其二

江皋已仲春，花下复清晨。
仰面贪看鸟，回头错应人。
读书难字过，对酒满壶频。
近识峨眉老，知予懒是真。

## 2394 茅堂检校收稻二首

（唐·杜甫）

其一

香稻三秋末，平田百顷间。
喜无多屋宇，幸不碍云山。
御夹侵寒气，尝新破旅颜。
红鲜终日有，玉粒未吾悭。

其二

稻米炊能白，秋葵煮复新。
谁云滑易饱，老藉软俱匀。
种幸房州熟，苗同伊阙春。
无劳映渠碗，自有色如银。

## 2395 茅亭（宋·陆游）

终日坐茅亭，萧然倚素屏。
儿圆点茶梦，客授养鱼经。
马以鸣当斥，龟缘久不灵。
诗成作吴咏，及此醉初醒。

## 2396 梅道士水亭

（唐·孟浩然）

傲吏非凡吏，名流即道流。

隐居不可见，高论莫能酬。
水接仙源近，山藏鬼谷幽。
再来迷处所，花下问渔舟。

## 2397 梅花（唐·崔道融）

数萼初含雪，孤标画本难。
香中别有韵，清极不知寒。
横笛和愁听，斜枝倚病看。
朔风如解意，容易莫摧残。

## 2398 梅天（宋·陆游）

稻陇移初遍，梅天涩未晴。
轻阴昏茗色，余润咽琴声。
时傍菱塘立，还寻沙径行。
杜门终此世，更誓未来生。

## 2399 梅雨（唐·杜甫）

南京犀浦道，四月熟黄梅。
湛湛长江去，冥冥细雨来。
茅茨疏易湿，云雾密难开。
竟日蛟龙喜，盘涡与岸回。

## 2400 美人分香（唐·孟浩然）

艳色本倾城，分香更有情。
鬟鬟①垂欲解，眉黛拂能轻。
舞学平阳态，歌翻子夜声。
春风狭斜道，含笑待逢迎。

---

① 鬟鬟（jì huán）：古时妇女发式，将
头发环曲束于顶。

## 2401 闷（唐·杜甫）

瘴疠浮三蜀，风云暗百蛮。
卷帘唯白水，隐几亦青山。
猿捷长难见，鸥轻故不还。
无钱从滞客，有镜巧催颜。

## 2402 孟冬（唐·杜甫）

殊俗还多事，方冬变所为。
破甘霜落爪，尝稻雪翻匙。
巫峡寒都薄，乌蛮瘴远随。
终然减滩濑①，暂喜息蛟螭②。

## 2403 孟氏（唐·杜甫）

孟氏好兄弟，养亲唯小园。
承颜胝③手足，坐客强盘飧④。
负米力葵外，读书秋树根。
卜邻惭近舍，训子学谁门。

## 2404 梦仙（宋·陆游）

中宵游帝所，广殿缀仙官。
天逼星辰大，霜清剑佩寒。
赋诗题碧简，侍宴跨青鸾。
惆怅尘缘重，梦残更未残。

## 2405 勉学（宋·陆游）

学力艰危见，精诚梦寐知。
众人虽莫察，吾道岂容欺？
雷雨含元气，蓍龟⑤决大疑。
为儒能体此，端不负先师。

## 2406 暝（唐·杜甫）

日下四山阴，山庭岚气侵。
牛羊归径险，鸟雀聚枝深。
正枕当星剑，收书动玉琴。
半扉开烛影，欲掩见清砧。

## 2407 摩诃池（宋·陆游）

摩诃古池苑，一过一销魂。
春水生新涨，烟芜没旧痕。
年光走车毂，人事转萍根。
犹有宫梁燕，衔泥入水门。

## 2408 莫笑（宋·陆游）

莫笑穷阎叟，人生亦已稀。
众中容后死，险处得先归。
初服还韦布，晨飧⑥美蕨薇⑦。
床头周易在，拾此复畴⑧依？

---

① 濑（lài）：从沙石上流过的急水。
② 蛟螭（jiāo chī）：蛟龙，泛指水族，也借指器物上的螭形图案。
③ 胝（zhī）：手脚掌上的厚皮，俗称茧子。
④ 飧（sūn）：指晚饭，亦泛指熟食。
⑤ 蓍（shī）龟：古人以蓍草与龟甲占卜凶吉，因此常以蓍龟指占卜。
⑥ 飧（sūn）：指晚饭，亦泛指熟食。
⑦ 蕨薇（jué wēi）：蕨和薇均为山菜，两词连用泛指野蔬。
⑧ 畴（chóu）：本指已耕过并整治好的田地，引申指田界，又引申指种类或同类。

## 2409 慕容承携素馔见过
（唐·王维）

纱帽乌皮几，闲居懒赋诗。
门看五柳识，年算六身知。
灵寿君王赐，雕胡弟子炊。
空劳酒食馔，持底解人颐。

## 2410 暮春题瀼①西新赁草屋
五首（唐·杜甫）

### 其一
久嗟三峡客，再与暮春期。
百舌欲无语，繁花能几时。
谷虚云气薄，波乱日华迟。
战伐何由定，哀伤不在兹。

### 其二
此邦千树橘，不见比封君。
养拙干戈际，全生麋鹿群。
畏人江北草，旅食瀼西云。
万里巴渝曲，三年实饱闻。

### 其三
彩云阴复白，锦树晓来青。
身世双蓬鬓，乾坤一草亭。
哀歌时自短，醉舞为谁醒。
细雨荷锄立，江猿吟翠屏。

### 其四
壮年学书剑，他日委泥沙。
事主非无禄，浮生即有涯。
高斋依药饵，绝域改春华。
丧乱丹心破，王臣未一家。

### 其五
欲陈济世策，已老尚书郎。
未息豺虎斗，空惭鹓鹭行。
时危人事急，风逆羽毛伤。
落日悲江汉，中宵泪满床。

## 2411 暮过山村（唐·贾岛）
数里闻寒水，山家少四邻。
怪禽啼旷野，落日恐行人。
初月未终夕，边烽不过秦。
萧条桑柘②外，烟火渐相亲。

## 2412 暮寒（唐·杜甫）
雾隐平郊树，风含广岸波。
沉沉春色静，惨惨暮寒多。
戍鼓犹长击，林莺遂不歌。
忽思高宴会，朱袖拂云和。

## 2413 暮秋将归秦留别湖南
幕府亲友（唐·杜甫）
水阔苍梧野，天高白帝秋。
途穷那免哭，身老不禁愁。
大府才能会，诸公德业优。
北归冲雨雪，谁悯敝貂裘③。

---

① 瀼（ràng）：水名。瀼水分西瀼、东瀼。西瀼又称大瀼。都在今重庆市奉节县。
② 桑柘（zhè）：指桑木与柘木，引申指农桑之事。
③ 貂裘（diāo qiú）：用貂的毛皮制作的衣服。

## 2414 南楚（唐·杜甫）

南楚青春异，暄寒早早分。
无名江上草，随意岭头云。
正月蜂相见，非时鸟共闻。
杖藜妨跃马，不是故离群。

## 2415 南还舟中寄袁太祝
（唐·孟浩然）

沿溯①非便习，风波厌苦辛。
忽闻迁谷鸟，来报五陵春。
岭北回征帆，巴东问故人。
桃源何处是，游子正迷津。

## 2416 南陵五松山别荀七
（唐·李白）

君即颍水荀，何惭许郡宾。
相逢太史奏，应是聚宝人。
玉隐且在石，兰枯还见春。
俄成万里别，立德贵清真。

## 2417 南山下与老圃期种瓜
（唐·孟浩然）

樵牧南山近，林间北郭赊。
先人留素业，老圃作邻家。
不种千株橘，惟资五色瓜。
邵平能就我，开径剪蓬麻。

## 2418 南轩松（唐·李白）

南轩有孤松，柯叶自绵幂。

清风无闲时，潇洒终日夕。
阴生古苔绿，色染秋烟碧。
何当凌云霄，直上数千尺。

## 2419 南阳送客（唐·李白）

斗酒勿为薄，寸心贵不忘。
坐惜故人去，偏令游子伤。
离颜怨芳草，春思结垂杨。
挥手再三别，临岐空断肠。

## 2420 南征（唐·杜甫）

春岸桃花水，云帆枫树林。
偷生长避地，适远更沾襟。
老病南征日，君恩北望心。
百年歌自苦，未见有知音。

## 2421 能画（唐·杜甫）

能画毛延寿，投壶郭舍人。
每蒙天一笑，复似物皆春。
政化平如水，皇恩断若神。
时时用抵戏，亦未杂风尘。

## 2422 暖阁（宋·陆游）

裘软胜狐白，炉温等鸽青。
纸屏山字样，布被隶书铭。
养目帘稀卷，留香户每扃②。

---

① 溯（sù）：沿水逆流而上，也指往上
推求和回想。

② 扃（jiōng）：门；门户。关门。

084

日晡①浓睡起，盥濯②诵黄庭。

## 2423 鸥（唐·杜甫）

江浦寒鸥戏，无他亦自饶。
却思翻玉羽，随意点春苗。
雪暗还须浴，风生一任飘。
几群沧海上，清影日萧萧。

## 2424 陪柏中丞观宴将士二首
（唐·杜甫）

其一
极乐三军士，谁知百战场。
无私齐绮馔，久坐密金章。
醉客沾鹦鹉，佳人指凤凰。
几时来翠节，特地引红妆。

其二
绣段装檐额，金花帖鼓腰。
一夫先舞剑，百戏后歌樵。
江树城孤远，云台使寂寥。
汉朝频选将，应拜霍嫖姚③。

## 2425 陪独孤使君同与萧员
外证登万山亭（唐·孟浩然）

万山青嶂曲，千骑使君游。
神女鸣环佩，仙郎接献酬。
遍观云梦野，自爱江城楼。
何必东南守，空传沈隐侯。

## 2426 陪李金吾花下饮
（唐·杜甫）

胜地初相引，徐行得自娱。
见轻吹鸟毳④，随意数花须。
细草称偏坐，香醪懒再酤。
醉归应犯夜，可怕李金吾。

## 2427 陪李侍御访聪上人
禅居（唐·孟浩然）

欣逢柏台友，共谒聪公禅。
石室无人到，绳床见虎眠。
阴崖常抱雪，枯涧为生泉。
出处虽云异，同欢在法筵。

## 2428 陪李梓州、王阆州、
苏遂州、李果州四使君登惠
义寺（唐·杜甫）

春日无人境，虚空不住天。
莺花随世界，楼阁寄山巅。
迟暮身何得，登临意惘然。
谁能解金印，潇洒共安禅。

---

① 晡（bū）：申时，即下午3时到5时。
② 盥濯（guàn zhuó）：洗涤，也指洗涤用具。
③ 霍嫖姚（huò piáo yáo）：指西汉抗击匈奴名将霍去病，其因功受封嫖姚校尉，故名。后亦借指守边立功的武将。
④ 毳（cuì）：鸟兽的细毛。

## 2429 陪裴使君登岳阳楼
（唐·杜甫）

湖阔兼云雾，楼孤属晚晴。
礼加徐孺子，诗接谢宣城。
雪岸丛梅发，春泥百草生。
敢违渔父问，从此更南征。

## 2430 陪宋中丞武昌夜饮怀古
（唐·李白）

清景南楼夜，风流在武昌。
庾公爱秋月，乘兴坐胡床。
龙笛吟寒水，天河落晓霜。
我心还不浅，怀古醉余觞①。

## 2431 陪王汉州留杜绵州泛房公西湖（唐·杜甫）

旧相恩追后，春池赏不稀。
阙庭分未到，舟楫有光辉。
豉②化莼③丝熟，刀鸣鲙④缕飞。
使君双皂盖，滩浅正相依。

## 2432 陪王使君晦日泛江就黄家亭子二首（唐·杜甫）

其一
山豁何时断，江平不肯流。
稍知花改岸，始验鸟随舟。
结束多红粉，欢娱恨白头。
非君爱人客，晦日更添愁。

其二
有径金沙软，无人碧草芳。

野畦连蛱蝶，江槛俯鸳鸯。
日晚烟花乱，风生锦绣香。
不须吹急管，衰老易悲伤。

## 2433 陪王侍御宴通泉东山野亭（唐·杜甫）

江水东流去，清樽日复斜。
异方同宴赏，何处是京华。
亭景临山水，村烟对浦沙。
狂歌过于胜，得醉即为家。

## 2434 陪姚使君题惠上人房
（唐·孟浩然）

带雪梅初暖，含烟柳尚青。
来窥童子偈⑤，得听法王经。
会理知无我，观空厌有形。
迷心应觉悟，客思未遑宁。

## 2435 陪张丞相登嵩阳楼
（唐·孟浩然）

独步人何在，嵩阳有故楼。
岁寒问耆旧，行县拥诸侯。

----

① 觞（shāng）：古代盛酒器。作动词时有敬酒和饮酒的意思。
② 豉（chǐ）：即豆豉，用熟黄豆发酵后制成的食品。
③ 莼（chún）：多年生水草，嫩叶可食。
④ 鲙（kuài）：同"脍（kuài）"，细切的肉或鱼。
⑤ 偈（jì）：佛经中的唱词。

林莽北弥望，沮漳①东会流。
客中遇知己，无复越乡忧。

## 2436 陪郑广文游何将军山林十首（唐·杜甫）

### 其一
不识南塘路，今知第五桥。
名园依绿水，野竹上青霄。
谷口旧相得，濠梁同见招。
平生为幽兴，未惜马蹄遥。

### 其二
百顷风潭上，千重夏木清。
卑枝低结子，接叶暗巢莺。
鲜鲫银丝脍，香芹碧涧羹。
翻疑柂楼底，晚饭越中行。

### 其三
万里戎王子，何年别月支。
异花开绝域，滋蔓匝清池。
汉使徒空到，神农竟不知。
露翻兼雨打，开拆日离披。

### 其四
旁舍连高竹，疏篱带晚花。
碾涡深没马，藤蔓曲藏蛇。
词赋工无益，山林迹未赊。
尽捻书籍卖，来问尔东家。

### 其五
剩水沧江破，残山碣石开。
绿垂风折笋，红绽雨肥梅。
银甲弹筝用，金鱼换酒来。
兴移无洒扫，随意坐莓苔。

### 其六
风磴吹阴雪，云门吼瀑泉。
酒醒思卧簟②，衣冷欲装绵。
野老来看客，河鱼不取钱。
只疑淳朴处，自有一山川。

### 其七
棘树寒云色，茵蔯春藕香。
脆添生菜美，阴益食单凉。
野鹤清晨出，山精白日藏。
石林蟠水府，百里独苍苍。

### 其八
忆过杨柳渚，走马定昆池。
醉把青荷叶，狂遗白接䍦③。
刺船思郢客，解水乞吴儿。
坐对秦山晚，江湖兴颇随。

### 其九
床上书连屋，阶前树拂云。
将军不好武，稚子总能文。
醒酒微风入，听诗静夜分。
绨衣④挂萝薜，凉月白纷纷。

### 其十
幽意忽不惬，归期无奈何。
出门流水注，回首白云多。
自笑灯前舞，谁怜醉后歌。
只应与朋好，风雨亦来过。

---

① 沮漳（jǔ zhāng）：沮水与漳水的并称，亦指此二水之间的地区。
② 簟（diàn）：竹席。
③ 白接䍦（lí）：指白头巾，白帽。
④ 绨（chī）：细葛布衣。

087

## 2437 陪诸贵公子丈八沟携妓纳凉晚际遇雨二首

（唐·杜甫）

### 其一

落日放船好，轻风生浪迟。
竹深留客处，荷净纳凉时。
公子调冰水，佳人雪藕丝。
片云头上黑，应是雨催诗。

### 其二

雨来沾席上，风急打船头。
越女红裙湿，燕姬翠黛愁。
缆侵堤柳系，幔宛浪花浮。
归路翻萧飒，陂塘①五月秋。

## 2438 裴司士员司户见寻

（唐·孟浩然）

府僚能枉驾，家酝复新开。
落日池上酌，清风松下来。
厨人具鸡黍，稚子摘杨梅。
谁道山公醉，犹能骑马回。

## 2439 平虏将军妻（唐·李白）

平虏将军妇，入门二十年。
君心自有悦，妾宠岂能专。
出解床前帐，行吟道上篇。
古人不唾井，莫忘昔缠绵。

## 2440 平水（宋·陆游）

水悍溪桥败，沙颓②野径移。

年华入诗卷，心事付筇枝③。
雨霁鹁鸠④喜，春归鶗鴂⑤知。
客庖⑥消底物，麦饭荐箢⑦丝。

## 2441 凭孟仓曹将书觅土娄旧庄（唐·杜甫）

平居丧乱后，不到洛阳岑。
为历云山问，无辞荆棘深。
北风黄叶下，南浦白头吟。
十载江湖客，茫茫迟暮心。

## 2442 屏迹三首（唐·杜甫）

### 其一

用拙存吾道，幽居近物情。
桑麻深雨露，燕雀半生成。
村鼓时时急，渔舟个个轻。
杖藜从白首，心迹喜双清。

### 其二

晚起家何事，无营地转幽。

---

① 陂（bēi）塘：自然水池改造而成的灌溉用水利工程。
② 颓（tuí）：倒塌，衰败，意志消沉。
③ 筇（qióng）枝：即筇竹杖。筇竹因高节实中，常用以为手杖，为杖中珍品。
④ 鹁鸠（bó jiū）：鸟名，天将雨时其鸣甚急，俗称水鹁鸠。
⑤ 鶗鴂（tí guī）：古同"子规"，杜鹃鸟。
⑥ 庖（páo）：厨房，厨师。
⑦ 箢（jué）：一种拦水捕鱼的器具，也指一种古代行泥路的用具。

竹光团野色，舍影漾江流。
失学从儿懒，长贫任妇愁。
百年浑得醉，一月不梳头。
其三
衰颜甘屏迹，幽事供高卧。
鸟下竹根行，龟开萍叶过。
年荒酒价乏，日并园蔬课。
犹酌甘泉歌，歌长击樽破。

## 2443 普照寺（唐·李白）

天台国清寺，天下为四绝。
今到普照游，到来复何别。
楠木白云飞，高僧顶残雪。
门外一条溪，几回流岁月。

## 2444 鄠城西原送李判官兄、武判官弟赴成都府

（唐·杜甫）

凭高送所亲，久坐惜芳辰。
远水非无浪，他山自有春。
野花随处发，官柳着行新。
天际伤愁别，离筵何太频。

## 2445 淇上田园即事

（唐·王维）

屏居淇水上，东野旷无山。
日隐桑柘外，河明闾井间。
牧童望村去，猎犬随人还。
静者亦何事，荆扉乘昼关。

## 2446 千塔主人（唐·王维）

逆旅逢佳节，征帆未可前。
窗临汴河水，门渡楚人船。
鸡犬散墟落，桑榆荫远田。
所居人不见，枕席生云烟。

## 2447 遣愁（唐·杜甫）

养拙蓬为户，茫茫何所开。
江通神女馆，地隔望乡台。
渐惜容颜老，无由弟妹来。
兵戈与人事，回首一悲哀。

## 2448 遣愤（唐·杜甫）

闻道花门将，论功未尽归。
自从收帝里，谁复总戎机。
蜂虿①终怀毒，雷霆可震威。
莫令鞭血地，再湿汉臣衣。

## 2449 遣怀（唐·杜甫）

愁眼看霜露，寒城菊自花。
天风随断柳，客泪堕清笳。
水净楼阴直，山昏塞日斜。
夜来归鸟尽，啼杀后栖鸦。

## 2450 遣兴（唐·杜甫）

干戈犹未定，弟妹各何之。

---

① 蜂虿（chài）：蜂和虿都是有毒刺的螫虫，借以比喻恶人或敌人，或比喻狠毒凶残。

拭泪沾襟血，梳头满面丝。
地卑荒野大，天远暮江迟。
衰疾那能久，应无见汝时。

## 2451 遣意二首 （唐·杜甫）
其一
啭枝黄鸟近，泛渚白鸥轻。
一径野花落，孤村春水生。
衰年催酿黍，细雨更移橙。
渐喜交游绝，幽居不用名。
其二
檐影微微落，津流脉脉斜。
野船明细火，宿雁聚圆沙。
云掩初弦月，香传小树花。
邻人有美酒，稚子夜能赊。

## 2452 遣忧 （唐·杜甫）
乱离知又甚，消息苦难真。
受谏无今日，临危忆古人。
纷纷乘白马，攘攘著黄巾。
隋氏留宫室，焚烧何太频。

## 2453 秦中感秋寄远上人
（唐·孟浩然）
一丘常欲卧，三径苦无资。
北土非吾愿，东林怀我师。
黄金然桂尽，壮志逐年衰。
日夕凉风至，闻蝉但益悲。

## 2454 秦州杂诗二十首
（唐·杜甫）
其一
满目悲生事，因人作远游。
迟回度陇怯，浩荡及关愁。
水落鱼龙夜，山空鸟鼠秋。
西征问烽火，心折此淹留。
其二
秦州山北寺，胜迹隗嚣①宫。
苔藓山门古，丹青野殿空。
月明垂叶露，云逐渡溪风。
清渭无情极，愁时独向东。
其三
州图领同谷，驿道出流沙。
降虏兼千帐，居人有万家。
马骄珠汗落，胡舞白蹄斜。
年少临洮②子，西来亦自夸。
其四
鼓角缘边郡，川原欲夜时。
秋听殷地发，风散入云悲。
抱叶寒蝉静，归来独鸟迟。
万方声一概，吾道竟何之。
其五
南使宜天马，由来万匹强。

---

① 隗嚣（wěi áo）：新朝（王莽所建朝代）末年地方割据军阀，字季孟，天水成纪（今甘肃省秦安县）人。
② 临洮（táo）：地名，在秦州（今甘肃省天水市秦州区）西。其地民风勇劲。

浮云连阵没，秋草遍山长。
闻说真龙种，仍残老骕骦①。
哀鸣思战斗，迥立向苍苍。

其六

城上胡笳奏，山边汉节归。
防河赴沧海，奉诏发金微。
士苦形骸黑，旌疏鸟兽稀。
那闻往来戍，恨解邺城围。

其七

莽莽万重山，孤城山谷间。
无风云出塞，不夜月临关。
属国归何晚，楼兰斩未还。
烟尘一长望，衰飒正摧颜。

其八

闻道寻源使，从天此路回。
牵牛去几许，宛马至今来。
一望幽燕隔，何时郡国开。
东征健儿尽，羌笛暮吹哀。

其九

今日明人眼，临池好驿亭。
丛篁低地碧，高柳半天青。
稠叠多幽事，喧呼阅使星。
老夫如有此，不异在郊埛。

其十

云气接昆仑，涔涔②塞雨繁。
羌童看渭水，使客向河源。
烟火军中幕，牛羊岭上村。
所居秋草净，正闭小蓬门。

其十一

萧萧古塞冷，漠漠秋云低。

黄鹄翅垂雨，苍鹰饥啄泥。
蓟门谁自北，汉将独征西。
不意书生耳，临衰厌鼓鼙③。

其十二

山头南郭寺，水号北流泉。
老树空庭得，清渠一邑传。
秋花危石底，晚景卧钟边。
俯仰悲身世，溪风为飒然。

其十三

传道东柯谷，深藏数十家。
对门藤盖瓦，映竹水穿沙。
瘦地翻宜粟，阳坡可种瓜。
船人近相报，但恐失桃花。

其十四

万古仇池穴，潜通小有天。
神鱼人不见，福地语真传。
近接西南境，长怀十九泉。
何时一茅屋，送老白云边。

其十五

未暇泛沧海，悠悠兵马间。
塞门风落木，客舍雨连山。
阮籍行多兴，庞公隐不还。
东柯遂疏懒，休镊鬓毛斑。

---

① 骕骦（sù shuāng）：骏马名。
② 涔（cén）涔：形容水、汗、泪等不断地流下，也形容天色阴沉或心情烦闷。
③ 鼓鼙（pí）：鼓，指大鼓；鼙，指小鼓。古代军中用来发号进攻。借指军事。

其十六
东柯好崖谷，不与众峰群。
落日邀双鸟，晴天养片云。
野人矜险绝，水竹会平分。
采药吾将老，儿童未遣闻。

其十七
边秋阴易久，不复辨晨光。
檐雨乱淋幔，山云低度墙。
鸬鹚①窥浅井，蚯蚓上深堂。
车马何萧索，门前百草长。

其十八
地僻秋将尽，山高客未归。
塞云多断续，边日少光辉。
警急烽常报，传闻檄②屡飞。
西戎外甥国，何得迕③天威。

其十九
凤林戈未息，鱼海路常难。
候火云峰峻，悬军幕井干。
风连西极动，月过北庭寒。
故老思飞将，何时议筑坛。

其二十
唐尧真自圣，野老复何知。
晒药能无妇，应门幸有儿。
藏书闻禹穴，读记忆仇池。
为报鸳行旧，鹪鹩④在一枝。

2455 琴台（唐·杜甫）
茂陵多病后，尚爱卓文君。
酒肆人间世，琴台日暮云。
野花留宝靥⑤，蔓草见罗裙。

归凤求凰意，寥寥不复闻。

2456 清明即事（唐·孟浩然）
帝里重清明，人心自愁思。
车声上路合，柳色东城翠。
花落草齐生，莺飞蝶双戏。
空堂坐相忆，酌茗聊代醉。

2457 清明日（唐·温庭筠）
清娥画扇中，春树郁金红。
出犯繁花露，归穿弱柳风。
马骄偏避幰⑥，鸡骇乍开笼。
柘弹⑦何人发，黄鹂隔故宫。

2458 清明日宴梅道士房
（唐·孟浩然）
林卧愁春尽，开轩览物华。
忽逢青鸟使，邀入赤松家。
丹灶初开火，仙桃正落花。
童颜若可驻，何惜醉流霞。

---

① 鸬鹚（lú cí）：水鸟名，俗叫"鱼鹰"。羽毛黑色，有绿光。善捕鱼。
② 檄（xí）：即檄文，古时征兵的军书。也指用檄文晓谕或声讨。
③ 迕（wǔ）：本指相遇，引申为违背，不顺从。
④ 鹪鹩（jiāo liáo）：小鸟名。羽毛赤褐色，多在灌木丛中活动，吃昆虫等。
⑤ 靥（yè）：酒窝儿。
⑥ 幰（xiǎn）：帐帏。
⑦ 柘（zhè）弹：柘木做的弹弓。

092

## 2459 清溪行（唐·李白）

清溪清我心，水色异诸水。
借问新安江，见底何如此。
人行明镜中，鸟度屏风里。
向晚猩猩啼，空悲远游子。

## 2460 晴二首（唐·杜甫）

其一

久雨巫山暗，新晴锦绣文。
碧知湖外草，红见海东云。
竟日莺相和，摩霄鹤数群。
野花干更落，风处急纷纷。

其二

啼乌争引子，鸣鹤不归林。
下食遭泥去，高飞恨久阴。
雨声冲塞尽，日气射江深。
回首周南客，驱驰魏阙心。

## 2461 秋登宣城谢朓北楼
（唐·李白）

江城如画里，山晚望晴空。
两水夹明镜，双桥落彩虹。
人烟寒橘柚，秋色老梧桐。
谁念北楼上，临风怀谢公。

## 2462 秋登张明府海亭
（唐·孟浩然）

海亭秋日望，委曲见江山。
染翰聊题壁，倾壶一解颜。

歌逢彭泽令，归赏故园间。
予亦将琴史，栖迟共取闲。

## 2463 秋笛（唐·杜甫）

清商欲尽奏，奏苦血沾衣。
他日伤心极，征人白骨归。
相逢恐恨过，故作发声微。
不见秋云动，悲风稍稍飞。

## 2464 秋怀（唐·张九龄）

感惜芳时换，谁知客思悬。
忆随鸿向暖，愁学马思边。
留滞机还息，纷挐①网自牵。
东南起归望，何处是江天。

## 2465 秋浦歌十七首
（唐·李白）

其一

秋浦长似秋，萧条使人愁。
客愁不可度，行上东大楼。
正西望长安，下见江水流。
寄言向江水，汝意忆侬不。
遥传一掬泪，为我达扬州。

其二

秋浦猿夜愁，黄山堪白头。
清溪非陇水，翻作断肠流。
欲去不得去，薄游成久游。
何年是归日，雨泪下孤舟。

————

① 挐（ná）：持握，捕捉，执拿。

其三
秋浦锦驼鸟，人间天上稀。
山鸡羞渌水，不敢照毛衣。
其四
两鬓入秋浦，一朝飒已衰。
猿声催白发，长短尽成丝。
其五
秋浦多白猿，超腾若飞雪。
牵引条上儿，饮弄水中月。
其六
愁作秋浦客，强看秋浦花。
山川如剡县①，风日似长沙。
其七
醉上山公马，寒歌宁戚牛。
空吟白石烂，泪满黑貂裘。
其八
秋浦千重岭，水车岭最奇。
天倾欲堕石，水拂寄生枝。
其九
江祖一片石，青天扫画屏。
题诗留万古，绿字锦苔生。
其十
千千石楠树，万万女贞林。
山山白鹭满，涧涧白猿吟。
君莫向秋浦，猿声碎客心。
其十一
逻人横鸟道，江祖出鱼梁。
水急客舟疾，山花拂面香。
其十二
水如一匹练，此地即平天。

耐可乘明月，看花上酒船。
其十三
渌水净素月，月明白鹭飞。
郎听采菱女，一道夜歌归。
其十四
炉火照天地，红星乱紫烟。
赧郎明月夜，歌曲动寒川。
其十五
白发三千丈，缘愁似个长。
不知明镜里，何处得秋霜。
其十六
秋浦田舍翁，采鱼水中宿。
妻子张白鹇②，结罝映深竹。
其十七
桃波一步地，了了语声闻。
黯③与山僧别，低头礼白云。

## 2466 秋清（唐·杜甫）
高秋苏病气，白发自能梳。
药饵憎加减，门庭闷扫除。
杖藜还客拜，爱竹遣儿书。
十月江平稳，轻舟进所如。

---

① 剡（shàn）县：古地名，在今浙江省嵊州市。
② 白鹇（xián）：鸟类，常栖于高山竹林间，分布于中国南部。
③ 黯（àn）：阴暗的意思。此处作黯然，即心神沮丧、情绪低落的样子。

094

## 2467 秋日寄题郑监湖上亭三首 (唐·杜甫)

其一

碧草逢春意，沅湘①万里秋。
池要山简马，月净庾公楼。
磨灭余篇翰，平生一钓舟。
高唐寒浪减，仿佛识昭丘。

其二

新作湖边宅，远闻宾客过。
自须开竹径，谁道避云萝。
官序潘生拙，才名贾傅多。
舍舟应转地，邻接意如何。

其三

暂阻蓬莱阁，终为江海人。
挥金应物理，拖玉岂吾身。
羹煮秋莼滑，杯迎露菊新。
赋诗分气象，佳句莫频频。

## 2468 秋日陪李侍御渡松滋江 (唐·孟浩然)

南纪西江阔，皇华御史雄。
截流宁假楫，挂席自生风。
僚宷②争攀鹢③，鱼龙亦避骢④。
坐听白雪唱，翻入棹歌中。

## 2469 秋日阮隐居致薤⑤三十束 (唐·杜甫)

隐者柴门内，畦蔬绕舍秋。
盈筐承露薤，不待致书求。

束比青刍色，圆齐玉箸头。
衰年关鬲冷，味暖并无忧。

## 2470 秋山寄卫尉张卿及王征君 (唐·李白)

何以折相赠，白花青桂枝。
月华若夜雪，见此令人思。
虽然剡溪⑥兴，不异山阴时。
明发怀二子，空吟招隐诗。

## 2471 秋思 (唐·李白)

燕支黄叶落，妾望自登台。
海上碧云断，单于秋色来。
胡兵沙塞合，汉使玉关回。
征客无归日，空悲蕙草摧。

## 2472 秋思二首 (唐·李白)

其一

春阳如昨日，碧树鸣黄鹂。
芜然蕙草暮，飒尔凉风吹。
天秋木叶下，月冷莎鸡悲。

---

① 沅 (yuán) 湘：沅水和湘水的并称。战国楚诗人屈原遭放逐后，曾长期流浪沅湘间。
② 僚宷 (cǎi)：指众官员。
③ 鹢 (yì)：鹢舟。
④ 骢 (cōng)：毛色青白相间的马，今名菊花青马。泛指骏马。
⑤ 薤 (xiè)：多年生草本植物，地下有鳞茎叫作藠 (jiào) 头，可作蔬菜。
⑥ 剡 (shàn) 溪：水名，浙江绍兴嵊州境内主要河流。

095

坐愁群芳歇，白露凋华滋。
其二
闽氏黄叶落，妾望白登台。
月出碧云断，蝉声秋色来。
胡兵沙塞合，汉使玉关回。
征客无归日，空悲蕙草摧。

## 2473 秋夕望月 （唐·张九龄）
清迥江城月，流光万里同。
所思如梦里，相望在庭中。
皎洁青苔露，萧条黄叶风。
含情不得语，频使桂华空。

## 2474 秋峡 （唐·杜甫）
江涛万古峡，肺气久衰翁。
不寐防巴虎，全生狎楚童。
衣裳垂素发，门巷落丹枫。
常怪商山老，兼存翊①赞功。

## 2475 秋宵月下有怀
（唐·孟浩然）
秋空明月悬，光彩露沾湿。
惊鹊栖未定，飞萤卷帘入。
庭槐寒影疏，邻杵夜声急。
佳期旷何许，望望空伫立。

## 2476 秋野五首 （唐·杜甫）
其一
秋野日疏芜，寒江动碧虚。

系舟蛮井络，卜宅楚村墟。
枣熟从人打，葵荒欲自锄。
盘餐老夫食，分减及溪鱼。
其二
易识浮生理，难教一物违。
水深鱼极乐，林茂鸟知归。
吾老甘贫病，荣华有是非。
秋风吹几杖，不厌此山薇。
其三
礼乐攻吾短，山林引兴长。
掉头纱帽仄，曝背竹书光。
风落收松子，天寒割蜜房。
稀疏小红翠，驻屐近微香。
其四
远岸秋沙白，连山晚照红。
潜鳞输骇浪，归翼会高风。
砧响家家发，樵声个个同。
飞霜任青女，赐被隔南宫。
其五
身许麒麟画，年衰鸳鹭群。
大江秋易盛，空峡夜多闻。
径隐千重石，帆留一片云。
儿童解蛮语，不必作参军。

## 2477 秋夜独坐 （唐·王维）
独坐悲双鬓，空堂欲二更。
雨中山果落，灯下草虫鸣。

---

① 翊 （yì）：辅佐，帮助。此处"翊赞"
　亦为辅佐和帮助之意。

白发终难变，黄金不可成。

欲知除老病，唯有学无生。

## 2478 秋夜纪怀三首

（宋·陆游）

其一

缺月淡欲尽，老鸡鸣苦迟。

聊为待旦坐，不作感秋悲。

鲁叟一王法，豳①人七月诗。

平生经世志，老死欲谁期？

其二

瞿昙②起西域，老氏奋中州。

谈理一家说，蠹③民千载忧。

横流当有自，独立岂相仇。

垂世诗书在，儿童勿外求。

其三

北斗垂莽苍，明河浮太清。

风林一叶下，露草百虫鸣。

病入新凉减，诗从半睡成。

还思散关路，炬火驿前迎。

## 2479 秋夜与刘砀山泛宴喜亭池 （唐·李白）

明宰试舟楫，张灯宴华池。

文招梁苑客，歌动郢中④儿。

月色望不尽，空天交相宜。

令人欲泛海，只待长风吹。

## 2480 瞿唐怀古 （唐·杜甫）

西南万壑注，勍敌⑤两崖开。

地与山根裂，江从月窟来。

削成当白帝，空曲隐阳台。

疏凿功虽美，陶钧力大哉。

## 2481 瞿塘两崖 （唐·杜甫）

三峡传何处，双崖壮此门。

入天犹石色，穿水忽云根。

猱狖⑥须髯古，蛟龙窟宅尊。

羲和冬驭近，愁畏日车翻。

## 2482 去蜀 （唐·杜甫）

五载客蜀郡，一年居梓州。

如何关塞阻，转作潇湘游。

世事已黄发，残生随白鸥。

安危大臣在，不必泪长流。

## 2483 阙题 （唐·张说）

婚礼知无贺，承家叹有辉。

---

① 豳（bīn）：古地名，在今陕西省彬州市、旬邑县一带。也作邠。
② 瞿昙（qú tán）：印度刹帝利种之中的一个姓，也借指和尚。
③ 蠹（dù）：又称蠹鱼、衣鱼、白鱼、书虫或衣虫，是一种灵巧、怕光、无翅的缨尾目昆虫。常蛀蚀书册等器物。
④ 郢（yǐng）中：即郢都，借指古楚地。
⑤ 勍（qíng）敌：强敌。
⑥ 猱狖（náo jué）：泛指猿猴。

亲迎骥子跃，吉兆凤雏飞。
温席开华扇，梁门换褧衣①。
遥思桃李日，应赋采蘋归。

## 2484 瀼②西寒望 （唐·杜甫）

水色含群动，朝光切太虚。
年侵频怅望，兴远一萧疏。
猿挂时相学，鸥行炯自如。
瞿唐春欲至，定卜瀼西居。

## 2485 热三首 （唐·杜甫）

其一

雷霆空霹雳，云雨竟虚无。
炎赫衣流汗，低垂气不苏。
乞为寒水玉，愿作冷秋菰③。
何似儿童岁，风凉出舞雩。

其二

瘴云终不灭，泸水复西来。
闭户人高卧，归林鸟却回。
峡中都似火，江上只空雷。
想见阴宫雪，风门飒踏开。

其三

朱李沉不冷，雕胡炊屡新。
将衰骨尽痛，被褐味空频。
欻翕④炎蒸景，飘摇征戍人。
十年可解甲，为尔一沾巾。

## 2486 人日登南阳驿门亭子怀汉川诸友 （唐·孟浩然）

朝来登陟处，不似艳阳时。

异县殊风物，羁怀⑤多所思。
剪花惊岁早，看柳讶春迟。
未有南飞雁，裁书欲寄谁。

## 2487 人日两篇 （唐·杜甫）

其一

元日到人日，未有不阴时。
冰雪莺难至，春寒花较迟。
云随白水落，风振紫山悲。
蓬鬓稀疏久，无劳比素丝。

其二

此日此时人共得，一谈一笑俗
相看。尊前柏叶休随酒，胜里
金花巧耐寒。佩剑冲星聊暂拔，
匣琴流水自须弹。早春重引江
湖兴，直道无忧行路难。

## 2488 日暮二首 （唐·杜甫）

其一

牛羊下来久，各已闭柴门。
风月自清夜，江山非故园。

----

① 褧（jiǒng）衣：用枲（xǐ）麻类植物
纤维织布制成的单罩衣。
② 瀼（ràng）：水名。瀼水分西瀼、东
瀼。西瀼又称大瀼。都在今重庆市奉
节县。
③ 菰（gū）：多年生水生草本植物。开
淡紫红色小花，因真菌寄生而膨大的
嫩茎叫茭白，果实叫菰米，均可食。
④ 欻翕（chuā xī）：亦作"欻歙""欻
翕"，同"欻吸"，形容迅速猛烈的
状态。
⑤ 羁（jī）怀：指寄旅的情怀。

石泉流暗壁，草露滴秋根。
头白灯明里，何须花烬繁。
其二
日落风亦起，城头乌尾讹。
黄云高未动，白水已扬波。
羌妇语还哭，胡儿行且歌。
将军别换马，夜出拥雕戈。

## 2489 儒生（宋·陆游）

儒生安义命，所遇委之天。
用可重九鼎，穷宁直一钱？
虽云发种种，未害腹便便。
高卧茅檐下，羹藜法不传。

## 2490 入乔口（唐·杜甫）

漠漠旧京远，迟迟归路赊。
残年傍水国，落日对春华。
树蜜早蜂乱，江泥轻燕斜。
贾生骨已朽，凄恻近长沙。

## 2491 入宅三首（唐·杜甫）

其一
奔峭背赤甲，断崖当白盐。
客居愧迁次，春酒渐多添。
花亚欲移竹，鸟窥新卷帘。
衰年不敢恨，胜概欲相兼。
其二
乱后居难定，春归客未还。
水生鱼复浦，云暖麝香山。

半顶梳头白，过眉拄杖斑。
相看多使者，一一问函关。
其三
宋玉归州宅，云通白帝城。
吾人淹老病，旅食岂才名。
峡口风常急，江流气不平。
只应与儿子，飘转任浮生。

## 2492 溽暑①（宋·陆游）

溽暑雨将作，南风来解围。
幽花临砌坼，乳燕傍巢飞。
腰斧劙②桑去，携篮采药归。
翻怜少年老，叠雪诧宫衣。

## 2493 塞上行作（唐·刘得仁）

乡井从离别，穷边触目愁。
生人居外地，塞雪下中秋。
雁举之衡翅，河穿入虏流。
将军心莫苦，向此取封侯。

## 2494 塞下曲六首（唐·李白）

其一
五月天山雪，无花只有寒。
笛中闻折柳，春色未曾看。
晓战随金鼓，宵眠抱玉鞍。
愿将腰下剑，直为斩楼兰。

---

① 溽（rù）暑：暑湿之气，指盛夏。
② 劙（lí）：刺破，割破。

其二

天兵下北荒，胡马欲南饮。

横戈从百战，直为衔恩甚。

握雪海上餐，拂沙陇头寝。

何当破月氏，然后方高枕。

其三

骏马似风飙，鸣鞭出渭桥。

弯弓辞汉月，插羽破天骄。

阵解星芒尽，营空海雾消。

功成画麟阁，独有霍嫖姚①。

其四

白马黄金塞，云砂绕梦思。

那堪愁苦节，远忆边城儿。

萤飞秋窗满，月度霜闺迟。

摧残梧桐叶，萧飒沙棠枝。

无时独不见，流泪空自知。

其五

塞虏乘秋下，天兵出汉家。

将军分虎竹，战士卧龙沙。

边月随弓影，胡霜拂剑花。

玉关殊未入，少妇莫长嗟。

其六

烽火动沙漠，连照甘泉云。

汉皇按剑起，还召李将军。

兵气天上合，鼓声陇底闻。

横行负勇气，一战净妖氛。

## 2495 三山望金陵寄殷淑

（唐·李白）

三山怀谢朓，水澹望长安。

芜没河阳县，秋江正北看。

卢龙霜气冷，鸡鹊②月光寒。

耿耿忆琼树，天涯寄一欢。

## 2496 散愁二首（唐·杜甫）

其一

久客宜旋斾，兴王未息戈。

蜀星阴见少，江雨夜闻多。

百万传深入，寰区望匪它。

司徒下燕赵，收取旧山河。

其二

闻道并州镇，尚书训士齐。

几时通蓟北，当日报关西。

恋阙丹心破，沾衣皓首啼。

老魂招不得，归路恐长迷。

## 2497 沙丘城下寄杜甫

（唐·李白）

我来竟何事，高卧沙丘城。

城边有古树，日夕连秋声。

鲁酒不可醉，齐歌空复情。

思君若汶水，浩荡寄南征。

---

① 霍嫖姚（huò piáo yáo）：指西汉抗击匈奴名将霍去病，其因功受封嫖姚校尉，故名。后亦借指守边立功的武将。

② 鸡（zhī）鹊：传说中的异鸟名，也指喜鹊。

## 2498 山居即事（唐·王维）

寂寞掩柴扉，苍茫对落晖。
鹤巢松树遍，人访荜门稀。
绿竹含新粉，红莲落故衣。
渡头烟火起，处处采菱归。

## 2499 山居秋暝（唐·王维）

空山新雨后，天气晚来秋。
明月松间照，清泉石上流。
竹喧归浣女，莲动下渔舟。
随意春芳歇，王孙自可留。

## 2500 山寺（唐·杜甫）

野寺残僧少，山园细路高。
麝香眠石竹，鹦鹉啄金桃。
乱石通人过，悬崖置屋牢。
上方重阁晚，百里见秋毫。

## 2501 伤岘山云表观主
（唐·孟浩然）

少小学书剑，秦吴多岁年。
归来一登眺，陵谷尚依然。
岂意餐霞客，溘随朝露先。
因之问闾里，把臂几人全。

## 2502 商山早行（唐·温庭筠）

晨起动征铎，客行悲故乡。
鸡声茅店月，人迹板桥霜。
槲①叶落山路，枳②花明驿墙。

因思杜陵梦，凫雁满回塘。

## 2503 上白帝城（唐·杜甫）

城峻随天壁，楼高更女墙。
江流思夏后，风至忆襄王。
老去闻悲角，人扶报夕阳。
公孙初恃险，跃马意何长。

## 2504 上兜率寺（唐·杜甫）

兜率知名寺，真如会法堂。
江山有巴蜀，栋宇自齐梁。
庾信哀虽久，何颙③好不忘。
白牛车远近，且欲上慈航。

## 2505 上牛头寺（唐·杜甫）

青山意不尽，衮衮上牛头。
无复能拘碍，真成浪出游。
花浓春寺静，竹细野池幽。
何处莺啼切，移时独未休。

## 2506 上三峡（唐·李白）

巫山夹青天，巴水流若兹。
巴水忽可尽，青天无到时。

---

① 槲（hú）：落叶乔木，木材坚硬，树
　皮可制栲胶，叶和果实可入药。
② 枳（zhǐ）：落叶灌木或小乔木，也叫
　枸橘（gōu jú）。
③ 颙（yóng）：本义指脑袋大，引申为
　大的样子，也引申为仰慕。"何颙"
　为人名。

101

三朝上黄牛，三暮行太迟。
三朝又三暮，不觉鬓成丝。

## 2507 上巳洛中寄王九迥
（唐·孟浩然）

卜洛成周地，浮杯上巳筵。
斗鸡寒食下，走马射堂前。
垂柳金堤合，平沙翠幕连。
不知王逸少，何处会群贤。

## 2508 社日两篇（唐·杜甫）

### 其一
九农成德业，百祀发光辉。
报效神如在，馨香旧不违。
南翁巴曲醉，北雁塞声微。
尚想东方朔，诙谐割肉归。

### 其二
陈平亦分肉，太史竟论功。
今日江南老，他时渭北童。
欢娱看绝塞，涕泪落秋风。
鸳鹭回金阙，谁怜病峡中。

## 2509 省事（宋·陆游）

### 其一
车马声都绝，比邻迹亦疏。
浅倾家酿酒，细读手钞书。
薄饭惟羹芋，闲游不借驴。
有时还自笑，省事更谁如？

### 其二
老去终年卧草庐，事皆省尽略无余。麈①留鼠迹犹嗔②拂，风作瓢声固不除。兴发旧醅③何害醉，诗成拙笔亦堪书。投床睡美悠然觉，作计今知本不疏。

## 2510 诗酒（宋·陆游）

### 其一
酒隐凌晨醉，诗狂彻旦歌。
悯怜蜗左角，嘲笑蚁南柯。
风月随长笛，江湖入短蓑。
平生会心处，最向漆园多。

### 其二
我生寓诗酒，本以全吾真。
酒既工作病，诗亦能穷人。
每欲两忘之，永为耕樵民。
周旋日已久，弃去终无因。
齿发益衰谢，肝胆犹轮囷④。
吟哦撼四壁，嵬峨⑤颓⑥乌巾。
江上处处好，风月年年新。
正尔岂不乐，浩歌终此身。

---

① 麈（zhǔ）：古书上指鹿一类的动物，尾巴可以制拂尘，故称拂尘为麈尾，也简称麈。
② 嗔（chēn）：对他人不满。
③ 醅（pēi）：没有过滤的酒。
④ 轮囷（qūn）：盘曲貌，硕大貌。
⑤ 嵬峨（wéi é）：高大耸立的样子，也指醉酒的样子。
⑥ 颓（tuí）：倒塌，衰败，意志消沉。

其三
诗酒平生乐，无如老病侵。
才衰愁韵险，量退怯杯深。
宿露滋金蕾①，微霜点缬林②。
呼鹰五陵路，惆怅少年心。

## 2511 十六夜玩月（唐·杜甫）
旧把金波爽，皆传玉露秋。
关山随地阔，河汉近人流。
谷口樵归唱，孤城笛起愁。
巴童浑不寝，半夜有行舟。

## 2512 十七夜对月（唐·杜甫）
秋月仍圆夜，江村独老身。
卷帘还照客，倚杖更随人。
光射潜虬动，明翻宿鸟频。
茅斋依橘柚，清切露华新。

## 2513 十五夜观灯
（唐·卢照邻）
锦里开芳宴，兰缸艳早年。
缛彩遥分地，繁光远缀天。
接汉疑星落，依楼似月悬。
别有千金笑，来映九枝前。

## 2514 十一月中旬至扶风界见梅花（唐·李商隐）
匝路亭亭艳，非时裛裛③香。
素娥惟与月，青女不饶霜。
赠远虚盈手，伤离适断肠。
为谁成早秀，不待作年芳。

## 2515 十月一日（唐·杜甫）
有瘴非全歇，为冬亦不难。
夜郎溪日暖，白帝峡风寒。
蒸裹如千室，焦糟幸一柈④。
兹辰南国重，旧俗自相欢。

## 2516 石镜（唐·杜甫）
蜀王将此镜，送死置空山。
冥寞怜香骨，提携近玉颜。
众妃无复叹，千骑亦虚还。
独有伤心石，埋轮月宇间。

## 2517 使至广州（唐·张九龄）
昔年尝不调，兹地亦邅回⑤。
本谓双凫少，何知驷马来。
人非汉使橐⑥，郡是越王台。
去去虽殊事，山川长在哉。

---

① 金蕾（lěi）：指菊花。
② 缬（xié）林：秋季叶红，树林呈红色，故称，一般指枫林。
③ 裛（yì）裛：芳香浓郁的样子。
④ 柈（pán）：盛物之器。
⑤ 邅（zhān）回：即徘徊，指为难中进退不得的样子。
⑥ 橐（tuó）：指一种口袋。也作拟声词，指硬物连续撞击地面等的声音。

## 2518 使至塞上 (唐·王维)

单车欲问边，属国过居延。
征蓬出汉塞，归雁入胡天。
大漠孤烟直，长河落日圆。
萧关逢候骑，都护在燕然。

## 2519 示侄佐 (唐·杜甫)

多病秋风落，君来慰眼前。
自闻茅屋趣，只想竹林眠。
满谷山云起，侵篱涧水悬。
嗣宗①诸子侄，早觉仲容贤。

## 2520 侍从游宿温泉宫作
(唐·李白)

羽林十二将，罗列应星文。
霜仗悬秋月，霓旌②卷夜云。
严更千户肃，清乐九天闻。
日出瞻佳气，葱葱绕圣君。

## 2521 适越留别谯县张主簿申屠少府 (唐·孟浩然)

朝乘汴河流，夕次谯县界。
幸值西风吹，得与故人会。
君学梅福隐，余从伯鸾迈。
别后能相思，浮云在吴会。

## 2522 收京四首 (唐·杜甫)

其一
复道收京邑，兼闻杀犬戎。
衣冠却扈从，车驾已还宫。

克复成如此，安危在数公。
莫令回首地，恸哭③起悲风。

其二
仙仗离丹极，妖星照玉除。
须为下殿走，不可好楼居。
暂屈汾阳驾，聊飞燕将书。
依然七庙略，更与万方初。

其三
生意甘衰白，天涯正寂寥。
忽闻哀痛诏，又下圣明朝。
羽翼怀商老，文思忆帝尧。
叨逢罪己日，沾洒望青霄。

其四
汗马收宫阙，春城铲贼壕。
赏应歌杕杜④，归及荐樱桃。
杂虏横戈数，功臣甲第高。
万方频送喜，无乃圣躬劳。

## 2523 守岁 (唐·李世民)

暮景斜芳殿，年华丽绮宫。
寒辞去冬雪，暖带入春风。
阶馥舒梅素，盘花卷烛红。
共欢新故岁，迎送一宵中。

----

① 嗣 (sì) 宗：三国魏阮籍的字，阮籍是"竹林七贤"之一。
② 霓旌 (ní jīng)：传说中仙人以云霞为旗帜，也指缀有五色羽毛的旗帜，为古代帝王仪仗之一，借指帝王。
③ 恸 (tòng) 哭：放声痛哭，号哭。
④ 杕 (dì) 杜：指《诗经·小雅·杕杜》。杕，形容树木孤立。

## 2524 书 (唐·李峤)

削简龙文见,临池鸟迹舒。
河图八卦出,洛范九畴初。
垂露春光满,崩云骨气余。
请君看入木,一寸乃非虚。

## 2525 熟食日示宗文宗武
(唐·杜甫)

消渴游江汉,羁栖尚甲兵。
几年逢熟食,万里逼清明。
松柏邛①山路,风花白帝城。
汝曹催我老,回首泪纵横。

## 2526 树间 (唐·杜甫)

岑寂双甘树,婆娑一院香。
交柯低几杖,垂实碍衣裳。
满岁如松碧,同时待菊黄。
几回沾叶露,乘月坐胡床。

## 2527 竖子至 (唐·杜甫)

楂梨且缀碧,梅杏半传黄。
小子幽园至,轻笼熟柰②香。
山风犹满把,野露及新尝。
欲寄江湖客,提携日月长。

## 2528 双枫浦 (唐·杜甫)

辍棹青枫浦,双枫旧已摧。
自惊衰谢力,不道栋梁材。
浪足浮纱帽,皮须截锦苔。
江边地有主,暂借上天回。

## 2529 双燕 (唐·杜甫)

旅食惊双燕,衔泥入此堂。
应同避燥湿,且复过炎凉。
养子风尘际,来时道路长。
今秋天地在,吾亦离殊方。

## 2530 水槛遣心二首
(唐·杜甫)

其一
去郭轩楹敞,无村眺望赊。
澄江平少岸,幽树晚多花。
细雨鱼儿出,微风燕子斜。
城中十万户,此地两三家。

其二
蜀天常夜雨,江槛已朝晴。
叶润林塘密,衣干枕席清。
不堪祗③老病,何得尚浮名。
浅把涓涓酒,深凭送此生。

## 2531 巴上人茅斋 (唐·杜甫)

巴公茅屋下,可以赋新诗。
枕簟④入林僻,茶瓜留客迟。
江莲摇白羽,天棘梦青丝。
空忝⑤许询辈,难酬支遁词。

---

① 邛 (qióng):山名,在四川。
② 柰 (nài):苹果的一种,通称柰子,亦称花红、沙果。
③ 祗 (zhī):恭敬。
④ 枕簟 (diàn):泛指卧具。
⑤ 忝 (tiǎn):谦辞,表示辱没他人,自己有愧。

105

## 2532 送白利从金吾董将军西征（唐·李白）

西羌延国讨，白起佐军威。
剑决浮云气，弓弯明月辉。
马行边草绿，旌卷曙霜飞。
抗手凛相顾，寒风生铁衣。

## 2533 送别（南北朝·范云）

东风柳线长，送郎上河梁。
未尽樽前酒，妾泪已千行。
不愁书难寄，但恐鬓将霜。
空怀白首约，江上早归航。

## 2534 送别得书字（唐·李白）

水色南天远，舟行若在虚。
迁人发佳兴，吾子访闲居。
日落看归鸟，潭澄羡跃鱼。
圣朝思贾谊，应降紫泥书。

## 2535 送别裴仪同（汉·王褒）

河桥望行旅，长亭送故人。
沙飞似军幕，蓬卷若车轮。
边衣苦霜雪，愁貌捐风尘。
行路皆兄弟，千里念相亲。

## 2536 送陈七赴西军
（唐·孟浩然）

吾观非常者，碌碌在目前。
君负鸿鹄志，蹉跎书剑年。

一闻边烽动，万里忽争先。
余亦赴京国，何当献凯还。

## 2537 送从弟邕下第后寻会稽
（唐·孟浩然）

疾风吹征帆，倏尔向空没。
千里在俄顷，三江坐超忽。
向来共欢娱，日夕成楚越。
落羽更分飞，谁能不惊骨。

## 2538 送崔遏（唐·孟浩然）

片玉来夸楚，治中作主人。
江山增润色，词赋动阳春。
别馆当虚敞，离情任吐伸。
因声两京旧，谁念卧漳滨。

## 2539 送崔九兴宗游蜀
（唐·王维）

送君从此去，转觉故人稀。
徒御犹回首，田园方掩扉。
出门当旅食，中路授寒衣。
江汉风流地，游人何岁归。

## 2540 送崔三往密州觐①省
（唐·王维）

南陌去悠悠，东郊不少留。
同怀扇枕恋，独念倚门愁。

———————
① 觐（jìn）：朝见（君主）；朝拜
（圣地）。

路绕天山雪，家临海树秋。
鲁连功未报，且莫蹈沧洲。

## 2541 送崔十二游天竺寺

（唐·李白）

还闻天竺寺，梦想怀东越。
每年海树霜，桂子落秋月。
送君游此地，已属流芳歇。
待我来岁行，相随浮溟渤。

## 2542 送崔兴宗（唐·王维）

已恨亲皆远，谁怜友复稀。
君王未西顾，游宦尽东归。
塞迥山河净，天长云树微。
方同菊花节，相待洛阳扉。

## 2543 送丁大凤进士赴举呈张九龄（唐·孟浩然）

吾观鹪鹩赋①，君负王佐才。
惜无金张援，十上空归来。
弃置乡园老，翻飞羽翼摧。
故人今在位，歧路莫迟回。

## 2544 送窦九归成都

（唐·杜甫）

文章亦不尽，窦子才纵横。
非尔更苦节，何人符大名。
读书云阁观，问绢锦官城。
我有浣花竹，题诗须一行。

## 2545 送杜少府之任蜀州

（唐·王勃）

城阙辅三秦，风烟望五津。
与君离别意，同是宦游人。
海内存知己，天涯若比邻。
无为在歧路，儿女共沾巾。

## 2546 送段功曹归广州

（唐·杜甫）

南海春天外，功曹几月程。
峡云笼树小，湖日落船明。
交趾丹砂重，韶州白葛轻。
幸君因旅客，时寄锦官城。

## 2547 送范山人归泰山

（唐·李白）

鲁客抱白鹤，别余往泰山。
初行若片云，杳②在青崖间。
高高至天门，日观近可攀。
云山望不及，此去何时还。

---

① 鹪鹩（jiāo liáo）赋：晋代文学家张华创作的一篇咏物赋。鹪鹩，小鸟名。羽毛赤褐色，多在灌木丛中活动，吃昆虫等。

② 杳（yǎo）：远得看不见踪影。

## 2548 送方城韦明府

（唐·王维）

遥思葭菼①际，寥落楚人行。

高鸟长淮水，平芜故郢城。

使车听雉②乳，县鼓应鸡鸣。

若见州从事，无嫌手板迎。

## 2549 送方士赵叟之东平

（唐·李白）

长桑晓洞视，五藏无全牛。

赵叟得秘诀，还从方士游。

西过获麟台，为我吊孔丘。

念别复怀古，潸然③空泪流。

## 2550 送封太守 （唐·王维）

忽解羊头削，聊驰熊首轓④。

扬舲⑤发夏口，按节向吴门。

帆映丹阳郭，枫攒赤岸村。

百村多候吏，露冕一何尊。

## 2551 送告八从军

（唐·孟浩然）

男儿一片气，何必五车书。

好勇方过我，多才便起予。

运筹将入幕，养拙就闲居。

正待功名遂，从君继两疏。

## 2552 送翰林张司马南海勒碑

（唐·杜甫）

冠冕通南极，文章落上台。

诏从三殿去，碑到百蛮开。

野馆浓花发，春帆细雨来。

不知沧海上，天遣几时回。

## 2553 送何侍御归朝

（唐·杜甫）

舟楫诸侯饯，车舆使者归。

山花相映发，水鸟自孤飞。

春日垂霜鬓，天隅把绣衣。

故人从此去，寥落寸心违。

## 2554 送贺遂员外外甥

（唐·王维）

南国有归舟，荆门溯上流。

苍茫葭菼外，云水与昭丘。

樯带城乌去，江连暮雨愁。

猿声不可听，莫待楚山秋。

## 2555 送侯山人赴会稽

（唐·崔峒）

仙客辞萝月，东来就一官。

且归沧海住，犹向白云看。

猿叫江天暮，虫声野浦寒。

时游镜湖里，为我把鱼竿。

---

① 葭菼（jiā tǎn）：指芦与荻，均为水生植物名。

② 雉（zhì）：鸟名，外形像鸡，俗称野鸡，有的地方也叫山鸡。

③ 潸（shān）然：流泪的样子。

④ 轓（fān）：古代车厢两旁反出如耳的部分，用以障蔽尘泥。

⑤ 舲（líng）：有窗户的船，也指小船。

## 2556 送桓子之郯城礼
（唐·孟浩然）

闻君驰彩骑，蹀躞①指南荆。
为结潘杨好，言过鄢郢②城。
摽梅诗有赠，羔雁礼将行。
今夜神仙女，应来感梦情。

## 2557 送贾阁老出汝州
（唐·杜甫）

西掖梧桐树，空留一院阴。
艰难归故里，去住损春心。
宫殿青门隔，云山紫逻深。
人生五马贵，莫受二毛侵。

## 2558 送贾升主簿之荆府
（唐·孟浩然）

奉使推能者，勤王不暂闲。
观风随按察，乘骑度荆关。
送别登何处，开筵旧岘山③。
征轩明日远，空望郢门间。

## 2559 送客归吴（唐·李白）

江村秋雨歇，酒尽一帆飞。
路历波涛去，家惟坐卧归。
岛花开灼灼，汀柳细依依。
别后无余事，还应扫钓矶。

## 2560 送李判官赴东江
（唐·王维）

闻道皇华使，方随皂盖臣。
封章通左语，冠冕化文身。

树色分扬子，潮声满富春。
遥知辨璧吏，恩到泣珠人。

## 2561 送李青归南叶阳川
（唐·李白）

伯阳仙家子，容色如青春。
日月秘灵洞，云霞辞世人。
化心养精魄，隐几窅④天真。
莫作千年别，归来城郭新。

## 2562 送李卿晔（唐·杜甫）

王子思归日，长安已乱兵。
沾衣问行在，走马向承明。
暮景巴蜀僻，春风江汉清。
晋山虽自弃，魏阙尚含情。

## 2563 送李员外贤郎
（唐·王维）

少年何处去，负米上铜梁。
借问阿戎父，知为童子郎。
鱼笺请诗赋，橦布作衣裳。
薏苡⑤扶衰病，归来幸可将。

―――――

① 蹀躞（xiè dié）：小步行走的样子，
也指马行走的样子。
② 鄢郢（yān yǐng）：地名，春秋时指楚
都。今泛指湖北江陵、襄阳一带。
③ 岘（xiàn）山：山名，在湖北省襄阳
市南，又名岘首山。
④ 窅（yǎo）：眼睛深陷的样子。
⑤ 薏苡（yì yǐ）：一年生或多年生草本
植物，籽粒（薏苡仁）含淀粉，可食
用、酿酒、入药。

## 2564 送梁四归东平

（唐·李白）

玉壶挈①美酒，送别强为欢。

大火南星月，长郊北路难。

殷王期负鼎，汶水起垂竿。

莫学东山卧，参差老谢安。

## 2565 送灵州李判官

（唐·杜甫）

犬戎腥四海，回首一茫茫。

血战乾坤赤，氛迷日月黄。

将军专策略，幕府盛材良。

近贺中兴主，神兵动朔方。

## 2566 送刘司直赴安西

（唐·王维）

绝域阳关道，胡沙与塞尘。

三春时有雁，万里少行人。

苜蓿②随天马，葡萄逐汉臣。

当令外国惧，不敢觅和亲。

## 2567 送卢少府使入秦

（唐·孟浩然）

楚关望秦国，相去千里余。

州县勤王事，山河转使车。

祖筵江上列，离恨别前书。

愿及芳年赏，娇莺二月初。

## 2568 送孟六归襄阳

（唐·王维）

杜门不复出，久与世情疏。

以此为良策，劝君归旧庐。

醉歌田舍酒，笑读古人书。

好是一生事，无劳献子虚。

## 2569 送孟十二仓曹赴东京选

（唐·杜甫）

君行别老亲，此去苦家贫。

藻镜留连客，江山憔悴人。

秋风楚竹冷，夜雪巩梅春。

朝夕高堂念，应宜彩服新。

## 2570 送裴二虬作尉永嘉

（唐·杜甫）

孤屿亭何处，天涯水气中。

故人官就此，绝境兴谁同。

隐吏逢梅福，游山忆谢公。

扁舟吾已就，把钓待秋风。

## 2571 送裴十八图南归嵩山二首（唐·李白）

其一

君思颍水绿，忽复归嵩岑。

归时莫洗耳，为我洗其心。

---

① 挈（qiè）：举起，提起，带领。

② 苜蓿（mù xu）：豆科，一年或多年生草本植物，是重要牧草和绿肥。

洗心得真情，洗耳徒买名。
谢公终一起，相与济苍生。
其二
何处可为别，长安青绮门。
胡姬招素手，延客醉金樽。
临当上马时，我独与君言。
风吹芳兰折，日没鸟雀喧。
举手指飞鸿，此情难具论。
同归无早晚，颍水有清源。

## 2572 送裴五赴东川
（唐·杜甫）
故人亦流落，高义动乾坤。
何日通燕塞，相看老蜀门。
东行应暂别，北望苦销魂。
凛凛悲秋意，非君谁与论。

## 2573 送平澹然判官
（唐·王维）
不识阳关路，新从定远侯。
黄云断春色，画角起边愁。
瀚海经年到，交河出塞流。
须令外国使，知饮月氏头。

## 2574 送岐州源长史归
（唐·王维）
握手一相送，心悲安可论。
秋风正萧索，客散孟尝门。
故驿通槐里，长亭下槿原。

征西旧旌节，从此向河源。

## 2575 送钱少府还蓝田
（唐·王维）
草色日向好，桃源人去稀。
手持平子赋，目送老莱衣。
每候山樱发，时同海燕归。
今年寒食酒，应是返柴扉。

## 2576 送郗昂谪巴中
（唐·李白）
瑶草寒不死，移植沧江滨。
东风洒雨露，会入天地春。
予若洞庭叶，随波送逐臣。
思归未可得，书此谢情人。

## 2577 送丘为落第归江东
（唐·王维）
怜君不得意，况复柳条春。
为客黄金尽，还家白发新。
五湖三亩宅，万里一归人。
知尔不能荐，羞称献纳臣。

## 2578 送丘为往唐州
（唐·王维）
宛洛有风尘，君行多苦辛。
四愁连汉水，百口寄随人。
槐色阴清昼，杨花惹暮春。
朝端肯相送，天子绣衣臣。

## 2579 送鞠①十少府

（唐·李白）

试发清秋兴，因为吴会吟。
碧云敛海色，流水折江心。
我有延陵剑，君无陆贾金。
艰难此为别，惆怅一何深。

## 2580 送人从军（唐·杜甫）

弱水应无地，阳关已近天。
今君渡沙碛，累月断人烟。
好武宁论命，封侯不计年。
马寒防失道，雪没锦鞍鞯②。

## 2581 送人游岭南

（唐·司空曙）

万里南游客，交州见柳条。
逢迎人易合，时日酒能消。
浪晓浮青雀，风温解黑貂。
囊金如未足，莫恨故乡遥。

## 2582 送人之军（唐·贺知章）

常经绝脉塞，复见断肠流。
送子成今别，令人起昔愁。
陇云晴半雨，边草夏先秋。
万里长城寄，无贻汉国忧。

## 2583 送舍弟颖赴齐州三首

（唐·杜甫）

其一

岷岭南蛮北，徐关东海西。

此行何日到，送汝万行啼。
绝域惟高枕，清风独杖藜。
危时暂相见，衰白意都迷。

其二

风尘暗不开，汝去几时来。
兄弟分离苦，形容老病催。
江通一柱观，日落望乡台。
客意长东北，齐州安在哉。

其三

诸姑今海畔，两弟亦山东。
去傍干戈觅，来看道路通。
短衣防战地，匹马逐秋风。
莫作俱流落，长瞻③碣石④鸿。

## 2584 送十五弟侍御使蜀

（唐·杜甫）

喜弟文章进，添余别兴牵。
数杯巫峡酒，百丈内江船。
未息豺狼斗，空催犬马年。
归朝多便道，搏击望秋天。

## 2585 送司马入京（唐·杜甫）

群盗至今日，先朝忝从臣。
叹君能恋主，久客羡归秦。

---

① 鞠（qū）：姓。
② 鞍鞯（ān jiān）：马鞍和衬在马鞍下的垫子。
③ 瞻（zhān）：往前或往上看。
④ 碣（jié）石：山名，在河北省昌黎县北。

112

黄阁长司谏，丹墀①有故人。
向来论社稷，为话涕沾巾。

2586 送孙二 （唐·王维）
郊外谁相送，夫君道术亲。
书生邹鲁客，才子洛阳人。
祖席依寒草，行车起暮尘。
山川何寂寞，长望泪沾巾。

2587 送唐明府赴溧水
（唐·韦应物）
三为百里宰，已过十余年。
只叹官如旧，旋闻邑屡迁。
鱼盐滨海利，姜蔗傍湖田。
到此安氓俗，琴堂又晏然。

2588 送通禅师还南陵隐静寺
（唐·李白）
我闻隐静寺，山水多奇踪。
岩种朗公橘，门深杯渡松。
道人制猛虎，振锡还孤峰。
他日南陵下，相期谷口逢。

2589 送王大校书
（唐·孟浩然）
导漾自嶓冢②，东流为汉川。
维桑君有意，解缆我开筵。
云雨从兹别，林端意渺然。
尺书能不吝，时望鲤鱼传。

2590 送王十六判官
（唐·杜甫）
客下荆南尽，君今复入舟。
买薪犹白帝，鸣橹少沙头。
衡霍生春早，潇湘共海浮。
荒林庾信③宅，为仗主人留。

2591 送王侍御往东川放生
池祖席 （唐·杜甫）
东川诗友合，此赠怯轻为。
况复传宗近，空然惜别离。
梅花交近野，草色向平池。
倘忆江边卧，归期愿早知。

2592 送王五昆季省觐
（唐·孟浩然）
公子恋庭闱，劳歌涉海涯。
水乘舟楫去，亲望老莱归。
斜日催乌鸟，清江照彩衣。
平生急难意，遥仰鹡鸰④飞。

---

① 丹墀（chí）：宫殿前的红色台阶及台阶上的空地。
② 嶓冢（bō zhǒng）：山名，在今陕西省宁强县北，古人误以为汉水发源于此。
③ 庾（yǔ）信：字子山，小字兰成。南阳郡新野县（今河南省新野县）人。南北朝时期的文学集大成者。
④ 鹡鸰（jí líng）：鹡鸰属鸟类，俗称张飞鸟。古代文人也以鹡鸰借指兄弟。

## 2593 送王孝廉觐省

（唐·李白）

彭蠡①将天合，姑苏在日边。

宁亲候海色，欲动孝廉船。

窈窕②晴江转，参差远岫③连。

相思无昼夜，东泣似长川。

## 2594 送韦郎司直归成都

（唐·杜甫）

窜身来蜀地，同病得韦郎。

天下干戈满，江边岁月长。

别筵花欲暮，春日鬓俱苍。

为问南溪竹，抽梢合过墙。

## 2595 送韦书记赴安西

（唐·杜甫）

夫子欻④通贵，云泥相望悬。

白头无藉在，朱绂⑤有哀怜。

书记赴三捷，公车留二年。

欲浮江海去，此别意苍然。

## 2596 送吴宣从事

（唐·孟浩然）

才有幕中士，宁无塞上勋。

汉兵将灭虏，王粲始从军。

旌旆⑥边庭去，山川地脉分。

平生一匕首，感激赠夫君。

## 2597 送吴悦游韶阳

（唐·孟浩然）

五色怜凤雏，南飞适鹧鸪。

楚人不相识，何处求椅梧。

去去日千里，茫茫天一隅。

安能与斥鷃⑦，决起但枪榆。

## 2598 送席大 （唐·孟浩然）

惜尔怀其宝，迷邦倦客游。

江山历全楚，河洛越成周。

道路疲千里，乡园老一丘。

知君命不偶，同病亦同忧。

## 2599 送洗然弟进士举

（唐·孟浩然）

献策金门去，承欢彩服违。

以吾一日长，念尔聚星稀。

昏定须温席，寒多未授衣。

桂枝如已擢，早逐雁南飞。

---

① 彭蠡（lǐ）：即彭蠡湖，一说为鄱阳湖古称。

② 窈窕（yǎo tiǎo）：形容女子文静而美好。

③ 远岫（xiù）：远处的峰峦。

④ 欻（xū）：忽然。

⑤ 朱绂（fú）：古代礼服上的红色蔽膝，后多借指官服，也借指做官。

⑥ 旌旆（jīng pèi）：旗帜，借指军旅。

⑦ 斥鷃（chì yàn）：亦作"斥鴳（yàn）"，即鴳雀，头小尾秃的一种小鸟。

## 2600 送鲜于万州迁巴州

（唐·杜甫）

京兆先时杰，琳琅照一门。

朝廷偏注意，接近与名藩。

祖帐排舟数，寒江触石喧。

看君妙为政，他日有殊恩。

## 2601 送谢录事之越

（唐·孟浩然）

清旦江天迥，凉风西北吹。

白云向吴会，征帆亦相随。

想到耶溪日，应探禹穴奇。

仙书傥相示，予在此山陲。

## 2602 送辛大之鄂渚不及

（唐·孟浩然）

送君不相见，日暮独愁绪。

江上空裴回，天边迷处所。

郡邑经樊邓，山河入嵩汝。

蒲轮去渐遥，石径徒延伫①。

## 2603 送邢桂州（唐·王维）

铙吹②喧京口，风波下洞庭。

赭圻③将赤岸，击汰复扬舲。

日落江湖白，潮来天地青。

明珠归合浦，应逐使臣星。

## 2604 送严秀才还蜀

（唐·王维）

宁亲为令子，似舅即贤甥。

别路经花县，还乡入锦城。

山临青塞断，江向白云平。

献赋何时至，明君忆长卿。

## 2605 送杨山人归嵩山

（唐·李白）

我有万古宅，嵩阳玉女峰。

长留一片月，挂在东溪松。

尔去掇④仙草，菖蒲花紫茸。

岁晚或相访，青天骑白龙。

## 2606 送杨长史赴果州

（唐·王维）

褒斜不容幰⑤，之子去何之。

鸟道一千里，猿声十二时。

官桥祭酒客，山木女郎祠。

别后同明月，君应听子规。

## 2607 送友人（唐·李白）

青山横北郭，白水绕东城。

此地一为别，孤蓬万里征。

---

① 延伫（zhù）：指久立或久留，形容徘徊观望、犹豫不决，引申指归隐。

② 铙（náo）吹：即铙歌（军中乐歌），为鼓吹乐的一种，由笛、觱篥（bì lì）、箫、笳、铙、鼓等乐器演奏。

③ 赭圻（zhě qí）：山岭名，在今安徽繁昌西，东晋权臣桓温曾于其麓筑赭圻城。

④ 掇（duō）：拾取，摘取，用手拿（椅子、凳子等）。

⑤ 幰（xiǎn）：帐帏。

浮云游子意，落日故人情。
挥手自兹去，萧萧班马鸣。

## 2608 送友人南归（唐·王维）

万里春应尽，三江雁亦稀。
连天汉水广，孤客郢城①归。
郧国②稻苗秀，楚人菰米③肥。
悬知倚门望，遥识老莱衣。

## 2609 送友人入蜀（唐·李白）

见说蚕丛路，崎岖不易行。
山从人面起，云傍马头生。
芳树笼秦栈，春流绕蜀城。
升沉应已定，不必问君平。

## 2610 送友人游梅湖

（唐·李白）

送君游梅湖，应见梅花发。
有使寄我来，无令红芳歇。
暂行新林浦，定醉金陵月。
莫惜一雁书，音尘坐胡越。

## 2611 送友生游峡中

（唐·李白）

风静杨柳垂，看花又别离。
几年同在此，今日各驱驰。
峡里闻猿叫，山头见月时。
殷勤一杯酒，珍重岁寒姿。

## 2612 送宇文三赴河西充行军司马（唐·王维）

横吹杂繁笳，边风卷塞沙。
还闻田司马，更逐李轻车。
蒲类成秦地，莎车属汉家。
当今犬戎国，朝聘学昆邪。

## 2613 送元二适江左

（唐·杜甫）

乱后今相见，秋深复远行。
风尘为客日，江海送君情。
晋室丹阳尹，公孙白帝城。
经过自爱惜，取次莫论兵。

## 2614 送元公之鄂渚寻观主张骖鸾（唐·孟浩然）

桃花春水涨，之子忽乘流。
岘首④辞蛟浦，江中问鹤楼。
赠君青竹杖，送尔白蘋洲。
应是神仙子，相期汗漫游。

## 2615 送袁明府任长沙

（唐·李白）

别离杨柳青，樽酒表丹诚。

----

① 郢（yǐng）城：即郢都，借指古楚地。
② 郧（yún）国：郧，春秋古邑，位于今江苏省如皋市东，又名发阳。
③ 菰（gū）米：菰菜（茭白）的果实。
④ 岘（xiàn）首：山名，在湖北省襄阳市南，又名岘山。

古道携琴去，深山见峡迎。
暖风花绕树，秋雨草沿城。
自此长江内，无因夜犬惊。

## 2616 送袁十·岭南寻弟

（唐·孟浩然）

早闻牛渚咏，今见鹡鸰①心。
羽翼嗟零落，悲鸣别故林。
苍梧白云远，烟水洞庭深。
万里独飞去，南风迟尔音。

## 2617 送袁太祝尉豫章

（唐·孟浩然）

何幸遇休明，观光来上京。
相逢武陵客，独送豫章行。
随牒牵黄绶，离群会墨卿。
江南佳丽地，山水旧难名。

## 2618 送远 （唐·杜甫）

带甲满天地，胡为君远行。
亲朋尽一哭，鞍马去孤城。
草木岁月晚，关河霜雪清。
别离已昨日，因见古人情。

## 2619 送张参明经举兼向泾州觐省 （唐·孟浩然）

十五彩衣年，承欢慈母前。
孝廉因岁贡，怀橘向秦川。
四座推文举，中郎许仲宣。

泛舟江上别，谁不仰神仙。

## 2620 送张道士归山

（唐·王维）

先生何处去，王屋访茅君。
别妇留丹诀，驱鸡入白云。
人间若剩住，天上复离群。
当作辽城鹤，仙歌使尔闻。

## 2621 送张二十参军赴蜀州因呈杨五侍御 （唐·杜甫）

好去张公子，通家别恨添。
两行秦树直，万点蜀山尖。
御史新骢马②，参军旧紫髯。
皇华吾善处，于汝定无嫌。

## 2622 送张判官赴河西

（唐·王维）

单车曾出塞，报国敢邀勋。
见逐张征虏，今思霍冠军。
沙平连白雪，蓬卷入黄云。
慷慨倚长剑，高歌一送君。

---

① 鹡鸰（jí líng）：鹡鸰属鸟类，俗称张飞鸟。古代文人也以鹡鸰借指兄弟。

② 骢（cōng）：毛色青白相间的马，今名菊花青马。古人也用"骢"来形容速度非常快的马。此处指御史所乘之马或借指御史。

## 2623 送张舍人之江东

（唐·李白）

张翰江东去，正值秋风时。
天清一雁远，海阔孤帆迟。
白日行欲暮，沧波杳难期。
吴洲如见月，千里幸相思。

## 2624 送张五归山 （唐·王维）

送君尽惆怅，复送何人归。
几日同携手，一朝先拂衣。
东山有茅屋，幸为扫荆扉。
当亦谢官去，岂令心事违。

## 2625 送张五諲①归宣城

（唐·王维）

五湖千万里，况复五湖西。
渔浦南陵郭，人家春谷溪。
欲归江淼淼，未到草萋萋。
忆想兰陵镇，可宜猿更啼。

## 2626 送张祥之房陵

（唐·孟浩然）

我家南渡头，惯习野人舟。
日夕弄清浅，林湍②逆上流。
山河据形胜，天地生豪酋。
君意在利往，知音期自投。

## 2627 送张子容进士赴举

（唐·孟浩然）

夕曛山照灭，送客出柴门。

惆怅野中别，殷勤岐路言。
茂林予偃息，乔木尔飞翻。
无使谷风诮，须令友道存。

## 2628 送赵朝请赴苏幕

（宋·陈师道）

好合同黄卷，情新更白头。
胡然落丹墨，不坐致公侯。
沙软留徐步，潮回趁急流。
平生湖海兴，日夜逐行舟。

## 2629 送赵都督赴代州得青字

（唐·王维）

天官动将星，汉上柳条青。
万里鸣刁斗，三军出井陉③。
忘身辞凤阙，报国取龙庭。
岂学书生辈，窗间老一经。

## 2630 送赵十七明府之县

（唐·杜甫）

连城为宝重，茂宰得才新。
山雉迎舟楫，江花报邑人。
论交翻恨晚，卧病却愁春。
惠爱南翁悦，余波及老身。

---

① 諲（yīn）：升烟敬礼时的祝祷语。
引申为敬语。
② 湍（tuān）：水流急，或急流的水。
③ 井陉（xíng）：山名，属太行山支脉。
有要隘（ài）名为井陉口，又称土
门关。

118

## 2631 送梓州李使君

（唐·王维）

万壑树参天，千山响杜鹃。
山中一夜雨，树杪百重泉。
汉女输橦布，巴人讼芋田。
文翁翻教授，不敢倚先贤。

## 2632 送族弟凝之滁求婚崔氏

（唐·李白）

与尔情不浅，忘筌已得鱼。
玉台挂宝镜，持此意何如。
坦腹东床下，由来志气疏。
遥知向前路，掷果定盈车。

## 2633 溯江至武昌

（唐·孟浩然）

家本洞湖上，岁时归思催。
客心徒欲速，江路苦邅回①。
残冻因风解，新正度腊开。
行看武昌柳，髣髴②映楼台。

## 2634 随章留后新亭会送诸君

（唐·杜甫）

新亭有高会，行子得良时。
日动映江幕，风鸣排槛旗。
绝辔终不改，劝酒欲无词。
已堕岘山泪，因题零雨诗。

## 2635 岁除夜会乐城张少府宅

（唐·孟浩然）

畴昔通家好，相知无间然。
续明催画烛，守岁接长筵。
旧曲梅花唱，新正柏酒传。
客行随处乐，不见度年年。

## 2636 岁暮（唐·杜甫）

岁暮远为客，边隅还用兵。
烟尘犯雪岭，鼓角动江城。
天地日流血，朝廷谁请缨。
济时敢爱死，寂寞壮心惊。

## 2637 岁暮到家（清·蒋士铨）

爱子心无尽，归家喜及辰。
寒衣针线密，家信墨痕新。
见面怜清瘦，呼儿问苦辛。
低徊愧人子，不敢叹风尘。

## 2638 岁暮归南山

（唐·孟浩然）

北阙休上书，南山归敝庐。
不才明主弃，多病故人疏。
白发催年老，青阳逼岁除。
永怀愁不寐③，松月夜窗虚。

---

① 邅（zhān）回：即徘徊，指为难中进
退不得的样子。
② 髣髴（fǎng fú）：约略、隐约、大约、
类似的意思。
③ 寐（mèi）：睡。

## 2639 岁暮海上作
（唐·孟浩然）

仲尼既云殁①，余亦浮于海。
昏见斗柄回，方知岁星改。
虚舟任所适，垂钓非有待。
为问乘槎②人，沧洲复谁在。

## 2640 所思·得台州郑司户虔消息（唐·杜甫）

郑老身仍窜，台州信所传。
为农山涧曲，卧病海云边。
世已疏儒素，人犹乞酒钱。
徒劳望牛斗，无计锄③龙泉。

## 2641 他乡七夕（唐·孟浩然）

他乡逢七夕，旅馆益羁④愁。
不见穿针妇，空怀故国楼。
绪风初减热，新月始临秋。
谁忍窥⑤河汉，迢迢⑥问斗牛。

## 2642 台上（唐·杜甫）

改席台能迥，留门月复光。
云行遗暑湿，山谷进风凉。
老去一杯足，谁怜屡舞长。
何须把官烛，似恼鬓毛苍。

## 2643 太原早秋（唐·李白）

岁落众芳歇，时当大火流。
霜威出塞早，云色渡河秋。

梦绕边城月，心飞故国楼。
思归若汾水，无日不悠悠。

## 2644 潭州送韦员外牧韶州
（唐·杜甫）

炎海韶州牧，风流汉署郎。
分符先令望，同舍有辉光。
白首多年疾，秋天昨夜凉。
洞庭无过雁，书疏莫相忘。

## 2645 唐城馆中早发寄杨使君
（唐·孟浩然）

犯霜驱晓驾，数里见唐城。
旅馆归心逼，荒村客思盈。
访人留后信，策蹇⑦赴前程。
欲识离魂断，长空听雁声。

## 2646 滕王亭子（唐·杜甫）

寂寞春山路，君王不复行。
古墙犹竹色，虚阁自松声。
鸟雀荒村暮，云霞过客情。

———————————

① 殁（mò）：去世。
② 槎（chá）：木筏。
③ 锄（zhú）：即大锄。这里指挖地。
④ 羁（jī）：本指马笼头，引申为拘束和束缚，也指旅人停留（在外地），寄居他乡。
⑤ 窥（kuī）：从小孔或缝隙里看，或暗中察看。
⑥ 迢（tiáo）迢：形容遥远，借指漫长。
⑦ 蹇（jiǎn）：指跛足、驽马等，引申指迟钝、不顺利。

120

尚思歌吹入，千骑把霓旌①。

## 2647 提封 *(唐·杜甫)*

提封汉天下，万国尚同心。
借问悬车守，何如俭德临。
时征俊乂②入，草窃犬羊侵。
愿戒兵犹火，恩加四海深。

## 2648 题柏大兄弟山居屋壁二首 *(唐·杜甫)*

其一
叔父朱门贵，郎君玉树高。
山居精典籍，文雅涉风骚。
江汉终吾老，云林得尔曹。
哀弦绕白雪，未与俗人操。

其二
野屋流寒水，山篱带薄云。
静应连虎穴，喧已去人群。
笔架沾窗雨，书签映隙曛。
萧萧千里足，个个五花文。

## 2649 题大禹寺义公禅房 *(唐·孟浩然)*

义公习禅处，结宇依空林。
户外一峰秀，阶前群壑深。
夕阳连雨足，空翠落庭阴。
看取莲花净，应知不染心。

## 2650 题江夏修静寺 *(唐·李白)*

我家北海宅，作寺南江滨。
空庭无玉树，高殿坐幽人。
书带留青草，琴堂幂素尘。
平生种桃李，寂灭不成春。

## 2651 题李凝幽居 *(唐·贾岛)*

闲居少邻并，草径入荒园。
鸟宿池边树，僧敲月下门。
过桥分野色，移石动云根。
暂去还来此，幽期不负言。

## 2652 题李十四庄兼赠綦毋校书③ *(唐·孟浩然)*

闻君息阴地，东郭柳林间。
左右瀍涧④水，门庭缑氏山⑤。
抱琴来取醉，垂钓坐乘闲。
归客莫相待，寻源殊未还。

---

① 霓旌 (ní jīng)：传说中仙人以云霞为旗帜，也指缀有五色羽毛的旗帜，为古代帝王仪仗之一，借指帝王。
② 俊乂 (yì)：才德出众的人。
③ 綦毋 (qí wú) 校书：即綦毋潜 (692—749 年)，唐代江西最有名的诗人，诗风接近王维。綦毋是复姓。
④ 瀍 (chán) 涧：瀍水和涧水的并称。
⑤ 缑 (gōu) 氏山：指缑山，位于河南省洛阳市偃师区东南。

## 2653 题墨竹图 （清·郑燮）

不过数片叶，满纸俱是节。
万物要见根，非徒观半截。
风雨不能摇，雪霜颇能涉。
纸外更相寻，干云上天阙。

## 2654 题破山寺后禅院

（唐·常建）

清晨入古寺，初日照高林。
曲径通幽处，禅房花木深。
山光悦鸟性，潭影空人心。
万籁此都寂，但余钟磬音。

## 2655 题郪县①郭三十二明府茅屋壁 （唐·杜甫）

江头且系船，为尔独相怜。
云散灌坛雨，春青彭泽田。
频惊适小国，一拟问高天。
别后巴东路，逢人问几贤。

## 2656 题融公兰若

（唐·孟浩然）

精舍买金开，流泉绕砌回。
芰荷薰讲席，松柏映香台。
法雨晴飞去，天花昼下来。
谈玄殊未已，归骑夕阳催。

## 2657 题舒州司空山瀑布

（唐·李白）

断崖如削瓜，岚光破崖绿。

天河从中来，白云涨川谷。
玉案赤文字，世眼不可读。
摄身凌青霄，松风拂我足。

## 2658 题宛溪馆 （唐·李白）

吾怜宛溪好，百尺照心明。
何谢新安水，千寻见底清。
白沙留月色，绿竹助秋声。
却笑严湍上，于今独擅名。

## 2659 题新津北桥楼

（唐·杜甫）

望极春城上，开筵近鸟巢。
白花檐外朵，青柳槛前梢。
池水观为政，厨烟觉远庖。
西川供客眼，唯有此江郊。

## 2660 题许宣平庵壁

（唐·李白）

我吟传舍咏，来访真人居。
烟岭迷高迹，云林隔太虚。
窥庭但萧瑟，倚杖空踟蹰。
应化辽天鹤，归当千岁余。

## 2661 题玄武禅师屋壁

（唐·杜甫）

何年顾虎头，满壁画瀛洲。
赤日石林气，青天江海流。

---

① 郪（qī）县：古县名。故址在今四川省三台县南。

锡飞常近鹤，杯渡不惊鸥。
似得庐山路，真随惠远游。

## 2662 题元丹丘山居
（唐·李白）
故人栖东山，自爱丘壑美。
青春卧空林，白日犹不起。
松风清襟袖，石潭洗心耳。
羡君无纷喧，高枕碧霞里。

## 2663 题张氏隐居二首
（唐·杜甫）
其一
之子时相见，邀人晚兴留。
霁潭鳣①发发，春草鹿呦呦。
杜酒偏劳劝，张梨不外求。
前村山路险，归醉每无愁。
其二
春山无伴独相求，伐木丁丁山
更幽。涧道余寒历冰雪，石门
斜日到林丘。不贪夜识金银气，
远害朝看麋鹿游。乘兴杳然迷
出处，对君疑是泛虚舟。

## 2664 题张野人园庐
（唐·孟浩然）
与君园庐并，微尚颇亦同。
耕钓方自逸，壶觞趣不空。
门无俗士驾，人有上皇风。

何处先贤传，惟称庞德公。

## 2665 题忠州龙兴寺所居院壁
（唐·杜甫）
忠州三峡内，井邑聚云根。
小市常争米，孤城早闭门。
空看过客泪，莫觅主人恩。
淹泊仍愁虎，深居赖独园。

## 2666 题竹诗（清·郑燮）
举世爱栽花，老夫只栽竹。
霜雪满庭除，洒然照新绿。
幽篁一夜雪，疏影失青绿。
莫被风吹散，玲珑碎空玉。

## 2667 天宝初南曹小司寇舅于我太夫人堂下累土为山一匮盈尺以代彼朽木承诸焚香瓷瓯瓯甚安矣旁植慈竹盖兹数峰嵚岑婵娟宛有尘外数致乃不知兴之所至而作是诗
（唐·杜甫）
一匮功盈尺，三峰意出群。
望中疑在野，幽处欲生云。
慈竹春阴覆，香炉晓势分。
惟南将献寿，佳气日氤氲②。

────────

① 鳣（zhān）：鲟鳇鱼的古称。
② 氤氲（yīn yūn）：烟云弥漫的样子，
也形容香气不绝。

## 2668 天河 (唐·杜甫)

常时任显晦，秋至最分明。
纵被微云掩，终能永夜清。
含星动双阙，伴月照边城。
牛女年年渡，何曾风浪生。

## 2669 天末怀李白 (唐·杜甫)

凉风起天末，君子意如何。
鸿雁几时到，江湖秋水多。
文章憎命达，魑魅①喜人过。
应共冤魂语，投诗赠汨罗②。

## 2670 田家元日 (唐·孟浩然)

昨夜斗回北，今朝岁起东。
我年已强仕，无禄尚忧农。
桑野就耕父，荷锄随牧童。
田家占气候，共说此年丰。

## 2671 田舍 (唐·杜甫)

田舍清江曲，柴门古道旁。
草深迷市井，地僻懒衣裳。
榉柳枝枝弱，枇杷树树香。
鸬鹚③西日照，晒翅满鱼梁。

## 2672 听宫莺 (唐·王维)

春树绕宫墙，宫莺啭曙光。
忽惊啼暂断，移处弄还长。
隐叶栖承露，攀花出未央。
游人未应返，为此始思乡。

## 2673 听蜀僧濬弹琴
(唐·李白)

蜀僧抱绿绮，西下峨眉峰。
为我一挥手，如听万壑④松。
客心洗流水，余响入霜钟。
不觉碧山暮，秋云暗几重。

## 2674 听筝 (唐·张九龄)

端居正无绪，那复发秦筝。
纤指传新意，繁弦起怨情。
悠扬思欲绝，掩抑态还生。
岂是声能感，人心自不平。

## 2675 听郑五愔弹琴
(唐·孟浩然)

阮籍推名饮，清风坐竹林。
半酣下衫袖，拂拭龙唇琴。
一杯弹一曲，不觉夕阳沉。
余意在山水，闻之谐夙心⑤。

---

① 魑魅 (chī mèi)：传说中山林里的害人精怪，人面兽身四足，好魅惑人，为山林异气所生。常喻指坏人或邪恶势力。
② 汨 (mì) 罗：指湖南省北部的汨罗江。因屈原投汨罗而亡，文学作品中常以汨罗借指屈原。
③ 鸬鹚 (lú cí)：水鸟名，俗叫"鱼鹰"。羽毛黑色，有绿光。善捕鱼。
④ 壑 (hè)：山沟或大水坑。
⑤ 夙 (sù) 心：平素的心愿。

## 2676 庭草 (唐·杜甫)

楚草经寒碧，逢春入眼浓。
旧低收叶举，新掩卷牙重。
步履宜轻过，开筵得屡供。
看花随节序，不敢强为容。

## 2677 庭梅咏 (唐·张九龄)

芳意何能早，孤荣亦自危。
更怜花蒂弱，不受岁寒移。
朝雪那相妒，阴风已屡吹。
馨香虽尚尔，飘荡复谁知。

## 2678 同曹三御史行泛湖归越
(唐·孟浩然)

秋入诗人意，巴歌和者稀。
泛湖同逸旅，吟会是思归。
白简徒推荐，沧洲已拂衣。
杳冥云外去，谁不羡鸿飞。

## 2679 同崔兴宗送衡岳瑷公南归 (唐·王维)

言从石菌阁，新下穆陵关。
独向池阳去，白云留故山。
绽衣秋日里，洗钵①古松间。
一施传心法，唯将戒定还。

## 2680 同崔员外秋宵寓直
(唐·王维)

建礼高秋夜，承明候晓过。
九门寒漏彻，万井曙钟多。

月迥②藏珠斗，云消出绛河③。
更惭衰朽质，南陌共鸣珂。

## 2681 同卢明府饯张郎中除义王府司马海园作
(唐·孟浩然)

上国山河列，贤王邸第开。
故人分职去，潘令宠行来。
冠盖趋梁苑，江湘失楚材。
豫愁轩骑动，宾客散池台。

## 2682 同卢明府早秋宴张郎中海亭 (唐·孟浩然)

侧听弦歌宰，文书游夏徒。
故园欣赏竹，为邑幸来苏。
华省曾联事，仙舟复与俱。
欲知临泛久，荷露渐成珠。

## 2683 同吴王送杜秀芝赴举入京 (唐·李白)

秀才何翩翩，王许回也贤。
暂别庐江守，将游京兆天。
秋山宜落日，秀水出寒烟。
欲折一枝桂，还来雁沼前。

---

① 钵 (bō)：用陶瓷、硬石或金属制成的类似盆而略小的器皿，用来盛饭食等。
② 迥 (jiǒng)：遥远，差别大。
③ 绛 (jiàng) 河：即银河，又称天河、天汉。

## 2684 同张明府清镜叹

（唐·孟浩然）

妾有盘龙镜，清光常昼发。
自从生尘埃，有若雾中月。
愁来试取照，坐叹生白发。
寄语边塞人，如何久离别。

## 2685 同族侄评事黯游昌禅师山池二首

（唐·李白）

其一

远公爱康乐，为我开禅关。
萧然松石下，何异清凉山。
花将色不染，水与心俱闲。
一坐度小劫，观空天地间。

其二

客来花雨际，秋水落金池。
片石寒青锦，疏杨挂绿丝。
高僧拂玉柄，童子献霜梨。
惜去爱佳景，烟萝欲暝时。

## 2686 铜官渚守风（唐·杜甫）

不夜楚帆落，避风湘渚间。
水耕先浸草，春火更烧山。
早泊云物晦，逆行波浪悭。
飞来双白鹤，过去杳难攀。

## 2687 铜瓶（唐·杜甫）

乱后碧井废，时清瑶殿深。
铜瓶未失水，百丈有哀音。

侧想美人意，应非寒赘沉。
蛟龙半缺落，犹得折黄金。

## 2688 铜雀妓二首（唐·王勃）

其一

金凤邻铜雀，漳河望邺城。
君王无处所，台榭若平生。
舞席纷何就，歌梁俨未倾。
西陵松槚冷，谁见绮罗情。

其二

妾本深宫妓，层城闭九重。
君王欢爱尽，歌舞为谁容。
锦衾不复襞①，罗衣谁再缝。
高台西北望，流涕向青松。

## 2689 途次望乡（唐·孟浩然）

客行愁落日，乡思重相催。
况在他山外，天寒夕鸟来。
雪深迷郢路，云暗失阳台。
可叹凄惶子，高歌谁为媒。

## 2690 途中遇晴（唐·孟浩然）

已失巴陵雨，犹逢蜀坂泥。
天开斜景遍，山出晚云低。
余湿犹沾草，残流尚入溪。
今宵有明月，乡思远凄凄。

---

① 襞（bì）：衣服或某些器物上的褶（zhě）子。

126

## 2691 玩月呈汉中王

（唐·杜甫）

夜深露气清，江月满江城。

浮客转危坐，归舟应独行。

关山同一照，乌鹊自多惊。

欲得淮王术，风吹晕已生。

## 2692 晚 （唐·杜甫）

杖藜寻晚巷，炙①背近墙暄。

人见幽居僻，吾知拙养尊。

朝廷问府主，耕稼学山村。

归翼飞栖定，寒灯亦闭门。

## 2693 晚泊浔阳望庐山

（唐·孟浩然）

挂席几千里，名山都未逢。

泊舟浔阳郭，始见香炉峰。

尝读远公传，永怀尘外踪。

东林精舍近，日暮但闻钟。

## 2694 晚出左掖 （唐·杜甫）

昼刻传呼浅，春旗簇仗齐。

退朝花底散，归院柳边迷。

楼雪融城湿，宫云去殿低。

避人焚谏草②，骑马欲鸡栖③。

## 2695 晚春归思 （唐·王维）

新妆可怜色，落日卷罗帷。

炉气清珍簟④，墙阴上玉墀⑤。

春虫飞网户，暮雀隐花枝。

向晚多愁思，闲窗桃李时。

## 2696 晚春题远上人南亭

（唐·孟浩然）

给园支遁隐，虚寂养身和。

春晚群木秀，间关黄鸟歌。

林栖居士竹，池养右军鹅。

炎月北窗下，清风期再过。

## 2697 晚春严少尹与诸公见过

（唐·王维）

松菊荒三径，图书共五车。

烹葵邀上客，看竹到贫家。

鹊乳先春草，莺啼过落花。

自怜黄发暮，一倍惜年华。

## 2698 晚晴 （唐·杜甫）

其一

返照斜初彻，浮云薄未归。

江虹明远饮，峡雨落余飞。

凫雁⑥终高去，熊罴⑦觉自肥。

---

① 炙（zhì）：本义指烤肉或熏烤，引申为受熏陶和影响。

② 谏（jiàn）草：谏书的草稿。

③ 鸡栖（qī）：指鸡栖息之所，也即鸡窝。

④ 珍簟（diàn）：精美的竹席。

⑤ 玉墀（chí）：本义指宫殿前的石阶，借指朝廷。

⑥ 凫（fú）雁：野鸭与大雁，有时单指大雁或野鸭。

⑦ 熊罴（pí）：本义指熊和罴，借指勇士或军队，也比喻辅君的贤臣。

秋分客尚在，竹露夕微微。
其二
村晚惊风度，庭幽过雨沾。
夕阳薰细草，江色映疏帘。
书乱谁能帙①，怀干可自添。
时闻有余论，未怪老夫潜。

2699 晚晴（唐·李商隐）
深居俯夹城，春去夏犹清。
天意怜幽草，人间重晚晴。
并添高阁迥，微注小窗明。
越鸟巢干后，归飞体更轻。

2700 晚晴吴郎见过北舍
（唐·杜甫）
圃畦②新雨润，愧子废锄来。
竹杖交头拄，柴扉隔径开。
欲栖群鸟乱，未去小童催。
明日重阳酒，相迎自酦醅③。

2701 晚秋陪严郑公摩诃池
泛舟（唐·杜甫）
湍驶④风醒酒，船回雾起堤。
高城秋自落，杂树晚相迷。
坐触鸳鸯起，巢倾翡翠低。
莫须惊白鹭，为伴宿清溪。

2702 晚行口号（唐·杜甫）
三川不可到，归路晚山稠。

落雁浮寒水，饥乌集戍楼。
市朝今日异，丧乱几时休。
远愧梁江总，还家尚黑头。

2703 万山潭作（唐·孟浩然）
垂钓坐磐石，水清心亦闲。
鱼行潭树下，猿挂岛藤间。
游女昔解佩，传闻于此山。
求之不可得，沿月棹歌⑤还。

2704 王竟携酒高亦同过共
用寒字（唐·杜甫）
卧病荒郊远，通行小径难。
故人能领客，携酒重相看。
自愧无鲑菜，空烦卸马鞍。
移樽劝山简，头白恐风寒。

2705 王命（唐·杜甫）
汉北豺狼满，巴西道路难。
血埋诸将甲，骨断使臣鞍。
牢落新烧栈，苍茫旧筑坛。
深怀喻蜀意，恸哭望王官。

---

① 帙（zhì）：本义是古代书画外面包着
　的布套。古人也作量词用，一套线装
　书叫一帙。
② 圃畦（pǔ qí）：种蔬菜、花果的
　园畦。
③ 酦醅（pō pēi）：重酿未滤的酒。
④ 湍（tuān）驶：指急速的流水。
⑤ 棹（zhào）歌：船夫行船时所唱的
　歌。又指古曲《棹歌行》。

128

## 2706 王十五前阁会

（唐·杜甫）

楚岸收新雨，春台引细风。
情人来石上，鲜脍①出江中。
邻舍烦书札，肩舆②强老翁。
病身虚俊味，何幸饫③儿童。

## 2707 王右军 （唐·李白）

右军本清真，潇洒出风尘。
山阴过羽客，爱此好鹅宾。
扫素写道经，笔精妙入神。
书罢笼鹅去，何曾别主人。

## 2708 辋川闲居 （唐·王维）

一从归白社，不复到青门。
时倚檐前树，远看原上村。
青菰④临水拔，白鸟向山翻。
寂寞于陵子，桔槔⑤方灌园。

## 2709 辋川闲居赠裴秀才迪

（唐·王维）

寒山转苍翠，秋水日潺湲。
倚杖柴门外，临风听暮蝉。
渡头余落日，墟里上孤烟。
复值接舆醉，狂歌五柳前。

## 2710 望洞庭湖赠张丞相

（唐·孟浩然）

八月湖水平，涵虚混太清。
气蒸云梦泽，波撼岳阳城。
欲济无舟楫，端居耻圣明。
坐观垂钓者，徒有羡鱼情。

## 2711 望兜率寺 （唐·杜甫）

树密当山径，江深隔寺门。
霏霏云气重，闪闪浪花翻。
不复知天大，空余见佛尊。
时应清盥⑥罢，随喜给孤园。

## 2712 望夫石 （唐·李白）

髣髴⑦古容仪，含愁带曙辉。
露如今日泪，苔似昔年衣。
有恨同湘女，无言类楚妃。
寂然芳霭内，犹若待夫归。

## 2713 望汉阳柳色寄王宰

（唐·李白）

汉阳江上柳，望客引东枝。

---

① 鲜脍（kuài）：亦作"鲜鲙（kuài）"。
指新鲜的切细的鱼肉。
② 肩舆（yú）：即轿子。起初只是作为
山行的工具，后来走平路也以它代步。
③ 饫（yù）：饱食。
④ 青菰（gū）：植物名，俗称茭白。古
人把菰列为六谷之一。
⑤ 桔槔（jié gāo）：汲水工具。在水边
架一杠杆，一端系提水工具，一端坠
重物，可一起一落地汲水。
⑥ 盥（guàn）：指洗（手、脸），也指
洗手洗脸用的器皿。
⑦ 髣髴（fǎng fú）：约略、隐约、大约、
类似的意思。

树树花如雪，纷纷乱若丝。
春风传我意，草木别前知。
寄谢弦歌宰，西来定未迟。

## 2714 望九华赠青阳韦仲堪
（唐·李白）
昔在九江上，遥望九华峰。
天河挂绿水，秀出九芙蓉。
我欲一挥手，谁人可相从。
君为东道主，于此卧云松。

## 2715 望牛头寺（唐·杜甫）
牛头见鹤林，梯迳绕幽深。
春色浮山外，天河宿殿阴。
传灯无白日，布地有黄金。
休作狂歌老，回看不住心。

## 2716 望月（唐·郑锡）
高堂新月明，虚殿夕风清。
素影纱窗霁，浮凉羽扇轻。
稍随微露滴，渐逐晓参横。
遥忆云中咏，萧条空复情。

## 2717 望月怀远（唐·张九龄）
海上生明月，天涯共此时。
情人怨遥夜，竟夕起相思。
灭烛怜光满，披衣觉露滋。
不堪盈手赠，还寝梦佳期。

## 2718 望月有怀（唐·李白）
清泉映疏松，不知几千古。
寒月摇清波，流光入窗户。
对此空长吟，思君意何深。
无因见安道，兴尽愁人心。

## 2719 望岳（唐·杜甫）
岱宗夫如何？齐鲁青未了。
造化钟神秀，阴阳割昏晓。
荡胸生层云，决眦①入归鸟。
会当凌绝顶，一览众山小。

## 2720 微雨（宋·陆游）
晡②后气殊浊，黄昏月尚明。
忽吹微雨过，便觉小寒生。
树杪雀初定，草根虫已鸣。
呼童取半臂，吾欲傍阶行。

## 2721 韦给事山居（唐·王维）
幽寻得此地，讵有一人曾。
大壑③随阶转，群山入户登。
庖厨④出深竹，印绶隔垂藤。
即事辞轩冕，谁云病未能。

---

① 决眦（zì）：眦，眼眶。眼眶（几乎）
要裂开。这里是因极力张大眼睛远望
归鸟入山所致。
② 晡（bū）：申时，即下午3时至5时。
③ 壑（hè）：山沟或大水坑。
④ 庖（páo）厨：厨房。

## 2722 为农（唐·杜甫）

锦里烟尘外，江村八九家。
圆荷浮小叶，细麦落轻花。
卜宅从兹老，为农去国赊。
远惭勾漏令，不得问丹砂。

## 2723 畏人（唐·杜甫）

早花随处发，春鸟异方啼。
万里清江上，三年落日低。
畏人成小筑，褊性①合幽栖。
门径从榛草②，无心走马蹄。

## 2724 魏十四侍御就弊庐相别（唐·杜甫）

有客骑骢马，江边问草堂。
远寻留药价，惜别到文场。
入幕旌旗动，归轩锦绣香。
时应念衰疾，书疏及沧浪。

## 2725 温泉侍从归逢故人（唐·李白）

汉帝长杨苑，夸胡羽猎归。
子云叨侍从，献赋有光辉。
激赏摇天笔，承恩赐御衣。
逢君奏明主，他日共翻飞。

## 2726 闻高常侍亡（唐·杜甫）

归朝不相见，蜀使忽传亡。
虚历金华省，何殊地下郎。
致君丹槛③折，哭友白云长。
独步诗名在，只令故旧伤。

## 2727 闻裴侍御胐自襄州司户除豫州司户因以投寄（唐·孟浩然）

故人荆府掾④，尚有柏台威。
移职自樊衍，芳声闻帝畿⑤。
昔余卧林巷，载酒过柴扉。
松菊无时赏，乡园欲懒归。

## 2728 闻雁（唐·许浑）

带霜南去雁，夜好宿汀沙。
惊起向何处，高飞极海涯。
入云声渐远，离岳路犹赊。
归梦当时断，参差欲到家。

## 2729 吾宗（唐·杜甫）

吾宗老孙子，质朴古人风。
耕凿安时论，衣冠与世同。
在家常早起，忧国愿年丰。
语及君臣际，经书满腹中。

---

① 褊（biǎn）性：褊狭的生性。
② 榛（zhēn）草：丛生的杂草。
③ 丹槛（kǎn）：赤色的栏杆。
④ 掾（yuàn）：古代官署属员的通称。
⑤ 帝畿（jī）：犹京畿。指京都或京都及其附近地区。

131

**2730 吴歌**（宋·陆游）

胜负两蜗角，荣枯一蚁窠①。

人情苦翻覆，吾意久蹉跎。

困睫凭茶醒，衰颜赖酒酡。

坐人能听否？试为若吴歌。

**2731 武陵泛舟**（唐·孟浩然）

武陵川路狭，前棹入花林。

莫测幽源里，仙家信几深。

水回青嶂合，云度绿溪阴。

坐听闲猿啸，弥清尘外心。

**2732 夕次蔡阳馆**

（唐·孟浩然）

日暮马行疾，城荒人住稀。

听歌知近楚，投馆忽如归。

鲁堰田畴广，章陵气色微。

明朝拜嘉庆，须着老莱衣。

**2733 夕次盱眙县**

（唐·韦应物）

落帆逗淮镇，停舫临孤驿。

浩浩风起波，冥冥日沉夕。

人归山郭暗，雁下芦洲白。

独夜忆秦关，听钟未眠客。

**2734 夕烽**（唐·杜甫）

夕烽来不近，每日报平安。

塞上传光小，云边落点残。

照秦通警急，过陇自艰难。

闻道蓬莱殿，千门立马看。

**2735 西阁口号**（唐·杜甫）

山木抱云稠，寒江绕上头。

雪崖才变石，风幔不依楼。

社稷②堪流涕，安危在运筹。

看君话王室，感动几销忧。

**2736 西阁三度期大昌严明**

**府同宿不到**（唐·杜甫）

问子能来宿，今疑索故要。

匣琴虚夜夜，手板自朝朝。

金吼霜钟彻，花催腊炬销。

早鼓江槛底，双影漫飘飖。

**2737 西阁夜**（唐·杜甫）

恍惚寒山暮，逶迤白雾昏。

山虚风落石，楼静月侵门。

击柝③可怜子，无衣何处村。

时危关百虑，盗贼尔犹存。

**2738 西阁雨望**（唐·杜甫）

楼雨沾云幔，山寒着水城。

---

① 蚁窠（kē）：蚂蚁栖息的处所，亦喻梦幻。

② 社稷（jì）：本指土神和谷神，后用来泛称国家。

③ 击柝（tuò）：敲梆子巡夜，亦喻战事或战乱。

径添沙面出，湍减石棱生。
菊蕊凄疏放，松林驻远情。
滂沱①朱槛湿，万虑傍檐楹。

## 2739 西郊 (唐·杜甫)

时出碧鸡坊，西郊向草堂。
市桥官柳细，江路野梅香。
傍架齐书帙，看题减药囊。
无人觉来往，疏懒意何长。

## 2740 西山三首 (唐·杜甫)

其一

彝界荒山顶，蕃州积雪边。
筑城依白帝，转粟上青天。
蜀将分旗鼓，羌兵助井泉。
西戎背和好，杀气日相缠。

其二

辛苦三城戍，长防万里秋。
烟尘侵火井，雨雪闭松州。
风动将军幕，天寒使者裘。
漫山贼营垒，回首得无忧。

其三

子弟犹深入，关城未解围。
蚕崖铁马瘦，灌口米船稀。
辩士安边策，元戎决胜威。
今朝乌鹊喜，欲报凯歌归。

## 2741 溪上 (唐·杜甫)

峡内淹留客，溪边四五家。

古苔生迮②地，秋竹隐疏花。
塞俗人无井，山田饭有沙。
西江使船至，时复问京华。

## 2742 徙倚 (宋·陆游)

渔扉夕不掩，徙倚欲三更。
月正树无影，露浓荷有声。
峥嵘岁将晚，悄怆③恨难平。
坐念中原没，男儿恐浪生。

## 2743 喜达行在所三首
(唐·杜甫)

其一

西忆岐阳信，无人遂却回。
眼穿当落日，心死着寒灰。
雾树行相引，莲峰望忽开。
所亲惊老瘦，辛苦贼中来。

其二

愁思胡笳夕，凄凉汉苑春。
生还今日事，间道暂时人。
司隶章初睹，南阳气已新。
喜心翻倒极，呜咽泪沾巾。

其三

死去凭谁报，归来始自怜。
犹瞻太白雪，喜遇武功天。

---

① 滂沱 (pāng tuó)：形容雨下得很大或
泪流得很多。
② 迮 (zé)：狭窄。
③ 悄怆 (chuàng)：指（景物）凄凉寂
静，或人悲伤的样子。

影静千官里，心苏七校前。
今朝汉社稷①，新数中兴年。

## 2744 喜观即到复题短篇二首

（唐·杜甫）

其一

巫峡千山暗，终南万里春。
病中吾见弟，书到汝为人。
意答儿童问，来经战伐新。
泊船悲喜后，款款话归秦。

其二

待尔嗔乌鹊，抛书示鹡鸰②。
枝间喜不去，原上急曾经。
江阁嫌津柳，风帆数驿亭。
应论十年事，愁绝始星星。

## 2745 喜见外弟又言别

（唐·李益）

十年离乱后，长大一相逢。
问姓惊初见，称名忆旧容。
别来沧海事，语罢暮天钟。
明日巴陵道，秋山又几重。

## 2746 喜雨 （唐·杜甫）

南国旱无雨，今朝江出云。
入空才漠漠，洒迥已纷纷。
巢燕高飞尽，林花润色分。
晚来声不绝，应得夜深闻。

## 2747 喜祖三至留宿

（唐·王维）

门前洛阳客，下马拂征衣。
不枉故人驾，平生多掩扉。
行人返深巷，积雪带余晖。
早岁同袍者，高车何处归。

## 2748 戏寄崔评事表侄苏五表弟韦大少府诸侄 （唐·杜甫）

隐豹深愁雨，潜龙故起云。
泥多仍径曲，心醉阻贤群。
忍待江山丽，还披鲍谢文。
高楼忆疏豁，秋兴坐氤氲③。

## 2749 戏题春意 （唐·张九龄）

一作江南守，江林三四春。
相鸣不及鸟，相乐喜关人。
日守朱丝直，年催华发新。
淮阳只有卧，持此度芳辰。

---

① 社稷（jì）：本指土神和谷神，后用来泛称国家。
② 鹡鸰（jí líng）：鹡鸰属鸟类，俗称张飞鸟。古代文人也以鹡鸰借指兄弟。
③ 氤氲（fēn yūn）：指阴阳二气会合之状，亦指浓郁的烟气或香气，也比喻心绪缭乱。

134

## 2750 戏题寄上汉中王三首

（唐·杜甫）

### 其一

西汉亲王子，成都老客星。

百年双白鬓，一别五秋萤。

忍断杯中物，祗①看座右铭。

不能随皂盖，自醉逐浮萍。

### 其二

策杖时能出，王门异昔游。

已知嗟不起，未许醉相留。

蜀酒浓无敌，江鱼美可求。

终思一酩酊②，净扫雁池头。

### 其三

群盗无归路，衰颜会远方。

尚怜诗警策，犹记酒颠狂。

鲁卫弥尊重，徐陈略丧亡。

空余枚叟在，应念早升堂。

## 2751 戏题示萧氏甥

（唐·王维）

怜尔解临池，渠爷未学诗。

老夫何足似，弊宅倘因之。

芦笋穿荷叶，菱花胃③雁儿。

郗公不易胜，莫着外家欺。

## 2752 戏赠郑溧阳（唐·李白）

陶令日日醉，不知五柳春。

素琴本无弦，漉酒用葛巾。

清风北窗下，自谓羲皇人。

何时到栗里，一见平生亲。

## 2753 峡隘（唐·杜甫）

闻说江陵府，云沙静眇然。

白鱼如切玉，朱橘不论钱。

水有远湖树，人今何处船。

青山各在眼，却望峡中天。

## 2754 峡口二首（唐·杜甫）

### 其一

峡口大江间，西南控百蛮。

城欹连粉堞④，岸断更青山。

开辟多天险，防隅一水关。

乱离闻鼓角，秋气动衰颜。

### 其二

时清关失险，世乱戟如林。

去矣英雄事，荒哉割据心。

芦花留客晚，枫树坐猿深。

疲苶⑤烦亲故，诸侯数赐金。

## 2755 夏日辨玉法师茅斋

（唐·孟浩然）

夏日茅斋里，无风坐亦凉。

---

① 祗（zhī）：恭敬。

② 酩酊（mǐng dǐng）：形容醉得很厉害。

③ 胃（juàn）：挂着或缠绕。

④ 粉堞（dié）：用白垩（è）涂刷的女墙。

⑤ 疲苶（nié）：疲劳困顿。

竹林深笋稞①，藤架引梢长。
燕觅巢窠②处，蜂来造蜜房。
物华皆可玩，花蕊四时芳。

## 2756 夏日浮舟过陈大水亭

（唐·孟浩然）

水亭凉气多，闲棹晚来过。
涧影见松竹，潭香闻芰荷③。
野童扶醉舞，山鸟助酣歌。
幽赏未云遍，烟光奈夕何。

## 2757 夏日过青龙寺谒操禅师

（唐·王维）

龙钟一老翁，徐步谒禅宫。
欲问义心义，遥知空病空。
山河天眼里，世界法身中。
莫怪销炎热，能生大地风。

## 2758 夏日与崔二十一同集
## 卫明府宅 （唐·孟浩然）

言避一时暑，池亭五月开。
喜逢金马客，同饮玉人杯。
舞鹤乘轩至，游鱼拥钓来。
座中殊未起，箫管莫相催。

## 2759 闲园怀苏子

（唐·孟浩然）

林园虽少事，幽独自多违。
向夕开帘坐，庭阴落景微。

鸟过烟树宿，萤傍水轩飞。
感念同怀子，京华去不归。

## 2760 洗然弟竹亭

（唐·孟浩然）

吾与二三子，平生结交深。
俱怀鸿鹄志，昔有鹡鸰④心。
逸气假毫翰，清风在竹林。
达是酒中趣，琴上偶然音。

## 2761 岘山怀古 （唐·李白）

访古登岘首⑤，凭高眺襄中。
天清远峰出，水落寒沙空。
弄珠见游女，醉酒怀山公。
感叹发秋兴，长松鸣夜风。

## 2762 岘山饯房琯崔宗之

（唐·孟浩然）

贵贱平生隔，轩车是日来。
青阳一觏⑥止，云路豁然开。
祖道衣冠列，分亭驿骑催。
方期九日聚，还待二星回。

———————

① 稞（jì）：稠密。
② 巢窠（kē）：盘踞之地。
③ 芰（jì）荷：指菱叶与荷叶。
④ 鹡鸰（jí líng）：鹡鸰属鸟类，俗称张
　 飞鸟。古代文人也以鹡鸰借指兄弟。
⑤ 岘（xiàn）首：山名，在湖北省襄阳
　 市南，又名岘山。
⑥ 觏（gòu）：遇见。

## 2763 岘潭作（唐·孟浩然）
石潭傍隈隩①，沙岸晓夤缘②。
试垂竹竿钓，果得槎头鳊③。
美人骋④金错，纤手脍⑤红鲜。
因谢陆内史，莼羹何足传。

## 2764 乡居（宋·陆游）
客问乡居事，久居君自知。
度桥征士悔，过社旅人悲。
社散家分肉，农闲众筑陂。
墙东新洗竹，我亦补藩篱。

## 2765 湘夫人祠（唐·杜甫）
肃肃湘妃庙，空墙碧水春。
虫书玉佩藓，燕舞翠帷尘。
晚泊登汀树，微馨借渚蘋。
苍梧恨不尽，染泪在丛筠⑥。

## 2766 湘江（唐·许彬）
孤舟方此去，嘉景称于闻。
烟尽九峰雪，雨生诸派云。
沙寒鸿鹄聚，底极龟鱼分。
异日谁为侣，逍遥耕钓群。

## 2767 湘江渔父（唐·齐己）
湘潭春水满，岸远草青青。
有客钓烟月，无人论醉醒。
门前蛟蜃气，裳上蕙兰馨。
曾受蒙庄子，逍遥一卷经。

## 2768 向夕（唐·杜甫）
畎亩⑦孤城外，江村乱水中。
深山催短景，乔木易高风。
鹤下云汀近，鸡栖草屋同。
琴书散明烛，长夜始堪终。

## 2769 小宴（宋·陆游）
洗君鹦鹉杯，酌我蒲萄醅⑧。
冒雨莺不去，过春花续开。
英雄漫青史，富贵亦黄埃。
今夕湖边醉，还须秉烛回。

## 2770 小隐（宋·陆游）
小隐在江干，茆⑨庐亦易安。
庖厨供白小，篱落蔓黄团。
蹭蹬冯唐老，飘零范叔寒。
世情从迫隘⑩，醉眼觉天宽。

---

① 隈隩（wēi yù）：曲折幽深的山坳河岸。
② 夤缘（yín yuán）：攀附上升，比喻拉拢关系，向上巴结。
③ 槎（chá）头鳊（biān）：即鳊鱼。
④ 骋（chěng）：奔跑或放开。
⑤ 脍（kuài）：同"鲙"，细切的鱼或肉。此处指把鱼或肉切成薄片。
⑥ 筠（yún）：指竹子的青皮，也指竹子。
⑦ 畎（quǎn）亩：指田间和田地。
⑧ 醅（pēi）：没有过滤的酒。
⑨ 茆（máo）：同"茅"，即茅草。
⑩ 隘（ài）：指狭窄或险要的地方。

## 2771 小园 (唐·杜甫)

由来巫峡水，本自楚人家。
客病留因药，春深买为花。
秋庭风落果，瀼岸雨颓沙。
问俗营寒事，将诗待物华。

## 2772 晓晴 (唐·李白)

野凉疏雨歇，春色遍萋萋。
鱼跃青池满，莺吟绿树低。
野花妆面湿，山草纽斜齐。
零落残云片，风吹挂竹溪。

## 2773 晓入南山 (唐·孟浩然)

瘴气晓氛氲，南山复水云。
鲲飞今始见，鸟坠旧来闻。
地接长沙近，江从汨渚分。
贾生曾吊屈，予亦痛斯文。

## 2774 晓望 (唐·杜甫)

白帝更声尽，阳台曙色分。
高峰寒上日，叠岭宿霾云。
地坼①江帆隐，天清木叶闻。
荆扉对麋鹿，应共尔为群。

## 2775 晓望白帝城盐山
(唐·杜甫)

徐步移班杖，看山仰白头。
翠深开断壁，红远结飞楼。
日出清江望，暄和②散旅愁。

春城见松雪，始拟进归舟。

## 2776 谢公亭 (唐·李白)

谢公离别处，风景每生愁。
客散青天月，山空碧水流。
池花春映日，窗竹夜鸣秋。
今古一相接，长歌怀旧游。

## 2777 新年 (唐·贾岛)

嗟以龙钟身，如何岁复新。
石门思隐久，铜镜强窥频。
花发新移树，心知故国春。
谁能平此恨，岂是北宗人。

## 2778 新年 (唐·无可)

燃灯朝复夕，渐作长年身。
紫阁未归日，青门又见春。
掩关寒过尽，开定草生新。
自有林中趣，谁惊岁去频。

## 2779 新年作 (唐·刘长卿)

乡心新岁切，天畔独潸然③。
老至居人下，春归在客先。
岭猿同旦暮，江柳共风烟。
已似长沙傅，从今又几年。

———————

① 地坼（chè）：指土地的裂缝。
② 暄和（xuān hé）：指暖和，温暖。
③ 潸（shān）然：流泪的样子。

**2780 兴唐寺** (唐·李白)

天台国清寺，天下称四绝。
我来举唐游，于中更无别。
柽木①划断云，高峰顶积雪。
槛外一条溪，几回流碎月。

**2781 休粮僧** (宋·释文珦)

禅貌如冰雪，禅心去町畦。
休粮烟火绝，养气语言低。
空室无关钥，随身止杖藜。
不曾游聚落，终老只山栖。

**2782 休粮僧** (唐·贯休)

不食更何忧，自由中自由。
身轻嫌衲重，天旱为民愁。
应器谁将去，生台蚁不游。
会须传此术，相共老山丘。

**2783 休日** (宋·杨万里)

休日稀公事，炎天废故书。
未须搔白首，留取试新梳。
不是平生懒，何缘作计疏。
闲携小儿女，桥上看芙蕖。

**2784 休日出城西**

(宋·孔武仲)

秋怀不可奈，驱马漕河边。
川跃时闻鲤，林嘶已断蝉。
劳心逐外物，回首是残年。

强作邀游计，登临却黯然。

**2785 朽质** (宋·释文珦)

朽质任浮沉，都无住著心。
未凭三窟兔，得似九皋禽。
煮石清泉洁，眠云翠壁深。
生来有诗痴，老去亦忘吟。

**2786 秀华亭** (唐·李白)

遥望九华峰，诚然是九华。
苍颜耐风雪，奇态灿云霞。
曜日凝成锦，凌霄增壁崖。
何当余荫照，天造洞仙家。

**2787 秀聚亭** (宋·张祈)

老矣丹心在，愁来酒兴浓。
江山遗古意，云水淡秋容。
落日孤村笛，微风远寺钟。
平生善知识，却忆妙高峰。

**2788 秀蔓** (宋·张耒)

秀蔓依檐老，寒枝映屋疏。
寒暄候虫报，昏旦老鸡呼。
已饭新收稻，仍烹自种蔬。
邻邦有佳酿，冲雨隔江沽。

---

① 柽 (niè) 木：泛指植物近根处长出
的分枝。

## 2789 秀野轩 (明·徐贲)

何处问幽寻，轩居湖上林。
竹阴看坐钓，苔迹想行吟。
嶂日斜明牖①，渚风凉到琴。
相过有邻叟，应只话闲心。

## 2790 秀野轩诗 (明·田畊)

门掩雨余苔，时因看竹开。
客闲棋响罢，犬吠屦声来。
云冷埋琴荐，花繁近酒杯。
高情与幽思，只是觅诗材。

## 2791 秀野轩诗 (明·王行)

高馆罢零雨，前荣扬微风。
霏霏碧萝花，吹落酒斝②中。
移席俯流水，挥弦度秋鸿。
遥思独乐意，邈哉谁与同。

## 2792 秀野园 (宋·沈庄可)

西京五亩园，花木秀而野。
坡仙作此诗，感事记司马。
深夜独乐堂，气象极闲雅。
晚芳相元祐，勋名动夷夏。

## 2793 袖刺 (宋·刘子翚③)

袖刺谒诸邻，徘徊寄心赏。
潭潭广厦深，咳唾生余响。
兹邦怀地宝，比屋夸雄敞。
如何蓬庐士，贫贱安所养。

## 2794 绣川湖 (宋·唐仲友)

众水汇山麓，平湖天宇宽。
千家连岛屿，十里带林峦。
柳长波澜阔，荷衰风月寒。
吾将乘一棹④，谁与办纶竿⑤。

## 2795 绣岭亭 (宋·刘达)

绝境隔嚣纷，烟霞张彩绘。
远目入无中，高情驰物外。
春田发英华，秋林横紫翠。
何时杖屦⑥游，利名聊委蜕。

## 2796 徐步 (唐·杜甫)

整屦步青芜，荒庭日欲晡⑦。
芹泥随燕嘴⑧，花蕊上蜂须。
把酒从衣湿，吟诗信杖扶。
敢论才见忌，实有醉如愚。

---

① 牖 (yǒu)：窗户。
② 斝 (jiǎ)：中国古代的盛酒器具。有三足、一耳、两柱，喇叭形圆口。由青铜铸造。
③ 刘子翚 (huī)：北宋官员、理学家，字彦冲，号屏山病翁，崇安（今属福建武夷山市）人。朱熹曾从之受业。
④ 棹 (zhào)：本指船用的撑竿，引申为长的船桨，亦借指船。
⑤ 纶 (lún) 竿：钓竿。
⑥ 屦 (jù)：古时用麻、葛等做成的鞋。
⑦ 晡 (bū)：申时，即下午 3 时至 5 时。
⑧ 嘴 (zuǐ)：嘴。本字读"zī"时指二十八星宿之"嘴宿"。

## 2797 徐九少尹见过
（唐·杜甫）

晚景孤村僻，行军数骑来。
交新徒有喜，礼厚愧无才。
赏静怜云竹，忘归步月台。
何当看花蕊，欲发照江梅。

## 2798 宣城哭蒋征君华
（唐·李白）

敬亭埋玉树，知是蒋征君。
安得相如草，空余封禅文。
池台空有月，词赋旧凌云。
独挂延陵剑，千秋在古坟。

## 2799 宣城青溪 （唐·李白）

青溪胜桐庐，水木有佳色。
山貌日高古，石容天倾侧。
彩鸟昔未名，白猿初相识。
不见同怀人，对之空叹息。

## 2800 雪望 （清·洪升）

寒色孤村幕，悲风四野闻。
溪深难受雪，山冻不流云。
鸥鹭飞难辨，沙汀望莫分。
野桥梅几树，并是白纷纷。

## 2801 寻白鹤岩张子容隐居
（唐·孟浩然）

白鹤青岩半，幽人有隐居。

阶庭空水石，林壑罢樵渔。
岁月青松老，风霜苦竹疏。
睹兹怀旧业，回策返吾庐。

## 2802 寻陈逸人故居
（唐·孟浩然）

人事一朝尽，荒芜三径休。
始闻漳浦卧，奄作岱宗游。
池水犹含墨，风云已落秋。
今宵泉壑里，何处觅藏舟。

## 2803 寻陆鸿渐不遇
（唐·皎然）

移家虽带郭，野径入桑麻。
近种篱边菊，秋来未着花。
扣门无犬吠，欲去问西家。
报道山中去，归时每日斜。

## 2804 寻梅道士 （唐·孟浩然）

彭泽先生柳，山阴道士鹅。
我来从所好，停策汉阴多。
重以观鱼乐，因之鼓枻①歌。
崔徐迹未朽，千载揖清波。

## 2805 寻天台山 （唐·孟浩然）

吾友太乙子，餐霞卧赤城。
欲寻华顶去，不惮恶溪名。

————

① 鼓枻（yì）：亦作"鼓栧"，划桨，谓泛舟。

141

歇马凭云宿，扬帆截海行。
高高翠微里，遥见石梁横。

## 2806 寻雍尊师隐居

（唐·李白）

群峭碧摩天，逍遥不记年。
拨云寻古道，倚石听流泉。
花暖青牛卧，松高白鹤眠。
语来江色暮，独自下寒烟。

## 2807 寻张五回夜园作

（唐·孟浩然）

闻就庞公隐，移居近洞湖。
兴来林是竹，归卧谷名愚。
挂席樵风便，开轩琴月孤。
岁寒何用赏，霜落故园芜。

## 2808 严公厅宴同咏蜀道画图

（唐·杜甫）

日临公馆静，画满地图雄。
剑阁星桥北，松州雪岭东。
华夷山不断，吴蜀水相通。
兴与烟霞会，清樽幸不空。

## 2809 严郑公阶下新松

（唐·杜甫）

弱质岂自负，移根方尔瞻。
细声闻玉帐，疏翠近珠帘。
未见紫烟集，虚蒙清露沾。

何当一百丈，欹盖拥高檐。

## 2810 严郑公宅同咏竹

（唐·杜甫）

绿竹半含箨，新梢才出墙。
色侵书帙①晚，阴过酒樽凉。
雨洗娟娟净，风吹细细香。
但令无剪伐，会见拂云长。

## 2811 宴胡侍御书堂

（唐·杜甫）

江湖春欲暮，墙宇日犹微。
暗暗春籍满，轻轻花絮飞。
翰林名有素，墨客兴无违。
今夜文星动，吾侪②醉不归。

## 2812 宴戎州杨使君东楼

（唐·杜甫）

胜绝惊身老，情忘发兴奇。
座从歌妓密，乐任主人为。
重碧拈春酒，轻红擘③荔枝。
楼高欲愁思，横笛未休吹。

---

① 书帙（zhì）：亦作"书袟"，本义是
古代书画外面包着的布套。古人也作
量词用，一套线装书叫一帙。
② 侪（chái）：同辈或同类的人。
③ 擘（bò）：分裂，剖开。

## 2813 宴荣二山池

（唐·孟浩然）

甲第开金穴，荣期乐自多。
枥嘶支遁马，池养右军鹅。
竹引携琴入，花邀载酒过。
山公来取醉，时唱接篱歌。

## 2814 宴陶家亭子（唐·李白）

曲巷幽人宅，高门大士家。
池开照胆镜，林吐破颜花。
绿水藏春日，青轩秘晚霞。
若闻弦管妙，金谷不能夸。

## 2815 宴王使君宅题二首

（唐·杜甫）

其一

汉主追韩信，苍生起谢安。
吾徒自漂泊，世事各艰难。
逆旅招邀近，他乡思绪宽。
不材甘朽质，高卧岂泥蟠。

其二

泛爱容霜发，留欢卜夜闲。
自吟诗送老，相劝酒开颜。
戎马今何地，乡园独旧山。
江湖堕①清月，酩酊任扶还。

## 2816 宴张别驾新斋

（唐·孟浩然）

世业传圭组，江城佐股肱②。

高斋征学问，虚薄滥先登。
讲论陪诸子，文章得旧朋。
士元多赏激，衰病恨无能。

## 2817 宴郑参卿山池

（唐·李白）

尔恐碧草晚，我畏朱颜移。
愁看杨花飞，置酒正相宜。
歌声送落日，舞影回清池。
今夕不尽杯，留欢更邀谁。

## 2818 宴忠州使君侄宅

（唐·杜甫）

出守吾家侄，殊方此日欢。
自须游阮巷，不是怕湖滩。
乐助长歌逸，杯饶旅思宽。
昔曾如意舞，牵率强为看。

## 2819 滟滪堆③（唐·杜甫）

巨积水中央，江寒出水长。
沉牛答云雨，如马戒舟航。
天意存倾覆，神功接混茫。
干戈连解缆，行止忆垂堂。

---

① 堕（duò）：落、掉。
② 股肱（gǔ gōng）：本指大腿和上臂，借指身边辅助得力的人。
③ 滟滪（yàn yù）堆：长江瞿塘峡口的险滩，在重庆市奉节县东。

## 2820 养气（宋·陆游）

### 其一

学道先养气，吾闻三住章。
屏除金鼎药，糠秕①玉函方。
凛凛春冰履，兢兢②拱璧藏。
高谈忘力守，此病最膏肓。

### 其二

养气安心不计年，未尝一念住愁边。才疏屡扫朝中迹，命薄翻成世外缘。耐老尚能消劫石，放狂聊复醉江天。饱知句曲罗浮路，不访初平即稚川。

## 2821 姚开府山池
（唐·孟浩然）

主人新邸第，相国旧池台。
馆是招贤辟，楼因教舞开。
轩车人已散，箫管凤初来。
今日龙门下，谁知文举才。

## 2822 摇落（唐·杜甫）

摇落巫山暮，寒江东北流。
烟尘多战鼓，风浪少行舟。
鹅费羲之墨，貂余季子裘。
长怀报明主，卧病复高秋。

## 2823 耶溪泛舟（唐·孟浩然）

落景余清辉，轻桡③弄溪渚。
澄明爱水物，临泛何容与。
白首垂钓翁，新妆浣纱女。
相看似相识，脉脉不得语。

## 2824 野望（唐·杜甫）

### 其一

清秋望不极，迢递起曾阴。
远水兼天净，孤城隐雾深。
叶稀风更落，山迥日初沉。
独鹤归何晚，昏鸦已满林。

### 其二

纳纳乾坤大，行行郡国遥。
云山兼五岭，风壤带三苗。
野树侵江阔，春蒲长雪消。
扁舟空老去，无补圣明朝。

## 2825 野望（唐·王绩）

东皋薄暮望，徙倚欲何依。
树树皆秋色，山山唯落晖。
牧人驱犊返，猎马带禽归。
相顾无相识，长歌怀采薇。

## 2826 野望因过常少仙
（唐·杜甫）

野桥齐度马，秋望转悠哉。
竹覆青城合，江从灌口来。

---

① 糠秕（kāng bǐ）：在打谷或加工过程中从种子上分离出来的皮或壳，比喻琐碎的事或没有价值的东西。
② 兢（jīng）兢：小心谨慎的样子。
③ 轻桡（ráo）：本指小桨，借指小船。

入村樵径引，尝果栗皱开。
落尽高天日，幽人未遣回。

## 2827 夜 （唐·杜甫）
绝岸风威动，寒房烛影微。
岭猿霜外宿，江鸟夜深飞。
独坐亲雄剑，哀歌叹短衣。
烟尘绕阊阖，白首壮心违。

## 2828 夜别张五 （唐·李白）
吾多张公子，别酌酣高堂。
听歌舞银烛，把酒轻罗裳。
横笛弄秋月，琵琶弹陌桑。
龙泉解锦带，为尔倾千觞①。

## 2829 夜泊庐江闻故人在东寺以诗寄之 （唐·孟浩然）
江路经庐阜，松门入虎溪。
闻君寻寂乐，清夜宿招提。
石镜山精怯，禅枝怖鸽栖。
一灯如悟道，为照客心迷。

## 2830 夜泊牛渚趁薛八船不及 （唐·孟浩然）
星罗牛渚夕，风退鹢舟迟。
浦溆尝同宿，烟波忽间之。
榜歌空里失，船火望中疑。
明发泛潮海，茫茫何处期。

## 2831 夜泊牛渚怀古
（唐·李白）
牛渚西江夜，青天无片云。
登舟望秋月，空忆谢将军。
余亦能高咏，斯人不可闻。
明朝挂帆席，枫叶落纷纷。

## 2832 夜渡湘水 （唐·孟浩然）
客舟贪利涉，暗里渡湘川。
露气闻芳杜，歌声识采莲。
榜人投岸火，渔子宿潭烟。
行侣时相问，浔阳何处边。

## 2833 夜二首 （唐·杜甫）
其一
白夜月休弦，灯花半委眠。
号山无定鹿，落树有惊蝉。
暂忆江东鲙②，兼怀雪下船。
蛮歌犯星起，空觉在天边。
其二
城郭悲笳暮，村墟过翼稀。
甲兵年数久，赋敛夜深归。
暗树依岩落，明河绕塞微。
斗斜人更望，月细鹊休飞。

---

① 觞（shāng）：古代盛酒器。作动词时
有敬酒和饮酒的意思。
② 鲙（kuài）：同"脍（kuài）"，细切
的肉或鱼。

## 2834 夜宴左氏庄 （唐·杜甫）

风林纤月落，衣露净琴张。

暗水流花径，春星带草堂。

检书烧烛短，看剑引杯长。

诗罢闻吴咏，扁舟意不忘。

## 2835 夜雨 （唐·杜甫）

小雨夜复密，回风吹早秋。

野凉侵闭户，江满带维舟。

通籍恨多病，为郎忝①薄游。

天寒出巫峡，醉别仲宣楼。

## 2836 谒老君庙 （唐·李白）

先君怀圣德，灵庙肃神心。

草合人踪断，尘浓鸟迹深。

流沙丹灶灭，关路紫烟沉。

独伤千载后，空余松柏林。

## 2837 谒真谛寺禅师

（唐·杜甫）

兰若山高处，烟霞嶂几重。

冻泉依细石，晴雪落长松。

问法看诗忘，观身向酒慵。

未能割妻子，卜宅近前峰。

## 2838 一百五日夜对月

（唐·杜甫）

无家对寒食，有泪如金波。

斫②却月中桂，清光应更多。

仳离③放红蕊，想象嚬④青蛾。

牛女漫愁思，秋期犹渡河。

## 2839 一室 （唐·杜甫）

一室他乡远，空林暮景悬。

正愁闻塞笛，独立见江船。

巴蜀来多病，荆蛮去几年。

应同王粲宅，留井岘山前。

## 2840 移居夔州⑤郭

（唐·杜甫）

伏枕云安县，迁居白帝城。

春知催柳别，江与放船清。

农事闻人说，山光见鸟情。

禹功饶断石，且就土微平。

## 2841 乙卯重五诗 （宋·陆游）

重五山村好，榴花忽已繁。

粽包分两髻，艾束着危冠。

旧俗方储药，羸躯亦点丹。

日斜吾事毕，一笑向杯盘。

---

① 忝（tiǎn）：谦辞，表示辱没他人，自己有愧。
② 斫（zhuó）：用刀斧砍。
③ 仳（pǐ）离：本义指夫妻离散，特指妻子被弃而离去。此处作离别之意。
④ 嚬（pín）：同"颦"，皱眉，蹙眉，使动用法，使……蹙眉的意思。
⑤ 夔（kuí）州：古地名，在今重庆奉节一带，雄踞瞿塘峡峡口，形势险要，历来是兵家必争之地。

## 2842 倚杖 (唐·杜甫)

看花虽郭内，倚杖即溪边。
山县早休市，江桥春聚船。
狎①鸥轻白浪，归雁喜青天。
物色兼生意，凄凉忆去年。

## 2843 刈稻了咏怀 (唐·杜甫)

稻获空云水，川平对石门。
寒风疏落木，旭日散鸡豚②。
野哭初闻战，樵歌稍出村。
无家问消息，作客信乾坤。

## 2844 忆弟二首 (唐·杜甫)

### 其一

丧乱闻吾弟，饥寒傍济州。
人稀吾不到，兵在见何由。
忆昨狂催走，无时病去忧。
即今千种恨，惟共水东流。

### 其二

且喜河南定，不问邺城围。
百战今谁在，三年望汝归。
故园花自发，春日鸟还飞。
断绝人烟久，东西消息稀。

## 2845 忆秋浦桃花旧游时窜夜郎 (唐·李白)

桃花春水生，白石今出没。
摇荡女萝枝，半摇青天月。
不知旧行径，初拳几枝蕨。
三载夜郎还，于兹炼金骨。

## 2846 忆幼子 (唐·杜甫)

骥子春犹隔，莺歌暖正繁。
别离惊节换，聪慧与谁论。
涧水空山道，柴门老树村。
忆渠愁只睡，炙背俯晴轩。

## 2847 忆郑南玭③ (唐·杜甫)

郑南伏毒寺，潇洒到江心。
石影衔珠阁，泉声带玉琴。
风杉曾曙倚，云峤忆春临。
万里沧浪外，龙蛇只自深。

## 2848 阴雨 (唐·白居易)

岚雾今朝重，江山此地深。
滩声秋更急，峡气晓多阴。
望阙云遮眼，思乡雨滴心。
将何慰幽独，赖此北窗琴。

## 2849 殷十一赠栗冈砚 (唐·李白)

殷侯三玄士，赠我栗冈砚。
洒染中山毫，光映吴门练。
天寒水不冻，日用心不倦。
携此临墨池，还如对君面。

---

① 狎 (xiá)：亲昵而不庄重。
② 鸡豚 (tún)：指鸡和猪，泛指古时农家所养禽畜。
③ 玭 (pín)：本指珍珠串，引申为珍珠。

## 2850 鹦鹉 (唐·杜甫)

鹦鹉含愁思，聪明忆别离。
翠衿①浑短尽，红觜②漫多知。
未有开笼日，空残旧宿枝。
世人怜复损，何用羽毛奇。

## 2851 萤火 (唐·杜甫)

幸因腐草出，敢近太阳飞。
未足临书卷，时能点客衣。
随风隔幔小，带雨傍林微。
十月清霜重，飘零何处归。

## 2852 应诏赋得除夜
(唐·史青)

今岁今宵尽，明年明日催。
寒随一夜去，春逐五更来。
气色空中改，容颜暗里回。
风光人不觉，已着后园梅。

## 2853 永嘉别张子容
(唐·孟浩然)

旧国余归楚，新年子北征。
挂帆愁海路，分手恋朋情。
日夕故园意，汀洲春草生。
何时一杯酒，重与季鹰倾。

## 2854 永嘉上浦馆逢张八子容
(唐·孟浩然)

逆旅相逢处，江村日暮时。
众山遥对酒，孤屿共题诗。
廨宇③邻蛟室，人烟接岛夷。
乡园万余里，失路一相悲。

## 2855 咏风 (唐·李世民)

萧条起关塞，摇飏下蓬瀛。
拂林花乱彩，响谷鸟分声。
披云罗影散，泛水织文生。
劳歌大风曲，威加四海清。

## 2856 咏风 (唐·王勃)

肃肃凉风生，加我林壑清。
驱烟寻涧户，卷雾出山楹。
去来固无迹，动息如有情。
日落山水静，为君起松声。

## 2857 咏槿 (唐·李白)

园花笑芳年，池草艳春色。
犹不如槿花，婵娟玉阶侧。
芬荣何天促，零落在瞬息。
岂若琼树枝，终岁长翕赩④。

## 2858 咏柳 (唐·吴融)

自与莺为地，不教花作媒。

---

① 翠衿（jīn）：指鹦鹉胸前的翠色羽毛，特指鹦鹉。

② 红觜（zuǐ）：通常指红嘴，一般特指鹦鹉的嘴，也借以比喻饶舌者。

③ 廨（xiè）宇：官舍。

④ 翕赩（xī xì）：郁郁葱葱，光色盛貌。

148

细应和雨断，轻只爱风裁。
好拂锦步障，莫遮铜雀台。
灞陵千万树，日暮别离回。

## 2859 咏雪 （唐·李世民）
洁野凝晨曜，装墀①带夕晖。
集条分树玉，拂浪影泉玑。
色洒妆台粉，花飘绮席衣。
入扇萦离匣，点素皎残机。

## 2860 咏燕 （唐·张九龄）
海燕何微眇，乘春亦暂来。
岂知泥滓②贱，只见玉堂开。
绣户时双入，华轩日几回。
无心与物竞，鹰隼③莫相猜。

## 2861 咏雨二首 （唐·李世民）
其一
罩云飘远岫④，喷雨泛长河。
低飞昏岭腹，斜足洒岩阿。
泫⑤丛珠缔叶，起溜镜图波。
蒙柳添丝密，含吹织空罗。
其二
和气吹绿野，梅雨洒芳田。
新流添旧涧，宿雾足朝烟。
雁湿行无次，花沾色更鲜。
对此欣登岁，披襟弄五弦。

## 2862 游凤林寺西岭
（唐·孟浩然）
共喜年华好，来游水石间。

烟容开远树，春色满幽山。
壶酒朋情洽，琴歌野兴闲。
莫愁归路暝，招月伴人还。

## 2863 游江西留别富阳裴刘二少府 （唐·孟浩然）
西上游江西，临流恨解携。
千山叠成嶂，万水泻为溪。
石浅流难溯，藤长险易跻。
谁怜问津者，岁晏此中迷。

## 2864 游精思观回王白云在后
（唐·孟浩然）
出谷未停午，到家日已曛。
回瞻下山路，但见牛羊群。
樵子暗相失，草虫寒不闻。
衡门犹未掩，伫立望夫君。

## 2865 游精思题观主山房
（唐·孟浩然）
误入桃源里，初怜竹径深。
方知仙子宅，未有世人寻。

---

① 墀（chí）：台阶上面的空地。
② 泥滓（zǐ）：指泥渣，也借指污浊，或比喻耻辱。
③ 鹰隼（sǔn）：鹰和隼都捕食小鸟等小动物，借喻凶猛或勇猛的人。
④ 远岫（xiù）：远处的峰峦。
⑤ 泫（xuàn）：水滴下垂。

149

舞鹤过闲砌，飞猿啸密林。
渐通玄妙理，深得坐忘心。

## 2866 游景空寺兰若
（唐·孟浩然）
龙象经行处，山腰度石关。
屡迷青嶂合，时爱绿萝闲。
宴息花林下，高谈竹屿间。
寥寥隔尘事，疑是入鸡山。

## 2867 游李山人所居因题屋壁
（唐·王维）
世上皆如梦，狂来止自歌。
问年松树老，有地竹林多。
药倩韩康卖，门容尚子过。
翻嫌枕席上，无那白云何。

## 2868 游南阳白水登石激作
（唐·李白）
朝涉白水源，暂与人俗疏。
岛屿佳境色，江天涵清虚。
目送去海云，心闲游川鱼。
长歌尽落日，乘月归田庐。

## 2869 游秋浦白笴陂①二首
（唐·李白）
其一
何处夜行好，月明白笴陂。
山光摇积雪，猿影挂寒枝。

但恐佳景晚，小令归棹②移。
人来有清兴，及此有相思。
其二
白笴夜长啸，爽然溪谷寒。
鱼龙动陂水，处处生波澜。
天借一明月，飞来碧云端。
故乡不可见，肠断正西看。

## 2870 游修觉寺（唐·杜甫）
野寺江天豁，山扉花竹幽。
诗应有神助，吾得及春游。
径石相萦带，川云自去留。
禅枝宿众鸟，漂转暮归愁。

## 2871 游子（唐·杜甫）
巴蜀愁谁语，吴门兴杳然③。
九江春草外，三峡暮帆前。
厌就成都卜，休为吏部眠。
蓬莱如可到，衰白问群仙。

## 2872 有感五首（唐·杜甫）
其一
将帅蒙恩泽，兵戈有岁年。
至今劳圣主，可以报皇天。
白骨新交战，云台旧拓边。

————

① 白笴陂（gě bēi）：又名白笴堰，在今
安徽省贵池区西南。
② 归棹（zhào）：返航的船只。
③ 杳（yǎo）然：指幽深、寂静的样子，
或指毫无消息、踪影。

乘槎①断消息，无处觅张骞。
其二
幽蓟②余蛇豕③，乾坤尚虎狼。
诸侯春不贡，使者日相望。
慎勿吞青海，无劳问越裳。
大君先息战，归马华山阳。
其三
洛下舟车入，天中贡赋均。
日闻红粟腐，寒待翠华春。
莫取金汤固，长令宇宙新。
不过行俭德，盗贼本王臣。
其四
丹桂风霜急，青梧日夜凋。
由来强干地，未有不臣朝。
受钺④亲贤往，卑宫制诏遥。
终依古封建，岂独听箫韶。
其五
盗灭人还乱，兵残将自疑。
登坛名绝假，报主尔何迟。
领郡辄⑤无色，之官皆有词。
愿闻哀痛诏，端拱问疮痍。

## 2873 有叹（唐·杜甫）
壮心久零落，白首寄人间。
天下兵常斗，江东客未还。
穷猿号雨雪，老马怯关山。
武德开元际，苍生岂重攀。

## 2874 又示两儿（唐·杜甫）
令节成吾老，他时见汝心。

浮生看物变，为恨与年深。
长葛书难得，江州涕不禁。
团圆思弟妹，行坐白头吟。

## 2875 又雪（唐·杜甫）
南雪不到地，青崖沾未消。
微微向日薄，脉脉去人遥。
冬热鸳鸯病，峡深豺虎骄。
愁边有江水，焉得北之朝。

## 2876 渝州候严六侍御不到先下峡（唐·杜甫）
闻道乘骢发，沙边待至今。
不知云雨散，虚费短长吟。
山带乌蛮阔，江连白帝深。
船经一柱观，留眼共登临。

## 2877 愚公谷三首（唐·王维）
其一
愚谷与谁去，唯将黎子同。
非须一处住，不那两心空。
宁问春将夏，谁论西复东。
不知吾与子，若个是愚公。

---

① 乘槎（chá）：乘坐竹木编成的筏。
② 幽蓟（yōu jì）：幽州和蓟州的并称。
③ 蛇豕（shǐ）：指长蛇和封豕（大猪），比喻贪残害人者。
④ 受钺（yuè）：古代大将出征，接受天子所授的符节与斧钺，称受钺。
⑤ 辄（zhé）：文言副词，就，总是。

其二
吾家愚谷里，此谷本来平。
虽则行无迹，还能响应声。
不随云色暗，只待日光明。
缘底名愚谷，都由愚所成。
其三
借问愚公谷，与君聊一寻。
不寻翻到谷，此谷不离心。
行处曾无险，看时岂有深。
寄言尘世客，何处欲归临。

## 2878 与白明府游江
（唐·孟浩然）
故人来自远，邑宰复初临。
执手恨为别，同舟无异心。
沿洄洲渚趣，演漾弦歌音。
谁识躬耕者，年年梁甫吟。

## 2879 与杭州薛司户登樟亭楼作 （唐·孟浩然）
水楼一登眺，半出青林高。
帟幕英僚敞，芳筵下客叨。
山藏伯禹穴，城压伍胥涛。
今日观溟涨，垂纶学钓鳌。

## 2880 与鄠县①源大少府宴渼陂 （唐·杜甫）
应为西陂好，金钱罄一餐。
饭抄云子白，瓜嚼水精寒。

无计回船下，空愁避酒难。
主人情烂熳，持答翠琅玕。

## 2881 与贾至舍人于龙兴寺剪落梧桐枝望灉湖②
（唐·李白）
剪落青梧枝，灉湖坐可窥。
雨洗秋山净，林光澹碧滋。
水闲明镜转，云绕画屏移。
千古风流事，名贤共此时。

## 2882 与卢象集朱家
（唐·王维）
主人能爱客，终日有逢迎。
贳③得新丰酒，复闻秦女筝。
柳条疏客舍，槐叶下秋城。
语笑且为乐，吾将达此生。

## 2883 与任城许主簿游南池
（唐·杜甫）
秋水通沟洫，城隅进小船。
晚凉看洗马，森木乱鸣蝉。
菱熟经时雨，蒲荒八月天。
晨朝降白露，遥忆旧青毡。

---

① 鄠（hù）县：即夏之有扈氏国，位于今西安市西南部。
② 灉（yōng）湖：在今岳阳市南，又称南湖。
③ 贳（shì）：出赁、出借或赊欠，引申为宽纵、赦免。

## 2884 与王昌龄宴王道士房

（唐·孟浩然）

归来卧青山，常梦游清都。
漆园有傲吏，惠好在招呼。
书幌神仙箓①，画屏山海图。
酌霞复对此，宛似入蓬壶。

## 2885 与王六履震广州津亭
晓望（唐·张九龄）

明发临前渚，寒来净远空。
水纹天上碧，日气海边红。
景物纷为异，人情赖此同。
乘槎自有适，非欲破长风。

## 2886 与夏十二登岳阳楼

（唐·李白）

楼观岳阳尽，川迥洞庭开。
雁引愁心去，山衔好月来。
云间连下榻，天上接行杯。
醉后凉风起，吹人舞袖回。

## 2887 与颜钱塘登障楼望潮作

（唐·孟浩然）

百里闻雷震，鸣弦暂辍弹。
府中连骑出，江上待潮观。
照日秋云迥，浮天渤澥②宽。
惊涛来似雪，一坐凛生寒。

## 2888 与张折冲游耆阇寺③

（唐·孟浩然）

释子弥天秀，将军武库才。
横行塞北尽，独步汉南来。
贝叶传金口，山楼作赋开。
因君振嘉藻，江楚气雄哉。

## 2889 与诸子登岘山④

（唐·孟浩然）

人事有代谢，往来成古今。
江山留胜迹，我辈复登临。
水落鱼梁浅，天寒梦泽深。
羊公碑尚在，读罢泪沾襟。

## 2890 雨（唐·戴叔伦）

历历愁心乱，迢迢独夜长。
春帆江上雨，晓镜鬓边霜。
啼鸟云山静，落花溪水香。
家人亦念我，与汝黯相忘。

## 2891 雨后望月（唐·李白）

四郊阴霭散，开户半蟾生。
万里舒霜合，一条江练横。

———————

① 箓（lù）：指簿籍，也指封建帝王或
道教的神秘文书。
② 渤澥（xiè）：即渤海。
③ 耆阇（qí shé）寺：古寺庙名，在今
江苏南京。
④ 岘（xiàn）山：山名，在湖北省襄阳
市南，又名岘首山。

153

出时山眼白，高后海心明。
为惜如团扇，长吟到五更。

## 2892 雨霁（宋·陆游）

一雨洗炎蒸，危阑偶独凭。
凉飔①生萃蔡，爽气入鬔鬙②。
庭下宵游磷，盘中昼扫蝇。
绝胜尘土裹，马上嚼寒冰。

## 2893 雨七首（唐·杜甫）

### 其一

冥冥甲子雨，已度立春时。
轻箑③烦相向，纤绤④恐自疑。
烟添才有色，风引更如丝。
直觉巫山暮，兼催宋玉悲。

### 其二

始贺天休雨，还嗟地出雷。
骤看浮峡过，密作渡江来。
牛马行无色，蛟龙斗不开。
干戈盛阴气，未必自阳台。

### 其三

万木云深隐，连山雨未开。
风扉掩不定，水鸟过仍回。
鲛馆如鸣杼⑤，樵舟岂伐枚。
清凉破炎毒，衰意欲登台。

### 其四

微雨不滑道，断云疏复行。
紫崖奔处黑，白鸟去边明。
秋日新沾影，寒江旧落声。
柴扉临野碓，半得捣香粳⑥。

### 其五

江雨旧无时，天晴忽散丝。
暮秋沾物冷，今日过云迟。
上马迥休出，看鸥坐不辞。
高轩当滟滪，润色静书帷。

### 其六

物色岁将晏，天隔人未归。
朔风鸣浙浙，寒雨下霏霏。
多病久加饭，衰容新授衣。
时危觉凋丧，故旧短书稀。

### 其七

楚雨石苔滋，京华消息迟。
山寒青兕⑦叫，江晚白鸥饥。
神女花钿⑧落，鲛人织杼悲。
繁忧不自整，终日洒如丝。

## 2894 雨晴二首（唐·杜甫）

### 其一

雨时山不改，晴罢峡如新。

———

① 凉飔（sī）：凉风。
② 鬔鬙（péng sēng）：本指头发散乱的样子，喻指山石花木等参差散乱。
③ 箑（shà）：扇子。
④ 纤绤（xiān chī）：细葛布，也指细葛布衣。
⑤ 鸣杼（zhù）：织布用的工具，即梭子。
⑥ 香粳（jīng）：亦作"香秔（jīng）"，一种有香味的粳米，产自江浙一带。
⑦ 青兕（sì）：即青兕牛。古代犀牛类兽名，有一角，青色。
⑧ 花钿（diàn）：用金翠珠宝等制成的花朵形首饰。

天路看殊俗，秋江思杀人。
有猿挥泪尽，无犬附书频。
故国愁眉外，长歌欲损神。
其二
天水秋云薄，从西万里风。
今朝好晴景，久雨不妨农。
塞柳行疏翠，山梨结小红。
胡笳楼上发，一雁入高空。

## 2895 禹庙 (唐·杜甫)

禹庙空山里，秋风落日斜。
荒庭垂橘柚，古屋画龙蛇。
云气生虚壁，江声走白沙。
早知乘四载，疏凿控三巴。

## 2896 玉台观 (唐·杜甫)

浩劫因王造，平台访古游。
彩云萧史驻，文字鲁恭留。
宫阙通群帝，乾坤到十洲。
人传有笙鹤，时过此山头。

## 2897 玉腕骝① (唐·杜甫)

闻说荆南马，尚书玉腕骝。
顿骖②飘赤汗，局蹐③顾长楸④。
胡虏三年入，乾坤一战收。
举鞭如有问，欲伴习池游。

## 2898 玉真仙人词 (唐·李白)

玉真之仙人，时往太华峰。

清晨鸣天鼓，飘飖⑤腾双龙。
弄电不辍手，行云本无踪。
几时入少室，王母应相逢。

## 2899 狱中赠邹容 (章炳麟)

邹容吾小弟，被发下瀛州。
快剪刀除辫，干牛肉作餱⑥。
英雄一入狱，天地亦悲秋。
临命须掺手⑦，乾坤只两头！

## 2900 寓目 (唐·杜甫)

一县蒲萄熟，秋山苜蓿多。
关云常带雨，塞水不成河。
羌女轻烽燧，胡儿制骆驼。
自伤迟暮眼，丧乱饱经过。

## 2901 寓言三首 (唐·李白)

其一
遥裔双彩凤，婉娈三青禽。
往还瑶台里，鸣舞玉山岑。
以欢秦娥意，复得王母心。
区区精卫鸟，衔木空哀吟。

---

① 玉腕 (wàn) 骝 (liú)：骏马名。
② 骖 (cān)：古代指驾在辕马两旁的马。
③ 局蹐 (jí)：形容畏缩不安。
④ 长楸 (qiū)：高大的楸树。借指大路。
⑤ 飘飖 (biāo chuā)：迅疾的样子。
⑥ 餱 (hóu)：同"糇"，干粮。
⑦ 掺 (shǎn) 手：握手。

155

其二
周公负斧扆①，成王何夔夔②？
武王昔不豫，剪爪投河湄。
贤圣遇谗愬，不免人君疑。
天风拔大木，禾黍咸伤萎。
管蔡扇苍蝇，公赋鸱鸮③诗。
金縢若不启，忠信谁明之。
其三
长安春色归，先入青门道。
绿杨不自持，从风欲倾倒。
海燕还秦宫，双飞入帘栊。
相思不相见，托梦辽城东。

2902 元日（唐·温庭筠）
神耀破氛昏，新阳入晏温。
绪风调玉吹，端日应铜浑。
威凤跄瑶簴④，升龙护璧门。
雨旸⑤春令煦，裘冕晬⑥容尊。

2903 元日寄韦氏妹
（唐·杜甫）
近闻韦氏妹，迎在汉钟离。
郎伯殊方镇，京华旧国移。
春城回北斗，郢树发南枝。
不见朝正使，啼痕满面垂。

2904 园（唐·杜甫）
仲夏流多水，清晨向小园。
碧溪摇艇阔，朱果烂枝繁。

始为江山静，终防市井喧。
畦⑦蔬绕茅屋，自足媚盘餐。

2905 远游二首（唐·杜甫）
其一
江阔浮高栋，云长出断山。
尘沙连越嶲⑧，风雨暗荆蛮。
雁矫衔芦内，猿啼失木间。
弊裘苏季子，历国未知还。
其二
贱子何人记，迷芳着处家。
竹风连野色，江沫拥春沙。
种药扶衰病，吟诗解叹嗟。
似闻胡骑走，失喜问京华。

2906 怨情（唐·刘允济）
玉关芳信断，兰闺锦字新。

---

① 斧扆（yǐ）：亦作"斧依"，古代帝王朝堂所用的状如屏风的器具，其上有斧形图案，故名。
② 夔（kuí）夔：戒惧敬慎的样子。
③ 鸱鸮（chī xiāo）：鸟名，俗称猫头鹰，常用以比喻贪恶之人。
④ 瑶簴（jù）：用玉装饰的悬挂钟磬的木架。
⑤ 旸（yáng）：本义指旭日初升，引申为晴天。
⑥ 晬（zuì）：婴儿周岁。
⑦ 畦（qí）：田园中分成的小区。古代称田五十亩为一畦。
⑧ 越嶲（xī）：地名，在四川，今作越西。

愁来好自抑，念切已含嚬①。
虚牖②风惊梦，空床月厌人。
归期倘可促，勿度柳园春。

## 2907 月五首 （唐·杜甫）

其一

天上秋期近，人间月影清。
入河蟾不没，捣药兔长生。
只益丹心苦，能添白发明。
干戈知满地，休照国西营。

其二

四更山吐月，残夜水明楼。
尘匣元开镜，风帘自上钩。
兔应疑鹤发，蟾亦恋貂裘。
斟酌姮娥③寡，天寒耐九秋。

其三

断续巫山雨，天河此夜新。
若无青嶂月，愁杀白头人。
魍魉④移深树，虾蟆动半轮。
故园当北斗，直指照西秦。

其四

并照巫山出，新窥楚水清。
羁栖愁里见，二十四回明。
必验升沉体，如知进退情。
不违银汉落，亦伴玉绳横。

其五

万里瞿塘峡，春来六上弦。
时时开暗室，故故满青天。
爽合风襟静，高当泪脸悬。
南飞有乌鹊，夜久落江边。

## 2908 月下小酌二首

（宋·陆游）

其一

草树已秋声，郊原喜晚晴。
风生云尽散，天阔月徐行。
下箸槎头⑤美，传杯瓮面清。
追欢犹可勉，徂岁⑥不须惊。

其二

昨日雨绕檐，孤灯对搔首。
今夜月满庭，长歌倚衰柳。
世变浩无穷，成败翻覆手。
人生最乐事，卧听压新酒。
我归自梁益，零落怆亲友。
纷纷堕鬼录，何人得长久。
后生多不识，讵肯顾衰朽。
一杯无与同，敲门唤邻叟。

## 2909 月夜 （唐·杜甫）

今夜鄜州⑦月，闺中只独看。

---

① 含嚬（pín）：即含颦（pín），谓皱
　　眉，形容哀愁。
② 牖（yǒu）：窗户。
③ 姮（héng）娥：指月中女神嫦娥，也
　　借指月亮。
④ 魍魉（wǎng liǎng）：古代神话传说中
　　的山川精怪。一说为疫神，是颛顼
　　（zhuān xū）之子所化。
⑤ 槎（chá）头：即槎头鳊。
⑥ 徂（cú）岁：指岁暮和往年，借指光
　　阴流逝。
⑦ 鄜（fū）州：古地名，位于陕西北
　　部，今称富县。

遥怜小儿女，未解忆长安。
香雾云鬟湿，清辉玉臂寒。
何时倚虚幌，双照泪痕干。

## 2910 月夜听卢子顺弹琴
（唐·李白）

闲坐夜明月，幽人弹素琴。
忽闻悲风调，宛若寒松吟。
白雪乱纤手，绿水清虚心。
钟期久已没，世上无知音。

## 2911 月夜忆舍弟（唐·杜甫）

戍鼓断人行，秋边一雁声。
露从今夜白，月是故乡明。
有弟皆分散，无家问死生。
寄书长不达，况乃未休兵。

## 2912 月圆（唐·杜甫）

孤月当楼满，寒江动夜扉。
委波金不定，照席绮逾依。
未缺空山静，高悬列宿稀。
故园松桂发，万里共清辉。

## 2913 云（唐·杜甫）

龙似瞿唐会，江依白帝深。
终年常起峡，每夜必通林。
收获辞霜渚，分明在夕岑。
高斋非一处，秀气豁烦襟。

## 2914 云安九日郑十八携酒陪诸公宴（唐·杜甫）

寒花开已尽，菊蕊独盈枝。
旧摘人频异，轻香酒暂随。
地偏初衣夹，山拥更登危。
万国皆戎马，酣歌泪欲垂。

## 2915 云山（唐·杜甫）

京洛云山外，音书静不来。
神交作赋客，力尽望乡台。
衰疾江边卧，亲朋日暮回。
白鸥元水宿，何事有余哀。

## 2916 云阳馆与韩绅宿别
（唐·司空曙）

故人江海别，几度隔山川。
乍见翻疑梦，相悲各问年。
孤灯寒照雨，深竹暗浮烟。
更有明朝恨，离杯惜共传。

## 2917 云阳寺石竹花
（唐·司空曙）

一自幽山别，相逢此寺中。
高低俱出叶，深浅不分丛。
野蝶难争白，庭榴暗让红。
谁怜芳最久，春露到秋风。

## 2918 云阳驿陪崔使君邵道士夜宴（唐·张子容）

一尉东南远，谁知此夜欢。

诸侯倾皂盖，仙客整黄冠。
染翰灯花满，飞觞云气寒。
欣承国士遇，更借美人看。

## 2919 杂诗（唐·王维）

双燕初命子，五桃新作花。
王昌是东舍，宋玉次西家。
小小能织绮，时时出浣纱。
亲劳使君问，南陌驻香车。

## 2920 在水军宴韦司马楼船观妓（唐·李白）

摇曳帆在空，清流顺归风。
诗因鼓吹发，酒为剑歌雄。
对舞青楼妓，双鬟白玉童。
行云且莫去，留醉楚王宫。

## 2921 暂如临邑至山湖亭奉怀李员外率尔成兴

（唐·杜甫）

野亭逼湖水，歇马高林间。
鼍①吼风奔浪，鱼跳日映山。
暂游阻词伯，却望怀青关。
霭霭生云雾，唯应促驾还。

## 2922 暂往白帝复还东屯

（唐·杜甫）

复作归田去，犹残获稻功。
筑场怜穴蚁，拾穗许村童。

落杵②光辉白，除芒子粒红。
加餐可扶老，仓庾慰飘蓬。

## 2923 早朝（唐·王维）

柳暗百花明，春深五凤城。
城乌睥睨③晓，宫井辘轳声。
方朔金门侍，班姬玉辇迎。
仍闻遣方士，东海访蓬瀛。

## 2924 早春润州送从弟还乡

（唐·孟浩然）

兄弟游吴国，庭闱恋楚关。
已多新岁感，更饯白眉还。
归泛西江水，离筵北固山。
乡园欲有赠，梅柳着先攀。

## 2925 早寒江上有怀

（唐·孟浩然）

木落雁南度，北风江上寒。
我家襄水曲，遥隔楚云端。
乡泪客中尽，孤帆天际看。
迷津欲有问，平海夕漫漫。

---

① 鼍（tuó）：一般合称鼋（yuán）鼍，中国神话传说中指巨鳖和猪婆龙（扬子鳄）。
② 杵（chǔ）：一头粗一头细的圆木棒，用来在臼里捣粮食或洗衣服时捶衣服。
③ 睥睨（pì nì）：斜着眼看，有厌恶或高傲之意。

## 2926 早花 (唐·杜甫)

西京安稳未，不见一人来。
腊日巴江曲，山花已自开。
盈盈当雪杏，艳艳待春梅。
直苦风尘暗，谁忧容鬓催。

## 2927 早梅 (唐·齐己)

万木冻欲折，孤根暖独回。
前村深雪里，昨夜一枝开。
风递幽香出，禽窥素艳来。
明年如应律，先发望春台。

## 2928 早起 (唐·杜甫)

春来常早起，幽事颇相关。
帖石防隤岸，开林出远山。
一丘藏曲折，缓步有跻攀。
童仆来城市，瓶中得酒还。

## 2929 早望海霞边 (唐·李白)

四明三千里，朝起赤城霞。
日出红光散，分辉照雪崖。
一餐咽琼液，五内发金沙。
举手何所待，青龙白虎车。

## 2930 赠毕四曜 (唐·杜甫)

才大今诗伯，家贫苦宦卑。
饥寒奴仆贱，颜状老翁为。
同调嗟谁惜，论文笑自知。
流传江鲍体，相顾免无儿。

## 2931 赠别何邕 (唐·杜甫)

生死论交地，何由见一人。
悲君随燕雀，薄宦走风尘。
绵谷元通汉，沱江不向秦。
五陵花满眼，传语故乡春。

## 2932 赠别郑炼赴襄阳 (唐·杜甫)

戎马交驰际，柴门老病身。
把君诗过日，念此别惊神。
地阔峨眉晚，天高岘首春。
为于耆旧内，试觅姓庞人。

## 2933 赠别郑判官 (唐·李白)

窜逐勿复哀，惭君问寒灰。
浮云本无意，吹落章华台。
远别泪空尽，长愁心已摧。
二年吟泽畔，憔悴几时回。

## 2934 赠陈二补阙 (唐·杜甫)

世儒多汩没，夫子独声名。
献纳开东观，君王问长卿。
皂雕寒始急，天马老能行。
自到青冥里，休看白发生。

## 2935 赠从弟南平太守之遥 (唐·李白)

东平与南平，今古两步兵。
素心爱美酒，不是顾专城。

谪官①桃源去，寻花几处行。
秦人如旧识，出户笑相迎。

## 2936 赠崔秋浦三首
（唐·李白）
其一
吾爱崔秋浦，宛然陶令风。
门前五杨柳，井上二梧桐。
山鸟下厅事，檐花落酒中。
怀君未忍去，惆怅意无穷。
其二
崔令学陶令，北窗常昼眠。
抱琴时弄月，取意任无弦。
见客但倾酒，为官不爱钱。
东皋春事起，种黍早归田。
其三
河阳花作县，秋浦玉为人。
地逐名贤好，风随惠化春。
水从天汉落，山逼画屏新。
应念金门客，投沙吊楚臣。

## 2937 赠崔侍郎（唐·李白）
黄河二尺鲤，本在孟津居。
点额不成龙，归来伴凡鱼。
故人东海客，一见借吹嘘。
风涛倘相见，更欲凌昆墟。

## 2938 赠道士参寥
（唐·孟浩然）
蜀琴久不弄，玉匣细尘生。

丝脆弦将断，金徽色尚荣。
知音徒自惜，聋俗本相轻。
不遇钟期听，谁知鸾凤声。

## 2939 赠高处士（唐·许浑）
宅前云水满，高兴一书生。
垂钓有深意，望山多远情。
夜棋留客宿，春酒劝僧倾。
未作干时计，何人问姓名。

## 2940 赠郭季鹰（唐·李白）
河东郭有道，于世若浮云。
盛德无我位，清光独映君。
耻将鸡并食，长与凤为群。
一击九千仞，相期凌紫氛。

## 2941 赠汉阳辅录事二首
（唐·李白）
其一
闻君罢官意，我抱汉川湄。
借问久疏索，何如听讼时。
天清江月白，心静海鸥知。
应念投沙客，空余吊屈悲。
其二
鹦鹉洲横汉阳渡，水引寒烟没
江树。南浦登楼不见君，君今
罢官在何处？汉口双鱼白锦鳞，

————
① 谪（zhé）官：指贬官另任新职或指
被贬降的官吏。

161

令传尺素报情人。其中字数无
多少，只是相思秋复春。

**2942 赠江油尉**（唐·李白）
岚光深院里，傍砌水泠泠①。
野燕巢官舍，溪云入古厅。
日斜孤吏过，帘卷乱峰青。
五色神仙尉，焚香读道经。

**2943 赠历阳褚司马**
（唐·李白）
北堂千万寿，侍奉有光辉。
先同稚子舞，更着老莱衣。
因为小儿啼，醉倒月下归。
人闻无此乐，此乐世中稀。

**2944 赠临洺县令皓弟**
（唐·李白）
陶令去彭泽，茫然太古心。
大音自成曲，但奏无弦琴。
钓水路非远，连鳌意何深。
终期龙伯国，与尔相招寻。

**2945 赠柳圆**（唐·李白）
竹实满秋浦，凤来何苦饥。
还同月下鹊，三绕未安枝。
夫子即琼树，倾柯拂羽仪。
怀君恋明德，归去日相思。

**2946 赠孟浩然**（唐·李白）
吾爱孟夫子，风流天下闻。
红颜弃轩冕，白首卧松云。
醉月频中圣，迷花不事君。
高山安可仰，徒此揖清芬。

**2947 赠钱征君少阳**
（唐·李白）
白玉一杯酒，绿杨三月时。
春风余几日，两鬓各成丝。
秉烛唯须饮，投竿也未迟。
如逢渭水猎，犹可帝王师。

**2948 赠任城卢主簿**
（唐·李白）
海鸟知天风，窜身鲁门东。
临觞②不能饮，矫翼思凌空。
钟鼓不为乐，烟霜谁与同。
归飞未忍去，流泪谢鸳鸿。

**2949 赠升州王使君忠臣**
（唐·李白）
六代帝王国，三吴佳丽城。
贤人当重寄，天子借高名。
巨海一边静，长江万里清。
应须救赵策，未肯弃侯嬴。

———————————

① 泠（líng）泠：形容感觉到清凉或感
受到声音清越，这里指后者。
② 临觞（shāng）：面对着酒。

162

## 2950 赠韦侍御黄裳二首
（唐·李白）

其一

太华生长松，亭亭凌霜雪。
天与百尺高，岂为微飙①折？
桃李卖阳艳，路人行且迷。
春光扫地尽，碧叶成黄泥。
愿君学长松，慎勿作桃李。
受屈不改心，然后知君子。

其二

见君乘骢马，知上太山道。
此地果摧轮，全身以为宝。
我如丰年玉，弃置秋田草。
但勖②冰壶心，无为叹衰老。

## 2951 赠韦赞善别（唐·杜甫）

扶病送君发，自怜犹不归。
只应尽客泪，复作掩荆扉。
江汉故人少，音书从此稀。
往还二十载，岁晚寸心违。

## 2952 赠薛校书（唐·李白）

我有吴越曲，无人知此音。
姑苏成蔓草，麋鹿空悲吟。
未夸观涛作，空郁钓鳌心。
举手谢东海，虚行归故林。

## 2953 张七及辛大见寻南亭醉作（唐·孟浩然）

山公能饮酒，居士好弹筝。

世外交初得，林中契已并。
纳凉风飒至，逃暑日将倾。
便就南亭里，余尊惜解酲③。

## 2954 章梓州水亭（唐·杜甫）

城晚通云雾，亭深到芰荷④。
吏人桥外少，秋水席边多。
近属淮王至，高门蓟子过。
荆州爱山简，吾醉亦长歌。

## 2955 贞女祠（唐·许棠）

何穴藏贞骨，荒祠见旧颜。
精灵应自在，云雨不相关。
落石泉多咽，无风树尽闲。
唯疑千古后，为瑞向人间。

## 2956 针生大阮（宋·释智愚）

假道针锋上，行藏云水中。
且非心法妙，自是手头通。
前辈多遗偈，灵襟出众工。
明朝何处去，黄叶度溪风。

## 2957 浈阳峡（唐·张九龄）

行舟傍越岑，窈窕越溪深。
水暗先秋冷，山晴当昼阴。

---

① 飙（biāo）：暴风。
② 勖（xù）：勉励。
③ 解酲（chéng）：从酒醉状态中清醒过来。
④ 芰（jì）荷：指菱叶与荷叶。

*163*

重林间五色，对壁笋千寻。
惜此生遐远，谁知造化心。

## 2958 震山岩 （宋·李若水）
翠石黏云湿，寒岩带藓深。
树函怀古意，水印读书心。
经济神犹在，幽栖径可寻。
青毡吾旧物，税驾卧山阴。

## 2959 镇江 （宋·文天祥）
铁瓮山河旧，金瓯宇宙非。
昔随西日上，今见北军飞。
豪杰非无志，功名自有机。
中流怀士稚，风雨湿双扉。

## 2960 镇山堂 （金·李俊民）
峥嵘屋下城，突兀城上屋。
初看颇惊眼，再见堪捧腹。
能无鬼神笑，可奈疮痍俗。
不哀梁闲叟，欲竭南山木。

## 2961 正月十五夜
（唐·苏味道）
火树银花合，星桥铁锁开。
暗尘随马去，明月逐人来。
游伎皆秾李①，行歌尽落梅。
金吾不禁夜，玉漏莫相催。

## 2962 征夫 （唐·杜甫）
十室几人在，千山空自多。
路衢②唯见哭，城市不闻歌。
漂梗无安地，衔枚有荷戈。
官军未通蜀，吾道竟如何。

## 2963 郑果州相过 （唐·王维）
丽日照残春，初晴草木新。
床前磨镜客，树下灌园人。
五马惊穷巷，双童逐老身。
中厨办粗饭，当恕阮家贫。

## 2964 至鸭栏驿上白马矶赠
裴侍御 （唐·李白）
侧叠万古石，横为白马矶。
乱流若电转，举棹扬珠辉。
临驿卷缇幕③，升堂接绣衣。
情亲不避马，为我解霜威。

## 2965 中宵 （唐·杜甫）
西阁百寻余，中宵步绮疏。
飞星过水白，落月动沙虚。
择木知幽鸟，潜波想巨鱼。
亲朋满天地，兵甲少来书。

---

① 秾（nóng）李：华美的李花。
② 路衢（qú）：四通八达的道路。
③ 缇（tí）幕：橘红色的帷幕。

164

## 2966 中夜 （唐·杜甫）

中夜江山静，危楼望北辰。
长为万里客，有愧百年身。
故国风云气，高堂战伐尘。
胡雏负恩泽，嗟尔太平人。

## 2967 终南别业 （唐·王维）

中岁颇好道，晚家南山陲①。
兴来每独往，胜事空自知。
行到水穷处，坐看云起时。
偶然值林叟，谈笑无还期。

## 2968 终南山 （唐·王维）

太乙近天都，连山接海隅。
白云回望合，青霭入看无。
分野中峰变，阴晴众壑殊。
欲投人处宿，隔水问樵夫。

## 2969 终南山 （唐·张乔）

带雪复衔春，横天占半秦。
势奇看不定，景变写难真。
洞远皆通岳，川多更有神。
白云幽绝处，自古属樵人。

## 2970 终南山下作
（唐·孟郊）

见此原野秀，始知造化偏。
山村不假阴，流水自雨田。
家家梯碧峰，门门锁青烟。

因思蜕骨人，化作飞桂仙。

## 2971 舟泊长淮关怀去年别者
（清·陈恭尹）

长淮今夜月，此是故人心。
万里送行者，徘徊枫树林。
维舟恨前别，把酒恋同斟。
自我不相见，知君愁至今。

## 2972 舟泊河干 （清·笪②重光）

山雨悬春树，江春入郡楼。
人家依岸转，河水抱城流。
自信干时拙，谁合作赋愁。
烟波时极目，吾意在沧洲。

## 2973 舟泊兰溪湖头市遇雨
（宋·姚勉）

望灯投野市，冲雨泊征船。
茅店不容客，柳堤聊枕舷。
欹眠涛拍枕，起坐漏沾肩。
夜半潇潇歇，推篷月在天。

## 2974 舟泛洞庭 （唐·杜甫）

蛟室围青草，龙堆拥白沙。
护江盘古木，迎棹舞神鸦。
破浪南风正，收帆畏日斜。
云山千万叠，底处上仙槎。

---

① 山陲 （chuí）：山边。
② 笪 （dá）：姓。

## 2975 舟前小鹅儿 (唐·杜甫)

鹅儿黄似酒，对酒爱新鹅。
引颈嗔①船逼，无行乱眼多。
翅开遭宿雨，力小困沧波。
客散层城暮，狐狸奈若何。

## 2976 舟月对驿近寺

（唐·杜甫）
更深不假烛，月朗自明船。
金刹②青枫外，朱楼白水边。
城乌啼眇眇，野鹭宿娟娟。
皓首江湖客，钩帘独未眠。

## 2977 舟中 (唐·杜甫)

风餐江柳下，雨卧驿楼边。
结缆排鱼网，连樯并米船。
今朝云细薄，昨夜月清圆。
飘泊南庭老，只应学水仙。

## 2978 舟中晓望 (唐·孟浩然)

挂席东南望，青山水国遥。
舳舻③争利涉，来往接风潮。
问我今何去，天台访石桥。
坐看霞色晓，疑是赤城标。

## 2979 竹里馆 (唐·卢象)

江南冰不闭，山泽气潜通。
腊月闻山鸟，寒崖见蛰熊。
柳林春半合，荻笋乱无丛。

回首金陵岸，依依向北风。

## 2980 子规 (唐·杜甫)

峡里云安县，江楼翼瓦齐。
两边山木合，终日子规啼。
眇眇春风见，萧萧夜色凄。
客愁那听此，故作傍人低。

## 2981 自阆州④领妻子却赴蜀山行三首 (唐·杜甫)

其一
汩汩⑤避群盗，悠悠经十年。
不成向南国，复作游西川。
物役水虚照，魂伤山寂然。
我生无倚著，尽室畏途边。

其二
长林偃风色，回复意犹迷。
衫褏⑥翠微润，马衔青草嘶。
栈悬斜避石，桥断却寻溪。
何日干戈尽，飘飘愧老妻。

---

① 嗔（chēn）：对他人不满。
② 金刹（chà）：佛地悬幡的塔柱，也指佛寺。
③ 舳舻（zhú lú）：船头和船尾的并称，多泛指前后首尾相接的船。
④ 阆（làng）州：唐、宋两朝设置的行政区划，位于今四川省东北部。
⑤ 汩（gǔ）汩：水流动的样子或流动的声音。
⑥ 褏（yì）：古同"浥"，沾湿、湿润的意思。

其三

行色递隐见，人烟时有无。
仆夫穿竹语，稚子入云呼。
转石惊魑魅①，抨弓落狖貐②。
真供一笑乐，似欲慰穷途。

## 2982 自溧水道哭王炎三首
（唐·李白）

其一

王家碧瑶树，一树忽先摧。
海内故人泣，天涯吊鹤来。
未成霖雨用，先失济川材。
一罢广陵散，鸣琴更不开。

其二

白杨双行行，白马悲路傍。
晨兴见晓月，更似发云阳。
溧水通吴关，逝川去未央。
故人万化尽，闭骨茅山冈。
天上坠玉棺，泉中掩龙章。
名飞日月上，义与风云翔。
逸气竟莫展，英图俄天伤。
楚国一老人，来嗟龚胜亡。
有言不可道，雪泣忆兰芳。

其三

王公希代宝，弃世一何早。
吊死不及哀，殡宫已秋草。
悲来欲脱剑，挂向何枝好？
哭向茅山虽未摧，
一生泪尽丹阳道。

## 2983 自洛之越（唐·孟浩然）

皇皇三十载，书剑两无成。
山水寻吴越，风尘厌洛京。
扁舟泛湖海，长揖谢公卿。
且乐杯中物，谁论世上名。

## 2984 自瀼③西荆扉且移居东屯茅屋四首（唐·杜甫）

其一

白盐危峤北，赤甲古城东。
平地一川稳，高山四面同。
烟霜凄野日，粳稻熟天风。
人事伤蓬转，吾将守桂丛。

其二

东屯复瀼西，一种住青溪。
来往皆茅屋，淹留为稻畦。
市喧宜近利，林僻此无蹊。
若访衰翁语，须令剩客迷。

其三

道北冯都使，高斋见一川。
子能渠细石，吾亦沼清泉。
枕带还相似，柴荆即有焉。

---

① 魑魅（chī mèi）：传说中山林里的害人精怪，人面兽身四足，好魅惑人，为山林异气所生。常喻指坏人或邪恶势力。
② 狖貐（yòu wú）：狖，古书上说的一种黑色长尾猴。貐，貐鼠。
③ 瀼（ràng）：水名。瀼水分西瀼、东瀼。西瀼又称大瀼。都在今重庆市奉节县。

167

斫畲①应费日，解缆不知年。
其四
牢落西江外，参差北户间。
久游巴子国，卧病楚人山。
幽独移佳境，清深隔远关。
寒空见鸳鹭，回首忆朝班。

## 2985 醉后赠王历阳

（唐·李白）

书秃千兔毫，诗裁两牛腰。
笔踪起龙虎，舞袖拂云霄。
双歌二胡姬，更奏远清朝。
举酒挑朔雪，从君不相饶。

## 2986 佐还山后寄三首

（唐·杜甫）

其一
山晚浮云合，归时恐路迷。
涧寒人欲到，村黑鸟应栖。
野客茅茨小，田家树木低。
旧谙疏懒叔，须汝故相携。
其二
白露黄粱熟，分张素有期。
已应春得细，颇觉寄来迟。
味岂同金菊，香宜配绿葵。
老人他日爱，正想滑流匙。
其三
几道泉浇圃，交横落慢坡。
葳蕤②秋叶少，隐映野云多。

隔沼连香芰，通林带女萝。
甚闻霜薤③白，重惠意如何。

---

① 斫畲（zhuó shē）：开荒火耕，即砍倒草木焚烧成灰，并用为肥料的耕作方法。
② 葳蕤（wēi ruí）：羽毛装饰华丽鲜艳的样子，也可形容植物生长茂盛的样子，还可比喻词藻华丽。
③ 薤（xiè）：多年生草本植物，地下有鳞茎叫作薤（jiào）头，可作蔬菜。

叁·七绝

## 3001 八月十五日看潮五绝
（宋·苏轼）

其一

定知玉兔十分圆，化作霜风九月寒。寄语重门休上钥，夜潮流向月中看。

其二

万人鼓噪慑①吴侬②，犹似浮江老阿童。欲识潮头高几许？越山浑在浪花中。

其三

江边身世两悠悠，久与沧波共白头。造物亦知人易老，故叫江水向西流。

其四

吴儿生长狎③涛渊，冒利轻生不自怜。东海若知明主意，应教斥卤变桑田。

其五

江神河伯两醯鸡④，海若东来气吐霓。安得夫差水犀手，三千强弩射潮低。

## 3002 巴陵夜别王八员外
（唐·贾至）

柳絮飞时别洛阳，梅花发后到三湘。世情已逐浮云散，离恨空随江水长。

## 3003 白鸥（宋·陆游）

平生崖异每自笑，一接俗人三被除。惟有白鸥真我客，尔来底事向人疏？

## 3004 白云泉（唐·白居易）

天平山上白云泉，云自无心水自闲。何必奔冲山下去，更添波浪向人间！

## 3005 板桥晓别（唐·李商隐）

回望高城落晓河，长亭窗户压微波。水仙欲上鲤鱼去，一夜芙蓉红泪多。

## 3006 北固山看大江
（清·孔尚任）

孤城铁瓮四山围，绝顶高秋坐落晖。眼见长江趋大海，青天却似向西飞。

---

① 慑（shè）：恐惧，使害怕。
② 吴侬（nóng）：指吴音，因吴人语中多带侬字。也借指吴人。
③ 狎（xiá）：亲昵而不庄重。
④ 醯（xī）鸡：酒瓮中生的一种小虫。

## 3007 被酒独行遍至子云威徽先觉四黎之舍三首

(宋·苏轼)

其一

半醒半醉问诸黎，竹刺藤梢步步迷。但寻牛矢觅归路，家在牛栏西复西。

其二

总角黎家三四童，口吹葱叶送迎翁。莫作天涯万里意，溪边自有舞雩风。

其三

符老风情奈老何，朱颜减尽鬓丝多。投梭每因东邻女，换扇惟逢春梦婆。

## 3008 边词 (唐·张敬忠)

五原春色旧来迟，二月垂杨未挂丝。即今河畔冰开日，正是长安花落时。

## 3009 汴河曲 (唐·李益)

汴水东流无限春，隋家宫阙已成尘。行人莫上长堤望，风起杨花愁杀人。

## 3010 汴京纪事

(宋·刘子翚①)

辇毂②繁华事可伤，师师垂老过湖湘。缕衣檀板无颜色，一曲当时动帝王。

## 3011 别滁 (宋·欧阳修)

花光浓烂柳轻明，酌酒花前送我行。我亦且如常日醉，莫教弦管作离声。

## 3012 别董大二首 (唐·高适)

其一

千里黄云白日曛，北风吹雁雪纷纷。莫愁前路无知己，天下谁人不识君。

其二

六翮③飘飖④私自怜，一离京洛十余年。丈夫贫贱应未足，今日相逢无酒钱。

## 3013 别老母 (清·黄景仁)

搴帷⑤拜母河梁去，白发愁看泪眼枯。惨惨柴门风雪夜，此时有子不如无。

---

① 刘子翚 (huī)：北宋官员、理学家，字彦冲，号屏山病翁，崇安 (今属福建武夷山市) 人。朱熹曾从之受业。

② 辇毂 (niǎn gǔ)：本指天子的车驾，借指天子，也指京师。

③ 翮 (hé)：鸟羽的茎状中空透明部分，也指鸟的翅膀。

④ 飘飖 (yáo)：风吹的样子；飘荡、飞扬、起伏的样子。

⑤ 搴帷 (qiān wéi)：撩起帷幕。

## 3014 别诸弟三首·庚子二月
（鲁迅）

其一

谋生无奈日奔驰，有弟偏教各别离。最是令人凄绝处，孤檠①长夜雨来时。

其二

还家未久又离家，日暮新愁分外加。夹道万株杨柳树，望中都化断肠花。

其三

从来一别又经年，万里长风送客船。我有一言应记取，文章得失不由天。

## 3015 泊船瓜洲 （宋·王安石）

京口瓜洲一水间，钟山只隔数重山。春风又绿江南岸，明月何时照我还。

## 3016 泊秦淮 （唐·杜牧）

烟笼寒水月笼沙，夜泊秦淮近酒家。商女不知亡国恨，隔江犹唱后庭花。

## 3017 参寥②惠杨梅
（宋·苏轼）

新居未换一根椽，只有杨梅不直钱。莫共金家斗甘苦，参寥不是老婆禅。

## 3018 蚕妇 （唐·来鹄）

晓夕采桑多苦辛，好花时节不闲身。若教解爱繁华事，冻杀黄金屋里人。

## 3019 茶壶诗 （清·郑燮）

嘴尖肚大耳偏高，才免饥寒便自豪。量小不堪容大物，两三寸水起波涛。

## 3020 嫦娥 （唐·李商隐）

云母屏风烛影深，长河渐落晓星沉。嫦娥应悔偷灵药，碧海青天夜夜心。

## 3021 陈宫 （唐·汪遵）

椒宫荒宴竟无疑，倏忽山河尽入隋。留得后庭亡国曲，至今犹与酒家吹。

## 3022 城东早春 （唐·杨巨源）

诗家清景在新春，绿柳才黄半未匀。若待上林花似锦，出门俱是看花人。

---

① 孤檠（qíng）：孤灯。
② 参寥（cān liáo）：《庄子》中虚拟的人名，寓意虚空高远。

172

## 3023 赤壁（唐·杜牧）

折戟沉沙铁未销，自将磨洗认前朝。东风不与周郎便，铜雀春深锁二乔。

## 3024 酬朱庆馀（唐·张籍）

越女新妆出镜心，自知明艳更沉吟。齐纨未足人间贵，一曲菱歌敌万金。

## 3025 出塞（清·徐锡麟）

军歌应唱大刀环，誓灭胡奴出玉关。只解沙场为国死，何须马革裹尸还。

## 3026 出塞（唐·王昌龄）

秦时明月汉时关，万里长征人未还。但使龙城飞将在，不教胡马度阴山。

## 3027 出塞词（唐·马戴）

金带连环束战袍，马头冲雪度临洮①。卷旗夜劫单于帐，乱斫②胡儿缺宝刀。

## 3028 初冬杂题二首
（宋·陆游）
其一
莫嫌风雨作新寒，一树青枫已半丹。身在范宽图画里，小楼西角剩凭阑。
其二
风雨声豪入梦中，不知身世寄孤蓬。狐裘毡帽如龙马，天汉西南小益东。

## 3029 初过汉江（唐·崔涂）

襄阳好向岘亭看，人物萧条值岁阑。为报习家多置酒，夜来风雪过江寒。

## 3030 初起（唐·李商隐）

想象咸池日欲光，五更钟后更回肠。三年苦雾巴江水，不为离人照屋梁。

## 3031 初晴游沧浪亭
（宋·苏舜钦）
夜雨连明春水生，娇云浓暖弄阴晴。帘虚日薄花竹静，时有乳鸠相对鸣。

---

① 临洮（táo）：地名，在秦州（今甘肃省天水市秦州区）西。其地民风勇劲。

② 斫（zhuó）：用刀斧砍。

173

## 3032 初入淮河四绝句
（宋·杨万里）

其一

船离洪泽岸头沙，人到淮河意不佳。何必桑干方是远，中流以北即天涯！

其二

刘岳张韩宣国威，赵张二相筑皇基。长淮咫尺①分南北，泪湿秋风欲怨谁？

其三

两岸舟船各背驰，波浪交涉亦难为。只余鸥鹭无拘管，北去南来自在飞。

其四

中原父老莫空谈，逢着王人诉不堪。却是归鸿不能语，一年一度到江南。

## 3033 初夏（宋·朱淑真）

竹摇清影罩幽窗，两两时禽噪夕阳。谢却海棠飞尽絮，困人天气日初长。

## 3034 初夏淮安道中
（元·萨都剌）

鱼虾泼泼初出网，梅杏青青已着枝。满树嫩晴春雨歇，行人四月过淮时。

## 3035 初夏绝句（宋·陆游）

纷纷红紫已成尘，布谷声中夏令新。夹路桑麻行不尽，始知身是太平人。

## 3036 初夏游张园
（宋·戴复古）

乳鸭池塘水浅深，熟梅天气半阴晴。东园载酒西园醉，摘尽枇杷一树金。

## 3037 除夕访子野食烧芋戏作
（宋·苏轼）

松风溜溜作春寒，伴我饥肠响夜阑。牛粪火中烧芋子，山人更吃懒残残。

## 3038 除夜雪（宋·陆游）

北风吹雪四更初，嘉瑞天教及岁除。半盏屠苏犹未举，灯前小草写桃符。

## 3039 除夜作（唐·高适）

旅馆寒灯独不眠，客心何事转凄然？故乡今夜思千里，霜鬓明朝又一年。

---

① 咫（zhǐ）尺：形容距离很近。

**3040 滁州西涧**（唐·韦应物）
独怜幽草涧边生，上有黄鹂深树鸣。春潮带雨晚来急，野渡无人舟自横。

**3041 楚城**（宋·陆游）
江上荒城猿鸟悲，隔江便是屈原祠。一千五百年间事，只有滩声似旧时。

**3042 楚宫怨**（唐·许浑）
十二山晴花尽开，楚宫双阙对阳台。细腰争舞君沉醉，白日秦兵天下来。

**3043 春愁**（清·丘逢甲）
春愁难遣强看山，往事惊心泪欲潸。四百万人同一哭，去年今日割台湾。

**3044 春词**（唐·白居易）
低花树映小妆楼，春入眉心两点愁。斜倚栏杆背鹦鹉，思量何事不回头？

**3045 春寒**（宋·陈与义）
二月巴陵日日风，春寒未了怯园公。海棠不惜胭脂色，独立蒙蒙细雨中。

**3046 春暮**（宋·曹豳①）
门外无人问落花，绿阴冉冉遍天涯。林莺啼到无声处，青草池塘独听蛙。

**3047 春暮西园**（明·高启）
绿池芳草满晴波，春色都从雨里过。知是人家花落尽，菜畦今日蝶来多。

**3048 春日**（宋·朱熹）
胜日寻芳泗水滨，无边光景一时新。等闲识得东风面，万紫千红总是春。

**3049 春日偶成**（宋·程颢）
云淡风轻近午天，傍花随柳过前川。时人不识余心乐，将谓偷闲学少年。

**3050 春日闻杜宇**
（宋·谢枋得）
杜鹃日日劝人归，一片归心谁得知。望帝有神如可问，谓予何日是归期。

---

① 曹豳（bīn）：1170—1249 年，字西士，号东畂，温州瑞安（今属浙江）人。

## 3051 春日杂咏（明·高珩）

青山如黛远村东，嫩绿长溪柳絮风。鸟雀不知郊野好，穿花翻恋小庭中。

## 3052 春思（宋·方岳）

春风多可太忙生，长共花边柳外行。与燕作泥蜂酿蜜，才吹小雨又须晴。

## 3053 春思二首（唐·贾至）

其一

草色青青柳色黄，桃花历乱李花香。东风不为吹愁去，春日偏能惹恨长。

其二

红粉当垆①弱柳垂，金花腊酒解酴醿②。笙歌日暮能留客，醉杀长安轻薄儿。

## 3054 春行即兴（唐·李华）

宜阳城下草萋萋，涧水东流复向西。芳树无人花自落，春山一路鸟空啼。

## 3055 春雪（唐·韩愈）

新年都未有芳华，二月初惊见草芽。白雪却嫌春色晚，故穿庭树作飞花。

## 3056 春雁（明·王恭）

春风一夜到衡阳，楚水燕山万里长。莫道春来便归去，江南虽好是他乡。

## 3057 春夜（宋·王安石）

金炉香烬漏声残，剪剪轻风阵阵寒。春色恼人眠不得，月移花影上栏杆。

## 3058 春夜洛城闻笛（唐·李白）

谁家玉笛暗飞声，散入春风满洛城。此夜曲中闻折柳，何人不起故园情。

## 3059 春夜闻笛（唐·李益）

寒山吹笛唤春归，迁客相看泪满衣。洞庭一夜无穷雁，不待天明尽北飞。

## 3060 春游（宋·陆游）

沈家园里花如锦，半是当年识放翁。也信美人终作土，不堪幽梦太匆匆。

---

① 垆（lú）：指黑色的土壤，或酒肆里安放酒瓮的土台子，借指酒肆。
② 酴醿（tú mí）：亦作"酴釄""酴醾"。酒名。

176

## 3061 春游湖（宋·徐俯）

双飞燕子几时回？夹岸桃花蘸①水开。春雨断桥人不度，小舟撑出柳阴来。

## 3062 春怨（唐·李白）

白马金羁辽海东，罗帷绣被卧春风。落月低轩窥烛尽，飞花入户笑床空。

## 3063 春怨（唐·刘方平）

纱窗日落渐黄昏，金屋无人见泪痕。寂寞空庭春欲晚，梨花满地不开门。

## 3064 辞南平钟王召
（唐·耽章）

摧残枯木倚寒林，几度逢春不变心。樵客见之犹不采，郢人②何事苦搜寻。

## 3065 次荆公韵四绝
（宋·苏轼）

其一

青李扶疏禽自来，清真逸少手亲栽。深红浅紫从争发，雪白鹅黄也斗开。

其二

斫竹穿花破绿苔，小诗端为觅楛③栽。细看造物初无物，春到江南花自开。

其三

骑驴渺渺入荒陂④，想见先生未病时。劝我试求三亩宅，从公已觉十年迟。

其四

甲第非真有，闲花亦偶栽。聊为清净供，却对道人开。

## 3066 次韵答宝觉（宋·苏轼）

芒鞋竹杖布行缠，遮莫千山更万山。从来无脚不解滑，谁信石头行路难。

## 3067 次韵田国博部夫南京见寄二绝（宋·苏轼）

其一

岁月翩翩下坂轮，归来杏子已生人。深红落尽东风恶，柳絮榆钱不当春。

---

① 蘸（zhàn）：在液体、粉末或糊状的东西里沾一下就拿出来。
② 郢（yǐng）人：本指善歌者或楚人，也喻知己。此处恭称知己南平王钟传。
③ 楛（qī）：楛木，落叶乔木，嫩叶可作茶叶的替代品。
④ 陂（bēi）：指池塘或池塘的岸，也指山坡。

其二
火冷饧①稀杏粥稠，青裙缟袂②饷田头。大夫行役家人怨，应羡居乡马少游。

### 3068 从军行 (明·方维仪)
玉门关外风雪寒，万里辞家马上看。哪得沙场还醉卧，前军已报破楼兰。

### 3069 从军行七首
(唐·王昌龄)
其一
烽火城西百尺楼，黄昏独上海风秋。更吹羌笛关山月，无那金闺万里愁。
其二
琵琶起舞换新声，总是关山旧别情。撩乱边愁听不尽，高高秋月照长城。
其三
关城榆叶早疏黄，日暮云沙古战场。表请回军掩尘骨，莫教兵士哭龙荒。
其四
青海长云暗雪山，孤城遥望玉门关。黄沙百战穿金甲，不破楼兰终不还。
其五
大漠风尘日色昏，红旗半卷出辕门。前军夜战洮河北，已报

生擒吐谷浑③。
其六
胡瓶落膊紫薄汗，碎叶城西秋月团。明敕星驰封宝剑，辞君一夜取楼兰。
其七
玉门山嶂几千重，山北山南总是烽。人依远戍须看火，马踏深山不见踪。

### 3070 村居 (清·高鼎)
草长莺飞二月天，拂堤杨柳醉春烟。儿童散学归来早，忙趁东风放纸鸢④。

### 3071 村居 (宋·张舜民)
水绕陂田竹绕篱，榆钱落尽槿花稀。夕阳牛背无人卧，带得寒鸦两两归。

### 3072 村晚 (宋·雷震)
草满池塘水满陂，山衔落日浸寒漪。牧童归去横牛背，短笛无腔信口吹。

---

① 饧（xíng）：用麦芽或谷芽熬成的饴糖，也指麦芽糖。
② 缟袂（gǎo mèi）：白衣，亦借喻白色花卉。
③ 吐谷（yù）浑：我国古代少数民族，在今甘肃、青海一带。
④ 纸鸢（yuān）：风筝的别名。

## 3073 村夜 (唐·白居易)

霜草苍苍虫切切，村南村北行人绝。独出前门望野田，月明荞麦花如雪。

## 3074 答客诮 (鲁迅)

无情未必真豪杰，怜子如何不丈夫？知否兴风狂啸者，回眸时看小於菟①。

## 3075 答卢邺 (唐·良乂②)

风泉只向梦中闻，身外无余可寄君。当户一轮惟晓月，挂檐数片是秋云。

## 3076 代春怨 (唐·刘方平)

朝日残莺伴妾啼，开帘只见草萋萋。庭前时有东风入，杨柳千条尽向西。

## 3077 代父送人之新安
(明·陆娟)

津亭杨柳碧毵毵③，人立东风酒半酣。万点落花舟一叶，载将春色过江南。

## 3078 丹阳送韦参军
(唐·严维)

丹阳郭里送行舟，一别心知两地秋。日晚江南望江北，寒鸦飞尽水悠悠。

## 3079 到秋 (唐·李商隐)

扇风淅沥簟④流离，万里南风滞⑤所思。守到清秋还寂寞，叶丹苔碧闭门时。

## 3080 悼丁君 (鲁迅)

如盘夜气压重楼，剪柳春风道九秋。瑶瑟凝尘清怨绝，可怜无女耀高丘。

## 3081 悼亡诗 (清·王士祯)

陌上莺啼细草薰，鱼鳞风皱水成纹。江南红豆相思苦，岁岁花开一忆君。

## 3082 登飞来峰 (宋·王安石)

飞来山上千寻塔，闻说鸡鸣见日升。不畏浮云遮望眼，自缘身在最高层。

---

① 於菟（wū tú）：老虎的别名。
② 良乂（ài）：唐朝诗僧。
③ 毵（sān）毵：毛发、枝条等细长垂拂、纷披散乱的样子。
④ 簟（diàn）：竹席。
⑤ 滞（zhì）：停滞，不流通。

## 3083 登崖州城作
(唐·李德裕)

独上高楼望帝京，鸟飞犹是半年程。青山似欲留人住，百匝千遭绕郡城。

## 3084 东还 (唐·李商隐)

自有仙才自不知，十年长梦采华芝。秋风动地黄云暮，归去嵩阳寻旧师。

## 3085 东栏梨花 (宋·苏轼)

梨花淡白柳深青，柳絮飞时花满城。惆怅东栏一株雪，人生看得几清明。

## 3086 东鲁门泛舟二首
(唐·李白)

其一

日落沙明天倒开，波摇石动水萦回。轻舟泛月寻溪转，疑是山阴雪后来。

其二

水作青龙盘石堤，桃花夹岸鲁门西。若教月下乘舟去，何啻①风流到剡溪②。

## 3087 冬日北斋 (宋·寇准)

寒风飒飒响庭槐，爱日明窗坐北斋。闲忆故山归未得，旧游时展认云崖。

## 3088 冬夜 (宋·吴龙翰)

读罢床头一卷易，晚风冻尽铜壶滴。起傍危阑啸一声，月明何处人横笛。

## 3089 独饮 (宋·陆游)

怪怪奇奇不自惩，晚途犹复气横膺。觥船③那待清歌劝，酒到愁边量自增。

## 3090 读秦纪 (宋·胡仲参)

万雉④云边万马屯，筑来直欲障胡尘。谁知斩木为竿者，只是长城里面人。

## 3091 读书 (宋·陆游)

归志宁无五亩园，读书本意在元元。灯前目力虽非昔，犹课蝇头二万言。

---

① 啻 (chì)：但，只，仅。
② 剡 (shàn) 溪：水名，浙江绍兴嵊州境内主要河流。
③ 觥 (gōng) 船：亦作"觥舡 (chuán)"
"觵 (gōng) 船"，指容量大的饮酒器。
④ 雉 (zhì)：鸟名，外形像鸡，俗称野鸡，有的地方也叫山鸡。

3092 杜司勋（唐·李商隐）
高楼风雨感斯文，短翼差池不及群。刻意伤春复伤别，人间惟有杜司勋。

3093 渡黄河（清·宋琬）
倒泻银河事有无，掀天浊浪只须臾。人间更有风涛险，翻说黄河是畏途。

3094 渡头（宋·陆游）
苍桧丹枫古渡头，小桥横处系孤舟。范宽只恐今犹在，写出山阴一片秋。

3095 渡湘江（唐·杜审言）
迟日园林悲昔游，今春花鸟作边愁。独怜京国人南窜，不似湘江水北流。

3096 渡易水（明·陈子龙）
并刀昨夜匣中鸣，燕赵悲歌最不平。易水潺湲云草碧，可怜无处送荆卿。

3097 对酒（清·秋瑾）
不惜千金买宝刀，貂裘换酒也堪豪。一腔热血勤珍重，洒去犹能化碧涛。

3098 对雪（唐·高骈）
六出飞花入户时，坐看青竹变琼枝。如今好上高楼望，盖尽人间恶路岐。

3099 对月寓怀（清·曹雪芹）
时逢三五便团圆，满把晴光护玉栏。天上一轮才捧出，人间万姓仰头看。

3100 峨眉山月歌（唐·李白）
峨眉山月半轮秋，影入平羌江水流。夜发清溪向三峡，思君不见下渝州。

3101 二十二年元旦（鲁迅）
云封高岫①护将军，霆击寒春灭下民。到底不如租界好，打牌声里又新春。

3102 二月四日作（宋·陆游）
早春风力已轻柔，瓦雪消残玉半沟。飞蝶鸣鸠俱得意，东风应笑我闲愁。

3103 泛海（明·王守仁）
险夷原不滞胸中，何异浮云过

———
① 岫（xiù）：指山或山洞。

太空？夜静海涛三万里，月明飞锡下天风。

## 3104 泛舟过金家埂赠卖薪王翁（宋·陆游）

老人不复事农桑，点数鸡豚亦未忘。洗脚上床真一快，稚孙渐长解烧汤。

## 3105 访隐者不遇成二绝
（唐·李商隐）

其一

秋水悠悠浸墅扉，梦中来数觉来稀。玄蝉去尽叶黄落，一树冬青人未归。

其二

城郭休过识者稀，哀猿啼处有柴扉。沧江白日樵渔路，日暮归来雨满衣。

## 3106 丰乐亭游春三首
（宋·欧阳修）

其一

绿树交加山鸟啼，晴风荡漾落花飞。鸟歌花舞太守醉，明日酒醒春已归。

其二

春云淡淡日辉辉，草惹行襟絮拂衣。行到亭西逢太守，篮舆①

酪酊插花归。

其三

红树青山日欲斜，长郊草色绿无涯。游人不管春将老，来往亭前踏落花。

## 3107 枫桥夜泊（唐·张继）

月落乌啼霜满天，江枫渔火对愁眠。姑苏城外寒山寺，夜半钟声到客船。

## 3108 蜂（唐·罗隐）

不论平地与山尖，无限风光尽被占。采得百花成蜜后，为谁辛苦为谁甜。

## 3109 逢入京使（唐·岑参）

故园东望路漫漫，双袖龙钟泪不干。马上相逢无纸笔，凭君传语报平安。

## 3110 芙蓉（清·郑燮）

最怜红粉几条痕，水外桥边小竹门。照影自惊还自惜，西施原住苎萝村②。

---

① 篮舆（yú）：古代交通工具，类似后世的轿子，也说是古时一种竹制的座椅。
② 苎（zhù）萝村：位于绍兴诸暨，中国古代四大美女之一西施的家乡。

## 3111 芙蓉楼送辛渐
（唐·王昌龄）

寒雨连江夜入吴，平明送客楚山孤。洛阳亲友如相问，一片冰心在玉壶。

## 3112 赋得鸡（唐·李商隐）

稻粱犹足活诸雏，妒敌专场好自娱。可要五更惊晓梦，不辞风雪为阳乌。

## 3113 赋得沙际路送从叔象
（唐·韦应物）

独树沙边人迹稀，欲行愁远暮钟时。野泉几处侵应尽，不遇山僧知问谁。

## 3114 富春至严陵山水甚佳
（清·纪昀）

浓似春云淡似烟，参差绿到大江边。斜阳流水推篷坐，翠色随人欲上船。

## 3115 宫怨（唐·司马札）

柳色参差掩画楼，晓莺啼送满宫愁。年年花落无人见，空逐春泉出御沟。

## 3116 古别离（唐·韦庄）

晴烟漠漠柳毵毵①，不那离情酒半酣。更把玉鞭云外指，断肠春色在江南。

## 3117 观书有感二首
（宋·朱熹）

其一

半亩方塘一鉴开，天光云影共徘徊。问渠那得清如许？为有源头活水来。

其二

昨夜江边春水生，艨艟②巨舰一毛轻。向来枉费推移力，此日中流自在行。

## 3118 观游鱼（唐·白居易）

绕池闲步看鱼游，正值儿童弄钓舟。一种爱鱼心各异，我来施食尔垂钩。

## 3119 归宜兴留题竹西寺三首
（宋·苏轼）

其一

十年归梦寄西风，此去真为田

---

① 毵（sān）毵：毛发、枝条等细长垂拂、纷披散乱的样子。
② 艨艟（méng chōng）：又作"艨冲"，中国古代具有良好防护作用的进攻性快艇。

舍翁。剩觅蜀冈新井水，要携乡味过江东。

其二

道人劝饮鸡苏水，童子能煎莺粟①汤。暂借藤床与瓦枕，莫教辜负竹风凉。

其三

此生已觉都无事，今岁仍逢大有年。山寺归来闻好语，野花啼鸟亦欣然。

## 3120 归舟江行望燕子矶作 （清·厉鹗）

石势浑如掠水飞，渔罾②绝壁挂清晖。俯江亭上何人坐？看我扁舟望翠微。

## 3121 闺怨 （唐·王昌龄）

闺中少妇不知愁，春日凝妆上翠楼。忽见陌头杨柳色，悔教夫婿觅封侯。

## 3122 郭熙秋山平远二首 （宋·苏轼）

其一

目尽孤鸿落照边，遥知风雨不同川。此间有句无人见，送与襄阳孟浩然。

其二

木落骚人已怨秋，不堪平远发诗愁。要看万壑争流处，他日终烦顾虎头。

## 3123 过垂虹 （宋·姜夔）

自作新词韵最娇，小红低唱我吹箫。曲终过尽松陵路，回首烟波十四桥。

## 3124 过都昌 （宋·苏轼）

鄱阳湖③上都昌县，灯火楼台一万家。水隔南山人不渡，东风吹老碧桃花。

## 3125 过景陵 （唐·李商隐）

武皇精魄久仙升，帐殿凄凉烟雾凝。俱是苍生留不得，鼎湖何异魏西陵。

## 3126 过黎君郊居 （宋·苏轼）

半园荒草没佳蔬，煮得占禾半是薯。万事思量都是错，不如还叩仲尼居。

---

① 莺粟（sù）：即罂（yīng）粟，两年生草本植物，其球形果实是制取鸦片的原料。

② 渔罾（zēng）：渔网的一种。俗称扳罾、拦河罾。

③ 鄱（pó）阳湖：中国五大湖之一，在江西省北部。

## 3127 过绿珠坠楼故址

（清·郑燮）

古往今来岁月深，季伦遗址漫登临。绿珠楼下香魂杳①，经尺珊瑚何处寻。

## 3128 过碛② （唐·岑参）

黄沙碛里客行迷，四望云天直下低。为言地尽天还尽，行到安西更向西。

## 3129 过松源晨炊漆公店

（宋·杨万里）

莫言下岭便无难，赚得行人错喜欢。正入万山圈子里，一山放出一山拦。

## 3130 过许州 （清·沈德潜）

到处陂塘③决决流，垂杨百里罨④平畴⑤。行人便觉须眉绿，一路蝉声过许州。

## 3131 过郑广文旧居

（唐·李商隐）

宋玉平生恨有余，远循三楚吊三闾⑥。可怜留着临江宅，异代应教庾信居。

## 3132 海棠 （宋·苏轼）

东风袅袅泛崇光，香雾空蒙月转廊。只恐夜深花睡去，故烧高烛照红妆。

## 3133 邯郸冬至夜思家

（唐·白居易）

邯郸驿里逢冬至，抱膝灯前影伴身。想得家中夜深坐，还应说着远行人。

## 3134 韩康公坐上侍儿求书扇上二首 （宋·苏轼）

其一

窗摇细浪鱼吹日，手弄黄花蝶透衣。不觉春风吹酒醒，空教明月照人归。

其二

——窗扉面水开，更于何处觅蓬莱。天香满袖人知否，曾到旃檀⑦小殿来。

———

① 杳（yǎo）：远得看不见踪影。
② 碛（qì）：浅水里的沙石，也指沙漠。
③ 陂（bēi）塘：自然水池改造而成的灌溉用水利工程。
④ 罨（yǎn）：捕鸟或捕鱼的网，引申为覆盖。
⑤ 畴（chóu）：本指已耕过并整治好的田地，引申指田界，又引申指种类或同类。
⑥ 三闾（lú）：楚国诗人屈原被贬后曾任三闾大夫，掌管三大姓的宗族事务，后世以之代指屈原。
⑦ 旃檀（zhān tán）：檀香。《西游记》中唐僧完成取经任务后被封为旃檀功德佛。

## 3135 寒菊（宋·郑思肖）

花开不并百花丛，独立疏篱趣未穷。宁可枝头抱香死，何曾吹落北风中。

## 3136 寒食（唐·韩翃）

春城无处不飞花，寒食东风御柳斜。日暮汉宫传蜡烛，轻烟散入五侯家。

## 3137 寒食夜（宋·苏轼）

漏声透入碧窗纱，人静秋千影半斜。沉麝不烧金鸭冷，淡云笼月照梨花。

## 3138 寒夜（宋·杜耒）

寒夜客来茶当酒，竹炉汤沸火初红。寻常一样窗前月，才有梅花便不同。

## 3139 禾熟（宋·孔平仲）

百里西风禾黍香，鸣泉落窦谷登场。老牛粗了耕耘债，啮草坡头卧夕阳。

## 3140 和（宋·祖无择）

忆时相逢甲午年，与君同赋送春篇。等闲又见春风老，更捧新吟一惘然。

## 3141 和黄龙清老三首
（宋·苏轼）

其一

万山不隔中秋月，一雁能传寄远书。深密伽陀枯战笔，真诚相见问何如。

其二

风前橄榄星宿落，月下桄榔羽扇开。静默堂中有相忆，清江或遣化人来。

其三

骑驴觅驴真可笑，以马喻马亦成痴。一天月色为谁好，二老风流各自知。

## 3142 和乐天春词
（唐·刘禹锡）

新妆宜面下朱楼，深锁春光一院愁。行到中庭数花朵，蜻蜓飞上玉搔头。

## 3143 和李秀才边庭四时怨
（唐·卢汝弼）

其一

春风昨夜到榆关，故国烟花想已残。少妇不知归不得，朝朝应上望夫山。

其二

卢龙塞外草初肥，雁乳平芜晓

不飞。乡国近来音信断，至今犹自着寒衣。

其三

八月霜飞柳半黄，蓬根吹断雁南翔。陇头流水关山月，泣上龙堆望故乡。

其四

朔风吹雪透刀瘢，饮马长城窟更寒。半夜火来知有敌，一时齐保贺兰山。

## 3144 和林子望二绝

（宋·陈藻）

其一

劝君莫要叹无官，幸有田园在故山。满室清风满林月，人生何事胜于闲。

其二

劝君莫要叹无官，门荫何如自致难。谁肯宦途为第二，玉阶好好唱名还。

## 3145 和文与可洋川园池三十首·北园（宋·苏轼）

汉水巴山乐有余，一麾从此首归途。北园草木凭君问，许我他年作主无。

## 3146 和文与可洋川园池三十首·冰池（宋·苏轼）

不嫌冰雪绕池看，谁似诗人巧

耐寒。记取羲之洗砚处，碧琉璃下黑蛟蟠。

## 3147 和文与可洋川园池三十首·此君庵（宋·苏轼）

寄语庵前抱节君，与君到处合相亲。写真虽是文夫子，我亦真堂作记人。

## 3148 和文与可洋川园池三十首·待月台（宋·苏轼）

月与高人本有期，挂檐低户映蛾眉。只从昨夜十分满，渐觉冰轮出海迟。

## 3149 和文与可洋川园池三十首·荻蒲（宋·苏轼）

雨折霜干不耐秋，白花黄叶使人愁。月明小艇湖边宿，便是江南鹦鹉洲。

## 3150 和文与可洋川园池三十首·二乐榭（宋·苏轼）

此间真趣岂容谈，二乐并君已是三。仁智更烦诃妄见，坐令鲁叟作瞿昙①。

---

① 瞿昙（qú tán）：印度刹帝利种之中的一个姓，也借指和尚。

3151 和文与可洋川园池三十首·过溪亭（宋·苏轼）

身轻步隐去忘归，四柱亭前野约微。忽悟过溪还一笑，水禽惊落翠毛衣。

3152 和文与可洋川园池三十首·涵虚亭（宋·苏轼）

水轩花榭两争妍，秋月春风各自偏。惟有此亭无一物，坐观万景得天全。

3153 和文与可洋川园池三十首·寒芦港（宋·苏轼）

溶溶晴港漾春晖，芦笋生时柳絮飞。还有江南风物否，桃花流水鳜鱼①肥。

3154 和文与可洋川园池三十首·菡萏②亭（宋·苏轼）

日日移床趁下风，清香不尽思何穷。若为化作龟千岁，巢向田田乱叶中。

3155 和文与可洋川园池三十首·横湖（宋·苏轼）

贪看翠盖拥红妆，不觉湖边一夜霜。卷却天机云锦段，从教匹练写秋光。

3156 和文与可洋川园池三十首·湖桥（宋·苏轼）

朱栏画柱照湖明，白葛乌纱③曳履行。桥下龟鱼晚无数，识君拄杖过桥声。

3157 和文与可洋川园池三十首·金橙径（宋·苏轼）

金橙纵复里人知，不见鲈鱼价自低。须是松江烟雨里，小船烧薤④捣香齑⑤。

3158 和文与可洋川园池三十首·吏隐亭（宋·苏轼）

纵横忧患满人间，颇怪先生日日闲。昨夜清风眠北牖⑥，朝来爽气在西山。

———————

① 鳜（jì）鱼：又叫鲚（jì）鱼、刀鱼、鲢（liè）鱼，大的有一尺多长。也指《山海经》所记载的一种怪兽。
② 菡萏（hàn dàn）：即荷花，睡莲科莲属多年生水生草本植物，古称水芙蓉、芙蕖。
③ 曳（yè）：拖，拉，牵引。
④ 薤（xiè）：多年生草本植物，地下有鳞茎叫作薤（jiào）头，可作蔬菜。
⑤ 齑（jī）：本指捣碎的姜、蒜或韭菜的细末，引申指细末和碎。
⑥ 北牖（yǒu）：在北墙上开窗户，也指朝北的窗。

## 3159 和文与可洋川园池三十首·蓼屿（宋·苏轼）

秋归南浦蟪蛄①鸣，霜落横湖沙水清。卧雨幽花无限思，抱丛寒蝶不胜情。

## 3160 和文与可洋川园池三十首·露香亭（宋·苏轼）

亭下佳人锦绣衣，满身璎珞②缀明玑。晚香消歇无寻处，花已飘零露已晞。

## 3161 和文与可洋川园池三十首·南园（宋·苏轼）

不种夭桃与绿杨，使君应欲候农桑。春畦雨过罗纨腻，夏垄风来饼饵香。

## 3162 和文与可洋川园池三十首·披锦亭（宋·苏轼）

烟红露绿晓风香，燕舞莺啼春日长。谁道使君贫且老，绣屏锦帐咽笙簧。

## 3163 和文与可洋川园池三十首·泉亭（宋·苏轼）

闻道池亭胜两川，应须烂醉答云烟。劝君多种长腰米，消破亭中万斛③泉。

## 3164 和文与可洋川园池三十首·书轩（宋·苏轼）

雨昏石砚寒云色，风动牙签乱叶声。庭下已生书带草，使君疑是郑康成。

## 3165 和文与可洋川园池三十首·霜筠亭（宋·苏轼）

解箨④新篁⑤不自持，婵娟已有岁寒姿。要看凛凛霜前意，须待秋风粉落时。

## 3166 和文与可洋川园池三十首·天汉台（宋·苏轼）

漾水东流旧见经，银潢左界上通灵。此台试向天文觅，阁道中间第几星。

---

① 蟪蛄（huì gū）：蝉的一种，雄的腹部有发音器，夏末自早至暮鸣声不息。

② 璎珞（yīng luò）：古代用珠玉穿成的戴在颈项上的装饰品。

③ 斛（hú）：旧量器，方形，口小，底大，容量本为十斗，后来改为五斗。

④ 解箨（tuò）：竹笋脱壳。

⑤ 新篁（huáng）：指新生之竹，亦指新笋。

3167 和文与可洋川园池三十首·荼蘼①洞（宋·苏轼）
长忆故山寒食夜，野荼蘼发暗香来。分无素手簪②罗髻③，且折霜蕤④浸玉醅⑤。

3168 和文与可洋川园池三十首·望云楼（宋·苏轼）
阴晴朝暮几回新，已向虚空付此身。出本无心归亦好，白云还似望云人。

3169 和文与可洋川园池三十首·无言亭（宋·苏轼）
殷勤稽首维摩诘，敢问如何是法门。弹指未终千偈⑥了，向人还道本无言。

3170 和文与可洋川园池三十首·溪光亭（宋·苏轼）
决去湖波尚有情，却随初日动檐楹。溪光自古无人画，凭仗新诗与写成。

3171 和文与可洋川园池三十首·禊亭（宋·苏轼）
曲池流水细鳞鳞，高会传筋似洛滨。红粉翠蛾应不要，画船来往胜于人。

3172 和文与可洋川园池三十首·野人庐（宋·苏轼）
少年辛苦事犁锄，刚厌青山绕故居。老觉华堂无意味，却须时到野人庐。

3173 和文与可洋川园池三十首·筼筜谷⑦（宋·苏轼）
汉川修竹贱如蓬，斤斧何曾赦箨龙⑧。料得清贫馋太守，渭滨千亩在胸中。

3174 和文与可洋川园池三十首·竹坞（宋·苏轼）
晚节先生道转孤，岁寒惟有竹相娱。粗才杜牧真堪笑，唤作军中十万夫。

————

① 荼蘼（tú mí）：即荼蘼，植物名，也称"酴醿（tú mí）"，蔷薇科落叶小灌木。
② 簪（zān）：簪子，旧时用来别住头发的一种饰物；往头上插戴饰物。
③ 罗髻（jì）：盘状发髻。
④ 霜蕤（ruí）：白花。
⑤ 玉醅（pēi）：美酒。醅，没有滤过的酒。
⑥ 偈（jì）：佛经中的唱词。
⑦ 筼筜（yún dāng）谷：在今陕西省洋县（古称洋州）草坝村。文同（文与可）任洋州知州时，筑披云亭于谷中并经常往游其间，在此留下了"胸有成竹"的佳话。
⑧ 箨（tuò）龙：竹笋的异名。

## 3175 和学使者于殿元枉赠之作（清·郑燮）

十载杨州作画师，长将赭①墨代胭脂。写来竹柏无颜色，卖与东风不合时。

## 3176 喝道（清·郑燮）

喝道排衙懒不禁，芒鞋问俗入林深。一杯白水荒途进，惭愧村愚百姓心。

## 3177 恨春（宋·朱淑真）

樱桃初荐杏梅酸，槐嫩风高麦秀寒。惆怅东君太情薄，挽留时暂也应难。

## 3178 横塘（宋·范成大）

南浦春来绿一川，石桥朱塔两依然。年年送客横塘路，细雨垂杨系画船。

## 3179 后宫词（唐·白居易）

泪湿罗巾梦不成，夜深前殿按歌声。红颜未老恩先断，斜倚熏笼坐到明。

## 3180 湖上（宋·徐元杰）

花开红树乱莺啼，草长平湖白鹭飞。风日晴和人意好，夕阳箫鼓几船归。

## 3181 画鸡（明·唐寅）

头上红冠不用裁，满身雪白走将来。平生不敢轻言语，一叫千门万户开。

## 3182 画眉鸟（宋·欧阳修）

百啭千声随意移，山花红紫树高低。始知锁向金笼听，不及林间自在啼。

## 3183 画松（唐·景云）

画松一似真松树，且待寻思记得无。曾在天台山上见，石桥南畔第三株。

## 3184 淮村兵后（宋·戴复古）

小桃无主自开花，烟草茫茫带晚鸦。几处败垣围故井，向来一一是人家。

## 3185 宦海归来诗四首
（清·郑燮）

其一

宦海归来两鬓星，故人怜我未凋零。春风写与平安竹，依旧

———
① 赭（zhě）：红褐色。

江南一片青。

其二

宦海归来两鬓星，春风高卧竹西亭。虽然未遂凌云志，依旧江南一片青。

其三

宦海归来两鬓霜，更无心绪问银黄。惟余数年清湘竹，做得渔竿八尺长。

其四

宦海归来两袖空，逢人卖竹画清风。还愁口说无凭据，暗里赃私遍鲁东。

## 3186 黄鹤楼送孟浩然之广陵

（唐·李白）

故人西辞黄鹤楼，烟花三月下扬州。孤帆远影碧空尽，唯见长江天际流。

## 3187 回乡偶书二首

（唐·贺知章）

其一

少小离家老大回，乡音无改鬓毛衰。儿童相见不相识，笑问客从何处来。

其二

离别家乡岁月多，近来人事半消磨。惟有门前镜湖水，春风不改旧时波。

## 3188 惠崇春江晚景二首

（宋·苏轼）

其一

竹外桃花三两枝，春江水暖鸭先知。蒌蒿满地芦芽短，正是河豚欲上时。

其二

两两归鸿欲破群，依依还似北归人。遥知朔漠多风雪，更待江南半月春。

## 3189 己亥杂诗（清·龚自珍）

九州生气恃风雷，万马齐喑①究可哀。我劝天公重抖擞，不拘一格降人才。

## 3190 记梦（宋·陆游）

梦里都忘困晚途，纵横草疏论迁都。不知尽挽银河水，洗得平生习气无？

## 3191 寄令狐郎中

（唐·李商隐）

嵩云秦树久离居，双鲤迢迢一纸书。休问梁园旧宾客，茂陵秋雨病相如。

---

① 喑（yīn）：本指嗓子哑，不能出声，引申为缄默和不作声。

## 3192 寄恼韩同年二首
(唐·李商隐)

**其一**

帘外辛夷定已开，开时莫放艳阳回。年华若到经风雨，便是胡僧话劫灰。

**其二**

龙山晴雪凤楼霞，洞里迷人有几家。我为伤春心自醉，不劳君劝石榴花。

## 3193 寄人二首 (唐·张泌)

**其一**

别梦依依到谢家，小廊回合曲阑斜。多情只有春庭月，犹为离人照落花。

**其二**

酷怜风月为多情，还到春时别恨生。倚柱寻思倍惆怅，一场春梦不分明。

## 3194 寄扬州韩绰判官
(唐·杜牧)

青山隐隐水迢迢，秋尽江南草未凋。二十四桥明月夜，玉人何处教吹箫。

## 3195 贾生 (唐·李商隐)

宣室求贤访逐臣，贾生才调更无伦。可怜夜半虚前席，不问苍生问鬼神。

## 3196 煎盐绝句 (清·吴嘉纪)

白头灶户低草房，六月煎盐烈火旁。走出门前炎日里，偷闲一刻是乘凉。

## 3197 剑门道中遇微雨
(宋·陆游)

衣上征尘杂酒痕，远游无处不消魂。此身合是诗人未？细雨骑驴入剑门。

## 3198 江边 (唐·薛涛)

西风忽报雁双双，人世心形两自降。不为鱼肠有真诀，谁能夜夜立清江。

## 3199 江陵愁望寄子安
(唐·鱼玄机)

枫叶千枝复万枝，江桥掩映暮帆迟。忆君心似西江水，日夜东流无歇时。

## 3200 江陵使至汝州
(唐·王建)

回看巴路在云间，寒食离家麦熟还。日暮数峰青似染，商人说是汝州山。

3201 江南春（唐·杜牧）
千里莺啼绿映红，水村山郭酒旗风。南朝四百八十寺，多少楼台烟雨中。

3202 江南逢李龟年
（唐·杜甫）
岐王宅里寻常见，崔九堂前几度闻。正是江南好风景，落花时节又逢君。

3203 江畔独步寻花七绝句
（唐·杜甫）
其一
江上被花恼不彻，无处告诉只颠狂。走觅南邻爱酒伴，经旬出饮独空床。
其二
稠花乱蕊畏江滨，行步欹危实怕春。诗酒尚堪驱使在，未须料理白头人。
其三
江深竹静两三家，多事红花映白花。报答春光知有处，应须美酒送生涯。
其四
东望少城花满烟，百花高楼更可怜。谁能载酒开金盏，唤取佳人舞绣筵。
其五
黄师塔前江水东，春光懒困倚微风。桃花一簇开无主，可爱深红爱浅红？
其六
黄四娘家花满蹊，千朵万朵压枝低。留连戏蝶时时舞，自在娇莺恰恰啼。
其七
不是爱花即肯死，只恐花尽老相催。繁枝容易纷纷落，嫩蕊商量细细开。

3204 江上（宋·王安石）
江北秋阴一半开，晚云含雨却低回。青山缭绕疑无路，忽见千帆隐映来。

3205 江上秋夜（宋·道潜）
雨暗苍江晚未晴，井梧翻叶动秋声。楼头夜半风吹断，月在浮云浅处明。

3206 江宿（明·汤显祖）
寂历秋江渔火稀，起看残月映林微。波光水鸟惊犹宿，露冷流萤湿不飞。

## 3207 将赴吴兴登乐游原一绝
（唐·杜牧）

清时有味是无能，闲爱孤云静爱僧。欲把一麾江海去，乐游原上望昭陵。

## 3208 解嘲三首（宋·陆游）

其一

心如顽石忘荣辱，身似孤云任去留。酒瓮饭囊君勿诮，也胜满腹贮闲愁。

其二

我生学语即耽书，万卷纵横眼欲枯。莫道终身作鱼蠹①，尔来书外有工夫。

其三

一壑②栖迟久，多生习气消。行藏无愧怍，梦觉两逍遥。倩鹤传山信，疏泉洗药苗。晚来幽兴极，乘月过溪桥。

## 3209 金谷园（唐·杜牧）

繁华事散逐香尘，流水无情草自春。日暮东风怨啼鸟，落花犹似坠楼人。

## 3210 金陵图（唐·韦庄）

谁谓伤心画不成？画人心逐世人情。君看六幅南朝事，老木寒云满故城。

## 3211 金缕衣（唐·无名氏）

劝君莫惜金缕衣，劝君惜取少年时。花开堪折直须折，莫待无花空折枝。

## 3212 近试上张水部
（唐·朱庆馀）

洞房昨夜停红烛，待晓堂前拜舅姑。妆罢低声问夫婿，画眉深浅入时无？

## 3213 九绝为亚卿作
（宋·韩驹）

君去东山踏乱云，后车何不载红裙？罗衣浥③尽伤春泪，只有无言持送君。

## 3214 九日送别（唐·王之涣）

蓟庭④萧瑟故人稀，何处登高且送归。今日暂同芳菊酒，明朝应作断蓬飞。

---

① 鱼蠹（dù）：即蠹鱼，又称蠹、衣鱼、白鱼、书虫或衣虫，是一种灵巧、怕光、无翅的缨尾目昆虫。常蛀蚀书册等器物。

② 壑（hè）：山沟或大水坑。

③ 浥（yì）：湿润。

④ 蓟（jì）庭：蓟地的庭院。

## 3215 九月九日登玄武山
（唐·卢照邻）

九月九日眺山川，归心归望积风烟。他乡共酌金花酒，万里同悲鸿雁天。

## 3216 九月九日忆山东兄弟
（唐·王维）

独在异乡为异客，每逢佳节倍思亲。遥知兄弟登高处，遍插茱萸少一人。

## 3217 酒泉太守席上醉后作二首（唐·岑参）

其一

酒泉太守能剑舞，高堂置酒夜击鼓。胡笳①一曲断人肠，座上相看泪如雨。

其二

琵琶长笛曲相和，羌儿胡雏齐唱歌。浑炙②犁牛烹野驼，交河美酒归巨罗。三更醉后军中寝，无奈秦山归梦何。

## 3218 菊花（唐·元稹）

秋丛绕舍似陶家，遍绕篱边日渐斜。不是花中偏爱菊，此花开尽更无花。

## 3219 绝句（宋·志南）

古木阴中系短篷，杖藜扶我过桥东。沾衣欲湿杏花雨，吹面不寒杨柳风。

## 3220 绝句（唐·杜甫）

两个黄鹂鸣翠柳，一行白鹭上青天。窗含西岭千秋雪，门泊东吴万里船。

## 3221 绝句（唐·喻凫）

银地无尘金菊开，紫梨红枣堕莓苔。一泓秋水一轮月，今夜故人来不来。

## 3222 绝句送巨山
（宋·刘子翚③）

二年寄迹闽山寺，一笑翻然向浙江。明月不知君已去，夜深还照读书窗。

---

① 胡笳（jiā）：古代少数民族的一种乐器。
② 浑炙（zhì）：整烤。
③ 刘子翚（huī）：北宋官员、理学家，字彦冲，号屏山病翁，崇安（今属福建武夷山市）人。朱熹曾从之受业。

## 3223 考试毕登铨楼①

（宋·梅尧臣）

春云浓淡日微光，双阙重门耸建章。不上楼来知几日，满城无算柳梢黄。

## 3224 柯敬仲墨竹

（明·李东阳）

莫将画竹论难易，刚道繁难简更难。君看萧萧只数叶，满堂风雨不胜寒。

## 3225 客中初夏 （宋·司马光）

四月清和雨乍晴，南山当户转分明。更无柳絮因风起，惟有葵花向日倾。

## 3226 客中行 （唐·李白）

兰陵美酒郁金香，玉碗盛来琥珀光。但使主人能醉客，不知何处是他乡。

## 3227 口号吴王美人半醉

（唐·李白）

风动荷花水殿香，姑苏台上宴吴王。西施醉舞娇无力，笑倚东窗白玉床。

## 3228 兰竹七绝八首

（清·郑燮）

其一

七十老人写竹石，不更峻嶒②竹更直。乃知此老笔非凡，挺挺千寻之壁立。

其二

七十衰翁澹不求，风光都付老春秋。画来密篠③才逾尺，让尔青山出一头。

其三

老夫自任是青山，颇长春风竹与兰。君正虚心素心客，岩阿相借又何难。

其四

日日红桥斗酒卮④，家家桃李艳芳姿。闭门只是栽兰竹，留得春光过四时。

其五

石上披兰更披竹，美人相伴在幽谷。试问东风何处吹，吹入湘波一江绿。

其六

焦山石块焦山竹，逐日相看坐

---

① 铨（quán）楼：即考场的楼上。铨，指古代量才选拔官吏。
② 峻嶒（léng céng）：指高耸突兀或高峻的山，比喻刚正不阿和特出不凡，也形容人体瘦削骨节显露。
③ 篠（xiǎo）：指细竹和竹器。
④ 酒卮（zhī）：盛酒的器皿。

古苔。今日雨晴风又便，扁舟
载得过江来。

其七

兰竹芳馨不等闲，同根并蒂好
相攀。百年兄弟开怀抱，莫谓
分居彼此山。

其八

一半青山一半竹，一半绿荫一
半玉。请君茶熟睡醒时，对此
浑如在石屋。

## 3229 蓝桥驿见元九诗
（唐·白居易）

蓝桥春雪君归日，秦岭秋风我
去时。每到驿亭先下马，循墙
绕柱觅君诗。

## 3230 冷泉亭（宋·林稹）

一泓清可沁诗脾，冷暖年来只
自知。流出西湖载歌舞，回头
不似在山时。

## 3231 离思五首（唐·元稹）

其一

自爱残妆晓镜中，环钗漫簪①绿
丝丛。须臾日射胭脂颊，一朵
红苏旋欲融。

其二

山泉散漫绕阶流，万树桃花映

小楼。闲读道书慵未起，水晶
帘下看梳头。

其三

红罗着压逐时新，吉了花纱嫩
曲尘。第一莫嫌材地弱，些些
纰缦最宜人。

其四

曾经沧海难为水，除却巫山不
是云。取次花丛懒回顾，半缘
修道半缘君。

其五

寻常百种花齐发，偏摘梨花与
白人。今日江头两三树，可怜
和叶度残春。

## 3232 离亭赋得折杨柳二首
（唐·李商隐）

其一

暂凭尊酒送无憀，莫损愁眉与
细腰。人世死前唯有别，春风
争拟惜长条。

其二

含烟惹雾每依依，万绪千条拂
落晖。为报行人休折尽，半留
相送半迎归。

---

① 簪（zān）：缀，插。

198

**3233 骊山有感**（唐·李商隐）
骊岫①飞泉泛暖香，九龙呵护玉莲房。平明每幸长生殿，不从金舆惟寿王。

**3234 立春偶成**（宋·张栻）
律回岁晚冰霜少，春到人间草木知。便觉眼前生意满，东风吹水绿参差。

**3235 连州阳山归路**
（宋·吕本中）
稍离烟瘴近湘潭，疾病衰颓已不堪。儿女不知来避地，强言风物胜江南。

**3236 凉州词**（唐·王翰）
葡萄美酒夜光杯，欲饮琵琶马上催。醉卧沙场君莫笑，古来征战几人回？

**3237 凉州词**（唐·薛逢）
昨夜蕃兵报国仇，沙州都护破凉州。黄河九曲今归汉，塞外纵横战血流。

**3238 凉州词二首**
（唐·王之涣）
其一
黄河远上白云间，一片孤城万

仞山。羌笛何须怨杨柳，春风不度玉门关。
其二
单于北望拂云堆，杀马登坛祭几回。汉家天子今神武，不肯和亲归去来。

**3239 聊城**（唐·汪遵）
刃血攻聊已越年，竟凭儒术罢戈铤②。田单漫逞烧牛计，一箭终输鲁仲连。

**3240 蓼花**（宋·陆游）
十年诗酒客刀洲，每为名花秉烛游。老作渔翁犹喜事，数枝红蓼③醉清秋。

**3241 临平道中**（宋·道潜）
风蒲猎猎弄清柔，欲立蜻蜓不自由。五月临平山下路，藕花无数满汀洲④。

**3242 菱歌**（宋·陆游）
海内知心人渐少，眼前败意事

---

① 骊岫（lí xiù）：指骊山。
② 戈铤（chán）：即戈与铤，亦泛指兵器，借指战争。
③ 红蓼（liǎo）：蓼的一种，多生水边，一年生草本植物。
④ 汀（tīng）洲：水中小洲。

常多。问君底事浑忘却，月下菱舟一曲歌。

## 3243 留题徐氏花园二首
（宋·苏轼）

其一

莫寻群玉山头路，莫看刘郎观里花。但解闭门留我住，主人休问是谁家。

其二

退之身外无穷事，子美樽前欲尽花。更有多情君未识，不随柳絮落人家。

## 3244 柳（宋·寇准）

晓带轻烟间杏花，晚凝深翠拂平沙。长条别有风流处，密映钱塘苏小家。

## 3245 柳（唐·李商隐）

曾逐东风拂舞筵，乐游春苑断肠天。如何肯到清秋日，已带斜阳又带蝉！

## 3246 柳氏二外甥求笔迹二首
（宋·苏轼）

其一

退笔成山未足珍，读书万卷始通神。君家自有元和脚，莫厌

家鸡更问人。

其二

一纸行书两绝诗，遂良须鬓已如丝。何当火急传家法，欲见诚悬笔谏①时。

## 3247 柳枝词（宋·郑文宝）

亭亭画舸②系春潭，直到行人酒半酣。不管烟波与风雨，载将离恨过江南。

## 3248 柳州二月榕叶落尽偶题
（唐·柳宗元）

宦情羁思共凄凄，春半如秋意转迷。山城过雨百花尽，榕叶满庭莺乱啼。

## 3249 六月二十七日望湖楼醉书五绝（宋·苏轼）

其一

黑云翻墨未遮山，白雨跳珠乱入船。卷地风来忽吹散，望湖楼下水如天。

其二

放生鱼鳖逐人来，无主荷花到处开。水枕能令山俯仰，风船

---

① 笔谏（jiàn）：借用书法运笔的道理讽喻劝谏。

② 画舸（gě）：即画船。

200

解与月裴回。

其三

乌菱白芡不论钱，乱系青菰①裹绿盘。忽忆尝新会灵观，滞留江海得加餐。

其四

献花游女木兰桡，细雨斜风湿翠翘。无限芳洲生杜若，吴儿不识楚辞招。

其五

未成小隐聊中隐，可得长闲胜暂闲。我本无家更安往，故乡无此好湖山。

## 3250 龙标野宴 (唐·王昌龄)

沅溪②夏晚足凉风，春酒相携就竹丛。莫道弦歌愁远谪，青山明月不曾空。

## 3251 陇西行 (唐·陈陶)

誓扫匈奴不顾身，五千貂锦丧胡尘。可怜无定河边骨，犹是春闺梦里人！

## 3252 路中问程知欲达青云驿 (唐·雍陶)

行愁驿路问来人，西去经过愿一闻。落日回鞭相指点，前程从此是青云。

## 3253 论诗五首 (清·赵翼)

其一

满眼生机转化钧，天工人巧日争新。预支五百年新意，到了千年又觉陈。

其二

李杜诗篇万口传，至今已觉不新鲜。江山代有才人出，各领风骚数百年。

其三

只眼须凭自主张，纷纷艺苑漫雌黄。矮人看戏何曾见，都是随人说短长。

其四

少时学语苦难圆，只道工夫半未全。到老始知非力取，三分人事七分天。

其五

诗解穷人我未空，想因诗尚不曾工。熊鱼自笑贪心甚，既要工诗又怕穷。

## 3254 落花 (宋·朱淑真)

连理枝头花正开，妒花风雨便相催。愿教青帝常为主，莫遣纷纷点翠苔。

---

① 青菰 (gū)：植物名，俗称茭白。古人把菰列为六谷之一。

② 沅 (yuán) 溪：古河流名，又称沅水。汉代武陵郡内五溪之一，为五溪蛮所居。

## 3255 马上作（明·戚继光）

南北驱驰报主情，江花边月笑平生。一年三百六十日，多是横戈马上行。

## 3256 马嵬（清·袁枚）

莫唱当年长恨歌，人间亦自有银河。石壕村里夫妻别，泪比长生殿上多。

## 3257 马嵬坡（唐·郑畋）

玄宗回马杨妃死，云雨难忘日月新。终是圣明天子事，景阳宫井又何人。

## 3258 梅花二首（宋·苏轼）

### 其一

春来幽谷水潺潺，的皪①梅花草棘间。一夜东风吹石裂，半随飞雪渡关山。

### 其二

何人把酒慰深幽，开自无聊落更愁。幸有清溪三百曲，不辞相送到黄州。

## 3259 梅花绝句二十首

（宋·陆游）

### 其一

幽谷那堪更北枝，年年自分着花迟。高标逸韵君知否？正在层冰积雪时。

### 其二

当年走马锦城西，曾为梅花醉似泥。二十里中香不断，青羊宫到浣花溪。

### 其三

体中颇觉不能佳，急就梅花一散怀。冲雨涉溪君会否？免教麈②土浣③青鞋。

### 其四

空谷佳人洛浦仙，洗妆真态更婵娟。广平莫倚心如铁，撩起清愁又破禅。

### 其五

万瓦清霜夜漏残，小舟斜月过兰干。老来一事偏堪恨，好看梅时却怕寒。

### 其六

月中疏影雪中香，只为无言更断肠。曾与诗翁定花品，一丘一壑过姚黄。

### 其七

闻道梅花坼晓风，雪堆遍满四山中。何方可化身千亿，一树

---

① 的皪（dì lì）：光亮、鲜明的样子。

② 麈（zhǔ）：古书上指鹿一类的动物，尾巴可以制拂尘，故称拂尘为麈尾，也简称麈。

③ 浣（wǎn）：（水流）曲折蜿蜒。

梅前一放翁？

其八

高韵知难折简呼，溪头扫地置芳壶。梅如解语应惆怅，昔日名流一个无。

其九

小亭终日倚阑干，树树梅花看到残。只怪此翁常谢客，元来不是怕春寒。

其十

折得梅花古渡头，诗凡却恐作花羞。清樽赖有平生约，烂醉千场死即休。

其十一

濯锦江①边忆旧游，缠头百万醉青楼。如今莫索梅花笑，古驿灯前各自愁。

其十二

疏枝冷蕊谁能画？杨叟江西旧擅名。今日东窗闲拂拭，去人一尺眼先明。

其十三

乱篸②桐帽花如雪，斜挂驴鞍酒满壶。安得丹青如顾陆，凭渠画我夜归图？

其十四

红梅过后到缃梅，一种春风不并开。造物无心还有意，引教日日放翁来。

其十五

蜀王小苑旧池台，江北江南万树梅。只怪朝来歌吹闹，园官已报五分开。

其十六

湖上梅花手自移，小桥风月最相宜。主人岁岁常为客，莫怪幽香怨不知。

其十七

吾州古梅旧得名，云蒸雨渍绿苔生。一枝只好僧窗看，莫售千金入凤城。

其十八

探春岁岁在天涯，醉里题诗字半斜。今日溪头还小饮，冷官不禁看梅花。

其十九

池馆登临雪半消，梅花与我两无聊。青羊宫里应如旧，肠断春风万里桥。

其二十

凛凛冰霜晨，皎皎风月夜。南山有飞仙，来结寻梅社。

3260 梦回（宋·林景熙）

梦回荒馆月笼秋，何处砧声唤

---

① 濯（zhuó）锦江：江名，即锦江，岷江流经成都附近的一段。

② 篸（zān）：缀，插。

客愁。深夜无风莲叶响，水寒
更有未眠鸥。

3261 闽中秋思（唐·杜荀鹤）
雨匀紫菊丛丛色，风弄红蕉叶
叶声。北畔是山南畔海，只堪
图画不堪行。

3262 鸣禽（宋·陆游）
小径霜泥结冻时，幽人十日废
筇枝①。新晴池馆春来早，帘外
鸣禽圣得知。

3263 秣陵怀古
（清·纳兰性德）
山色江声共寂寥，十三陵树晚
萧萧。中原事业如江左，芳草
何须怨六朝。

3264 墨梅（元·王冕）
我家洗砚池头树，朵朵花开淡
墨痕。不要人夸好颜色，只留
清气满乾坤。

3265 牧童（唐·吕洞宾）
草铺横野六七里，笛弄晚风三
四声。归来饱饭黄昏后，不脱
蓑衣卧月明。

3266 暮江吟（唐·白居易）
一道残阳铺水中，半江瑟瑟半
江红。可怜九月初三夜，露似
真珠月似弓。

3267 暮秋独游曲江
（唐·李商隐）
荷叶生时春恨生，荷叶枯时秋
恨成。深知身在情长在，怅望
江头江水声。

3268 纳凉（宋·秦观）
携扙来追柳外凉，画桥南畔倚
胡床。月明船笛参差起，风定
池莲自在香。

3269 南池（唐·赵嘏）
照影池边多少愁，往来重见此
塘秋。芙蓉苑外新经雨，红叶
相随何处流。

3270 南陵道中（唐·杜牧）
南陵水面漫悠悠，风紧云轻欲
变秋。正是客心孤迥处，谁家
红袖凭江楼？

---

① 筇（qióng）枝：竹名。因高节实中，
　常用以为手杖，为杖中珍品。

## 3271 南堂五首 （宋·苏轼）

**其一**

江上西山半隐堤，此邦台馆一时西。南堂独有西南向，卧看千帆落浅溪。

**其二**

暮年眼力嗟①犹在，多病颠毛却未华。故作明窗书小字，更开幽室养丹砂。

**其三**

他时雨夜困移床，坐厌愁声点客肠。一听南堂新瓦响，似闻东坞小荷香。

**其四**

山家为割千房蜜，稚子新畦五亩蔬。更有南堂堪著客，不忧门外故人车。

**其五**

扫地焚香闭阁眠，簟纹②如水帐如烟。客来梦觉知何处，挂起西窗浪接天。

## 3272 南园十三首 （唐·李贺）

**其一**

花枝草蔓眼中开，小白长红越女腮。可怜日暮嫣香落，嫁与春风不用媒。

**其二**

宫北田塍③晓气酣④，黄桑饮露窣⑤宫帘。长腰健妇偷攀折，将喂吴王八茧蚕。

**其三**

竹里缫丝⑥挑网车，青蝉独噪日光斜。桃胶迎夏香琥珀，自课越佣能种瓜。

**其四**

三十未有二十余，白日长饥小甲蔬。桥头长老相哀念，因遗戎韬一卷书。

**其五**

男儿何不带吴钩，收取关山五十州。请君暂上凌烟阁，若个书生万户侯？

**其六**

寻章摘句老雕虫，晓月当帘挂玉弓。不见年年辽海上，文章何处哭秋风？

**其七**

长卿牢落悲空舍，曼倩诙谐取自容。见买若耶溪水剑，明朝

---

① 嗟（jiē）：最初一般为叹词，表示叹息悔恨，后用来泛指带有侮辱性的施舍。

② 簟（diàn）纹：亦作"簟文"，即席纹。

③ 田塍（chéng）：田埂。

④ 酣（hān）：一般指饮酒尽兴，泛指尽兴、畅快。

⑤ 窣（sū）：即窸（xī）窣，形容树叶、花草等细微的摩擦声，或形容细小的摩擦声。

⑥ 缫（sāo）丝：煮茧抽丝。

205

归去事猿公。

其八

春水初生乳燕飞，黄蜂小尾扑花归。窗含远色通书幌，鱼拥香钩近石矾。

其九

泉沙软卧鸳鸯暖，曲岸回篙舴艋①迟。泻酒木栏椒叶盖，病容扶起种菱丝。

其十

边让今朝忆蔡邕②，无心裁曲卧春风。舍南有竹堪书字，老去溪头作钓翁。

其十一

长峦谷口倚嵇家，白昼千峰老翠华。自履藤鞋收石蜜，手牵苔絮长莼花。

其十二

松溪黑水新龙卵，桂洞生硝旧马牙。谁遣虞卿裁道帔③，轻绡一匹染朝霞。

其十三

小树开朝径，长茸湿夜烟。
柳花惊雪浦，麦雨涨溪田。
古刹疏钟度，遥岚破月悬。
沙头敲石火，烧竹照渔船。

## 3273 鸟 (唐·白居易)

谁道群生性命微？一般骨肉一般皮。劝君莫打枝头鸟，子在巢中望母归。

## 3274 农家望晴 (唐·雍裕之)

尝闻秦地西风雨，为问西风早晚回。白发老农如鹤立，麦场高处望云开。

## 3275 农舍 (宋·陆游)

神农之学未为非，日夜勤劳备岁馐④。雨畏禾头蒸耳出，润忧麦粒化蛾飞。

## 3276 偶成 (鲁迅)

文章如土欲何之？翘首东云惹梦思。所恨芳林寥落甚，春兰秋菊不同时。

## 3277 彭泽 (唐·汪遵)

鹤爱孤松云爱山，宦情微禄免相关。栽成五柳吟归去，漉酒巾边伴菊闲。

## 3278 七绝·为女民兵题照 (毛泽东)

飒爽英姿五尺枪，曙光初照演兵场。中华儿女多奇志，不爱红装爱武装。

---

① 舴艋 (zé měng)：形似蚱蜢的小船。
② 蔡邕 (yōng)：东汉时期著名文学家、书法家。蔡琰 (蔡文姬) 之父。
③ 道帔 (pèi)：道服。
④ 馐 (wèi)：食物腐败发臭。

3279 七绝·咏蛙（毛泽东）
独坐池塘如虎踞，绿荫树下养精神。春来我不先开口，哪个虫儿敢作声？

3280 七夕（宋·杨朴）
未会牵牛意若何，须邀织女织金梭。年年乞与人间巧，不道人间巧已多。

3281 齐安郡后池绝句
（唐·杜牧）
菱透浮萍绿锦池，夏莺千啭弄蔷薇。尽日无人看微雨，鸳鸯相对浴红衣。

3282 乞巧（唐·林杰）
七夕今宵看碧霄，牵牛织女渡河桥。家家乞巧望秋月，穿尽红丝几万条。

3283 遣怀（唐·杜牧）
落魄江湖载酒行，楚腰纤细掌中轻。十年一觉扬州梦，赢得青楼薄幸名。

3284 樵夫（宋·萧德藻）
一担干柴古渡头，盘缠一日颇优游。归来涧底磨刀斧，又作全家明日谋。

3285 琴剑（宋·陆游）
流尘冉冉琴谁鼓，渍血斑斑剑不磨。俱是人间感怀事，岂无壮士为悲歌？

3286 清明（唐·杜牧）
清明时节雨纷纷，路上行人欲断魂。借问酒家何处有？牧童遥指杏花村。

3287 清明夜（唐·白居易）
好风胧月清明夜，碧砌红轩刺史家。独绕回廊行复歇，遥听弦管暗看花。

3288 庆全庵桃花
（宋·谢枋得）
寻得桃源好避秦，桃红又是一年春。花飞莫遣随流水，怕有渔郎来问津。

3289 秋词（唐·刘禹锡）
自古逢秋悲寂寥，我言秋日胜春朝。晴空一鹤排云上，便引诗情到碧霄。

## 3290 秋闺思二首
（唐·张仲素）

其一

碧窗斜月蔼深晖，愁听寒螀①泪湿衣。梦里分明见关塞，不知何路向金微。

其二

秋天一夜静无云，断续鸿声到晓闻。欲寄征衣问消息，居延城外又移军。

## 3291 秋浦途中（唐·杜牧）

萧萧山路穷秋雨，淅淅溪风一岸蒲。为问寒沙新到雁，来时还下杜陵无。

## 3292 秋思（唐·张籍）

洛阳城里见秋风，欲作家书意万重。复恐匆匆说不尽，行人临发又开封。

## 3293 秋思引
（南北朝·汤惠休）

秋寒依依风过河，白露萧萧洞庭波。思君末光光已灭，眇眇悲望如思何！

## 3294 秋思赠远二首
（唐·王涯）

其一

当年只自守空帷，梦里关山觉别离。不见乡书传雁足，唯看新月吐蛾眉。

其二

厌攀杨柳临清阁，闲采芙蕖傍碧潭。走马台边人不见，拂云堆畔战初酣。

## 3295 秋夕（唐·杜牧）

银烛秋光冷画屏，轻罗小扇扑流萤。天阶夜色凉如水，卧看牵牛织女星。

## 3296 秋夜（宋·朱淑真）

夜久无眠秋气清，烛花频剪欲三更。铺床凉满梧桐月，月在梧桐缺处明。

## 3297 秋夜将晓出篱门迎凉有感二首（宋·陆游）

其一

迢迢天汉西南落，喔喔邻鸡一再鸣。壮志病来消欲尽，出门

---

① 寒螀（jiāng）：古书上说的一种蝉，体小，墨色，有黄绿色的斑点，秋天出来鸣叫。

搔首怆平生。

其二

三万里河东入海，五千仞岳上
摩天。遗民泪尽胡尘里，南望
王师又一年。

## 3298 秋夜曲（唐·王维）

桂魄初生秋露微，轻罗已薄未
更衣。银筝夜久殷勤弄，心怯
空房不忍归。

## 3299 秋夜曲（唐·张仲素）

丁丁漏水夜何长，漫漫轻云露
月光。秋逼暗虫通夕响，征衣
未寄莫飞霜。

## 3300 秋月（宋·程颢）

清溪流过碧山头，空水澄鲜一
色秋。隔断红尘三十里，白云
红叶两悠悠。

## 3301 闰中秋玩月二首

（清·慧霖）

其一

禅边风味客边愁，馈我清光又
满楼。一月可曾闲几日，百年
难得闰中秋。

其二

菊花信待重阳久，桂子香闻上

界留。遮莫圆明似前度，不知
谁续广寒游。

## 3302 若耶溪上二首

（宋·陆游）

其一

微官元不直鲈鱼，何况人间足
畏途。今日溪头慰心处，自寻
白石养菖蒲。

其二

九月霜风吹客衣，溪头红叶傍
人飞。村场酒薄何妨醉，菰①正
堪烹蟹正肥。

## 3303 塞上（宋·柳开）

鸣骹②直上一千尺，天静无风声
更干。碧眼胡儿三百骑，尽提
金勒向云看。

## 3304 塞上曲二首

（唐·戴叔伦）

其一

军门频纳受降书，一剑横行万
里余。汉祖谩夸娄敬策，却将
公主嫁单于。

———————

① 菰（gū）：多年生水生草本植物。开
淡紫红色小花，因真菌寄生而膨大的
嫩茎叫茭白，果实叫菰米，均可食。

② 鸣骹（xiāo）：射箭。

209

其二

汉家旌帜满阴山，不遣胡儿匹马还。愿得此身长报国，何须生入玉门关。

## 3305 塞上曲送元美

（明·李攀龙）

白羽如霜出塞寒，胡烽不断接长安。城头一片西山月，多少征人马上看。

## 3306 塞上听吹笛

（唐·高适）

雪净胡天牧马还，月明羌笛戍楼间。借问梅花何处落，风吹一夜满关山。

## 3307 塞下曲（唐·李益）

伏波惟愿裹尸还，定远何须生入关。莫遣只轮归海窟，仍留一箭射天山。

## 3308 三江小渡（宋·杨万里）

溪水将桥不复回，小舟犹倚短篙开。交情得似山溪渡，不管风波去又来。

## 3309 三衢道中（宋·曾几）

梅子黄时日日晴，小溪泛尽却山行。绿阴不减来时路，添得黄鹂四五声。

## 3310 三月晦日偶题

（宋·秦观）

节物相催各自新，痴心儿女挽留春。芳菲歇去何须恨，夏木阴阴正可人。

## 3311 三月晦日赠刘评事

（唐·贾岛）

三月正当三十日，风光别我苦吟身。共君今夜不须睡，未到晓钟犹是春。

## 3312 山窗新糊有故朝封事稿阅之有感（宋·林景熙）

偶伴孤云宿岭东，四山欲雪地炉红。何人一纸防秋疏，却与山窗障北风。

## 3313 山村五绝（宋·苏轼）

其一

竹篱茅屋趁溪斜，春入山村处处花。无象太平还有象，孤烟起处是人家。

其二

烟雨蒙蒙鸡犬声，有生何处不安生。但教黄犊无人佩，布谷何劳也劝耕。

其三

老翁七十自腰镰，惭愧春山笋蕨甜。岂是闻韶解忘味，迩来三月食无盐。

其四

杖藜裹饭去匆匆，过眼青钱转手空。赢得儿童语音好，一年强半在城中。

其五

窃禄忘归我自羞，丰年底事汝忧愁。不须更待飞鸢坠，方念平生马少游。

## 3314 山房春事二首

（唐·岑参）

其一

风恬日暖荡春光，戏蝶游蜂乱入房。数枝门柳低衣桁①，一片山花落笔床。

其二

梁园日暮乱飞鸦，极目萧条三两家。庭树不知人去尽，春来还发旧时花。

## 3315 山房惠猫（宋·张良臣）

后来怜汝丈人乌，端正衔蝉雪不如。江海归来声绕膝，定知分诉食无鱼。

## 3316 山房睡起（明·苏大）

砌草茸茸石径斜，竹篱茅舍带江沙。昼长睡起多情思，看遍林阴商陆花。

## 3317 山光寺（宋·释法芝）

扁舟乘兴到山光，古寺临流胜气藏。惭愧南风知我意，吹将草木作天香。

## 3318 山家（元·刘因）

马蹄踏水乱明霞，醉袖迎风受落花。怪见溪童出门望，雀声先我到山家。

## 3319 山亭夏日（唐·高骈）

绿树阴浓夏日长，楼台倒影入池塘。水晶帘动微风起，满架蔷薇一院香。

## 3320 山雨（宋·翁卷）

一夜满林星月白，亦无云气亦无雷。平明忽见溪流急，知是他山落雨来。

## 3321 山中问答（唐·李白）

问余何意栖碧山，笑而不答心

---

① 衣桁（héng）：又称衣架，即挂衣服的横木。

自闲。桃花流水窅然去，别有天地非人间。

## 3322 山中雪后 （清·郑燮）

晨起开门雪满山，雪晴云淡日光寒。檐流未滴梅花冻，一种清孤不等闲。

## 3323 山中与幽人对酌
（唐·李白）

两人对酌山花开，一杯一杯复一杯。我醉欲眠卿且去，明朝有意抱琴来。

## 3324 扇 （唐·陆畅）

宝扇持来入禁宫，本教花下动香风。姮娥①须逐彩云降，不可通宵在月中。

## 3325 上归州刺史代通状二首
（唐·怀濬）

其一
家在闽山西复西，其中岁岁有莺啼。如今不在莺啼处，莺在旧时啼处啼。

其二
家在闽山东复东，其中岁岁有花红。而今不在花红处，花在旧时红处红。

## 3326 上堂开示颂
（唐·黄檗禅师②）

尘劳迥脱事非常，紧把绳头做一场。不经一番寒彻骨，怎得梅花扑鼻香。

## 3327 上元过祥符僧可久房萧然无灯火 （宋·苏轼）

门前歌舞斗分朋，一室清风冷欲冰。不把琉璃闲照佛，始知无尽本无灯。

## 3328 十七日观潮
（宋·陈师道）

漫漫平沙走白虹，瑶台失手玉杯空。晴天摇动清江底，晚日浮沉急浪中。

## 3329 十五夜望月寄杜郎中
（唐·王建）

中庭地白树栖鸦，冷露无声湿桂花。今夜月明人尽望，不知秋思落谁家。

---

① 姮（héng）娥：一般指月中女神嫦娥，也借指月亮。

② 黄檗（niè）禅师：唐代靖州鹫峰（今江西省宜丰县黄檗山）大乘佛教高僧。

## 3330 十一月四日风雨大作

（宋·陆游）

僵卧孤村不自哀，尚思为国戍轮台。夜阑卧听风吹雨，铁马冰河入梦来。

## 3331 石灰吟（明·于谦）

千锤万凿出深山，烈火焚烧若等闲。粉骨碎身浑不怕，要留清白在人间。

## 3332 石榴（唐·李商隐）

榴枝婀娜榴实繁，榴膜轻明榴子鲜。可羡瑶池碧桃树，碧桃红颊一千年。

## 3333 食荔枝二首（宋·苏轼）

其一

罗浮山下四时春，卢橘杨梅次第新。日啖①荔枝三百颗，不辞长作岭南人。

其二

丞相祠堂下，将军大树旁。炎云骈火实，瑞露酌天浆。烂紫垂先熟，高红挂远扬。分甘遍铃下，也到黑衣郎。

## 3334 食粥（宋·陆游）

世人个个学长年，不悟长年在目前。我得宛丘平易法，只将食粥致神仙。

## 3335 示儿（宋·陆游）

死去元知万事空，但悲不见九州同。王师北定中原日，家祭无忘告乃翁。

## 3336 书辩才白云堂壁

（宋·苏轼）

不辞清晓扣松扉，却值支公久不归。山鸟不鸣天欲雪，卷帘惟见白云飞。

## 3337 书河上亭壁（宋·寇准）

岸阔樯稀波渺茫，独凭危槛思何长。萧萧远树疏林外，一半秋山带夕阳。

## 3338 书李世南所画秋景二首

（宋·苏轼）

其一

野水参差落涨痕，疏林欹倒②出霜根。扁舟一棹归何处？家在江南黄叶村。

---

① 啖（dàn）：吃或喂，也指用利益引诱人。

② 欹（qī）倒：倾倒。

其二

人间斤斧日创夷，谁见龙蛇百尺姿。不是溪山成独往，何人解作挂猿枝。

## 3339 书双竹湛师房二首
（宋·苏轼）

其一

我本江湖一钓舟，意嫌高屋冷飕飕。羡师此室才方丈，一炷清香尽日留。

其二

暮鼓朝钟自击撞，闭门孤枕对残釭。白灰旋拨通红火，卧听萧萧雨打窗。

## 3340 蜀僧明操思归书龙丘子壁（宋·苏轼）

久厌劳生能几日，莫将归思扰衰年。片云会得无心否？南北东西只一天。

## 3341 蜀中九日（唐·王勃）

九月九日望乡台，他席他乡送客杯。人情已厌南中苦，鸿雁那从北地来。

## 3342 述国亡诗
（五代·花蕊夫人）

君王城上竖降旗，妾在深宫那得知？十四万人齐解甲，更无一个是男儿！

## 3343 数日（宋·赵师秀）

数日秋风欺病夫，尽吹黄叶下庭芜。林疏放得遥山出，又被云遮一半无。

## 3344 霜月（唐·李商隐）

初闻征雁已无蝉，百尺楼高水接天。青女素娥俱耐冷，月中霜里斗婵娟。

## 3345 睡起（宋·苏轼）

柿叶满庭红颗秋，薰炉沉水度春篝。松风梦与故人遇，自驾飞鸿跨九州。

## 3346 四祖寺（唐·赵嘏）

千株松下双峰寺，一盏灯前万里身。自为心猿不调伏，祖师元是世间人。

## 3347 松风（宋·陆游）

半岭松风破睡时，起看山月倚筇枝①。纵横满地髯龙影，尽是当年手自移。

————————

① 筇（qióng）枝：即筇竹杖。筇竹因高节实中，常用以为手杖，为杖中珍品。

**3348 送别诗**（隋·佚名）

杨柳青青着地垂，杨花漫漫搅天飞。柳条折尽花飞尽，借问行人归不归?

**3349 送柴侍御**（唐·王昌龄）

流水通波接武冈，送君不觉有离伤。青山一道同云雨，明月何曾是两乡。

**3350 送佛面杖与罗浮长老**（宋·苏轼）

十方三界世尊面，都在东坡掌握中。送与罗浮德长老，携归万窍总号风。

**3351 送韩侍御之广德**（唐·李白）

昔日绣衣何足荣，今宵贳①酒与君倾。暂就东山赊月色，酣歌一夜送泉明。

**3352 送客贬五溪**（唐·韩翃）

南过猿声一逐臣，回看秋草泪沾巾。寒天暮雪空山里，几处蛮家是主人。

**3353 送李判官之润州行营**（唐·刘长卿）

万里辞家事鼓鼙②，金陵驿路楚云西。江春不肯留行客，草色青青送马蹄。

**3354 送李少府时在客舍作**（唐·高适）

相逢旅馆意多违，暮雪初晴候雁飞。主人酒尽君未醉，薄暮途遥归不归。

**3355 送梁六自洞庭山作**（唐·张说）

巴陵一望洞庭秋，日见孤峰水上浮。闻道神仙不可接，心随湖水共悠悠。

**3356 送蜀客**（唐·雍陶）

剑南风景腊前春，山鸟江风得雨新。莫怪送君行较远，自缘身是忆归人。

**3357 送宇文六**（唐·常建）

花映垂杨汉水清，微风林里一

---

① 贳（shì）：出赁、出借或赊欠，引申为宽纵、赦免。

② 鼓鼙（pí）：鼓，指大鼓；鼙，指小鼓。古代军中用来发号进攻。借指军事。

枝轻。即今江北还如此，愁杀江南离别情。

## 3358 送元二使安西
（唐·王维）

渭城朝雨浥轻尘，客舍青青柳色新。劝君更尽一杯酒，西出阳关无故人。

## 3359 送增田涉君归国
（鲁迅）

扶桑正是秋光好，枫叶如丹照嫩寒。却折垂杨送归客，心随东棹①忆华年。

## 3360 送竹香炉（宋·苏轼）

枯槁形骸惟见耳，凋残鬓发只留须。平生大节堪为底，今日灰心始见渠。

## 3361 苏台览古（唐·李白）

旧苑荒台杨柳新，菱歌清唱不胜春。只今惟有西江月，曾照吴王宫里人。

## 3362 苏溪亭（唐·戴叔伦）

苏溪亭上草漫漫，谁倚东风十二阑。燕子不归春事晚，一汀烟雨杏花寒。

## 3363 笋竹二首（清·郑燮）

其一

江南鲜笋趁鲥鱼，烂煮春风三月初。分付厨人休斫②尽，清光留此照摊书。

其二

笋菜沿江二月新，家家厨房爨③春筠。此身愿劈千丝篾，织就湘帘护美人。

## 3364 所闻（鲁迅）

华灯照宴敞豪门，娇女严妆侍玉樽。忽忆情亲焦土下，佯看罗袜掩啼痕。

## 3365 叹花（唐·杜牧）

自是寻春去校迟，不须惆怅怨芳时。狂风落尽深红色，绿叶成阴子满枝。

## 3366 桃花溪（唐·张旭）

隐隐飞桥隔野烟，石矶西畔问渔船。桃花尽日随流水，洞在清溪何处边？

---

① 东棹（zhào）：即东去的船。棹，本指船用的撑竿，引申为长的船桨，亦借指船。

② 斫（zhuó）：用刀斧砍。

③ 爨（cuàn）：烧火煮饭，也指灶。

## 3367 题长安壁主人

（唐·张谓）

世人结交须黄金，黄金不多交不深。纵令然诺暂相许，终是悠悠行路心。

## 3368 题春江渔父图

（元·杨维桢）

一片青天白鹭前，桃花水泛住家船。呼儿去换城中酒，新得槎头缩项鳊①。

## 3369 题春兰图 （清·郑燮）

官罢囊空两袖寒，聊凭卖画佐朝餐。最惭吴隐奁②钱薄，赠尔春风几笔兰。

## 3370 题春竹诗 （清·郑燮）

谁家新笋破新泥，昨夜春风到竹西。借问竹西何限竹，万竿转眼上云梯。

## 3371 题都城南庄 （唐·崔护）

去年今日此门中，人面桃花相映红。人面不知何处去，桃花依旧笑春风。

## 3372 题画初夏竹诗

（清·郑燮）

疏疏密密复亭亭，小院幽篁一片青。最是晚风藤榻上，满身凉露一天星。

## 3373 题画诗 （清·郑燮）

牡丹花侧一枝梅，富贵寒酸共一堆。休道牡丹天国色，须知梅占百花魁。

## 3374 题画图意法诗三首

（清·郑燮）

其一

古今作画本来难，势要匆忙气要闲。着意临摹全不是，会心只在有无间。

其二

日日临池把墨研，何曾粉黛去争妍。要知画法通书法，兰竹如同草隶然。

其三

山谷写字如画竹，东坡画竹如写字。不比寻常翰墨间，萧疏各有凌云意。

## 3375 题画竹六首 （清·郑燮）

其一

四十年来画竹枝，日间挥写夜间思。冗繁削尽留清瘦，画到

---

① 槎（chá）头缩项鳊（biān）：此处借指上等鲜美之鱼。

② 奁（lián）：古代妇女梳妆用的镜匣。

生时是熟时。

其二

画竹插天盖地来，翻云覆雨笔头栽。我今不肯从人法，写出龙须凤尾排。

其三

我有胸中十万竿，一时飞作淋漓墨。为风为龙上九天，染遍云霞看新绿。

其四

画根竹枝扦块石，石比竹枝高一尺。虽然一尺让他高，来年看我掀天力。

其五

且让青山出一头，疏枝瘦干未能道。明年百尺龙孙发，多恐青山逊一筹。

其六

挥毫已写竹三竿，竹下还添几笔兰。总为本源同七穆，欲修旧谱与君看。

## 3376 题君山 (唐·雍陶)

烟波不动影沉沉，碧色全无翠色深。疑是水仙梳洗处，一螺青黛镜中心。

## 3377 题兰草图 (清·郑燮)

一幅青山叠又高，竹枝兰叶两萧萧。山中樵子曾相约，二月春和去结茅。

## 3378 题老竹图诗 (清·郑燮)

老竹苍苍发嫩梢，当年神化走风骚。山头一夜春雷雨，又见龙孙长凤毛。

## 3379 题临安邸 (宋·林升)

山外青山楼外楼，西湖歌舞几时休？暖风熏得游人醉，直把杭州作汴州。

## 3380 题鸬鹚图 (清·郑燮)

鸬鹚拳足立溪边，红蓼①花残九月天。欲把霜翎斗霜色，直随孤鹤去摩天。

## 3381 题猫戏蝶图 (清·郑燮)

宠得闺中妇女怜，牙床绣被任他眠。偶来花下寻蝴蝶，吉兆先期九十年。

## 3382 题葡萄图 (明·徐渭)

半生落魄已成翁，独立书斋啸晚风。笔底明珠无处卖，闲抛闲掷野藤中。

---

① 红蓼 (liǎo)：蓼的一种，多生水边，一年生草本植物。

**3383 题情尽桥**（唐·雍陶）

从来只有情难尽，何事名为情尽桥。自此改名为折柳，任他离恨一条条。

**3384 题秋竹诗二首**

（清·郑燮）

其一

竹是秋风应更多，打窗敲户影婆娑。老夫不肯删除去，留与三更警睡魔。

其二

我亦有亭深林里，酒杯茶具与诗囊。秋来少睡吟情动，好听萧萧夜雨长。

**3385 题沈君琴**（宋·苏轼）

若言琴上有琴声，放在匣中何不鸣？若言声在指头上，何不于君指上听？

**3386 题升仙桥作**（宋·李石）

茂陵读赋喜虚无，不是题桥便丈夫。漫说归乡夸骊马，了曾涤器对当垆。

**3387 题文与可画竹**

（元·柯九思）

湖州放笔夺造化，此事世人那

得知。跫然①何处见生气？仿佛空庭月落时。

**3388 题卧竹图诗**（清·郑燮）

一枝卧竹一枝昂，石笋萧然与竹长。好似倪迂清闷阁②，阶前点缀不寻常。

**3389 题乌江亭**（唐·杜牧）

胜败兵家事不期，包羞忍耻是男儿。江东子弟多才俊，卷土重来未可知。

**3390 题西林壁**（宋·苏轼）

横看成岭侧成峰，远近高低各不同。不识庐山真面目，只缘身在此山中。

**3391 题夜竹图诗二首**

（清·郑燮）

其一

竹是新栽不旧栽，竹含苍翠石含苔。一窗风雨三更月，相伴幽人坐小斋。

---

① 跫（qióng）然：形容脚步声，也形容欢喜的样子，还表示空无所有或稀少的样子。

② 清闷（bì）阁：元代著名画家倪瓒收藏图书文玩和吟诗作画之所，在今江苏无锡，现于祇（qí）陀寺中。

## 其二

春风春雨正及时，亭亭翠竹满阶墀。主人茶余巡廊走，喜见新篁发几枝。

## 3392 题园竹图（清·郑燮）

新栽瘦竹小园中，石上凄凄三两丛。竹又不高峰又矮，大都谦逊是家风。

## 3393 题郑所南兰（元·倪瓒）

秋风兰蕙化为茅，南国凄凉气已消。只有所南心不改，泪泉和墨写离骚。

## 3394 题稚川山水

（唐·戴叔伦）

松下茅亭五月凉，汀沙云树晚苍苍。行人无限秋风思，隔水青山似故乡。

## 3395 题竹诗十四首

（清·郑燮）

### 其一

一阵狂风倒卷来，竹枝翻回向天开。扫云扫雾真吾事，岂屑区区扫地埃。

### 其二

秋风昨夜渡潇湘，触石穿林惯作狂。惟有竹枝浑不怕，挺然相斗一千场。

### 其三

新竹高于旧竹枝，全凭老干为扶持。明年再有新生者，十丈龙孙绕凤池。

### 其四

心虚节直耐清寒，阅尽炎凉始觉难。唯有此君医得俗，不分贫富一般看。

### 其五

心秉虚兮节挺直，啸傲空山人弗识。任他雨露又风霜，四时不改青青色。

### 其六

年年种竹广陵城，爱尔清光没变更。最是读书窗外纸，为争夜半起秋声。

### 其七

轩前只要两竿竹，绝妙风声夹雨声。或怕搅人眠不着，不知枕上已诗成。

### 其八

两枝修竹出重霄，几叶新篁倒挂梢。本是同根复同气，有何卑下有何高！

### 其九

两枝高干无多叶，几许柔篁大有柯。若论经霜抵风雪，是谁挺立风婆娑。

其十

一枝瘦竹何曾少？十亩竹篁未见多。勘破世间多寡数，水边沙石见恒河。

其十一

一枝高竹独当风，小竹依因笼盖中。画出人间真具庆，诸孙罗抱阿家翁。

其十二

四时花草最无穷，时到芬芳过便空。唯有山中兰与竹，经春历夏又秋冬。

其十三

画竹诸家问老夫，近来泼墨怕模糊。一干疏枝兼淡墨，挺然断不要人扶。

其十四

君是兰花我竹仗，山中相对免相思。世人只作红尘梦，哪晓清风皓露时。

3396 题竹石图（元·胡奎）

蓬莱石上珊瑚树，精卫衔将出海涛。昨夜秋风动凉影，叶叶南唐金错刀。

3397 题竹图诗三首

（清·郑燮）

其一

石缝山腰是我家，棋枰茶灶足烟霞。有人编缚为笤帚，也与神仙扫落花。

其二

江上人家翠竹光，竹屏竹几竹方床。生之气味原谱竹，竹屋还需胜画梁。

其三

从今不复画芳兰，但写萧萧竹韵寒。短节零枝千万个，凭君拣取钓鱼竿。

3398 题竹枝图（清·郑燮）

新篁写得四三茎，浓淡相兼自有情。记否读书窗纸破，萧萧夜半起秋声。

3399 天平山中（明·杨基）

细雨茸茸湿楝花，南风树树熟枇杷。徐行不记山深浅，一路莺啼送到家。

3400 天竺寺八月十五日夜桂子（唐·皮日休）

玉颗珊珊下月轮，殿前拾得露华新。至今不会天中事，应是嫦娥掷与人。

3401 田家（宋·欧阳修）

绿桑高下映平川，赛罢田神笑

语喧。林外鸣鸠春雨歇，屋头初日杏花繁。

**3402 田家绝句**（清·纪迈宜）
溅溅流水板桥通，林外斜阳作意红。最是田家好风景，柴门开向乱蝉中。

**3403 甜羹**（宋·陆游）
山厨薪桂软炊粳，旋洗香蔬手自烹。从此八珍俱避舍，天苏陀味属甜羹。

**3404 同儿辈赋未开海棠**（元·元好问）
枝间新绿一重重，小蕾深藏数点红。爱惜芳心莫轻吐，且教桃李闹春风。

**3405 晚春二首**（唐·韩愈）
其一
草树知春不久归，百般红紫斗芳菲。杨花榆荚无才思，惟解漫天作雪飞。
其二
谁收春色将归去，慢绿妖红半不存。榆荚只能随柳絮，等闲撩乱走空园。

**3406 王复秀才所居双桧二首**（宋·苏轼）
其一
吴王池馆遍重城，奇草幽花不记名。青盖一归无觅处，只留双桧待升平。
其二
凛然相对敢相欺，直干凌空未要奇。根到九泉无曲处，世间惟有蛰龙知。

**3407 王元章倒枝梅画**（明·徐渭）
皓态孤芳压俗姿，不堪复写拂云枝。从来万事嫌高格，莫怪梅花着地垂。

**3408 望洞庭**（唐·刘禹锡）
湖光秋月两相和，潭面无风镜未磨。遥望洞庭山水翠，白银盘里一青螺。

**3409 望庐山瀑布**（唐·李白）
日照香炉生紫烟，遥看瀑布挂前川。飞流直下三千尺，疑是银河落九天。

**3410 望天门山**（唐·李白）
天门中断楚江开，碧水东流至

此回。两岸青山相对出，孤帆一片日边来。

## 3411 望喜驿别嘉陵江水二绝 (唐·李商隐)

其一

嘉陵江水此东流，望喜楼中忆阆州。若到阆中还赴海，阆州①应更有高楼。

其二

千里嘉陵江水色，含烟带月碧于蓝。今朝相送东流后，犹自驱车更向南。

## 3412 为有 (唐·李商隐)

为有云屏无限娇，凤城寒尽怕春宵。无端嫁得金龟婿，辜负香衾事早朝。

## 3413 潍县署中画竹呈年伯包大中丞括 (清·郑燮)

衙斋卧听萧萧竹，疑是民间疾苦声。些小吾曹州县吏，一枝一叶总关情。

## 3414 未展芭蕉 (唐·钱珝②)

冷烛无烟绿蜡干，芳心犹卷怯春寒。一缄书札藏何事，会被东风暗拆看。

## 3415 文君井 (宋·陆游)

落魄西州泥酒杯，酒酣几度上琴台。青鞋自笑无羁束，又向文君井畔来。

## 3416 闻乐天授江州司马 (唐·元稹)

残灯无焰影幢幢，此夕闻君谪九江。垂死病中惊坐起，暗风吹雨入寒窗。

## 3417 闻王昌龄左迁龙标遥有此寄 (唐·李白)

杨花落尽子规啼，闻道龙标过五溪。我寄愁心与明月，随风直到夜郎西。

## 3418 闻鹧鸪 (清·尤侗)

鹧鸪声里夕阳西，陌上征人首尽低。遍地关山行不得，为谁辛苦尽情啼？

## 3419 闻筝歌 (唐·殷尧藩)

凄凄切切断肠声，指滑音柔万

---

① 阆 (làng) 州：唐、宋两朝设置的行政区划，位于今四川省东北部。

② 钱珝 (xǔ)：晚唐诗人。字瑞文，太子宾客钱方义之子，吏部尚书钱徽之孙，善文辞。

种情。花影深沉遮不住，度帏穿幕又残更。

## 3420 乌衣巷 (唐·刘禹锡)
朱雀桥边野草花，乌衣巷口夕阳斜。旧时王谢堂前燕，飞入寻常百姓家。

## 3421 无题 (鲁迅)
血沃中原肥劲草，寒凝大地发春华。英雄多故谋夫病，泪洒崇陵噪暮鸦。

## 3422 无题 (鲁迅)
一支清采妥湘灵，九畹贞风慰独醒。无奈终输萧艾密，却成迁客播芳馨。

## 3423 无题二首 (鲁迅)
其一
故乡黯黯锁玄云，遥夜迢迢隔上春。岁暮何堪再惆怅，且持卮①酒食河豚。
其二
皓齿吴娃唱柳枝，酒阑人静暮春时。无端旧梦驱残醉，独对灯阴忆子规。

## 3424 五松驿 (唐·李商隐)
独下长亭念过秦，五松不见见

舆薪。只应既斩斯高后，寻被樵人用斧斤。

## 3425 五月十九日大雨 (明·刘基)
风驱急雨洒高城，云压轻雷殷地声。雨过不知龙去处，一池草色万蛙鸣。

## 3426 午梦 (宋·陆游)
苦爱幽窗午梦长，此中与世暂相忘。华山处士如容见，不觅仙方觅睡方。

## 3427 武夷山中 (宋·谢枋得)
十年无梦得还家，独立青峰野水涯。天地寂寥山雨歇，几生修得到梅花？

## 3428 西湖寿星院此君轩 (宋·苏轼)
卧听谡谡②碎龙鳞，俯看苍苍立玉身。一舸③鸱夷④江海去，尚余君子六千人。

---

① 卮（zhī）：盛酒的器皿。
② 谡（sù）谡：形容挺劲有力、挺拔。
③ 舸（gě）：本义指土石运输船，也指大船、巨舰。
④ 鸱夷（chī yí）：指革囊或盛酒器，借指春秋吴国大夫伍子胥。

## 3429 西楼 (宋·曾巩)

海浪如云去却回，北风吹起数声雷。朱楼四面钩疏箔，卧看千山急雨来。

## 3430 西隐 (宋·释普济)

泥牛斗入海门关，直到如今万象闲。百鸟不来春自老，柴门依旧向东山。

## 3431 溪上遇雨二首
(唐·崔道融)

其一

回塘雨脚如缲丝①，野禽不起沉鱼飞。耕蓑钓笠取未暇，秋田有望从淋漓。

其二

坐看黑云衔猛雨，喷洒前山此独晴。忽惊云雨在头上，却是山前晚照明。

## 3432 溪阴堂 (宋·苏轼)

白水满时双鹭下，绿槐高处一蝉吟。酒醒门外三竿日，卧看溪南十亩阴。

## 3433 溪月 (宋·陆游)

天风吹发冷飕飕，独向沙边上钓舟。愁绝平羌江上月，向人依旧半轮秋。

## 3434 洗儿 (宋·苏轼)

人皆养子望聪明，我被聪明误一生。惟愿孩儿愚且鲁，无灾无难到公卿。

## 3435 戏书吴江三贤画像三首
(宋·苏轼)

**范蠡**

谁将射御教吴儿，长笑申公为夏姬。却遣姑苏有麋鹿，更怜夫子得西施。

**张翰**

浮世功劳食与眠，季鹰真得水中仙。不须更说知机早，只为莼鲈也自贤。

**陆龟蒙**

千首文章二顷田，囊中未有一钱看。却因养得能言鸭，惊破王孙金弹丸。

## 3436 戏为六绝句 (唐·杜甫)

其一

庾信文章老更成，凌云健笔意纵横。今人嗤点流传赋，不觉前贤畏后生。

---

① 缲 (sāo) 丝: 煮茧抽丝。

其二

王杨卢骆当时体，轻薄为文哂未休。尔曹身与名俱灭，不废江河万古流。

其三

纵使卢王操翰墨，劣于汉魏近风骚。龙文虎脊皆君驭，历块过都见尔曹。

其四

才力应难跨数公，凡今谁是出群雄？或看翡翠兰苕上，未掣①鲸鱼碧海中。

其五

不薄今人爱古人，清词丽句必为邻。窃攀屈宋宜方驾，恐与齐梁作后尘。

其六

未及前贤更勿疑，递相祖述复先谁？别裁伪体亲风雅，转益多师是汝师！

3437 夏日 （宋·寇准）

离心杳杳②思迟迟，深院无人柳自垂。日暮长廊闻燕语，轻寒微雨麦秋时。

3438 夏日登车盖亭

（宋·蔡确）

纸屏石枕竹方床，手倦抛书午梦长。睡起莞然成独笑，数声渔笛在沧浪。

3439 夏日绝句 （宋·杨万里）

不但春妍夏亦佳，随缘花草是生涯。鹿葱解插纤长柄，金凤仍开最小花。

3440 夏日杂诗 （清·陈文述）

水窗低傍画栏开，枕簟③萧疏玉漏催。一夜雨声凉到梦，万荷叶上送秋来。

3441 夏日杂题 （宋·陆游）

眈眈④丑石黑⑤当道，矫矫长松龙上天。满地凌霄花不扫，我来六月听鸣蝉。

3442 夏意 （宋·苏舜钦）

别院深深夏席清，石榴开遍透帘明。树阴满地日当午，梦觉流莺时一声。

---

① 掣（chè）：拽，拉，抽，或指极快地闪过。

② 杳（yǎo）杳：昏暗幽远的样子，引申指渺茫或隐约。

③ 枕簟（diàn）：泛指卧具。

④ 眈（dān）眈：形容眼睛注视。

⑤ 黑（pí）：即棕熊。

## 3443 闲居初夏午睡起二首
（宋·杨万里）

**其一**

梅子留酸软齿牙，芭蕉分绿与窗纱。日长睡起无情思，闲看儿童捉柳花。

**其二**

松阴一架半弓苔，偶欲看书又懒开。戏掬清泉洒蕉叶，儿童误认雨声来。

## 3444 献封大夫破播仙凯歌六首（唐·岑参）

**其一**

汉将承恩西破戎，捷书先奏未央宫。天子预开麟阁待，只今谁数贰师功。

**其二**

官军西出过楼兰，营幕傍临月窟寒。蒲海晓霜凝马尾，葱山夜雪扑旌竿。

**其三**

鸣笳①叠鼓拥回军，破国平蕃昔未闻。丈夫鹊印摇边月，大将龙旗掣②海云。

**其四**

日落辕门鼓角鸣，千群面缚出蕃城。洗兵鱼海云迎阵，秣马龙堆月照营。

**其五**

蕃军遥见汉家营，满谷连山遍哭声。万箭千刀一夜杀，平明流血浸空城。

**其六**

暮雨旌旗③湿未干，胡烟白草日光寒。昨夜将军连晓战，蕃军只见马空鞍。

## 3445 乡村四月（宋·翁卷）

绿遍山原白满川，子规声里雨如烟。乡村四月闲人少，才了蚕桑又插田。

## 3446 乡思（宋·李觏④）

人言落日是天涯，望极天涯不见家。已恨碧山相阻隔，碧山还被暮云遮。

## 3447 襄邑道中（宋·陈与义）

飞花两岸照船红，百里榆堤半日风。卧看满天云不动，不知云与我俱东。

---

① 笳（jiā）：古代少数民族的一种乐器。
② 掣（chè）：拽，拉，抽，或指极快地闪过。
③ 旌（jīng）旗：泛指各种旗帜。
④ 李觏（gòu）：北宋著名思想家。觏，遇见。

3448 小池（宋·杨万里）

泉眼无声惜细流，树阴照水爱晴柔。小荷才露尖尖角，早有蜻蜓立上头。

3449 小儿垂钓（唐·胡令能）

蓬头稚子学垂纶，侧坐莓苔草映身。路人借问遥招手，怕得鱼惊不应人。

3450 小艇（宋·陆游）

放翁小艇轻如叶，只载蓑衣不载家。清晓长歌何处去，武陵溪上看桃花。

3451 小雨极凉舟中熟睡至夕（宋·陆游）

舟中一雨扫飞蝇，半脱纶①巾卧翠藤。清梦初回窗日晚，数声柔橹下巴陵。

3452 小舟游近村舍舟步归（宋·陆游）

斜阳古柳赵家庄，负鼓盲翁正作场。死后是非谁管得，满村听说蔡中郎。

3453 晓出净慈寺送林子方（宋·杨万里）

毕竟西湖六月中，风光不与四时同。接天莲叶无穷碧，映日荷花别样红。

3454 写情（唐·李益）

水纹珍簟②思悠悠，千里佳期一夕休。从此无心爱良夜，任他明月下西楼。

3455 谢张仲谋端午送巧作（宋·黄庭坚）

君家玉女从小见，闻道如今画不成。剪裁③似借天女手，萱草石榴偏眼明。

3456 新凉（宋·徐玑）

水满田畴稻叶齐，日光穿树晓烟低。黄莺也爱新凉好，飞过青山影里啼。

3457 新晴（宋·刘攽④）

青苔满地初晴后，绿树无人昼梦余。唯有南风旧相识，偷开门户又翻书。

---

① 纶（guān）巾：古代配有青丝带的头巾。
② 珍簟（diàn）：精美的竹席。
③ 剪（jiǎn）裁：原指裁制衣服，后常比喻大自然对景物的安排。
④ 刘攽（bān）：1023—1089 年，北宋史学家。攽，分给；发给。

**3458 新晴爱月** (唐·陆畅)

野性平生惟爱月,新晴半夜睹婵娟。起来自擘纱窗破,恰漏清光落枕前。

**3459 羞墓** (元·林景熙)

远望车尘汗雨流,自知覆水已难收。为君富贵妾羞死,富贵如君不自羞。

**3460 绣岭宫词** (唐·李洞)

春日迟迟春草绿,野棠开尽飘香玉。绣岭宫前鹤发翁,犹唱开元太平曲。

**3461 虚堂** (宋·寇准)

虚堂寂寂草虫鸣,欹枕难忘是旧情。斜月半轩疏树影,夜深风露更凄清。

**3462 雪诗八首** (宋·苏轼)

其一

高下横斜薄又浓,破窗疏户苦相攻。莫言造物浑无意,好丑都来失旧容。

其二

万石千钧积累成,未应忽此一毫轻。寒松瘦竹元清劲,昨夜分明闻折声。

其三

石泉冻合竹无风,夜色沉沉万境空。试问静中闲侧耳,隔窗撩乱扑春虫。

其四

半夜欺陵范叔袍,更兼风力助威豪。地炉火暖犹无奈,怪得山林酒价高。

其五

儿童龟手握轻明,渐碾枪旗入鼎烹。拟欲为之修水记,惠山泉冷酿泉清。

其六

天工呈瑞足人心,平地今闻一尺深。此为丰年报消息,满田何止万黄金。

其七

海风吹浪去无边,倏忽凝为万顷田。五月凉尘渴入肺,不知价值几多钱。

其八

闲来披氅①学王恭,姑射群仙邂逅②逢。只为肌肤酷相似,绕庭无处觅行踪。

---

① 氅(chǎng):指鹙(qiū)鸟的羽毛,也指用羽毛做的外衣。

② 邂逅(xiè hòu):不期而遇。

## 3463 寻隐者不遇（宋·魏野）

寻真误入蓬莱岛，香风不动松花老。采芝何处未归来，白云遍地无人扫。

## 3464 言志（明·唐寅）

不炼金丹不坐禅，不为商贾①不耕田。闲来写就青山卖，不使人间造孽钱。

## 3465 盐官绝句四首

（宋·苏轼）

### 北寺悟空禅师塔

已将世界等微尘，空里浮花梦里身。岂为龙颜更分别，只应天眼识天人。

### 南寺千佛阁

古邑居民半海涛，师来构筑便能高。千金用尽身无事，坐看香烟绕白毫。

### 僧爽白鸡

断尾雄鸡本畏烹，年来听法伴修行。还须却置莲花漏，老怯风霜恐不鸣。

### 塔前古桧

当年双桧是双童，相对无言老更恭。庭雪到腰埋不死，如今化作两苍龙。

## 3466 宴词（唐·王之涣）

长堤春水绿悠悠，畎入漳河一道流。莫听声声催去棹②，桃溪浅处不胜舟。

## 3467 雁（宋·刘过）

朝随汉使到天涯，暮与江鸥宿浦沙。岁晚客途营一饱，稻粱多处即为家。

## 3468 雁（宋·潘玙）

岁岁来宾似有期，此心非恋稻粱肥。不怜不带中原信，空对西风作字飞。

## 3469 雁（宋·朱乘）

八月新霜岸草枯，数声哀怨雁来初。凭君试向沙汀看，恐带匈奴二帝书。

## 3470 杨柳（唐·汪遵）

亚夫营畔柳蒙蒙，隋主堤边四路通。攀折赠君还有意，翠眉轻嫩怕春风。

---

① 商贾（gǔ）：商人。
② 棹（zhào）：本指船用的撑竿，引申为长的船桨，亦借指船。

## 3471 杨柳枝词（唐·白居易）

一树春风千万枝，嫩于金色软于丝。永丰西角荒园里，尽日无人属阿谁?

## 3472 瑶池（唐·李商隐）

瑶池阿母绮窗开，黄竹歌声动地哀。八骏日行三万里，穆王何事不重来?

## 3473 瑶瑟怨（唐·温庭筠）

冰簟①银床梦不成，碧天如水夜云轻。雁声远过潇湘去，十二楼中月自明。

## 3474 野步（清·赵翼）

峭寒催换木棉裘，倚杖郊原作近游。最是秋风管闲事，红他枫叶白人头。

## 3475 野人饷菊有感

（明·张煌言）

战罢秋风笑物华，野人偏自献黄花。已看铁骨经霜老，莫遣金心带雨斜。

## 3476 野望（宋·翁卷）

一天秋色冷晴湾，无数峰峦远近间。闲上山来看野水，忽于水底见青山。

## 3477 夜泛西湖五绝

（宋·苏轼）

其一

新月生魄迹未安，才破五六渐盘桓。今夜吐艳如半璧，游人得向三更看。

其二

三更向阑月渐垂，欲落未落景特奇。明朝人事谁料得，看到苍龙西没时。

其三

苍龙已没牛斗横，东方芒角升长庚。渔人收筒及未晓，船过唯有菰蒲声。

其四

菰蒲无边水茫茫，荷花夜开风露香。渐见灯明出远寺，更待月黑看湖光。

其五

湖光非鬼亦非仙，风恬浪静光满川。须臾两两入寺去，就视不见空茫然。

## 3478 夜上受降城闻笛

（唐·李益）

回乐峰前沙似雪，受降城外月

————
① 簟（diàn）：竹席。

如霜。不知何处吹芦管，一夜
征人尽望乡。

## 3479 夜雨寄北（唐·李商隐）
君问归期未有期，巴山夜雨涨
秋池。何当共剪西窗烛，却话
巴山夜雨时。

## 3480 夜坐（宋·张耒）
庭户无人秋月明，夜霜欲落气
先清。梧桐真不甘衰谢，数叶
迎风尚有声。

## 3481 谒山（唐·李商隐）
从来系日乏长绳，水去云回恨
不胜。欲就麻姑买沧海，一杯
春露冷如冰。

## 3482 一壶歌（宋·陆游）
长安市上醉春风，乱插繁花满
帽红。看尽人间兴废事，不曾
富贵不曾穷。

## 3483 一片（唐·李商隐）
一片琼英价动天，连城十二昔
虚传。良工巧费真为累，楮①叶
成来不直钱。

## 3484 一字诗（清·陈沆②）
一帆一桨一渔舟，一个渔翁一
钓钩。一俯一仰一场笑，一江
明月一江秋。

## 3485 伊州歌（唐·王维）
清风明月苦相思，荡子从戎十
载余。征人去日殷勤嘱，归雁
来时数附书。

## 3486 移合浦郭功甫见寄
（宋·苏轼）
君恩浩荡似阳春，合浦何如在
海滨。莫趁明珠弄明月，夜深
无数采珠人。

## 3487 已凉（唐·韩偓③）
碧阑干外绣帘垂，猩血屏风画
折枝。八尺龙须方锦褥，已凉
天气未寒时。

---

① 楮（chǔ）：落叶乔木，叶似桑，树皮
是制造桑皮纸和宣纸的原料。
② 陈沆（hàng）：原名学濂，字太初，
号秋舫。清代著名诗人和文学家，古
赋七大家之一，被魏源称为"一代文
宗"。
③ 韩偓（wò）：字致光，号致尧，小字
冬郎，自号玉山樵人，京兆万年（今
陕西西安）人，晚唐大臣、诗人，
"南安四贤"之一，著有《玉山樵人
集》。聪敏好学，十岁能诗，得到姨
父李商隐赞誉。

**3488 易水怀古** (唐·马戴)

荆卿西去不复返，易水东流无尽期。落日萧条蓟城北，黄沙白草任风吹。

**3489 吟蟹诗** (清·郑燮)

八爪横行四野惊，双螯①舞动威风凌。孰知腹内空无物，蘸②取姜醋伴酒吟。

**3490 饮湖上初晴后雨二首**
(宋·苏轼)

其一

朝曦迎客艳重冈，晚雨留人入醉乡。此意自佳君不会，一杯当属水仙王。

其二

水光潋滟晴方好，山色空蒙雨亦奇。若把西湖比西子，淡妆浓抹总相宜。

**3491 莺梭** (宋·刘克庄)

掷柳迁乔太有情，交交时作弄机声。洛阳三月花如锦，多少工夫织得成。

**3492 鹦鹉** (唐·来鹄)

色白还应及雪衣，嘴红毛绿语仍奇。年年锁在金笼里，何似

陇山闲处飞。

**3493 营州歌** (唐·高适)

营州少年厌原野，狐裘蒙茸猎城下。虏酒千钟不醉人，胡儿十岁能骑马。

**3494 永王东巡歌十一首**
(唐·李白)

其一

永王正月东出师，天子遥分龙虎旗。楼船一举风波静，江汉翻为雁骛③池。

其二

三川北虏乱如麻，四海南奔似永嘉。但用东山谢安石，为君谈笑静胡沙。

其三

雷鼓嘈嘈喧武昌，云旗猎猎过寻阳。秋毫不犯三吴悦，春日遥看五色光。

其四

龙蟠虎踞帝王州，帝子金陵访古丘。春风试暖昭阳殿，明月

---

① 螯 (áo)：螃蟹等节肢动物的变形的第一对脚，形状像钳子，能开合，用来取食或自卫。
② 蘸 (zhàn)：在液体、粉末或糊状的东西里沾一下就拿出来。
③ 雁骛 (wù)：鹅和鸭。

还过鳷鹊楼[①]。

其五

二帝巡游俱未回，五陵松柏使人哀。诸侯不救河南地，更喜贤王远道来。

其六

丹阳北固是吴关，画出楼台云水间。千岩烽火连沧海，两岸旌旗绕碧山。

其七

王出三山按五湖，楼船跨海次扬都。战舰森森罗虎士，征帆一一引龙驹。

其八

长风挂席势难回，海动山倾古月摧。君看帝子浮江日，何似龙骧出峡来。

其九

祖龙浮海不成桥，汉武寻阳空射蛟。我王楼舰轻秦汉，却似文皇欲渡辽。

其十

帝宠贤王入楚关，扫清江汉始应还。初从云梦开朱邸，更取金陵作小山。

其十一

试借君王玉马鞭，指挥戎虏坐琼筵。南风一扫胡尘静，西入长安到日边。

## 3495 咏北海（唐·汪遵）

汉臣曾此作缧囚，茹血衣毛十九秋。鹤发半垂龙节在，不闻青史说封侯。

## 3496 咏长城（唐·汪遵）

秦筑长城比铁牢，蕃戎[②]不敢过临洮[③]。虽然万里连云际，争及尧阶三尺高。

## 3497 咏春笋（唐·杜甫）

无数春笋满林生，柴门密掩断行人。会须上番看成竹，客至从嗔不出迎。

## 3498 咏东海（唐·汪遵）

漾舟雪浪映花颜，徐福携将竟不还。同作危时避秦客，此行何似武陵滩。

## 3499 咏方广诗（唐·李白）

圣寺闲栖睡眼醒，此时何处最

---

① 鳷（zhī）鹊楼：鳷鹊是传说中的异鸟名，也指喜鹊。汉代长安有道观名鳷鹊，南朝亦有鳷鹊楼位于南京。此处指长安鳷鹊楼。

② 蕃戎（fān róng）：我国古代对西北边境各族的统称。蕃，通“番”。

③ 临洮（táo）：地名，在秦州（今甘肃省天水市秦州区）西。其地民风勇劲。

幽清？满窗明月天风静，玉磬
时闻一两声。

## 3500 咏荔枝 （明·丘濬）
世间珍果更无加，玉雪肌肤罩
绛纱。一种天然好滋味，可怜
生处是天涯。

## 3501 咏柳 （唐·贺知章）
碧玉妆成一树高，万条垂下绿
丝绦。不知细叶谁裁出，二月
春风似剪刀。

## 3502 咏牡丹 （宋·陈与义）
一自胡尘入汉关，十年伊洛路
漫漫。青墩溪畔龙钟客，独立
东风看牡丹。

## 3503 咏南阳 （唐·汪遵）
陆困泥蟠未适从，岂妨耕稼隐
高踪。若非先主垂三顾，谁识
茅庐一卧龙。

## 3504 咏史 （宋·宋庠）
袁褚才名自古稀，可嗟高节晚
相违。迟行便足为丞相，枉受
黄罗乳母衣。

## 3505 咏铜雀台 （唐·汪遵）
铜雀台成玉座空，短歌长袖尽
悲风。不知仙驾归何处，徒遣
颦①眉望汉宫。

## 3506 咏雪 （清·郑燮）
一片两片三四片，五六七八九
十片。千片万片无数片，飞入
芦花都不见。

## 3507 咏昭君 （唐·汪遵）
汉家天子镇寰瀛②，塞北羌胡③
未罢兵。猛将谋臣徒自贵，蛾
眉一笑塞尘清。

## 3508 游园不值 （宋·叶绍翁）
应怜屐④齿印苍苔，小扣柴扉久
不开。春色满园关不住，一枝
红杏出墙来。

---

① 颦（pín）：皱眉。
② 寰瀛（huán yíng）：指疆域、天下或
全世界，也指尘世。
③ 羌（qiāng）胡：指我国古代的羌族
和匈奴族，亦用以泛称我国古代西北
部的少数民族。
④ 屐（jī）：木头做的简易鞋，也泛
指鞋。

235

**3509 游诸佛舍一日饮酽①茶
七盏戏书勤师壁** (宋·苏轼)
示病维摩元不病，在家灵运已
忘家。何须魏帝一丸药，且尽
卢仝七碗茶。

**3510 有感** (唐·李商隐)
非关宋玉有微辞，却是襄王梦
觉迟。一自高唐赋成后，楚天
云雨尽堪疑。

**3511 于郡城送明卿之江西**
(明·李攀龙)
青枫飒飒雨凄凄，秋色遥看入
楚迷。谁向孤舟怜逐客，白云
相送大江西。

**3512 渔父** (清·纳兰性德)
收却纶竿②落照红，秋风宁为剪
芙蓉。人淡淡，水蒙蒙，吹入
芦花短笛中。

**3513 渔父** (唐·汪遵)
棹③月眠流处处通，绿蓑莘带混
元风。灵均说尽孤高事，全与
逍遥意不同。

**3514 与浩初上人同看山寄
京华亲故** (唐·柳宗元)
海畔尖山似剑铓④，秋来处处割

愁肠。若为化得身千亿，散上
峰头望故乡。

**3515 与史郎中钦听黄鹤楼
上吹笛** (唐·李白)
一为迁客去长沙，西望长安不
见家。黄鹤楼中吹玉笛，江城
五月落梅花。

**3516 与小女** (唐·韦庄)
见人初解语呕哑，不肯归眠恋
小车。一夜娇啼缘底事，为嫌
衣少缕金华。

**3517 雨后池上** (宋·刘攽⑤)
一雨池塘水面平，淡磨明镜照
檐楹。东风忽起垂杨舞，更作
荷心万点声。

**3518 雨晴** (唐·王驾)
雨前初见花间蕊，雨后全无叶
底花。蜂蝶纷纷过墙去，却疑
春色在邻家。

---

① 酽（yàn）：（汁液）浓，味厚。
② 纶（lún）竿：钓竿。
③ 棹（zhào）：本指船用的撑竿，引申
　为长的船桨，亦借指船。
④ 剑铓（máng）：亦作"剑芒"，即
　剑锋。
⑤ 刘攽（bān）：1023—1089 年，北宋
　史学家。攽，分给；发给。

236

## 3519 雨晴至江渡

（唐·柳宗元）

江雨初晴思远步，日西独向愚溪渡。渡头水落村径成，撩乱浮槎在高树。

## 3520 雨中登岳阳楼望君山二首（宋·黄庭坚）

其一

投荒万死鬓毛斑，生出瞿塘滟滪关①。未到江南先一笑，岳阳楼上对君山。

其二

满川风雨独凭栏，绾结湘娥十二鬟②。可惜不当湖水面，银山堆里看青山。

## 3521 元日（宋·王安石）

爆竹声中一岁除，春风送暖入屠苏。千门万户曈曈日，总把新桃换旧符。

## 3522 元夕无月五首

（清·丘逢甲）

其一

满城灯市荡春烟，宝月沉沉隔海天。看到六鳌仙有泪，神山沦没已三年。

其二

三年此夕月无光，明月多应在故乡。欲向海天寻月去，五更飞梦渡鲲洋。

其三

鲲云梦断夜潮寒，佳节偏怜见月难。十二楼台春寂寂，满身花露倚栏干。

其四

倚阑痴待月华来，万斛春愁酒一杯。恨煞蛮云遮隔住，东风无力为吹开。

其五

蛮云黯黯海天昏，冷对春灯忆梦痕。今月纵明输古月，更无人说夺昆崙③。

## 3523 元宵饮陶总戎家二首

（明·赵时春）

其一

将坛醇酒冰浆细，元夜邀宾灯火新。直待清宵寒吐月，休教白发老侵人。

---

① 滟滪（yàn yù）关：长江瞿塘峡口的险滩，在重庆市奉节县东。

② 鬟（huán）：古时妇女发式，将头发环曲束于顶。

③ 昆崙（lún）：即昆仑。山名。

其二

香翻桂影烛光薄，红沁榆阶宝
靥①匀。群品欣欣增气色，太平
依旧独闲身。

3524 院中独坐（元·虞集）

何处它年寄此生，山中江上总
关情。无端绕屋长松树，尽把
风声作雨声。

3525 约客（宋·赵师秀）

黄梅时节家家雨，青草池塘处
处蛙。有约不来过夜半，闲敲
棋子落灯花。

3526 月夜（唐·刘方平）

更深月色半人家，北斗阑干南
斗斜。今夜偏知春气暖，虫声
新透绿窗纱。

3527 月夜重寄宋华阳姊妹
（唐·李商隐）

偷桃窃药事难兼，十二城中锁
彩蟾。应共三英同夜赏，玉楼
仍是水精帘。

3528 云（唐·来鹄）

千形万象竟还空，映水藏山片
复重。无限旱苗枯欲尽，悠悠
闲处作奇峰。

3529 云（唐·郑准）

片片飞来静又闲，楼头江上复
山前。飘零尽日不归去，点破
清光万里天。

3530 云居山咏二首
（明·常慧）

其一

半肩风雨半肩柴，竹杖芒鞋破
碧崖。刚出岭头三五步，浑身
都被乱云埋。

其二

经行仿佛近诸天，月上山衔半
缺圆。听得上方相对话，星辰
莫阂②五峰巅。

3531 早春（宋·白玉蟾）

南枝才放两三花，雪里吟香弄
粉些。淡淡着烟浓着月，深深
笼水浅笼沙。

3532 早春呈水部张十八员
外二首（唐·韩愈）

其一

天街小雨润如酥，草色遥看近
却无。最是一年春好处，绝胜

---

① 宝靥（yè）：即花钿（diàn），指古代
　妇女的首饰。
② 阂（hé）：阻隔不通。

烟柳满皇都。
其二
莫道官忙身老大，即无年少逐春心。凭君先到江头看，柳色如今深未深。

## 3533 早发白帝城（唐·李白）
朝辞白帝彩云间，千里江陵一日还。两岸猿声啼不住，轻舟已过万重山。

## 3534 早梅（唐·张谓）
一树寒梅白玉条，迥临村路傍溪桥。不知近水花先发，疑是经冬雪未销。

## 3535 早行（宋·陈与义）
露侵驼褐晓寒轻，星斗阑干分外明。寂寞小桥和梦过，稻田深处草虫鸣。

## 3536 赠白道者（唐·李商隐）
十二楼前再拜辞，灵风正满碧桃枝。壶中若是有天地，又向壶中伤别离。

## 3537 赠东林总长老
（宋·苏轼）
溪声便是广长舌，山色岂非清净身。夜来八万四千偈①，他日如何举似人。

## 3538 赠画师（鲁迅）
风生白下千林暗，雾塞苍天百卉殚。愿乞画家新意匠，只研朱墨作春山。

## 3539 赠刘景文（宋·苏轼）
荷尽已无擎②雨盖，菊残犹有傲霜枝。一年好景君须记，最是橙黄橘绿时。

## 3540 赠内人（唐·张祜）
禁门宫树月痕过，媚眼惟看宿鹭窠③。斜拔玉钗灯影畔，剔开红焰救飞蛾。

## 3541 赠蓬子（鲁迅）
蓦地飞仙降碧空，云车双辆掣灵童。可怜蓬子非天子，逃去逃来吸北风。

## 3542 赠去婢（唐·崔郊）
公子王孙逐后尘，绿珠垂泪滴

---

① 偈（jì）：佛经中的唱词。
② 擎（qíng）：满怀敬意地向上托举，也指执持。
③ 窠（kē）：鸟兽昆虫的窝。

罗巾。侯门一入深似海，从此萧郎是路人。

**3543 赠日本歌人** （鲁迅）
春江好景依然在，远国征人此际行。莫向遥天望歌舞，西游演了是封神。

**3544 赠少年** （唐·温庭筠）
江海相逢客恨多，秋风叶下洞庭波。酒酣夜别淮阴市，月照高楼一曲歌。

**3545 赠汪伦** （唐·李白）
李白乘舟将欲行，忽闻岸上踏歌声。桃花潭水深千尺，不及汪伦送我情。

**3546 赠王寂** （宋·苏轼）
与君暂别不须嗟，俯仰归来鬓未华。记取江南烟雨里，青山断处是君家。

**3547 赠赵簿景平二首**
（宋·张耒）
其一
明道新坟草已春，遗风犹得见门人。定知鲁国衣冠异，尽戴林宗折角巾。

其二
纷纷俗物久堪憎，爱子萧萧眉宇清。莫叹青衫掩事业，白头卿相死无名。

**3548 赵将军歌** （唐·岑参）
九月天山风似刀，城南猎马缩寒毛。将军纵博场场胜，赌得单于貂鼠①袍。

**3549 正月十五夜闻京有灯恨不得观** （唐·李商隐）
月色灯光满帝都，香车宝辇②隘③通衢④。身闲不睹中兴盛，羞逐乡人赛紫姑。

**3550 征人怨** （唐·柳中庸）
岁岁金河复玉关，朝朝马策与刀环。三春白雪归青冢⑤，万里黄河绕黑山。

---

① 貂（diāo）鼠：即貂，古以貂为鼠类动物，故称。
② 辇（niǎn）：古代用人拉的车，后来多指皇帝、皇后坐的车。
③ 隘（ài）：指狭窄或险要的地方。
④ 通衢（qú）：四通八达的道路。
⑤ 青冢（zhǒng）：冢指高大的陵墓，青冢本专指昭君墓，亦泛指坟墓或边疆地区。

## 3551 中秋登楼望月
（宋·米芾）

目穷淮海满如银，万道虹光育蚌珍。天上若无修月户，桂枝撑损向西轮。

## 3552 中秋闻笛（宋·朱淑真）

谁家横笛弄轻清，唤起离人枕上情。自是断肠听不得，非干吹出断肠声。

## 3553 中秋月（宋·晏殊）

十轮霜影转庭梧，此夕羁人独向隅。未必素娥无怅恨，玉蟾清冷桂花孤。

## 3554 舟过安仁（宋·杨万里）

一叶渔船两小童，收篙停棹①坐船中。怪生无雨都张伞，不是遮头是使风。

## 3555 州桥（宋·范成大）

州桥南北是天街，父老年年等驾回。忍泪失声询使者，几时真有六军来？

## 3556 竹（宋·吴潜）

编芽为屋竹为椽，屋上青山屋下泉。半掩柴门人不见，老牛将犊伴篱眠。

## 3557 竹枝词（唐·白居易）

瞿塘峡口冷烟低，白帝城头月向西。唱到竹枝声咽处，寒猿晴鸟一时啼。

## 3558 竹枝词二首（清·郑燮）

其一

水流曲曲树重重，树里春山一两峰。茅屋深藏人不见，数声鸡犬夕阳中。

其二

几家活计卖青山，石块堆来锦绣斑。薄暮回车人半醉，乱雅声里唱歌还。

## 3559 竹枝词二首
（唐·刘禹锡）

其一

杨柳青青江水平，闻郎江上踏歌声。东边日出西边雨，道是无晴却有晴。

其二

山桃红花满上头，蜀江春水拍山流。花红易衰似郎意，水流无限似侬愁。

---

① 棹（zhào）：本指船用的撑竿，引申为长的船桨，亦借指船。

241

**3560 紫薇花** (唐·白居易)

丝纶阁下文书静，钟鼓楼中刻漏长。独坐黄昏谁是伴，紫薇花对紫微郎。

**3561 自法云归** (宋·陆游)

落日疏林数点鸦，青山阙处是吾家。归来何事添幽致，小灶灯前自煮茶。

**3562 自题小像** (鲁迅)

灵台无计逃神矢，风雨如磐暗故园。寄意寒星荃①不察，我以我血荐轩辕。

---

① 荃（quán）：古书上说的一种香草，此处借指民众。

肆·七律

## 4001 哀逝（宋·黄庭坚）

玉堂岑寂①网蜘蛛，那复晨妆觐②阿姑。绿发朱颜成异物，青天白日闭黄墟。人间近别难期信，地下相逢果有无。万化途中能邂逅，可怜风烛不须臾。

## 4002 哀县学（宋·黄庭坚）

中叔风流映江左，当年桃李自光辉。看成佛屋上云雨，不忍学宫茙③蕨薇④。人物深藏青白眼，官联曾近赭黄⑤衣。蛛丝柱后惠文暗，惟悴今乘别驾归。

## 4003 哀郢（宋·陆游）

荆州十月早梅春，徂岁⑥真同下阪轮⑦。天地何心穷壮士，江湖从古着羁臣。淋漓痛饮长亭暮，慷慨悲歌白发新。欲吊章华无处问，废城霜露湿荆榛⑧。

## 4004 庵中晚思（宋·陆游）

小庵摩腹独彷徉，俗事纷纷有底忙？云影忽生鸦蔽日，雨声不断叶飞霜。经纶正复惭伊傅，杂驳犹能陋汉唐。卷尽残书窗已晚，笑呼童子换炉香。

## 4005 罢姑熟寄元明用觞字韵（宋·黄庭坚）

追随富贵劳牵尾，准拟田园略滥觞⑨。本与江鸥成保社，聊随海燕度炎凉。未栽姑熟桃李径，却入江西鸿雁行。别后常同千里月，书来莫寄九回肠。

## 4006 白鹤观（宋·黄庭坚）

复殿重楼堕杳冥⑩，故基乔木尚峥嵘。银河不改三千尺，铁马曾经十万兵。华表故应终化鹤，谪仙⑪未解独骑鲸。林泉一二儿童旧，白发衰颜只自惊。

---

① 岑（cén）寂：寂静，寂寞，孤独冷清。
② 觐（jìn）：朝见（君主）；朝拜（圣地）。
③ 茙（chōng）：茙蔚，即益母草。
④ 蕨薇（jué wēi）：蕨和薇均为山菜，两词连用泛指野蔬。
⑤ 赭（zhě）黄：土黄色。
⑥ 徂（cú）岁：指岁暮和往年，借指光阴流逝。
⑦ 下阪（bǎn）轮：下坡的车轮，这里用以形容光阴飞逝。
⑧ 荆榛（jīng zhēn）：泛指丛生灌木，多用以形容荒芜情景，也比喻艰难危困难，或喻恶人。
⑨ 滥觞（làn shāng）：江河发源的地方，水少只能浮起酒杯，借指事情的起源。
⑩ 杳冥（yǎo míng）：指高远之处或谓渺茫，也指阴暗貌，神秘莫测。
⑪ 谪（zhé）仙：本指受罚降到人间的神仙。古人用以称誉才学优异的人。后专指李白。

## 4007 汴岸置酒赠黄十七
(宋·黄庭坚)

吾宗端居丛百忧，长歌劝之肯出游。黄流不解浣①明月，碧树为我生凉秋。初平群羊置莫问，叔度千顷醉即休。谁倚柁楼吹玉笛，斗杓②寒挂屋山头。

## 4008 病起次韵和稚川进叔倡酬之什 (宋·黄庭坚)

池塘夜雨听鸣蛙，老境侵寻每忆家。白发生来惊客鬓，黄粱炊熟又春华。百年不负胶投漆，万事相依葛与瓜。胜日主人如有酒，犹堪扶病见莺花。

## 4009 病起书怀 (宋·陆游)

病骨支离纱帽宽，孤臣万里客江干。位卑未敢忘忧国，事定犹须待阖棺③。天地神灵扶庙社，京华父老望和銮。出师一表通今古，夜半挑灯更细看。

## 4010 伯氏到济南寄诗颇言太守居有湖山之胜同韵和 (宋·黄庭坚)

西来黄犬传佳句，知是陆机思陆云。历下楼台追把酒，舅家宾客厌论文。山椒欲雨好云气，湖面逆风生水纹。想得争棋飞鸟上，行人不见只听闻。

## 4011 采药 (宋·陆游)

簧④子编成细箬⑤新，独穿空翠上嶙峋。丹砂岩际朝暾⑥日，狗杞⑦云间夜吠人。络石菖蒲蒙绿发，缠松薜荔⑧长苍鳞。金貂⑨谒⑩帝我未暇，且作人间千岁身。

## 4012 曹村道中 (宋·黄庭坚)

嘶马萧萧苍草黄，金天云物弄微凉。瓜田余蔓有荒陇，梨子压枝铺短墙。明月风烟如梦寐，平生亲旧隔湖湘。行行秋兴已孤绝，不忍更临山夕阳。

---

① 浣 (wò)：污染，弄脏。
② 斗杓 (sháo)：即斗柄，也比喻为人所敬仰者或众人的引导者。
③ 阖 (hé) 棺：即盖棺，指死亡，此处比喻彻底下结论。
④ 簧 (gōng)：斗笠。
⑤ 箬 (ruò)：箬竹，竹子的一种。叶大，可供编制器物或包物用。
⑥ 暾 (tūn)：刚升起的太阳。
⑦ 杞 (qǐ)：原为周朝国名，在今河南杞县，有常用词"杞人忧天"，比喻不必要的忧虑。
⑧ 薜荔 (bì lì)：又称木莲，常绿藤本蔓生植物。果实富胶汁，可制凉粉，有解暑作用。
⑨ 金貂 (diāo)：皇帝左右侍臣的冠饰，借称侍从或贵臣。
⑩ 谒 (yè)：进见，拜见。

## 4013 蹭蹬<sup>①</sup>（宋·陆游）

少慕功名颇自奇，一生蹭蹬鬓
成丝。市楼酒美贫何预，斗柄
春回老不知。黑帜游魂应有数，
白衣效命永无期。鱼梁东畔牛
栏北，举世谁能识此悲？

## 4014 常父答诗有煎点径须烦绿珠之句复次韵戏答
（宋·黄庭坚）

小鬟虽丑巧妆梳，扫地如镜能
检书。欲买娉娉<sup>②</sup>供煮茗，我无
一斛<sup>③</sup>明月珠。知公家亦阙扫
除，但有文君对相如。正当为
公乞如愿，作笺远寄宫亭湖。

## 4015 陈季张有蜀芙蓉长饮客至开辄<sup>④</sup>剪去作诗戏之
（宋·黄庭坚）

剪花莫学韩中令，投辖惟闻陈
孟公。客兴不孤春竹叶，年华
全属拒霜丛。玄子蹙迫<sup>⑤</sup>三秋
尽，青女摧残一夜空。著意留
连好风景，非君谁作主人翁。

## 4016 陈氏园咏竹
（宋·黄庭坚）

不问主人来看竹，小溪风物似
家林。春供馈妇几番笋，夏与

行人百亩阴。直气虽冲云汉上，
高材终恐斧斤寻。截竿可举北
溟钓，欲赠溪翁谁姓任。

## 4017 陈州与文郎逸民饮别携手河堤上作此诗
（宋·苏轼）

白酒无声滑泻油，醉行堤上散
吾愁。春风料峭羊角转，河水
渺绵瓜蔓流。君已思归梦巴峡，
我能未到说黄州。此身聚散何
穷已，未忍悲歌学楚囚。

## 4018 呈马粹老范德孺
（宋·黄庭坚）

颍上相逢杏始青，尔来瓜垄有
新耕。四时为岁已中半，万物
得秋将老成。日永清风摇麈
尾<sup>⑥</sup>，夜阑飞电落棋杆。两厅未
觉过从数，政以顽疏累友生。

---

① 蹭蹬（cèng dèng）：遭受挫折。
② 娉（pīng）婷：形容女子姿态美好的
  样子。
③ 斛（hú）：旧量器，方形，口小，底
  大，容量本为十斗，后来改为五斗。
④ 辄（zhé）：文言副词，就，总是。
⑤ 蹙（cù）迫：指逼迫、损伤、窘迫。
⑥ 麈（zhǔ）尾：古人闲谈时执以驱虫、
  掸尘的一种工具。

246

## 4019 呈王明复陈季张

（宋·黄庭坚）

倦客西来厌马鞍，为予休辔小长安。陈遵投辖情何厚，王粲登楼兴未阑。雪压群山晴后白，月临千里夜深寒。少留待我同归去，洛下林中斫①钓竿。

## 4020 池口风雨留三日

（宋·黄庭坚）

孤城三日风吹雨，小市人家只菜蔬。水远山长双属玉，身闲心苦一春锄。翁从旁舍来收网，我适临渊不羡鱼。俛仰②之间已陈迹，暮窗归了读残书。

## 4021 冲雪宿新寨忽忽不乐

（宋·黄庭坚）

县北县南何日了，又来新寨解征鞍。山衔斗柄三星没，雪共月明千里寒。小吏有时须束带，故人颇问不休官。江南长尽捎云竹，归及春风斩钓竿。

## 4022 酬乐天扬州初逢席上见赠（唐·刘禹锡）

巴山楚水凄凉地，二十三年弃置身。怀旧空吟闻笛赋，到乡翻似烂柯人。沉舟侧畔千帆过，病树前头万木春。今日听君歌一曲，暂凭杯酒长精神。

## 4023 筹笔驿（唐·罗隐）

抛掷南阳为主忧，北征东讨尽良筹。时来天地皆同力，运去英雄不自由。千里山河轻孺子，两朝冠剑恨谯周。唯余岩下多情水，犹解年年傍驿流。

## 4024 出城送客过故人东平侯赵景珍墓（宋·黄庭坚）

朱颜苦留不肯住，白发正尔欺得人。婵娟去作谁家妾，意气都成一聚尘。今日牛羊上丘垄，当时近前左右嗔③。花开鸟啼荆棘里，谁与平章作好春。

## 4025 出塞（明·王稚登）

幕前旗鼓殿前分，笛里梅花处处闻。秦地护羌诸校尉，汉家出塞五将军。祁连山下烽如月，无定河边阵是云。为问朔方豪杰士，几人年少立功勋？

---

① 斫（zhuó）：用刀斧砍。
② 俛（fǔ）仰：低头抬头或身体的屈伸，也形容时间短暂，或应付周旋。
③ 嗔（chēn）：怒，生气；对他人不满。

247

## 4026 出塞作（唐·王维）

居延城外猎天骄，白草连山野火烧。暮云空碛时驱马，秋日平原好射雕。护羌校尉朝乘障，破虏将军夜渡辽。玉靶角弓珠勒马，汉家将赐霍嫖姚。

## 4027 初冬（宋·陆游）

平生诗句领流光，绝爱初冬万瓦霜。枫叶欲残看愈好，梅花未动意先香。暮年自适何妨退，短景无营亦自长。况有小儿同此趣，一窗相对弄朱黄。

## 4028 初发夷陵（宋·陆游）

雷动江边鼓吹雄，百滩过尽失途穷。山平水远苍茫外，地辟天开指顾中。俊鹘①横飞遥掠岸，大鱼腾出欲凌空。今朝喜处君知否，三丈黄旗舞便风。

## 4029 初晴二首（宋·陆游）

### 其一

暑雨初收体为轻，远山尽出眼偏明。诗凭写兴忘工拙，酒取浇愁任浊清。绿树有阴休倦步，澄溪无滓②濯③尘缨。老人本少凋年感，不奈江城暮角声。

### 其二

袖手东窗初日明，残编未负老书生。不胜多病畏寒雨，正得一霜方快晴。客户饷羹提赤鲤，邻家借碓捣新粳④。柴荆莫怪无车马，恰要无人识姓名。

## 4030 初入试院（宋·张耒）

莫叹匆匆懊被行，赖逢数子美如英。已看明月同为客，应犯初寒复入城。白日有书追睡思，青灯无梦听秋声。直无别甲逍遥地，几日疑公太瘦生。

## 4031 初暑（宋·陆游）

槐阴清润麦风凉，一枕闲眠昼漏长。山鹊喜晴当户语，海桐带露入帘香。酒缘久病常辞酌，茶为前衔偶得尝。云北云南动游兴，速呼小竖治轻装。

## 4032 初望淮山（宋·黄庭坚）

风裘雪帽别家林，紫燕黄鹂已

---

① 俊鹘（hú）：矫健之鹘。鹘，即隼（sǔn），一种猛禽。

② 滓（zǐ）：沉淀的杂质或污浊物。

③ 濯（zhuó）：洗涤、清洗。

④ 粳（jīng）：粳稻，稻的一种。叶窄色浓绿，耐肥耐寒，不易倒伏，米近圆形，黏性强，胀性小。

夏深。三釜古人干禄意，一年慈母望归心。劳生逆旅何休息，病眼看山力不禁。想见夕阳三径里，乱蝉嘶罢柳阴阴。

## 4033 初至叶县 (宋·黄庭坚)
白鹤去寻王子晋，真龙得慕沈诸梁。千年往事如飞鸟，一日倾愁对夕阳。遗老能名唐郡邑，断碑犹是晋文章。浮云不作苞桑计，只有荒山意绪长。

## 4034 春 (唐·贯休)
自来自去动洪炉，无象无私无处无。回雁不多消气力，染花应最费工夫。溟蒙便恨豪家惜，浓暖深为政笔驱。莫讶相逢只添睡，伊余心不在荣枯。

## 4035 春祀分得叶公庙双凫观 (宋·黄庭坚)
春将祠事出门扉，宫殿参差缭翠微。清晓风烟迷部曲，小蹊桃杏挂冠衣。叶公在昔真龙去，王令何时白鹤归。糟魄相传漫青史，独怀千古对容徽。

## 4036 春题湖上 (唐·白居易)
湖上春来似画图，乱峰围绕水平铺。松排山面千重翠，月点波心一颗珠。碧毯线头抽早稻，青罗裙带展新蒲。未能抛得杭州去，一半勾留是此湖。

## 4037 春雪呈张仲谋 (宋·黄庭坚)
暮雪霏霏若撒盐，须知千陇麦纤纤。梦阑半枕听飘瓦，晓起高堂看入帘。剩与月明分夜砌，即成春溜滴晴檐。万金一醉张公子，莫道街头酒价添。

## 4038 春雨 (唐·李商隐)
怅卧新春白袷衣，白门寥落意多违。红楼隔雨相望冷，珠箔飘灯独自归。远路应悲春晼晚，残宵犹得梦依稀。玉珰①缄札②何由达，万里云罗一雁飞。

## 4039 次元明韵寄子由 (宋·黄庭坚)
半世交亲随逝水，几人图画入凌烟。春风春雨花经眼，江北江南水拍天。欲解铜章行问道，定知石友许忘年。脊令各有思归恨，日月相催雪满颠。

---

① 珰 (dāng)：妇女戴在耳垂上的一种装饰品。
② 缄札 (jiān zhá)：书信。

## 4040 次韵伯氏寄赠盖郎中喜学老杜诗 (宋·黄庭坚)

老杜文章擅一家，国风纯正不欹斜。帝阍①悠邈②开关键，虎穴深沉探爪牙。千古是非存史笔，百年忠义寄江花。潜知有意升堂室，独抱遗编校舛差③。

## 4041 次韵伯氏戏赠韩正翁菊花开时家有美酒 (宋·黄庭坚)

鬓发斑然潘骑省，腰围瘦尽沈东阳。茶瓯屡煮龙山白，酒椀④希逢若下黄。乌角巾边簪⑤钿朵⑥，红银杯面冻糖霜。会须著意怜时物，看取年华不久芳。

## 4042 次韵伯氏谢安石塘莲花酒 (宋·黄庭坚)

花蕊芙蕖拍酒醇，浮蛆相乱菊英新。寒光欲涨红螺面，烂醉从歌白鹭巾。行乐衔杯常有意，过门问字久无人。王孙欲遣双壶到，如入醉乡三月春。

## 4043 次韵答李端叔 (宋·黄庭坚)

喜接高谈若饮冰，风骚清兴坐来增。重寻伐木君何厚，欲赋

骊驹我未能。山影北来浮汇泽，松行东望际钟陵。相期烂醉西楼月，缓带凭栏濯⑦郁蒸⑧。

## 4044 次韵答柳通叟问舍求田之诗 (宋·黄庭坚)

少日心期转谬悠⑨，蛾眉见妒且障羞。但令有妇如康子，安用生儿似仲谋。横笛牛羊归晚径，卷帘瓜芋熟西畴。功名可致犹回首，何况功名不可求。

## 4045 次韵答蒲元礼病起 (宋·黄庭坚)

暖律温风何处饶，莫言先上绿杨条。梢头红糁⑩杏花发，瓮面

---

① 帝阍（hūn）：古人想象中掌管天门的人，或指皇帝或天帝的宫门。
② 悠邈（miǎo）：遥远，久远。
③ 舛差（chuǎn chà）：差误，差错。
④ 酒椀（wǎn）：饮酒器具。椀，同"碗"。
⑤ 簪（zān）：簪子，旧时用来别住头发的一种饰物；往头上插戴饰物。
⑥ 钿（diàn）朵：用金银贝玉等做成的花朵状饰物。
⑦ 濯（zhuó）：洗涤、清洗。
⑧ 郁蒸（yù zhēng）：气压低，湿度大，气温高。
⑨ 谬（miù）悠：虚空悠远，引申为荒诞无稽。
⑩ 红糁（shēn）：红色散粒状物。糁，谷类制成的不规则小颗粒。

浮蛆酒齐销。吏事因人如缚虎，君诗入手似闻韶。直须扶病营春事，老味难将少壮调。

## 4046 次韵答任仲微二首

（宋·黄庭坚）

其一

邂逅相逢讲世盟，诸任尊行各才名。交情吾子如棠棣①，酒椀今秋对菊英。高论生风摇尘尾，新诗掷地作金声。文章学问嗟予晚，深信前贤畏后生。

其二

伯氏文章足起家，雁行唯我乏芳华。不堪黄绶腰铜印，只合清江把钓车。缩项鱼肥炊稻饭，扶头酒熟卧芦花。吴儿何敢当伦比，或有离骚似景差。

## 4047 次韵德孺惠贶②秋字之句（宋·黄庭坚）

少日才华接贵游，老来忠义气横秋。未应白发如霜草，不见丹砂似箭头。顾我今成丧家狗，期君早作济川舟。汉家宗庙英灵在，定是寒儒浪自愁。

## 4048 次韵奉酬刘景文河上见寄（宋·黄庭坚）

省中岑寂坐云窗，忽有归鸿拂建章。珍重多情惟石友，琢磨佳句问潜郎。遥怜部曲风沙里，不废平生翰墨场。想见哦诗煮春茗，向人怀抱绝关防。

## 4049 次韵奉答存道主簿

（宋·黄庭坚）

主簿朝衣如败荷，高怀千尺上松萝。旅人争席方归去，秋水黏天不自多。学到会时忘粲③可，诗留别后见羊何。向来四海习凿齿，伶日期君不啻④过。

## 4050 次韵奉答东桥

（明·朱应登）

张衡未老赋归田，斸⑤地烧菑⑥理术阡。世路风波甘息足，贫家衣食愿逢年。窗临茂树清阴直，门对斜川小径偏。爱逐西邻沮溺饮，巾车乘醉稳如船。

---

① 棠棣（dì）：古书上说的一种树木。也作唐棣。

② 贶（kuàng）：赠送；赐予。

③ 粲（càn）：鲜明，美好。

④ 不啻（chì）：不只，不止，不仅仅，不亚于。

⑤ 斸（zhú）：挖。

⑥ 菑（zī）：古代指初耕的田地。

## 4051 次韵奉答吉邻机宜

（宋·黄庭坚）

黠虏①乘秋屡合围，上书公独请偏师。庭中子弟芝兰秀，塞上威名草木知。千里折冲深寄此，三衙虚席看除谁。与公相见清班在，仁祖重来筑旧基。

## 4052 次韵奉答廖袁州怀旧隐之诗（宋·黄庭坚）

诗题怨鹤与惊猿，一幅溪藤照麝烟。闻道省郎方结绶，可容名士乞归田。严安召见天嗟晚，贾谊归来席更前。何况班家有超固，应封定远勒燕然。

## 4053 次韵奉答文少激推官纪赠二首（宋·黄庭坚）

### 其一

诗来清吹拂衣巾，句法词锋觉有神。今日相看青眼旧，他年肯作白头新。文如雾豹容窥管②，气似灵犀可辟尘。惭愧相期在台省，无心枯木岂能春。

### 其二

文章藻鉴随时去，人物权衡逐势低。扬子墨池春草遍，武侯祠庙晓莺啼。书帷寂寞知音少，幕府留连要路迷。顾我何人敢

推挽，看君桃李合成蹊。

## 4054 次韵奉和仲谟夜话唐史（宋·黄庭坚）

贞观规摹诚远大，开元宗社半存亡。才闻冠盖游西蜀，又见干戈暗洛阳。哲妇乘时倾嫡③后，大阍④当国定储皇。伤心不忍前朝事，愿作元龟献未央。

## 4055 次韵盖郎中率郭郎中休官二首（宋·黄庭坚）

### 其一

仕路风波双白发，闲曹笑傲两诗流。故人相见白青眼，新贵即今多黑头。桃叶柳花明晓市，荻芽蒲笋上春洲。定知闻健休官去，酒户家园得自由。

### 其二

世态已更千变尽，心源不受一尘侵。青春白日无公事，紫燕黄鹂俱好音。付与儿孙知伏腊，

---

① 黠虏（xiá lǔ）：狡猾的敌人。
② 窥（kuī）管：从管中观看，比喻见识狭小。
③ 嫡（dí）：宗法制度下指家庭的正支，借指正宗和正统。
④ 阍（hūn）：指门（多指宫门）或看门人。

252

听教鱼鸟逐飞沉。黄公垆①下曾知味，定是逃禅入少林。

## 4056 次韵公秉子由十六夜忆清虚 (宋·黄庭坚)

九陌无尘夜际天，两都风物各依然。车驰马逐灯方闹，地静人闲月自妍。佛馆醉谈怀旧岁，斋宫诗思锁今年。但闻公子微行去，门外骅骝②立绣鞯③。

## 4057 次韵郭右曹
(宋·黄庭坚)

阅世行将老斫轮④，那能不朽见仍云。岁中日月又除尽，圣处工夫无半分。秋水寒沙鱼得计，南山温雾豹成文。古心自有著鞭地，尺璧分阴未当勤。

## 4058 次韵汉公招七兄
(宋·黄庭坚)

白发霏霏雪点斑，朱樱忽忽鸟衔残。公庭休吏进汤饼，语燕无人窥井栏。诗句多传知有暇，道人相见不应难。老郎亲屈延处士，风味依稀如姓桓。

## 4059 次韵和台源诸篇九首之叠屏岩 (宋·黄庭坚)

篁竹参天无人行，来游者多蹊自成。石屏重叠翡翠玉，莲荡宛转芙蓉城。世缘遮尽不到眼，幽事相引颇关情。一炉沉水坐终日，唤梦鹁鸪相应鸣。

## 4060 次韵和台源诸篇九首之灵椿台 (宋·黄庭坚)

固蒂深根且一邱，少时尝恐斧斤求。何人比拟明堂柱，几岁经营江汉洲。终以不才名四海，果然无祸阅千秋。空山万籁月明底，安得闲眠石枕头。

## 4061 次韵和台源诸篇九首之灵寿台 (宋·黄庭坚)

藤树谁知先后生，万年相倚共枯荣。层台定自有天地，鼻祖已来传父兄。虎豹文章藏雾雨，龙蛇头角听雷声。何时暂取苍烟策，献与本朝优老成。

----

① 垆 (lú)：指黑色的土壤，或酒肆里安放酒瓮的土台子，借指酒肆。
② 骅骝 (huá liú)：泛指骏马。
③ 鞯 (jiān)：马鞍下面的垫子。
④ 斫 (zhuó) 轮：本指用刀斧砍削木材制造车轮，借指经验丰富、水平高超，也指经验丰富、水平高超的人。

## 4062 次韵和台源诸篇九首之南屏山 (宋·黄庭坚)

爨积蓝光刻削成，主人题作正南屏。身更万事已头白，相对百年终眼青。烟雨数峰当隐几，林塘一带是中庭。红尘车马无因到，石壁松门本不扃。

## 4063 次韵和台源诸篇九首之七台峰 (宋·黄庭坚)

欲雕佳句累层峦，深愧挥斤斲①鼻端。作者七人俱老大，昂藏却立古衣冠。千年避世朝市改，万籁入松溪洞寒。我有号钟锁蛛网，何时对汝发清弹。

## 4064 次韵和台源诸篇九首之群玉峰 (宋·黄庭坚)

洞天名籍知第几，洞口诸峰苍翠堆。雕虎啸风斤斧去，飞廉吹雨晓烟回。日晴圭角升云气，月冷明珠割蚌胎②。种玉田中饱春笋，仙人忆得早归来。

## 4065 次韵和台源诸篇九首之仙桥洞 (宋·黄庭坚)

横阁晴虹渡石溪，几年钥锁镇瑶扉。洞中日月真长久，世上功名果是非。叱石③元知牧羊在，烂柯应有看棋归。若逢白鹤来华表，识取当年丁令威。

## 4066 次韵和台源诸篇九首之云涛石 (宋·黄庭坚)

造物成形妙画工，地形咫尺④远连空。蛟鼍⑤出没三万顷，云雨纵横十二峰。清坐使人无俗气，闲来当暑起清风。诸山落木萧萧夜，醉梦江湖一叶中。

## 4067 次韵和永叔雨中寄原甫舍人 (宋·梅尧臣)

赖得春巢燕未归，高檐终日雨霏霏。细笼芳草踏青后，欲打梨花寒食时。美景已嗟空过尽，名园犹许误相随。锦鞍切莫九衢去，拍拍一如鹅鸭池。

---

① 斲（zhuó）：砍、削。

② 蚌（bàng）胎：指珍珠。古人以为蚌孕珠如人怀妊，并与月的盈亏有关，故称。后比喻精粹的学识和优秀的作品。

③ 叱（chì）石：相传汉时牧童黄初平牧羊时偶遇道士，随之修道，其兄寻至，初平以仙术将白石化为羊群。后比喻得道成仙，法术高妙。

④ 咫（zhǐ）尺：形容距离很近。

⑤ 蛟鼍（tuó）：指水中凶猛的鳄类动物。

## 4068 次韵黄斌老所画横竹

（宋·黄庭坚）

酒浇胸次不能平，吐出苍竹岁峥嵘。卧龙偃蹇①雷不惊，公与此君俱忘形。晴窗影落石泓处，松煤浅染饱霜兔。中安三石使屈蟠，亦恐形全便飞去。

## 4069 次韵黄斌老晚游池亭二首（宋·黄庭坚）

**其一**

路入东园无俗驾，忽逢佳士喜同游。绿荷菡萏②稍觉晚，黄菊拒霜殊未秋。客位正须悬榻下，主人自爱小塘幽。老夫多病蛮江上，颇忆平生马少游。

**其二**

岑寂东园可散愁，胶胶扰扰梦神游。万竿苦竹旌旗卷，一部鸣蛙鼓吹休。雨后月前天欲冷，身闲心远地常幽。杜门谢客恐生谤，且作人间鹏鷃③游。

## 4070 次韵吉老寄君庸

（宋·黄庭坚）

何郎生事四立壁，心地高明百不忧。白眼醉来思阮籍，碧云吟罢对汤休。诸公著力书交上，尺璧深藏价未酬。空使君如巢幕燕，将雏处处度春秋。

## 4071 次韵几复和答所寄

（宋·黄庭坚）

海南海北梦不到，会合乃非人力能。地褊④未堪长袖舞，夜寒空对短檠灯⑤。相看鬒发时窥镜，曾共诗书更曲肱⑥。作个生涯终未是，故山松长到天藤。

## 4072 次韵寄滑州舅州

（宋·黄庭坚）

舫⑦斋闻有小溪山，便是壶公谪⑧处天。想听琐窗深夜雨，似看叶水上江船。瞻相白马津亭路，寂寞双凫古县前。舅氏知甥最疏懒，折腰尘土解哀怜。

---

① 偃蹇（yǎn jiǎn）：骄横傲慢的样子，或困顿窘迫的样子。

② 菡萏（hàn dàn）：即荷花，睡莲科莲属多年生水生草本植物，古称水芙蓉、芙蕖。

③ 鹏鷃（yàn）：比喻物有大小，志趣悬殊。

④ 地褊（biǎn）：地处偏远。

⑤ 短檠（qíng）灯：古人以短檠灯为书生苦读的象征。

⑥ 曲肱（gōng）：本指弯着胳膊作枕头，后以之比喻清贫而闲适的生活。

⑦ 舫（fǎng）：船，如画舫、游舫、石舫。

⑧ 谪（zhé）：指古代把高级官员降职并调到边远地方做官，或神仙受罚降到人间。

## 4073 次韵寄蓝六在广陵

（宋·黄庭坚）

圣学相期沧海头，当时各倚富春秋。班扬文字初无意，滕薛功名自不优。焦尾朱弦非众听，南山白石使人愁。传声为向扬州问，相忆犹能把酒不。

## 4074 次韵寄上七兄

（宋·黄庭坚）

学得屠龙长缩手，链成五色化苍烟。谁言游刃有余地，自信无功可补天。啼鸟笑歌追暇日，饱牛耕凿望丰年。荷锄端欲相随去，邂逅①青云恐疾颠。

## 4075 次韵景珍酴醾②

（宋·黄庭坚）

莫惜金钱买玉英，担头春老过清明。天香国艳不著意，诗社酒徒空得名。及此一时须痛饮，已拚三日作狂酲。濠州园里都开尽，肠断萧萧雨打声。

## 4076 次韵君庸寓慈云寺待诏惠钱不至 （宋·黄庭坚）

主簿看梅落雪中，闺人应赋首飞蓬。问安儿女音书少，破笑壶觞梦寐同。马祖峰前青未了，郁孤台下水如空。江山信美思归去，听我劳歌亦欲东。

## 4077 次韵李任道晚饮锁江亭

（宋·黄庭坚）

西来雪浪如炰烹③，两涯一苇乃可横。忽思钟陵江十里，白蘋风起縠纹④生。酒杯未觉浮蚁滑，茶鼎已作苍蝇鸣。归时共须落日尽，亦嫌持盖仆屡更。

## 4078 次韵柳通叟寄王文通

（宋·黄庭坚）

故人昔有凌云赋，何意陆沈黄绶间。头白眼花行作吏，儿婚女嫁望还山。心犹未死杯中物，春不能朱镜里颜。寄语诸公肯湔祓⑤，割鸡今得近乡关。

## 4079 次韵陆佥宪元日春晴

（明·王守仁）

城里夕阳城外雪，相将十里异阴晴。也知造物曾何意，底事

---

① 邂逅（xiè hòu）：不期而遇。

② 酴醾（tú mí）：亦作"酴醾""酴釄"。酒名。

③ 炰烹（páo pēng）：即"烹炮"，指烧煮熏炙等烹调手艺。

④ 縠（hú）纹：指绉纱似的细纹，常用以喻水面波纹。

⑤ 湔祓（jiān fú）：涤除。

人心苦未平。柏府楼台衔倒影，茅茨松竹泻寒声。布衾①莫谩愁僵卧，积素还多达曙明。

## 4080 次韵马荆州
（宋·黄庭坚）

六年绝域梦刀头，判得南还万事休。谁谓石渠刘校尉，来依绛帐马荆州。霜髭②雪鬓共看镜，茱糁③菊英同送秋。他日江梅腊前破，还从天际望归舟。

## 4081 次韵裴仲谋同年
（宋·黄庭坚）

交盖春风汝水边，客床相对卧僧毡。舞阳去叶才百里，贱子与公皆少年。白发齐生如有种，青山好去坐无钱。烟沙篁竹江南岸，输与鸬鹚④取次眠。

## 4082 次韵钱穆父赠松扇
（宋·黄庭坚）

银钩玉唾⑤明茧纸，松箑⑥轻凉并送似。可怜远度帻⑦沟娄，适堪今时褦襶子⑧。丈人玉立气高寒，三韩持节见神山。合得安期不死药，使我蝉蜕尘埃间。

## 4083 次韵清虚 （宋·黄庭坚）
地远城东得得来，正如湖畔昔

衔杯。眼中故旧青常在，鬓上光阴绿不回。归去汴桥三鼓月，相思梁苑一枝梅。我闲时欲从君醉，为备芳醪⑨更满罍⑩。

## 4084 次韵清虚同访李园
（宋·黄庭坚）

年来高兴满蓰丝，寒薄春风骀荡⑪时。稍见燕脂开杏萼，已闻香雪烂梅枝。老逢乐事心犹壮，病得新诗和更迟。何日联镳⑫向金谷，拟追仙翼到瑶池。

---

① 布衾（qīn）：唐朝老百姓用的布，一般用麻、葛等制成，衾为被子。
② 霜髭（zī）：白须，亦指胡须变白。
③ 茱糁（zhū sǎn）：即茱萸与糁饭。糁，谷类制成的不规则小颗粒。
④ 鸬鹚（lú cí）：水鸟名，俗叫"鱼鹰"。羽毛黑色，有绿光。善捕鱼。
⑤ 银钩玉唾（tuò）：形容书法笔画有如银钩，遒劲有力，言谈有如吐玉，弥足珍贵。
⑥ 松箑（shà）：亦作"松扇"，指一种古扇，据传用柔韧松皮编制而成。
⑦ 帻（zé）：古代的一种头巾。
⑧ 褦襶（nài dài）子：指夏天遮日的凉笠，也指衣服不合身、不合时时，引申指不晓事的人。
⑨ 芳醪（láo）：美酒。
⑩ 罍（léi）：古代一种酒器，多用青铜或陶制成，口小，腹深，有圈足和盖子。
⑪ 骀（dài）荡：舒缓荡漾的样子，常用来形容春天的景色。
⑫ 联镳（biāo）：指相等或同进。

257

## 4085 次韵清虚喜子瞻得常州

（宋·黄庭坚）

喜色侵淫动搢绅①，俞音下报谪仙②人。惊回汝水间关梦，乞与江天自在春。罨画③初游冰欲泮④，浣花⑤何处月还新。凉州不是人间曲，伫⑥见君王按玉宸。

## 4086 次韵任君官舍秋雨

（宋·黄庭坚）

墙根戢戢⑦数蜗牛，雨长垣衣⑧亭更幽。惊起归鸿不成字，辞柯落叶最知秋。菊花莫恨开时晚，谷穟⑨犹思晴后收。独立搔头人不解，南山用取一樽酬。

## 4087 次韵赏梅（宋·黄庭坚）

安知宋玉在邻墙，笑立春晴照粉光。淡薄似能知我意，幽闲元不为人芳。微风拂掠生春思，小雨廉纤洗暗妆。只恐浓葩⑩委泥土，谁令解合返魂香。

## 4088 次韵少激甘露降太守居桃叶上（宋·黄庭坚）

金茎甘露荐斋房，润及边城草木香。蕡⑪实叶间天与味，成蹊枝上月翻光。群心爱戴葵倾日，万事驱除叶陨⑫霜。玉烛时和君会否，旧臣重叠起南荒。

## 4089 次韵舍弟喜雨

（宋·黄庭坚）

时雨真成大有年，斯民沟壑救将然。麦根肥润桑叶大，春陇未钼⑬蚕未眠。奔走风雨连晓色，起寻佳句写由拳。李成六幅骤雨笔，挂在东南楼阁前。

---

① 搢绅（jìn shēn）：同"缙（jìn）绅"，古代称有官职的或做过官的人。
② 谪（zhé）仙：本指受罚降到人间的神仙。古人用以称誉才学优异的人。后专指李白。
③ 罨（yǎn）画：彩色画。
④ 泮（pàn）：指融解或岸边，也指古代学宫前的水池。
⑤ 浣（huàn）花：指浣花溪或浣花笺。另，每年四月十九日，蜀人多游宴于浣花溪，称为"浣花日"。
⑥ 伫（zhù）：长时间地站着。
⑦ 戢（jí）戢：形容鱼唼（shà）水的声音，引申为密集或顺从的样子。
⑧ 垣（yuán）衣：墙上背阴处所生的苔藓植物或地上的苔藓。
⑨ 穟（suì）：同"穗（suì）"，也指禾穗上的芒须或禾穗饱满的样子。
⑩ 葩（pā）：花，引申为华美。
⑪ 蕡（fén）：本指大麻或大麻的籽实，引申为（果实）多而大。
⑫ 陨（yǔn）：坠落。
⑬ 钼（chú）：同"锄"，也指诛灭或除去。

## 4090 次韵宋懋宗僦居①甘泉坊雪后书怀 (宋·黄庭坚)

汉家太史宋公孙，漫逐班行谒帝阍。燕颔②封侯空有相，蛾眉倾国自难昏。家徒四壁书侵坐，马瘦三山叶拥门。安得风帆随雪水，江南石上对注尊。

## 4091 次韵宋懋宗三月十四日到西池都人盛观翰林公出遨 (宋·黄庭坚)

金狨③系马晓莺边，不比春江上水船。人语车声喧法曲，花光楼影倒晴天。人间化鹤三千岁，海上看羊十九年。还作遨头惊俗眼，风流文物属苏仙。

## 4092 次韵外舅喜王正仲三丈奉诏祷南岳回至襄阳舍驿马就舟见过三首 (宋·黄庭坚)

### 其一

汉上思见庞德公，别来悲叹事无穷。声名藉甚漫前日，须鬓索然成老翁。家酿已随刻漏下，园花更开三四红。相逢不饮未为得，听取百鸟啼匆匆。

### 其二

能来问疾好音传，蹇步④昏花当日痊⑤。烹鲤得书增目力，呼儿扶立候门前。游谈取重惭犀首，居物多赢昧计然。惟有交亲等金石，白头忘义复忘年。

### 其三

语言少味无阿堵，冰雪相看有此君。灯火诗书如梦寐，麒麟图画属浮云。平章息女能为妇，欢喜儿曹解缀文。忧乐同科惟石友，别离空复数朝曛。

## 4093 次韵王定国扬州见寄 (宋·黄庭坚)

清洛思君昼夜流，北归何日片帆收。未生白发犹堪酒，垂上青云却佐州。飞雪堆盘鲙鱼腹，明珠论斗煮鸡头。平生行乐自不恶，岂有竹西歌吹愁。

## 4094 次韵文安国纪梦 (宋·黄庭坚)

道人偶许俗人知，法喜非妻解

---

① 僦 (jiù) 居：租屋而居。也指所租之屋。
② 燕颔 (hàn)：形容相貌威武。
③ 金狨 (róng)：狨皮制成的鞍垫，因狨毛长而金黄，故称。也借指马匹。
④ 蹇 (jiǎn) 步：谓步履艰难。
⑤ 痊 (quán)：病好了。

259

养儿。夜久金茎添沆瀣①，室虚
璧月映琉璃。远来醉侠匆匆去，
近出诗仙句句奇。独怪区区践
绳墨，相逢未省角巾敧②。

## 4095 次韵文少激祈雨有感
（宋·黄庭坚）

穷儒忧乐与民同，何况朱轮职
劝农。终日齑③盐供一饭，几时
肤寸冒千峰。未须丘垤④占鸣
鹳⑤，只要朝廷起卧龙。从此滂
沱⑥徧⑦枯槁⑧，爱民天子似
仁宗。

## 4096 次韵戏答彦和
（宋·黄庭坚）

本不因循老镜春，江湖归去作
闲人。天于万物定贫我，智效
一官全为亲。布袋形骸增碨
磊⑨，锦囊诗句愧清新。杜门绝
俗无行迹，相忆犹当遣化身。

## 4097 次韵谢借观五老图
（宋·黄庭坚）

五老天然一会闲，太平时节振
儒冠。相君于理回天诏，辅国
驱夷立寒桓。妖术图奸梁木坏，
党碑雷震电冰寒。丹心忠厚来
安泰，惠泽垂流仰止看。

## 4098 次韵谢子高读渊明传
（宋·黄庭坚）

枯木嵌空微暗淡，古器虽在无
古弦。袖中正有南风手，谁为
听之谁为传。风流岂落正始后，
甲子不数义熙前。一轩黄菊平
生事，无酒令人意缺然。

## 4099 次韵杨君金送酒
（宋·黄庭坚）

扶衰却老世无方，惟有君家酒
未尝。秋入园林花老眼，茗搜
文字响枯肠。醡⑩头夜雨排檐
滴，杯面春风绕鼻香。不待澄
清遣分送，定知佳客对空觞。

----

① 沆瀣（hàng xiè）：本指夜间的水汽或
露水，后比喻臭味相投的人联结在
一起。
② 敧（qī）：倾斜。
③ 齑（jī）：本指捣碎的姜、蒜或韭菜
的细末，引申指细和碎。
④ 丘垤（dié）：指小山丘或小土堆。
⑤ 鹳（guàn）：一种生活在水边的鸟，
外形像白鹤，嘴长而直，羽毛灰色、
白色或黑色。
⑥ 滂沱（pāng tuó）：形容雨下得很大或
泪流得很多。
⑦ 徧（biàn）：指从头到尾经历一次，
借指普遍或遍及。
⑧ 枯槁（gǎo）：干枯或憔悴。
⑨ 碨（wěi）磊：指高低不平的样子。
⑩ 醡（zhà）：同"榨"，即榨床，榨酒
的器具。

## 4100 次韵寅庵四首

（宋·黄庭坚）

### 其一

四时说尽庵前事，寄远如开水墨图。略有生涯如谷口，非无卜肆在成都。旁篱榛①栗供宾客，满眼云山奉燕居。闲与老农歌帝力，年丰村落罢追胥。

### 其二

兄作新庵接旧居，一原风物萃②庭隅。陆机招隐方传洛，张翰思归正在吴。五斗折腰惭仆妾，几年合眼梦乡同。白云行处应垂泪，黄犬归时早寄书。

### 其三

大若塘边搠③网鱼，小桃源口带经锄。诗催孺子成鸡栅④，茶约邻翁掘芋区。苦楝狂风寒彻骨，黄梅细雨润如酥。此时睡到日三丈，自起开关招酒徒。

### 其四

未怪穷山寂寞居，此情常与世情疏。谁家生计无闲地，太半归来已白须。不用看云眠永日，会思临水寄双鱼。公私逋负田园薄，未至妨人作乐无。

## 4101 次韵雨丝云鹤二首

（宋·黄庭坚）

### 其一

烟云杳霭⑤合中稀，雾雨空蒙密更微。园客茧丝抽万绪，蛛蝥⑥网面罩群飞。风光错综天经纬，草木文章帝杼机。愿染朝霞成五色，为君王补坐朝衣。

### 其二

几片云如薛公鹤，精神态度不曾齐。安知陇鸟樊笼密，便觉南鹏羽翼低。风散又成千里去，夜寒应上九天栖。坐来改变如苍狗，试欲挥毫意自迷。

## 4102 次韵元日 （宋·黄庭坚）

会朝四海登图籍，绛阙⑦清都想盛容。春色已知回寸草，霜威从此霁寒松。饮如嚼蜡初忘味，事与浮云去绝踪。四十九年蘧

---

① 榛（zhēn）：落叶灌木或小乔木，坚果名榛子，球形，果仁可食，也可榨油。
② 萃（cuì）：指草丛生，引申为聚集，也指聚在一起的人或物。
③ 搠（chuò）：动词，刺或叉。
④ 鸡栅（zhà）：即鸡圈、鸡窝。栅，用竹木铁条等做成的阻拦物。
⑤ 杳霭（yǎo ǎi）：亦作"杳蔼（ǎi）"，形容云雾缥缈幽深渺茫的样子，也形容茂盛的样子。
⑥ 蛛蝥（máo）：蜘蛛的别名。
⑦ 绛阙（jiàng què）：宫殿寺观前的朱色门阙，亦借指朝廷、寺庙、仙宫等。

伯玉①，圣人门户见重重。

## 4103 次韵元翁从王夔②玉借书（宋·黄庭坚）

为吏三年弄文墨，草莱心径失耕锄。常思天下无双祖，得读人间未见书。公子藏山真富有，小儒扪腹③正空虚。何时管钥人吾手，为理签题扑蠹鱼④。

## 4104 次韵张昌言给事喜雨（宋·黄庭坚）

三雨全清六合尘，诗翁喜雨句凌云。垤⑤漂战蚁余追北，柱击乖龙有裂文。减去鲜肥忧玉食，遍宗河岳起炉薰。圣功惠我丰年食，未有涓埃⑥可报君。

## 4105 次韵张秘校喜雪三首（宋·黄庭坚）

### 其一

落月烟沙静渺然，好风吹雪下平田。琼瑶万里酒增价，桂玉一炊人少钱。学子已占秋食麦，广文何憾客无毡。睡余强起还诗债，腊里春初未隔年。

### 其二

巷深朋友稀来往，日晏儿童不扫除。雪里正当梅腊尽，民饥可待麦秋无。寒生短棹谁乘兴，光入疏棂我读书。官冷无人供美酒，何时却得步兵厨。

### 其三

满城楼观玉阑干，小雪晴时不共寒。润到竹根肥腊笋，暖开蔬甲助春盘。眼前多事观游少，胸次无忧酒量宽。闻说压沙梨已动，会须鞭马蹋泥看。

## 4106 次韵子高即事（宋·黄庭坚）

诗礼不忘它日问，文章未觉古人疏。青云自致屠龙学，白首同归种树书。绿叶青阴啼鸟下，游丝飞絮落花余。无因常得杯中物，愿作鸱夷⑦载属车。

---

① 蘧（qú）伯玉：春秋时卫国人，名瑗。相传他"年五十而知四十九年非"，是一个求进甚急并善于改过的贤大夫。

② 夔（kuí）：古代中国神话传说中一条腿的怪物。

③ 扪（mén）腹：抚摸腹部，多形容饱食后怡然自得的样子。

④ 蠹（dù）鱼：又称蠹、衣鱼、白鱼、书虫或衣虫，是一种灵巧、怕光、无翅的缨尾目昆虫。常蛀蚀书册等器物。

⑤ 垤（dié）：蚂蚁做窝时堆在洞口的土，也指小土堆。

⑥ 涓埃（juān āi）：细流与微尘，比喻微小。

⑦ 鸱夷（chī yí）：指革囊或盛酒器，借指春秋时吴国大夫伍子胥。

## 4107 从陈季张求竹竿引水入厨 (宋·黄庭坚)

井边分水过寒厅，斩竹南溪仗友生。来酿百壶春酒味，怒流三峡夜泉声。能令官舍庖厨①洁，未减君家风月清。择斧直须轻放手，却愁食实凤凰惊。

## 4108 粹老家隔帘听琵琶 (宋·黄庭坚)

马卿劝客且无喧，请以侍儿临酒樽。妆罢黄昏帘隔面，曲终清夜月当轩。弦弦不乱拨来往，字字如闻人语言。千古胡沙埋妙手，岂如桃李在中园。

## 4109 村居书喜 (宋·陆游)

红桥梅市晓山横，白塔樊江春水生。花气袭人知骤暖，鹊声穿树喜新晴。坊场酒贱贫犹醉，原野泥深老亦耕。最喜先期官赋足，经年无吏叩柴荆。

## 4110 答德甫弟 (宋·黄庭坚)

鸟啼花发独愁思，怜子三章怨慕诗。鸿雁双飞弹射下，脊令同病急难时。功名所在犹争死，意气相须尚不移。何况极天无以报，林回投璧负婴儿。

## 4111 答和孔常父见寄 (宋·黄庭坚)

孔氏文章冠古今，君家兄弟况南金。为官落魄人谁问，从骑雍容独见寻。旅馆别时无宿酒，邮筒开处得新吟。黄山依旧寒相对，岂有愁思附七林。

## 4112 答李康文 (宋·黄庭坚)

才甫经年断来往，逢君车马慰秋思。幽兰被迳闻风早，薄雾乘空见月迟。每接雍容端自喜，交无早晚在相知。深惭借问谈经地，敢屈康成入绛帷。

## 4113 答龙门潘秀才见寄 (宋·黄庭坚)

男儿四十未全老，便入林泉真自豪。明月清风非俗物，轻裘肥马谢儿曹。山中是处有黄菊，洛下谁家无白醪②。相得秋来常日醉，伊川清浅石楼高。

## 4114 大秀宫 (宋·黄庭坚)

玉笥山③前大白峰，望仙桥下水

---

① 庖（páo）厨：厨房。
② 白醪（láo）：糯米甜酒。
③ 玉笥（sì）山：江西省吉安市峡江县山名，为道教名山，自秦代以来，历为方士、道士修真炼丹之所。

溶溶。前溪流水后溪月，五步白云三步松。半夜佩环朝上阙，插天楼阁度疏钟。梦余彷佛钧天奏，如在蓬莱第几重。

## 4115 道中寄公寿
（宋·黄庭坚）

坡陀羸马暮云昏，苦忆兔园高帝孙。子舍芝兰皆可佩，后房桃李总能言。秋千门巷火新改，桑柘①田园春向分。病酒相如在行役，梁王谁与共清樽。

## 4116 道中寄景珍兼简庚元镇（宋·黄庭坚）

传语濠州贤刺史，隔年诗债几时还。因循樽俎②疏相见，弃掷光阴只等闲。心在青云故人处，身行红雨乱花间。遥知别后多狂醉，恼杀江南庚子山。

## 4117 得南闱捷音（清·郑燮）

忽漫泥金入破篱，举家欢喜又增悲。一枝桂影功名小，十载征途发达迟。何处宁亲唯哭墓，无人对镜懒窥帷。他年纵有毛公檄③，捧入华堂却慰谁？

## 4118 登高（唐·杜甫）

风急天高猿啸哀，渚清沙白鸟飞回。无边落木萧萧下，不尽长江滚滚来。万里悲秋常作客，百年多病独登台。艰难苦恨繁霜鬓，潦倒新停浊酒杯。

## 4119 登金陵凤凰台
（唐·李白）

凤凰台上凤凰游，凤去台空江自流。吴宫花草埋幽径，晋代衣冠成古丘。三山半落青天外，二水中分白鹭洲。总为浮云能蔽日，长安不见使人愁。

## 4120 登快阁（宋·黄庭坚）

痴儿了却公家事，快阁东西倚晚晴。落木千山天远大，澄江一道月分明。朱弦已为佳人绝，青眼聊因美酒横。万里归船弄长笛，此心吾与白鸥盟。

---

① 桑柘（zhè）：指桑木与柘木，引申指农桑之事。

② 樽俎（zūn zǔ）：古代盛酒食的器具，后来常用作宴席的代称。

③ 檄（xí）：即檄文，古时征兵的军书。也指用檄文晓谕或声讨。

## 4121 登柳州城楼寄漳汀封连四州 (唐·柳宗元)

城上高楼接大荒，海天愁思正茫茫。惊风乱飐①芙蓉水，密雨斜侵薜荔②墙。岭树重遮千里目，江流曲似九回肠。共来百越文身地，犹自音书滞一乡。

## 4122 登楼 (唐·杜甫)

花近高楼伤客心，万方多难此登临。锦江春色来天地，玉垒浮云变古今。北极朝廷终不改，西山寇盗莫相侵。可怜后主还祠庙，日暮聊为梁甫吟。

## 4123 登南禅寺怀裴仲谋 (宋·黄庭坚)

茅亭风入葛衣轻，坐见山河表里清。归燕略无三月事，残蝉犹占一枝鸣。天高秋树叶公邑，日暮碧云樊相城。别后寄诗能慰我，似逃空谷听人声。

## 4124 登岳阳楼二首 (宋·陈与义)

### 其一

洞庭之东江水西，帘旌不动夕阳迟。登临吴蜀横分地，徙倚湖山欲暮时。万里来游还望远，三年多难更凭危。白头吊古风霜里，老木沧波无限悲。

### 其二

天入平湖晴不风，夕帆和雁正浮空。楼头客子杪秋后，日落君山元气中。北望可堪回白首，南游聊得看丹枫。翰林物色分留少，诗到巴陵还未工。

## 4125 吊白居易 (唐·李忱)

缀玉联珠六十年，谁教冥路作诗仙。浮云不系名居易，造化无为字乐天。童子解吟长恨曲，胡儿能唱琵琶篇。文章已满行人耳，一度思卿一怆然③。

## 4126 东湖新竹 (宋·陆游)

插棘编笆谨护持，养成寒碧映沧溆。清风掠地秋先到，赤日行天午不知。解箨④时闻声簌簌⑤，放梢初见叶离离。官闲我

---

① 乱飐 (zhǎn)：吹动。飐，风吹物使颤动。
② 薜荔 (bì lì)：又称木莲，常绿藤本蔓生植物。果实富胶汁，可制凉粉，有解暑作用。
③ 怆 (chuàng) 然：形容悲伤的样子。
④ 解箨 (tuò)：竹笋脱壳。
⑤ 簌 (sù) 簌：肢体发抖的样子，也形容纷纷落下的样子。

欲频来此，枕簟①仍教到处随。

## 4127 冬至（唐·杜甫）

年年至日长为客，忽忽穷愁泥杀人。江上形容吾独老，天边风俗自相亲。杖藜雪后临丹壑，鸣玉朝来散紫宸。心折此时无一寸，路迷何处见三秦。

## 4128 读曹公传（宋·黄庭坚）

南征北伐报功频，刘氏亲为魏国宾。毕竟以丕②成霸业，岂能于汉作纯臣。两都秋色皆乔木，二祖恩波在细民。驾驭英雄虽有术，力扶宗社可无人。

## 4129 度浮桥至南台
（宋·陆游）

客中多病废登临，闻说南台试一寻。九轨徐行怒涛上，千般横系大江心。寺楼钟鼓催昏晓，墟落云烟自古今。白发未除豪气在，醉吹横笛坐榕阴。

## 4130 端午日（唐·殷尧藩）

少年佳节倍多情，老去谁知感慨生。不效艾符趋习俗，但祈蒲酒话升平。鬓丝日日添白头，榴锦年年照眼明。千载贤愚同

瞬息，几人湮没③几垂名。

## 4131 对雪二首（唐·李商隐）

其一

寒气先侵玉女扉，清光旋透省郎闱。梅花大庾岭头发，柳絮章台街里飞。欲舞定随曹植马，有情应湿谢庄衣。龙山万里无多远，留待行人二月归。

其二

旋扑珠帘过粉墙，轻于柳絮重于霜。已随江令夸琼树，又入卢家妒玉堂。侵夜可能争桂魄，忍寒应欲试梅妆。关河冻合东西路，肠断斑骓送陆郎。

## 4132 二月丁卯喜雨吴体为北门留守文潞公作
（宋·黄庭坚）

乘舆斋祭甘泉宫，遣使骏奔河岳中。谁与至尊分旰食④，北门卧镇司徒公。微风不动天如醉，

---

① 枕簟（diàn）：泛指卧具。
② 丕（pī）：大。此处指曹丕，三国曹魏之魏文帝，于诗、赋等皆有成就，擅长五言诗，与其父曹操和弟曹植并称"建安三曹"。
③ 湮（yān）没：被掩盖，被埋没。
④ 旰（gàn）食：指事务繁忙不能按时吃饭，泛指勤于政事。多用于描述执政者、帝王等人的勤政。

266

润物无声春有功。三十余年霖雨手，淹留河外作时丰。

## 4133 二子（宋·陆游）

两楹梦后少真儒，毁誉徒劳岂识渠？孟子无功如管仲，杨雄有赋似相如。敬王事业知谁继，准易工夫故不疏。孤学背时空绝叹，白头穷巷抱遗书。

## 4134 范县（清·郑燮）

四五十家负郭民，落花厅事净无尘。苦蒿菜把邻僧送，秃袖鹑衣①小吏贫。尚有隐幽叹尽烛，何曾顽梗竟能驯。县门一尺情犹隔，况是君门隔紫宸。

## 4135 放翁（宋·陆游）

拜赐头衔号放翁，家传不坠散人风。同年已过从心后，遇境但行无事中。马老岂堪空冀北，鹤飞犹得返辽东。道傍跌宕②烦君看，阅尽时人脸尚红。

## 4136 放言五首（唐·白居易）

其一

朝真暮伪何人辨，古往今来底事无。但爱藏生能诈圣，可知宁子解佯愚③。草萤有耀终非

火，荷露虽团岂是珠。不取燔柴④兼照乘，可怜光彩亦何殊。

其二

世途倚伏都无定，尘网牵缠卒未休。祸福回还车转毂⑤，荣枯反覆手藏钩。龟灵未免刳肠患⑥，马失应无折足忧。不信君看弈棋者，输赢须待局终头。

其三

赠君一法决狐疑，不用钻龟与祝蓍⑦。试玉要烧三日满，辨材须待七年期。周公恐惧流言日，王莽谦恭未篡时。向使当初身便死，一生真伪复谁知。

其四

谁家第宅成还破，何处亲宾哭复歌。昨日屋头堪炙手，今朝门外好张罗。北邙未省留闲地，

---

① 鹑（chún）衣：指补缀（zhuì）的破旧衣衫。鹑鸟尾巴光秃，似缝补的衣服，故以鹑衣比喻破烂不堪的衣服。
② 跌宕（diē dàng）：形容事物多变，有顿挫波折，不稳定。
③ 佯（yáng）愚：伪装愚笨。
④ 燔（fán）柴：烧火用的柴。也指古代祭天仪式，将玉帛、牺牲等置于积柴上而焚之。
⑤ 转毂（gǔ）：载运货物的车子。也指飞转的车轮，比喻行进迅速。
⑥ 龟灵未免刳（kū）肠患：龟虽通灵性，也难免自己要被人杀掉的祸患。刳，剖开后再挖空。
⑦ 祝蓍（shī）：古人占卜的一种方式。

东海何曾有定波。莫笑贱贫夸富贵，共成枯骨两如何。

其五

泰山不要欺毫末，颜子无心羡老彭。松树千年终是朽，槿花一日自为荣。何须恋世常忧死，亦莫嫌身漫厌生。生去死来都是幻，幻人哀乐系何情。

## 4137 奉答固道（宋·黄庭坚）

平生湖海鱼竿手，强学来操制锦刀。末俗相看终眼白，古人不见想山高。未乘春水归行李，傥①得闲官去坐曹。自是无能欲乐尔，烦君错为叹贤劳。

## 4138 奉答圣思讲论语长句（宋·黄庭坚）

簿领文书千笔秃，公庭嚚讼②百虫鸣。时从退食须臾顷，喜听邻家讽诵声。观海诸君知浩渺，学山他日看崇成。暮堂吏退张灯火，抱取鲁论来讲评。

## 4139 奉送刘君昆仲（宋·黄庭坚）

游子归心日夜流，南陔香草可晨羞。平原晓雨半槐夏，汾上午风初麦秋。鸿雁要须翔集早，

脊令无憾急难求。欲因行李传家信，姑射山前是晋州。

## 4140 赴戍登程口占示家人二首（清·林则徐）

其一

出门一笑莫心哀，浩荡襟怀到处开。时事难从无过立，达官非自有生来。风涛回首空三岛，尘壤从头数九垓。休信儿童轻薄语，嗤他赵老送灯台。

其二

力微任重久神疲，再竭衰庸定不支。苟利国家生死以，岂因祸福避趋之？谪③居正是君恩厚，养拙刚于戍卒宜。戏与山妻谈故事，试吟断送老头皮。

## 4141 盖郎中惠诗有二强攻一老不战而胜之嘲次韵解之（宋·黄庭坚）

诗翁琢句玉无瑕，淡墨稀行秋雁斜。读罢清风生麈尾④，吟余

---

① 傥（tǎng）：同"倘（tǎng）"，如果，假使。

② 嚚讼（yín sòng）：奸诈而好争讼。

③ 谪（zhé）：指古代把高级官员降职并调到边远地方做官，或神仙受罚降到人间。

④ 麈（zhǔ）尾：古人闲谈时执以驱虫、掸尘的一种工具。

新月度檐牙。自知拙学无师匠，要且强言遮眼花。笔力有余先示怯，真成句践胜夫差。

## 4142 高卧（宋·陆游）

省户归来不计年，悠然高卧镜湖边。勾帘每对千峰雨，接竹新分一脉泉。学问诚身元有道，厄穷知我岂非天。虚名自古能为累，正恐人看直一钱。

## 4143 阁夜（唐·杜甫）

岁暮阴阳催短景，天涯霜雪霁寒宵。五更鼓角声悲壮，三峡星河影动摇。野哭千家闻战伐，夷歌数处起渔樵。卧龙跃马终黄土，人事依依漫寂寥。

## 4144 功名（宋·陆游）

少年妄意慕功名，老眼看来一发轻。金甲虽如朝邑尉，羊裘终愧富春生。连娟落月依山尽，寂寞寒潮蘸岸平。要识放翁新得意，蓼花多处钓舟横。

## 4145 古意呈补阙乔知之
（唐·沈佺期）

卢家少妇郁金堂，海燕双栖玳瑁梁。九月寒砧①催木叶，十年征戍忆辽阳。白狼河北音书断，丹凤城南秋夜长。谁谓含愁独不见，更教明月照流黄。

## 4146 古渔父（宋·黄庭坚）

穷秋漫漫蒹葭②雨，裋褐③休休白发翁。范子归来思狡兔，吕公何意兆非熊。渔收亥日妻到市，醉卧水痕船信风。四海租庸人草草，太平长在碧波中。

## 4147 观村童戏溪上
（宋·陆游）

雨余溪水掠堤平，闲看村童谢晚晴。竹马踉蹡④冲淖⑤去，纸鸢跋扈⑥挟风鸣。三冬暂就儒生学，千耦⑦还从父老耕。识字粗堪供赋役，不须辛苦慕公卿。

---

① 寒砧（zhēn）：寒秋时赶制冬衣的捣衣声。砧，捣衣石。
② 蒹葭（jiān jiā）：荻与芦，有时也统称芦苇。蒹是没长穗的荻，葭是初生的芦苇。
③ 裋（shù）褐：指粗布做成的短衣，古代多为贫者所服。
④ 踉蹡（liàng qiāng）：跌跌撞撞行步歪斜的样子，也指步履不稳脚步迟滞的样子。
⑤ 淖（nào）：烂泥。
⑥ 跋扈（bá hù）：专横暴戾、欺上压下、狂妄的样子。
⑦ 千耦（ǒu）：指农忙景象。耦，指两个人各执一粗，并肩而耕。

## 4148 观书 (明·于谦)

书卷多情似故人，晨昏忧乐每相亲。眼前直下三千字，胸次全无一点尘。活水源流随处满，东风花柳逐时新。金鞍玉勒寻芳客，未信我庐别有春。

## 4149 观王主簿家酴醿① (宋·黄庭坚)

肌肤冰雪薰沉水，百草千花莫比芳。露湿何郎试汤饼，日烘荀令炷炉香。风流彻骨成春酒，梦寐宜人人枕囊。输与能诗王主簿，瑶台影里据胡床。

## 4150 观音诗 (宋·释契适)

金沙池裹玉莲馨，殿阁阶墀②尽水精。云化路歧通万国，风飘舟楫济群生。座妆珪璧霜犹暗，衣缀珠玑月不明。若向险途逢八难，只劳心念讽持名。

## 4151 光山道中 (宋·黄庭坚)

客子空知行路难，中田耕者自高闲。柳条莺啭清阴里，楸树蝉嘶翠带间。梦幻百年随逝水，劳歌一曲对青山。出门捧檄③羞闲友，归寿吾亲得解颜。

## 4152 郭明甫作西斋于颍尾请予赋诗二首 (宋·黄庭坚)

### 其一

食贫自以官为业，闻说西斋意凛然。万卷藏书宜子弟，十年种木长风烟。未尝终日不思颍，想见先生多好贤。安得雍容一樽酒，女郎台下水如天。

### 其二

东京望重两并州，遂有汾阳整缀旒④。翁伯入关倾意气，林宗异世想风流。君家旧事皆青史，今日高材未白头。莫倚西斋好风月，长随三径古人游。

---

① 酴醿（tú mí）：即荼蘼，植物名，蔷薇科落叶小灌木。

② 墀（chí）：台阶上面的空地。

③ 捧檄（xí）：《后汉书·毛义传》载，庐江毛义有孝名。张奉拜访毛义时，恰遇官府任命毛义去任守令的公文到，毛义见到公文很高兴，张奉因此看不起他。后来毛义母亲去世，毛义终不再出仕，张奉才明白毛义当初是为了让母亲高兴而乐于出仕，感叹自己知他不深。后世文人以"捧檄"为为母出仕的典故。

④ 缀旒（zhuì liú）：亦作"缀斿（liú）""缀游"，比喻君主为臣下所挟持而大权旁落，也喻指居虚位而无实权者，或喻情况危急国势垂危。

## 4153 过方城寻七叔祖旧题
（宋·黄庭坚）

壮气南山若可排，今为野马与尘埃。清谈落笔一万字，白眼举觞①三百杯。周鼎不酬康瓠②价，豫章元是栋梁材。眷然挥涕方城路，冠盖当年向此来。

## 4154 过零丁洋 （宋·文天祥）

辛苦遭逢起一经，干戈寥落四周星。山河破碎风飘絮，身世浮沉雨打萍。惶恐滩头说惶恐，零丁洋里叹零丁。人生自古谁无死？留取丹心照汗青。

## 4155 过平舆怀李子先时在齐州 （宋·黄庭坚）

前日幽人佐吏曹，我行堤草认青袍。心随汝水春波动，兴与并门夜月高。世上岂无千里马，人中难得九方皋。酒船鱼网归来是，花落故溪深一篙。

## 4156 何造诚作浩然堂陈义甚高然颇喜度世飞升之术筑屋饭方士愿乘六气游天地间故作浩然词二章赠之
（宋·黄庭坚）

其一

公欲轻身上紫霞，琼糜③玉馔④

厌豪奢。百年世路同朝菌，九钥天关守夜叉。霜桧左绘空白鹿，金炉同契漫丹砂。要令心地闲如水，万物浮沉共我家。

其二

万物浮沉共我家，清明心水遍河沙。无钩狂象听人语，露地白牛看月斜。小雨呼儿艺桃李，疏帘怖客转琵琶。尘尘三昧开门户，不用丹田养素霞。

## 4157 何主簿萧斋郎赠诗思家戏和答之 （宋·黄庭坚）

善吟闺怨断人肠，二妙风流不可当。傅粉未归啼玉箸，吹笙无伴涩银簧。睡添乡梦客床冷，瘦尽腰围衣带长。天性少情诗亦少，美他萧史与何郎。

## 4158 河中陪帅游亭
（唐·温庭筠）

倚阑愁立独徘徊，欲赋惭非宋玉才。满座山光摇剑戟，绕城

---

① 觞（shāng）：古代盛酒器。作动词时有敬酒和饮酒的意思。

② 康瓠（hù）：指空壶、破瓦壶，多喻庸才。

③ 琼糜（qióng mí）：即"琼糜（mí）"，本指玉屑，传说食之可延年益寿，也借指山芋汤。

④ 玉馔（zhuàn）：珍美的饮食。

波色动楼台。鸟飞天外斜阳尽，人过桥心倒影来。添得五湖多少恨，柳花飘荡似寒梅。

## 4159 和答登封王晦之登楼见寄（宋·黄庭坚）

县楼三十六峰寒，王粲①登临独倚阑。清坐一番春雨歇，相思千里夕阳残。诗来嗟我不同醉，别后喜君能自宽。举目尽妨人作乐，几时归得钓鲵桓②。

## 4160 和答郭监簿咏雪

（宋·黄庭坚）

细学梅花落晚风，忽翻柳絮下春空。家贫无酒愿邻富，官冷有田知岁丰。夜听枕边飘屋瓦，梦成江上打船蓬。觉来幽鸟语声乐，疑在白鸥寒苇中。

## 4161 和答刘太博携家游庐山见寄（宋·黄庭坚）

缓辔③松阴不起尘，岚山经雨一番新。遥知数夜寻山宿，便是全家避世人。落日已迷烟际路，飞花还报洞中春。可怜不更寻源入，若见刘郎想问秦。

## 4162 和答任仲微赠别

（宋·黄庭坚）

任君洒墨即成诗，万物生愁困品题。清似钓船闻夜雨，壮如军垒动秋鼙④。寒花篱脚飘金钿⑤，新月天涯挂玉篦⑥。更欲少留观落笔，须判一饮醉如泥。

## 4163 和答孙不愚见赠

（宋·黄庭坚）

诗比淮南似小山，酒名曲米出云安。且凭诗酒勤春事，莫爱儿郎作好官。簿领侵寻台相笔，风埃蓬勃使星鞍。小臣才力堪为掾，敢学前人便挂冠。

## 4164 和答王世弼

（宋·黄庭坚）

文章年少气如虹，肯爱闲曹一秃翁。弦上深知流水意，鼻端不怯运斤风。燕堂淡薄无歌舞，

---

① 王粲（càn）：字仲宣，山阳郡高平县（今山东微山）人，东汉末年著名文学家，"建安七子"之首。
② 鲵桓（ní huán）：《庄子·应帝王》中提到的一种动物，即鲸鲵。
③ 缓辔（pèi）：放松缰绳，骑马缓行。
④ 秋鼙（pí）：秋战中的鼙鼓声。
⑤ 金钿（diàn）：指嵌有金花的妇人首饰。
⑥ 篦（bì）：篦子，梳发用具，中间有梁，两侧有密齿。

鲑菜清贫只韭葱。惭愧伯鸾留步履，好贤应与孟光同。

## 4165 和答元明黔南赠别
（宋·黄庭坚）
万里相看忘逆旅，三声清泪落离觞①。朝云往日攀天梦，夜雨何时对榻凉。急雪脊令相并影，惊风鸿雁不成行。归舟天际常回首，从此频书慰断肠。

## 4166 和答张仲谟泛舟之诗
（宋·黄庭坚）
云容天影水中摇，分坐船舷似小桥。联句敏于山吐月，举觞疾甚海吞潮。兴来活脔②牛心熟，醉罢红炉鸭脚焦。公子翩翩得真意，马蹄尘里有嘉招。

## 4167 和答赵令同前韵
（宋·黄庭坚）
人生政自无闲暇，忙里偷闲得几回。紫燕黄鹂驱日月，朱樱红杏落条枚。诗成稍觉嘉宾集，饮少先愁急板催。亲遣小童锄草径，鸣驺③早晚出城来。

## 4168 和答子瞻（宋·黄庭坚）
一月空回长者车，报人问疾遣

儿书。翰林贻④我东南句，窗间默坐得玄珠。故园溪友脍腹腴⑤，远包春茗问何如。玉堂下直长廊静，为君满意说江湖。

## 4169 和董传留别（宋·苏轼）
粗缯大布裹生涯，腹有诗书气自华。厌伴老儒烹瓠叶⑥，强随举子踏槐花。囊空不办寻春马，眼乱行看择婿车。得意犹堪夸世俗，诏黄新湿字如鸦。

## 4170 和高仲本喜相见
（宋·黄庭坚）
雨氏南浦曾相对，雪满荆州喜再逢。有子才如不羁⑦马，知君心是后凋⑧松。闲寻书册应多味，老傍人门似更慵。何日晴轩观笔砚，一樽相属要从容。

---

① 觞（shāng）：古代盛酒器。作动词时有敬酒和饮酒的意思。
② 脔（luán）：指小块肉。
③ 鸣驺（zōu）：古代随显贵出行并传呼喝道的骑卒。有时也借指显贵。
④ 贻（yí）：赠送，或遗留。
⑤ 腹腴（yú）：本指鱼肚下的肥肉，喻指富饶之地。
⑥ 瓠（hù）叶：瓠瓜的叶，古人用为菜食和享祭，《诗经·小雅》有篇名"瓠叶"。
⑦ 不羁（jī）：不受约束。
⑧ 凋（diāo）：衰败，衰落，凋谢。

## 4171 和师厚郊居示里中诸君
（宋·黄庭坚）

篱边黄菊关心事，窗外青山不
世情。江橘千头供岁计，秋蛙
一部洗朝醒①。归鸿往燕竞时
节，宿草新坟多友生。身后功
名空自重，眼前樽酒未宜轻。

## 4172 和师厚秋半时复官分
司西都（宋·黄庭坚）

遥知得谢分西洛，无复肯弹冠
一尘。园地除瓜犹入市，水田
收秫未全贫。杜陵白发垂垂老，
张翰黄花句句新。还与老农争
坐席，青林同社赛田神。

## 4173 和游景叔月报三捷
（宋·黄庭坚）

汉家飞将用庙谋，复我匹夫匹
妇雠。真成折棰禽胡月，不是
黄榆牧马秋。幄中已断匈奴臂，
军前可饮月氏头。愿见呼韩朝
渭上，诸将不用万户侯。

## 4174 和早秋雨中书怀呈张
邓州（宋·黄庭坚）

喜闻三径被恩书，五马来歌塞
里闾。天上日清消蝃蝀②，海滨
风静复爰居③。龟逢衔骨方为

鹊，兰不当门亦见锄。已发覆
盆瞻睿圣，何因犹著故溪鱼。

## 4175 和张沙河招饮
（宋·黄庭坚）

张侯耕稼不逢年，过午未炊儿
女煎。腹里虽盈五车读，囊中
能有几钱穿。况闻缊④素尚黄
葛，可怕雪花铺白毡。谁料丹
徒布衣得，今朝忽有酒如川。

## 4176 和中玉使君晚秋开天
宁节道场（宋·黄庭坚）

江南江北尽云沙，车骑东来风
旆⑤斜。倒影楼台开紫府，得霜
篱落剩黄花。钓溪筑野收多士，
航海梯山共一家。想见屋坛祝
尧寿，步虚声里静无哗。

---

① 朝醒（zhāo chéng）：谓隔夜醉酒早晨
   酒醒后仍困惫如病。
② 蝃蝀（dì dōng）：虹的别名，借指桥，
   比喻才气横溢。
③ 爰（yuán）居：海鸟名，亦指迁居。
④ 缊（yùn）：乱麻或旧絮。
⑤ 风旆（pèi）：风中的旗，特指酒旗。

## 4177 和仲谋夜中有感

（宋·黄庭坚）

纸窗惊吹玉蹀躞①，竹砌碎撼金琅珰②。兰缸有泪风飘地，遥夜无人月上廊。愁思起如独绪茧，归梦不到合欢床。少年多事意易乱，诗律坎坎同寒螀③。

## 4178 和子由渑池怀旧

（宋·苏轼）

人生到处知何似，应似飞鸿踏雪泥。泥上偶然留指爪，鸿飞那复计东西。老僧已死成新塔，坏壁无由见旧题。往日崎岖还记否，路长人困蹇驴④嘶。

## 4179 和子瞻戏书伯时画好头赤（宋·黄庭坚）

李侯画骨不画肉，笔下马生如破竹。秦驹虽入天仗图，犹恐真龙在空谷。精神权奇汗沟赤，有头赤乌能逐日。安得身为汉都护，三十六城看历历。

## 4180 横塘（唐·韩偓）

秋寒洒背入帘霜，凤胫灯清照洞房。蜀纸麝煤沾笔兴，越瓯犀液发茶香。风飘乱点更筹转，拍送繁弦曲破长。散客出门斜月在，两眉愁思向横塘。

## 4181 红蕉洞独宿

（宋·黄庭坚）

南床高卧读逍遥，真感生来不易销。枕落梦魂飞蛱蝶，灯残风雨送芭蕉。永怀玉树埋尘土，何异蒙鸠挂苇苕。衣桁⑤妆台蛛结网，可怜无以永今朝。

## 4182 黄海舟中日人索句并见日俄战争地图（清·秋瑾）

万里乘云去复来，只身东海挟春雷。忍看图画移颜色，肯使江山付劫灰。浊酒不销忧国泪，救时应仗出群才。拼将十万头颅血，须把乾坤力挽回。

---

① 蹀躞（dié xiè）：小步走路或往来徘徊。另有隋唐时期一种功能型腰带名蹀躞带，简称蹀躞。
② 琅珰（láng dāng）：用铁链锁人或指人戴上镣铐。
③ 寒螀（jiāng）：古书上说的一种蝉，体小，墨色，有黄绿色的斑点，秋天出来鸣叫。
④ 蹇（jiǎn）驴：跛蹇驽（nú）弱的驴子。
⑤ 衣桁（háng）：指衣架。

275

## 4183 黄河 （唐·罗隐）

莫把阿胶①向此倾，此中天意固难明。解通银汉应须曲，才出昆仑便不清。高祖誓功衣带小，仙人占斗客槎轻。三千年后知谁在？何必劳君报太平！

## 4184 黄鹤楼 （唐·崔颢）

昔人已乘黄鹤去，此地空余黄鹤楼。黄鹤一去不复返，白云千载空悠悠。晴川历历汉阳树，芳草萋萋鹦鹉洲。日暮乡关何处是？烟波江上使人愁。

## 4185 积雨辋川庄作 （唐·王维）

积雨空林烟火迟，蒸藜炊黍②饷东菑③。漠漠水田飞白鹭，阴阴夏木啭黄鹂。山中习静观朝槿，松下清斋折露葵。野老与人争席罢，海鸥何事更相疑。

## 4186 吉老受秋租辄成长句 （宋·黄庭坚）

黄花事了绿丛霜，蟋蟀催寒夜夜床。爱日捃④收如盗至，失时鞭扑奈民疮。田夫田妇肩颋⑤担，江北江南稼涤⑥场。少忍飞糖眯君眼，要令私廪⑦上公仓。

## 4187 既作闵雨诗是夕遂澍⑧雨夜中喜不能寐起作喜雨诗 （宋·黄庭坚）

南风吹雨下田塍⑨，田父伸眉愿力耕。麰麦⑩明年应解好，帘栊今夜不胜清。直须洗尽焦枯意，不厌屡闻飘洒声。黄卷腐儒何所用，惟将歌咏报升平。

## 4188 寄别说道 （宋·黄庭坚）

数行嘉树红张锦，一派春波绿泼油。回望江城见归鸟，乱鸣双橹散轻鸥。柳条折赠经年别，芦篪⑪吹成落日愁。双鲤寄书难尽信，有情江水尚回流。

---

① 阿（ē）胶：中药名，表面乌黑或棕黑色，有光泽，质地脆而易碎。据说将其投入浊水，可使浊水变清。

② 黍（shǔ）：一年生草本植物，其实煮熟后有黏性，可以酿酒、做糕点等。

③ 东菑（zī）：泛指田园。

④ 捃（jùn）：拾取，摘取。

⑤ 肩颋（chēng）：肩因负重而发红。

⑥ 涤（dí）：洗净、清除。

⑦ 私廪（lǐn）：私人的粮仓。

⑧ 澍（shù）：本义指及时雨，引申为降雨或雨水滋润，亦喻恩泽。

⑨ 田塍（chéng）：亦作"田塍（chéng）"，即田埂（gěng）。

⑩ 麰（móu）麦：指大麦。

⑪ 篪（chí）：古代的一种竹管乐器。

## 4189 寄顿二主簿时在县界首部夫当石塘河

（宋·黄庭坚）

杨柳青青春向分，遥知河曲万夫屯。侵星部曲随金鼓，带月旌旗宿渚亹①。畚插②如云声凶凶，风埃成雾气昏昏。已令访问津头路，行约青帘共一樽。

## 4190 寄怀公寿 （宋·黄庭坚）

好赋梁王在日边，重帘复幕锁神仙。莫因酒病疏桃李，且把春愁付管弦。愚智相悬三十里，荣枯同有百余年。及身强健且行乐，一笑端须直万钱。

## 4191 寄怀蓝六在延平

（宋·黄庭坚）

贫贱相知若吾友，取端于此能更求。德性委蛇结绿佩，文章璨烂珊瑚钩。与君千里共明月，思子一日如三秋。愿学延平两龙剑，风波际会永同游。

## 4192 寄黄从善 （宋·黄庭坚）

故人千里隔谈经，想见牛刀刃发硎③。渴雨芭蕉心不展，未春杨柳眼先青。凫飞叶县郎官宰，虹贯江南处士星。天子文思求逆耳，吾宗一为试雷霆。

## 4193 寄黄几复 （宋·黄庭坚）

我居北海君南海，寄雁传书谢不能。桃李春风一杯酒，江湖夜雨十年灯。持家但有四立壁，治病不薪三折肱。想见读书头已白，隔溪猿哭瘴溪藤。

## 4194 寄李儋元锡

（唐·韦应物）

去年花里逢君别，今日花开又一年。世事茫茫难自料，春愁黯黯④独成眠。身多疾病思田里，邑有流亡愧俸钱。闻道欲来相问讯，西楼望月几回圆。

## 4195 寄李子飞三章

（宋·黄庭坚）

其一

看除日月坐中铨，一岁应无官九迁。葱韭盈盘市门食，诗书满枕客床毡。留连节物孤朋酒，

① 亹（mén）：指峡中两岸对峙如门的地方。读 wěi 时指勤勉的样子，又指向前移动。

② 畚（běn）插：亦作"畚锸（chā）"或"畚臿（chā）"。畚，盛土器。插，起土器。泛指挖运泥土的用具，亦借指土建之事。

③ 发硎（xíng）：指刀新从磨刀石上磨出来，十分锋利。

④ 黯（àn）黯：本指光线昏暗或颜色发黑，引申为隐藏不露和不显扬，借指沮丧忧愁的样子。

277

恼乱邻翁谒①子钱。谁料丹徒布衣得，困穷且忍试新年。

其二

丁未同升乡里贤，别离寒暑未推迁。萧条羁旅深穷巷，早晚声名上细毡。碧嶂清江元有宅，白鱼黄雀不论钱。槟榔一斛何须得，李氏弟兄佳少年。

其三

畏人重禄难堪忍，阅世浮云易变迁。徐步当车饥当肉，锄头为枕草为毡。元无马上封侯骨，安用人间使鬼钱。不是朱门争底事，清溪白石可忘年。

## 4196 寄清新二禅师颂

（宋·黄庭坚）

其一

石公来斲②鼻端尘，无手人来斧凿亲。白牯③狸奴心即佛，铜睛虎眼主中宾。自携瓶去沽村酒，却着衫来作主人。万里相看如对面，死心寮④里有清新。

其二

死心寮里有清新，把断黄河塞要津。一段风涛惊彻底，个中无我尔无人。梦惊蛇咬悍惶走，痛学寻医妙有神。此是如来正法藏，觉来床上笑番身。

## 4197 寄上叔父夷仲三首

（宋·黄庭坚）

其一

少年有功翰墨林，中岁作吏几陆沉。庖丁解牛妙世故，监市履狶⑤知民心。万里书来儿女瘦，十月山行冰雪深。梦魂和月绕秦陇，汉节落毛何处寻。

其二

艰难闻道有归音，部曲霜行璧月沉。王春正月调玉烛，使星万里朝天心。颇令山海藏国用，乃见县官恤民深。经心陇蜀封疆守，必有人材备访寻。

其三

关寒塞雪欲嗣音，燕雁拂天河鲤沉。百书不如一见面，几日归来两慰心。弓刀陌上望行色，儿女灯前语夜深。更怀父子东归得，手种江头柳十寻。

## 4198 寄舒申之户曹

（宋·黄庭坚）

吉州司户官虽小，曾屈诗人杜

---

① 谒（yè）：进见，拜见。
② 斲（zhuó）：砍、削。
③ 牯（gǔ）：公牛。
④ 寮（liáo）：指小屋，小窗。
⑤ 狶（xī）：古同"豨（xī）"，指猪或叫猪的声音。

审言。今日宣城读书客，还趋手板傍辕门。江山依旧岁时改，桃李欲开烟雨昏。公退但呼红袖饮，剩传歌曲教新翻。

## 4199 寄袁守廖献卿

（宋·黄庭坚）

公移猥甚业生笋，讼牒纷如蜜分窠①。少得曲肱②成梦蝶，不堪衙吏报鸣鼍③。已荒里社田园了，可奈春风桃李何。想见宜春贤太守，无书来问病维摩。

## 4200 寄张仲谋次韵

（宋·黄庭坚）

风力萧萧吹短衣，茅檐霜日淡晖晖。天寒塞北雁行落，岁晚大梁书信稀。湖稻初春云子白，家鸡正有薧④头肥。割鲜炊黍⑤寻前约，公事可来君不违。

## 4201 寄朱乐仲（宋·黄庭坚）

故人昔在国北门，邻舍杖藜对樽酒。十五年余乃一逢，黄尘急流语马首。懒书愧见南飞鸿，君居三十六峰东。我心想见古人面，晓雨垂虹到望嵩⑥。

## 4202 见事（宋·陆游）

流光莫恨去联翩，见事还疑胜昔年。细改新诗须枕上，少留剧饮待花前。阴阴竹坞安茶灶，浅浅蘋汀着钓船。物外家风吾岂敢，散人名号亦充员。

## 4203 剑客行（宋·陆游）

我友剑侠非常人，袖中青蛇生细鳞。腾空顷刻已千里，手决风云惊鬼神。荆轲专诸何足数，正昼入燕诛逆虏。一身独报万国仇，归告昌陵泪如雨。

## 4204 江村（唐·杜甫）

清江一曲抱村流，长夏江村事事幽。自去自来堂上燕，相亲相近水中鸥。老妻画纸为棋局，稚子敲针作钓钩。但有故人供禄米，微躯此外更何求？

---

① 窠（kē）：鸟兽昆虫的窝。
② 曲肱（gōng）：本指弯着胳膊作枕头，后以之比喻清贫而闲适的生活。
③ 鼍（tuó）：一般合称鼋（yuán）鼍，中国神话传说中指巨鳖和猪婆龙（扬子鳄）。
④ 薧（gǎo）：多年生草本植物，茎直立中空，根可入药。
⑤ 黍（shǔ）：一年生草本植物，其实煮熟后有黏性，可以酿酒、做糕点等。
⑥ 嵩（sōng）：指山大而高。亦指嵩山，古称"中岳"，在河南省登封市北。

## 4205 江上值水如海势聊短述
（唐·杜甫）

为人性僻耽佳句，语不惊人死不休。老去诗篇浑漫与，春来花鸟莫深愁。新添水槛供垂钓，故著浮槎替入船。焉得思如陶谢手，令渠述作与同游。

## 4206 讲武台南有感
（宋·黄庭坚）

月明犹在搭衣竿，晓踏台南路屈盘。驺子①雨中先马去，村童烟外倚墙看。鸦啼宰木秋风急，鹭立渔船野水干。花似去年堪折赠，插花人去泪阑干。

## 4207 郊行即事（宋·程颢）

芳原绿野恣②行事，春入遥山碧四围。兴逐乱红穿柳巷，困临流水坐苔矶。莫辞盏酒十分劝，只恐风花一片飞。况是清明好天气，不妨游衍莫忘归。

## 4208 锦瑟（唐·李商隐）

锦瑟无端五十弦，一弦一柱思华年。庄生晓梦迷蝴蝶，望帝春心托杜鹃。沧海月明珠有泪，蓝田日暖玉生烟。此情可待成追忆，只是当时已惘然。

## 4209 景珍太博见示旧倡和蒲萄诗因而次韵
（宋·黄庭坚）

映日圆光万颗余，如观宝藏隔虾须。夜愁风起飘星去，晓喜天晴缀露珠。宫女拣枝模锦绣，论师持味比醍醐③。欲收百斛供春酿，放出声名压酪奴。

## 4210 镜湖女（宋·陆游）

湖中居人事舟楫，家家以舟作生业。女儿妆面花样红，小伞翻翻乱荷叶。日暮归来月色新，菱歌缥缈泛烟津。到家更约西邻女，明日湖桥看赛神。

## 4211 九日齐山登高
（唐·杜牧）

江涵秋影雁初飞，与客携壶上翠微。尘世难逢开口笑，菊花须插满头归。但将酩酊④酬佳节，不用登临恨落晖。古往今来只如此，牛山何必独沾衣。

---

① 驺（zōu）子：掌管车马的仆役。
② 恣（zì）：放纵、没有拘束。
③ 醍醐（tí hú）：指酥酪上凝聚的油，引申为高明的意见使人受到很大启发。
④ 酩酊（mǐng dǐng）：形容醉得很厉害。

## 4212 九月三日泛舟湖中作

（宋·陆游）

儿童随笑放翁狂，又向湖边上野航。鱼市人家满斜日，菊花天气近新霜。重重红树秋山晚，猎猎青帘社酒香。邻曲莫辞同一醉，十年客里过重阳。

## 4213 九月十日（宋·陆游）

不须扇障庾公尘，散地翛然①学隐沦。风帽可怜成昨梦，菊花已觉是陈人。昏昏但苦余酲②在，草草久无佳句新。叹息吾生行已矣，老来岁月似奔轮。

## 4214 菊花诗三首

（清·曹雪芹）

### 咏菊

无赖诗魔昏晓侵，绕篱欹石自沉音。毫端蕴秀临霜写，口齿噙香对月吟。满纸自怜题素怨，片言谁解诉秋心？一从陶令评章后，千古高风说到今。

### 问菊

欲讯秋情众莫知，喃喃负手叩东篱。孤标傲世偕谁隐，一样花开为底迟？圃露庭霜何寂寞，鸿归蛩病③可相思？休言举世无谈者，解语何妨话片时。

### 菊梦

篱畔秋酣一觉清，和云伴月不分明。登仙非慕庄生蝶，忆旧还寻陶令盟。睡去依依随雁断，惊回故故恼蛩鸣。醒时幽怨同谁诉？衰草寒烟无限情。

## 4215 客至（唐·杜甫）

舍南舍北皆春水，但见群鸥日日来。花径不曾缘客扫，蓬门今始为君开。盘飧④市远无兼味，樽酒家贫只旧醅⑤。肯与邻翁相对饮，隔篱呼取尽余杯。

## 4216 客自潭府来称明因寺僧作静照堂求予作

（宋·黄庭坚）

客从潭府渡河梁，籍甚传夸静照堂。正苦穷年对尘土，坐令合眼梦湖湘。市门晓日鱼虾白，邻舍秋风橘柚黄。去马来舟争岁月，老僧元不下胡床。

---

① 翛（xiāo）然：无拘无束，超脱的样子。

② 余酲（chéng）：宿醉。

③ 鸿归蛩（qióng）病：鸿雁南飞，秋虫哀鸣。鸿，大雁。蛩，俗称蚱蜢，也指蟋蟀。

④ 飧（sūn）：指晚饭，亦泛指熟食。

⑤ 醅（pēi）：没有过滤的酒。

## 4217 狂夫 (唐·杜甫)

万里桥西一草堂，百花潭水即沧浪。风含翠筱①娟娟净，雨裛②红蕖③冉冉香。厚禄故人书断绝，恒饥稚子色凄凉。欲填沟壑唯疏放，自笑狂夫老更狂。

## 4218 蜡烛 (唐·郑谷)

仙漏迟迟出建章，宫帘不动透清光。金闺露白新裁诏，画阁春红正试妆。泪滴杯盘何所恨，烬飘兰麝暗和香。多情更有分明处，照得歌尘下燕梁。

## 4219 李大夫招饮

(宋·黄庭坚)

欲遣吟人对好山，暮天和雨醉凭栏。座中云气侵人湿，砌下泉声逼酒寒。红烛围棋生死急，清风挥尘笑谈闲。更筹报尽不成起，车从厌厌夜已阑。

## 4220 李濠州挽词二首

(宋·黄庭坚)

其一

循吏功名两汉中，平生风义最雍容。鱼游濠上方云乐，鹏在承尘忽告凶。挂剑自知吾已许，脱骖④不为涕无从。百年穷达都

归尽，淮水空围墓上松。

其二

礼数最优徐孺子，风流不减谢宣城。那知此别成千古，未信斯言隔九京。落日松楸⑤阴隧道，西风箫鼓送铭旌。善人报施今如此，陇水长寒呜咽声。

## 4221 立春日感怀 (明·于谦)

年去年来白发新，匆匆马上又逢春。关河底事空留客？岁月无情不贷人。一寸丹心图报国，两行清泪为思亲。孤怀激烈难消遣，漫把金盘簇五辛。

## 4222 廖袁州次韵见答并寄黄靖国再生传次韵寄之

(宋·黄庭坚)

春去怀贤感物多，飞花高下罥⑥丝窠⑦。传闻治境无戾⑧虎，更

---

① 翠筱 (xiǎo)：绿色细竹。
② 裛 (yì)：古同"浥"，沾湿、湿润的意思。
③ 红蕖 (qú)：粉红色的荷花。
④ 脱骖 (cān)：解下骖马，以助治丧之用，后泛指以财助人之急。
⑤ 松楸 (qiū)：松树与楸树。墓地多植，因以代称坟墓。特指父母坟茔。
⑥ 罥 (juàn)：挂着或缠绕。
⑦ 丝窠 (kē)：指蜘蛛网。
⑧ 戾 (lì)：罪过，乖张。

道丰年鸣白鼍①。史笔纵横窥宝铉②，诗才清壮近阴何。寄声千万相劳苦，如倚胡床得按摩。

## 4223 廖致平送绿荔支为戎州第一王公权荔支绿酒亦为戎州第一（宋·黄庭坚）

王公权家荔支绿，廖致平家绿荔支。试倾一杯重碧色，快剥千颗轻红肌。拨醅③蒲萄未足数，堆盘马乳不同时。谁能同此胜绝味，唯有老杜东楼诗。

## 4224 临安春雨初霁（宋·陆游）

世味年来薄似纱，谁令骑马客京华。小楼一夜听春雨，深巷明朝卖杏花。矮纸斜行闲作草，晴窗细乳戏分茶。素衣莫起风尘叹，犹及清明可到家。

## 4225 流莺（唐·李商隐）

流莺漂荡复参差，度陌临流不自持。巧啭岂能无本意？良辰未必有佳期。风朝露夜阴晴里，万户千门开闭时。曾苦伤春不忍听，凤城何处有花枝。

## 4226 六月二十日夜渡海（宋·苏轼）

参横斗转欲三更，苦雨终风也解晴。云散月明谁点缀？天容海色本澄清。空余鲁叟乘桴④意，粗识轩辕奏乐声。九死南荒吾不恨，兹游奇绝冠平生。

## 4227 六月闵雨（宋·黄庭坚）

汤帝咨嗟惩六事，汉庭灾异劾三公。圣朝罪己恩宽大，时雨愆期⑤旱蕴隆。东海得无冤死妇，南阳疑有卧云龙。传闻已减大官膳，肉食诸君合奏功。

## 4228 落梅（宋·陆游）

雪虐风饕⑥愈凛然，花中气节最

---

① 白鼍（tuó）：白色的鼍。《晋书·五行志》："孙亮初，公安有白鼍鸣。童谣曰：'白鼍鸣，龟背平，南郡城中可长生，守死不去义无成。'"
② 宝铉（xuàn）：晋干宝（《搜神记》作者）和宋徐铉两位文学大家的并称。
③ 拨醅（pēi）：未滤过的重酿酒。亦泛指酒。
④ 乘桴（fú）：乘坐竹木小筏，借指避世归隐。
⑤ 愆（qiān）期：失约，误期。
⑥ 饕（tāo）：和"叨"是异写的同义字。本义为大口吞食，表示贪吃，后引申出极贪婪、极贪财、凶残地吞食等义。

高坚。过时自合飘零去，耻向东君更乞怜。醉折残梅一两枝，不妨桃李自逢时。向来冰雪凝严地，力斡春回竟是谁？

## 4229 马嵬二首 (唐·李商隐)

### 其一

海外徒闻更九州，他生未卜此生休。空闻虎旅传宵柝，无复鸡人报晓筹。此日六军同驻马，当时七夕笑牵牛。如何四纪为天子，不及卢家有莫愁。

### 其二

冀马燕犀动地来，自埋红粉自成灰。君王若道能倾国，玉辇何由过马嵬。

## 4230 漫书呈仲谋

(宋·黄庭坚)

漫来从宦着青衫，秣马何尝解辔衔①。眼见人情如格五，心知外物等朝三。经时道上冲风雨，几日樽前得笑谈。赖有同僚慰羁旅，不然吾已过江南。

## 4231 芒种后经旬无日不雨偶得长句 (宋·陆游)

芒种初过雨及时，纱厨睡起角巾欹。痴云不散常遮塔，野水

无声自入池。绿树晚凉鸠语闹，画梁昼寂燕归迟。闲身自喜浑无事，衣覆熏笼独诵诗。

## 4232 茅舍 (宋·陆游)

茅舍晨鸡复暝鸦，暮年别自是生涯。贪眠久已遗人事，对酒犹能惜物华。出有儿孙持几杖，归从邻曲话桑麻。日长亦莫憎春困，小灶何妨自煮茶。

## 4233 懋②宗奉议有佳句咏冷庭叟野居庭坚于庭叟有十八年之旧故次韵赠之

(宋·黄庭坚)

城西冷叟半忙闲，人道王阳得早还。四望楼台皆我有，一原花竹住中间。初无狗盗窥篱落，底事蛾眉失锁关。每为朝天三十里，时时惊枕梦催班。

## 4234 梦断 (宋·陆游)

梦断灯残闻雁声，揽衣起坐待天明。街头浊酒不堪醉，窗外

---

① 辔衔（pèi xián）：指御马的缰绳和嚼子。
② 懋（mào）：劝勉，勉励，或指盛大。

疏梅空复情。人欲见挤真砭石①，身宁轻用作投琼。南湖可引春畴美，只合躬耕毕此生。

## 4235 梦微之 (唐·白居易)

夜来携手梦同游，晨起盈巾泪莫收。漳浦老身三度病，咸阳宿草八回秋。君埋泉下泥销骨，我寄人间雪满头。阿卫韩郎相次去，夜台茫昧得知不？

## 4236 梦中诗 (宋·刁衎②)

圣朝文物古难过，何事寒门宠遇多。父向石渠新拜职，子从金殿又登科。须教枚马暂踪迹，堪笑巢由隐薜萝③。报国报君何所有，一心待欲枕长戈。

## 4237 南定楼遇急雨
(宋·陆游)

行遍梁州到益州，今年又作度泸游。江山重复争供眼，风雨纵横乱入楼。人语朱离逢峒④獠，棹歌⑤欸乃⑥下吴舟。天涯倦稳归心懒，登览茫然却欲愁。

## 4238 南湖早春 (唐·白居易)

风回云断雨初晴，返照湖边暖复明。乱点碎红山杏发，平铺新绿水蘋生。翅低白雁飞仍重，

舌涩黄鹂语未成。不道江南春不好，年年衰病减心情。

## 4239 南康席上赠刘李二君
(宋·黄庭坚)

伯伦酒德无人敌，太白诗名有古风。浪许薄才酬大雅，长愁小户对洪钟。月明如昼九江水，天静无云五老峰。此赏不疏真共喜，登临归兴尚谁同。

## 4240 南楼 (宋·陆游)

十年不把武昌酒，此日阑边感慨深。舟楫纷纷南复北，山川莽莽古犹今。登临壮士兴怀地，忠义孤臣许国心。倚杖黯然斜照晚，秦吴万里入长吟。

---

① 砭（biān）石：中国古时的医疗用具。在石器时代，人们为解除疾病的痛苦，常以石块磨成尖石或片状，用以破开脓包及放血等。今则多以金属制品替代。

② 刁衎（diāo kàn）：945—1013年，宋升州人，字元宾，五代时以父荫仕南唐为秘书郎、集贤校理。南唐亡，随李煜入宋。

③ 薜（bì）萝：薜荔和女萝。两者皆野生植物，常攀缘于山野林木或屋壁之上。

④ 峒（dòng）：南方少数民族所居之地。

⑤ 棹（zhào）歌：船夫行船时所唱的歌。又指古曲《棹歌行》。

⑥ 欸（ǎi）乃：象声词，开船的摇橹声。

**4241 年光**（宋·陆游）

无赖年光逐水流，人间随处送悠悠。千帆落浦湘天晚，孤笛吟风鄠县①秋。小市莺花时痛饮，故宫禾黍②亦闲愁。久留只恐惊凡目，又向西凉上酒楼。

**4242 蓬门**（宋·陆游）

莫笑蓬门雀可罗，老农正要养天和。穿林袅袅孙登啸，叩角呜呜宁戚歌。睡美到明三展转，饭甘捧腹一摩挲。床头更听糟床注，造物私吾亦已多。

**4243 贫女**（唐·秦韬玉）

蓬门未识绮罗香，拟托良媒益自伤。谁爱风流高格调，共怜时世俭梳妆。敢将十指夸针巧，不把双眉斗画长。苦恨年年压金线，为他人作嫁衣裳。

**4244 七律·长征**（毛泽东）

红军不怕远征难，万水千山只等闲。五岭逶迤③腾细浪，乌蒙磅礴走泥丸。金沙水拍云崖暖，大渡桥横铁索寒。更喜岷山千里雪，三军过后尽开颜。

**4245 七律·答友人**（毛泽东）

九嶷山上白云飞，帝子乘风下翠微。斑竹一枝千滴泪，红霞万朵百重衣。洞庭波涌连天雪，长岛人歌动地诗。我欲因之梦寥廓④，芙蓉国里尽朝晖。

**4246 七律·到韶山**（毛泽东）

别梦依稀咒逝川，故园三十二年前。红旗卷起农奴戟，黑手高悬霸主鞭。为有牺牲多壮志，敢教日月换新天。喜看稻菽千重浪，遍地英雄下夕烟。

**4247 七律·登庐山**（毛泽东）

一山飞峙⑤大江边，跃上葱茏四百旋。冷眼向洋看世界，热风吹雨洒江天。云横九派浮黄鹤，浪下三吴起白烟。陶令不知何处去，桃花源里可耕田？

---

① 鄠（hù）县：即夏之有扈氏国，位于今西安市西南部。
② 禾黍（shǔ）：即禾与黍，泛指黍稷稻麦等粮食作物。
③ 逶迤（wēi yí）：蜿蜒曲折拐来拐去的样子。
④ 寥廓（liáo kuò）：形容空旷深远，也指辽阔的天空或冷清、冷落、空虚的样子，引申指虚无之境。
⑤ 峙（zhì）：本义为稳固地、高高地立起，引申为相对耸立、对立。

## 4248 七律·吊罗荣桓同志
（毛泽东）

记得当年草上飞，红军队里每相违。长征不是难堪日，战锦方为大问题。斥鷃①每闻欺大鸟，昆鸡长笑老鹰非。君今不幸离人世，国有疑难可问谁？

## 4249 七律·冬云（毛泽东）

雪压冬云白絮飞，万花纷谢一时稀。高天滚滚寒流急，大地微微暖气吹。独有英雄驱虎豹，更无豪杰怕熊罴②。梅花欢喜漫天雪，冻死苍蝇未足奇。

## 4250 七律·和郭沫若同志
（毛泽东）

一从大地起风雷，便有精生白骨堆。僧是愚氓犹可训，妖为鬼蜮③必成灾。金猴奋起千钧棒，玉宇澄清万里埃。今日欢呼孙大圣，只缘妖雾又重来。

## 4251 七律·和柳亚子先生
（毛泽东）

饮茶粤海未能忘，索句渝州叶正黄。三十一年还旧国，落花时节读华章。牢骚太盛防肠断，风物长宜放眼量。莫道昆明池水浅，观鱼胜过富春江。

## 4252 七律·和周世钊同志
（毛泽东）

春风浩荡暂徘徊，又踏层峰望眼开。风起绿洲吹浪去，雨从青野上山来。尊前谈笑人依旧，域外鸡虫事可哀。莫叹韶华容易逝，卅年④仍到赫曦台⑤。

## 4253 七律·洪都（毛泽东）

到得洪都又一年，祖生击楫至今传。闻鸡久听南天雨，立马曾挥北地鞭。鬓雪飞来成废料，彩云长在有新天。年年后浪推前浪，江草江花处处鲜。

## 4254 七律·人民解放军占领南京（毛泽东）

钟山风雨起苍黄，百万雄师过大江。虎踞龙盘今胜昔，天翻地覆慨而慷。宜将剩勇追穷寇，

---

① 斥鷃（yàn）：即鷃雀，头小尾秃的一种小鸟。
② 熊罴（pí）：本义指熊和罴，借指勇士或军队，也比喻辅君的贤臣。
③ 鬼蜮（yù）：指害人的鬼和怪物，比喻阴险的人。
④ 卅（sà）年：即三十年。
⑤ 赫曦（xī）台：在岳麓山的岳麓书院。

不可沽名①学霸王。天若有情天亦老，人间正道是沧桑。

## 4255 七律·送瘟神二首
（毛泽东）

其一

绿水青山枉自多，华佗无奈小虫何！千村薜荔人遗矢，万户萧疏鬼唱歌。坐地日行八万里，巡天遥看一千河。牛郎欲问瘟神事，一样悲欢逐逝波。

其二

春风杨柳万千条，六亿神州尽舜尧。红雨随心翻作浪，青山着意化为桥。天连五岭银锄落，地动三河铁臂摇。借问瘟君欲何往，纸船明烛照天烧。

## 4256 七律·忆重庆谈判
（毛泽东）

有田有地皆吾主，无法无天是为民。重庆有官皆墨吏，延安无土不黄金。炸桥挖路为团结，夺地争城是斗争。遍地哀鸿满城血，无非一念救苍生。

## 4257 七律·咏贾谊
（毛泽东）

少年倜傥②廊庙才，壮志未酬事堪哀。胸罗文章兵百万，胆照华国树千台。雄英无计倾圣主，高节终竟受疑猜。千古同惜长沙傅，空白汨罗③步尘埃。

## 4258 七律·有所思 （毛泽东）

正是神都有事时，又来南国踏芳枝。青松怒向苍天发，败叶纷随碧水驰。一阵风雷惊世界，满街红绿走旌旗。凭阑静听潇潇雨，故国人民有所思。

## 4259 七夕 （唐·罗隐）

络角星河菡萏④天，一家欢笑设红筵。应倾谢女珠玑箧⑤，尽写檀郎锦绣篇。香帐簇成排窈窕，金针穿罢拜婵娟。铜壶漏报天将晓，惆怅佳期又一年。

## 4260 绮怀 （清·黄景仁）

几回花下坐吹箫，银汉红墙入

---

① 沽（gū）名：利用手段谋取声誉。
② 倜傥（tì tǎng）：卓异，特别；豪迈洒脱不受约束的样子。
③ 汨（mì）罗：指湖南省北部的汨罗江。因屈原投汨罗而亡，文学作品中常以汨罗借指屈原。
④ 菡萏（hàn dàn）：即荷花，睡莲科莲属多年生水生草本植物，古称水芙蓉、芙蕖。
⑤ 箧（qiè）：指小箱子，常用的藏物家具。大曰箱，小曰箧。

望遥。似此星辰非昨夜，为谁风露立中宵。缠绵思尽抽残茧，宛转心伤剥后蕉。三五年时三五月，可怜杯酒不曾消。

## 4261 钱塘湖春行
（唐·白居易）

孤山寺北贾亭西，水面初平云脚低。几处早莺争暖树，谁家新燕啄春泥。乱花渐欲迷人眼，浅草才能没马蹄。最爱湖东行不足，绿杨阴里白沙堤。

## 4262 钱塘旧游（宋·黄庭坚）

薄宦飘然笑漫郎，瑟洲花草弄幽芳。莫教景物添春色，转觉山川是异乡。南北峰岩空入梦，短长亭舍自相望。湖边山寺清明后，相见兰开禊水香。

## 4263 遣悲怀三首（唐·元稹）

其一

谢公最小偏怜女，嫁与黔娄百事乖。顾我无衣搜画箧，泥他沽酒拔金钗。野蔬充膳甘长藿，落叶添薪仰古槐。今日俸钱过十万，与君营奠复营斋。

其二

昔日戏言身后意，今朝都到眼前来。衣裳已施行看尽，针线犹存未忍开。尚想旧情怜婢仆，也曾因梦送钱财。诚知此恨人人有，贫贱夫妻百事哀。

其三

闲坐悲君亦自悲，百年都是几多时。邓攸无子寻知命，潘岳悼亡犹费词。同穴窅冥①何所望，他生缘会更难期。惟将终夜长开眼，报答平生未展眉。

## 4264 青春（唐·韩偓②）

眼意心期卒未休，暗中终拟约秦楼。光阴负我难相遇，情绪牵人不自由。遥夜定嫌香蔽膝，闷时应弄玉搔头。樱桃花谢梨花发，肠断青春两处愁。

## 4265 清明（宋·黄庭坚）

佳节清明桃李笑，野田荒冢③只生愁。雷惊天地龙蛇蛰，雨足郊原草木柔。人乞祭余骄妾妇，

---

① 窅冥（yǎo míng）：本指幽暗的样子，引申指遥远处。

② 韩偓（wò）：字致光，号致尧，小字冬郎，自号玉山樵人，京兆万年（今陕西西安）人，晚唐大臣、诗人，"南安四贤"之一，著有《玉山樵人集》。聪敏好学，十岁能诗，得到姨父李商隐赞誉。

③ 冢（zhǒng）：指坟墓，也指山顶。

289

士甘焚死不公侯。贤愚千载知谁是，满眼蓬蒿共一丘。

## 4266 清明日对酒 (宋·高翥①)

南北山头多墓田，清明祭扫各纷然。纸灰飞作白蝴蝶，泪血染成红杜鹃。日落狐狸眠冢上，夜归儿女笑灯前。人生有酒须当醉，一滴何曾到九泉。

## 4267 清心院双清轩

(宋·黄庭坚)

万劫千峰绕座隅，一泓澄澈见游鱼。谁家栏槛烟云里，坐我潇湘水墨图。人物度桥疑海市，楼台拍水信蓬壶。潺湲②枕底催乡梦，双井溪头有旧庐。

## 4268 秋怀二首 (宋·黄庭坚)

### 其一

秋阴细细压茅堂，吟虫啾啾昨夜凉。雨开芭蕉新间旧，风撼筼筜③宫应商。砧声已急不可缓，檐景既短难为长。狐裘断缝弃墙角，岂念晏岁多繁霜。

### 其二

茅堂索索秋风发，行遶空庭紫苔滑。蛙号池上晚来雨，鹊转南枝夜深月。翻手覆手不可期，

一死一生交道绝。湖水无端浸白云，故人书断孤鸿没。

## 4269 秋日 (宋·程颢)

闲来无事不从容，睡觉东窗日已红。万物静观皆自得，四时佳兴与人同。道通天地有形外，思入风云变态中。富贵不淫贫贱乐，男儿到此是豪雄。

## 4270 秋树 (宋·陆游)

秋风一夜吹桥树，明日来看已非故。吴中九月霜尚薄，落叶半随飞鸟去。老人心事感凋零，只欲逢秋醉不醒。范宽用意真难解，偏写丹枫作画屏。

## 4271 秋思 (明·李英)

曾是沧洲旧钓徒，西风落魄寄江都。望中故国千山阻，别后经年一字无。庾岭烟霞秋思远，楚天风雨暮帆孤。谁怜飘泊他乡客，不为江蓴滞五湖。

---

① 高翥（zhù）：南宋诗人，初名公弼，后改名翥，字九万，号菊涧，余姚（今属浙江）人，是江湖诗派中的重要人物，有"江湖游士"之称。

② 潺湲（chán yuán）：形容河水慢慢流淌的样子。

③ 筼筜（yún dāng）：一种皮薄、节长而竿高的生长在水边的大竹子。

## 4272 秋思 (宋·陆游)

利欲驱人万火牛,江湖浪迹一沙鸥。日长似岁闲方觉,事大如天醉亦休。砧杵①敲残深巷月,井梧摇落故园秋。欲舒老眼无高处,安得元龙百尺楼。

## 4273 秋兴 (宋·陆游)

白发萧萧欲满头,归来三见故山秋。醉凭高阁乾坤迮②,病入中年日月遒③。百战铁衣空许国,五更画角只生愁。明朝烟雨桐江岸,且占丹枫系钓舟。

## 4274 秋兴八首 (唐·杜甫)

### 其一

玉露凋伤枫树林,巫山巫峡气萧森。江间波浪兼天涌,塞上风云接地阴。丛菊两开他日泪,孤舟一系故园心。寒衣处处催刀尺,白帝城高急暮砧。

### 其二

夔府④孤城落日斜,每依北斗望京华。听猿实下三声泪,奉使虚随八月槎。画省香炉违伏枕,山楼粉堞⑤隐悲笳。请看石上藤萝月,已映洲前芦荻花。

### 其三

千家山郭静朝晖,日日江楼坐翠微。信宿渔人还泛泛,清秋燕子故飞飞。匡衡抗疏功名薄,刘向传经心事违。同学少年多不贱,五陵衣马自轻肥。

### 其四

闻道长安似弈棋,百年世事不胜悲。王侯第宅皆新主,文武衣冠异昔时。直北关山金鼓振,征西车马羽书驰。鱼龙寂寞秋江冷,故国平居有所思。

### 其五

蓬莱宫阙对南山,承露金茎霄汉间。西望瑶池降王母,东来紫气满函关。云移雉尾开宫扇,日绕龙鳞识圣颜。一卧沧江惊岁晚,几回青琐点朝班。

### 其六

瞿塘峡口曲江头,万里风烟接素秋。花萼夹城通御气,芙蓉小苑入边愁。珠帘绣柱围黄鹄,锦缆牙樯起白鸥。回首可怜歌舞地,秦中自古帝王州。

---

① 砧杵 (zhēn chǔ):指捣衣石和棒槌,亦指捣衣。
② 迮 (zé):本指狭窄,引申为逼迫。
③ 遒 (qiú):强健有力。
④ 夔 (kuí) 府:今重庆市奉节县。唐置夔州,州治在奉节,为府署所在,故称。
⑤ 粉堞 (dié):用白垩 (è) 涂刷的女墙。

## 其七

昆明池水汉时功，武帝旌旗在眼中。织女机丝虚夜月，石鲸鳞甲动秋风。波漂菰米①沉云黑，露冷莲房坠粉红。关塞极天惟鸟道，江湖满地一渔翁。

## 其八

昆吾御宿自逶迤②，紫阁峰阴入渼陂③。香稻啄余鹦鹉粒，碧梧栖老凤凰枝。佳人拾翠春相问，仙侣同舟晚更移。彩笔昔曾干气象，白头吟望苦低垂。

## 4275 秋夜读书每以二鼓尽为节（宋·陆游）

腐儒碌碌叹无奇，独喜遗编不我欺。白发无情侵老境，青灯有味似儿时。高梧策策传寒意，叠鼓冬冬迫睡期。秋夜渐长饥作祟，一杯山药进琼糜。

## 4276 秋夜怀吴中（宋·陆游）

秋夜挑灯读楚辞，昔人句句不吾欺。更堪临水登山处，正是浮家泛宅时。巴酒不能消客恨，蜀巫空解报归期。灞桥烟柳知何限，谁念行人寄一枝。

## 4277 曲江二首（唐·杜甫）

### 其一

一片花飞减却春，风飘万点正愁人。且看欲尽花经眼，莫厌伤多酒入唇。江上小堂巢翡翠，苑边高冢卧麒麟。细推物理须行乐，何用浮荣绊④此身。

### 其二

朝回日日典春衣，每日江头尽醉归。酒债寻常行处有，人生七十古来稀。穿花蛱蝶深深见，点水蜻蜓款款飞。传语风光共流转，暂时相赏莫相违。

## 4278 去岁和元翁重到双涧寺观余兄弟题诗之篇总忘收录病中记忆成此诗

（宋·黄庭坚）

素琴声在时能听，白鸟盟寒久未寻。眼见野僧垂雪发，养亲原不顾朱金。开泉浸稻双涧水，

---

① 菰（gū）米：菰菜（茭白）的果实。
② 逶迤（wēi yí）：蜿蜒曲折拐来拐去的样子。
③ 渼陂（měi bēi）：古代湖名，在今陕西省鄠邑区，源出终南山，西北流入涝水。
④ 绊（bàn）：挡住或缠住，使跌倒或使行走不方便。

煨笋充盘春竹林。安得一廛①吾欲老，君听庄舄病时吟②。

## 4279 去贤斋（宋·黄庭坚）

争名朝市鱼千里，观道诗书豹一班。末俗风波尤浩渺，古人廉陛厘跻攀。螳螂怒臂当车辙，鹦鹉能言著鏁③关。顾我安知贤者事，松风永日下帘间。

## 4280 劝交代张和父酒

（宋·黄庭坚）

风流五日张京兆，今日诸孙困小官。作尹大都如广汉，画眉仍复近长安。三人成虎事多有，众口铄金君自宽。酒兴情亲俱不浅，贱生何取鏖交欢。

## 4281 辱粹道兄弟寄书久不作报以长句谢不敏

（宋·黄庭坚）

病癖④无堪吾懒书，交亲情分岂能疏。深惭烟际两鸿雁，遗我晋中双鲤鱼。故国青山长极眼，今年白发不胜梳。几时得计休官去，笋叶裹茶同趁虚。

## 4282 入都（宋·陆游）

葵苋登盘酒可赊，岂知扶病又离家。朝行打岸涛头恶，夜宿

垂天斗柄斜。不恨山林淹岁月，但悲道路困风沙。邻翁好为看耕陇，行矣东归一笑哗。

## 4283 闰月访同年李夷伯子真于河上子真以诗谢次韵

（宋·黄庭坚）

十年不见犹如此，未觉斯人叹滞留。白璧明珠多按剑，浊泾清渭要同流。日晴花色自深浅，风软鸟声相应酬。谈笑一樽非俗物，对公无地可言愁。

## 4284 山园小梅二首

（宋·林逋⑤）

其一

众芳摇落独暄妍，占尽风情向

---

① 一廛（chán）：古时一夫所居之地，泛指一块土地或一处居宅。

② 庄舄（xì）病时吟：庄舄吟唱越国乐曲，形容不忘故国。成语"庄舄越吟"即出自此典故。庄舄，亦称越舄，越国人，战国时楚国大臣。

③ 鏁（suǒ）：古同"锁"。

④ 病癖（pǐ）：过度沉迷于癖好。

⑤ 林逋（bū）：967—1028年，字君复，幼时刻苦好学，通晓经史百家，性孤高，喜恬淡，不趋荣利。曾漫游江淮间，后隐居杭州西湖，结庐孤山。常驾小舟遍游西湖诸寺庙，与高僧诗友相往还。每逢客至，叫门童子纵鹤放飞，林逋见鹤必棹舟归来。作诗随就随弃不留存。宋仁宗赐谥"和靖先生"。

小园。疏影横斜水清浅，暗香浮动月黄昏。霜禽欲下先偷眼，粉蝶如知合断魂。幸有微吟可相狎，不须檀板共金樽。

其二

剪绡零碎点酥干，向背稀稠画亦难。日薄从甘春至晚，霜深应怯夜来寒。澄鲜只共邻僧惜，冷落犹嫌俗客看。忆著江南旧行路，酒旗斜拂堕吟鞍。

## 4285 伤歌行四首

（宋·黄庭坚）

其一

草木摇落天沉阴，蟋蟀为我商声吟。高明从来畏鬼瞰①，贫贱不能全孝心。虿知义利有轻重，积羽何翅一钧金。莫悲归妹无锦绣，但愿教儿和瑟琴。

其二

孟氏至诚通竹笋，姜诗纯孝感渊鱼。古人常欲养志意，君子不唯全发肤。有妹言归奉箕帚，仰谁出力助葭莩②。等闲亲戚贫中白，自悔从来色养疏。

其三

诸妹欲归囊褚单，值我薄宦多艰难。为吏受赇③恐得罪，啜菽④饮水终无欢。永怀遂休一夜梦，谁与少缓百忧端。古人择

婿求过寡，取妇岂为谋饥寒。

其四

伯夷不食周武粟，程婴可托赵氏孤。死者复生欲无愧，受遗归妹况在予。经营百事失本意，跬步⑤寻常畏简书。人闲若有不税地，判尽筋力终年锄。

## 4286 升山寺 （唐·周朴）

升山自古道飞来，此是神功不可猜。气色虽然离禹穴，峰峦犹自接天台。岩边折树泉冲落，顶上浮云日照开。南望闽城尘世界，千秋万古卷尘埃。

## 4287 诗一首 （宋·黄庭坚）

石磴层层鸟道斜，仙家楼阁锁烟霞。丹砂已化黄金鼎，玉洞犹开白鹤花。铁简有云神永护，金钟无韵鬼曾楂。洞天福地阴阳合，胜事留传岂浪夸。

---

① 瞰（kàn）：本义指看，特指向下看，又引申为窥伺。

② 葭莩（jiā fú）：本指芦苇里的薄膜，借指瘠薄或简薄。

③ 受赇（qiú）：接受贿赂。

④ 啜菽（chuò shū）：以豆为食。

⑤ 跬（kuǐ）步：本指半步，引申至举步、迈步，也用于形容极近的距离、数量极少等。

## 4288 十二月八日步至西村
（宋·陆游）

腊月风和意已春，时因散策过吾邻。草烟漠漠柴门里，牛迹重重野水滨。多病所须唯药物，差科未动是闲人。今朝佛粥更相馈，反觉江村节物新。

## 4289 食瓜有感（宋·黄庭坚）

暑轩无物洗烦蒸，百果凡材得我憎。薜井筠笼①浸苍玉，金盘碧箸荐寒冰。田中谁问不纳履，坐上适来何处蝇。此理一杯分付与，我思明哲在东陵。

## 4290 史天休中散挽词
（宋·黄庭坚）

光禄九男君独秀，赋名几与景仁班。淹留州县看恬默，出入风波笑险艰。遗爱蜀中三郡有，退身林下十年闲。山川英气消磨尽，昨日华堂作土山。

## 4291 世弼惠诗求舜泉辄欲以长安酥共泛一杯次韵戏答
（宋·黄庭坚）

寒斋②薄饭留佳客，蠹简③残编作近邻。避地梁鸿真好学，著书扬子未全贫。玉酥链得三危露，石火烧成一片春。沙鼎探汤供卵饮，不忧问字绝无人。

## 4292 世事三首（宋·陆游）

### 其一

世事如今尽伏输，面能干唾况其余。诗才退后愁强韵，眼力衰来怯细书。敛迹已思焚笔砚，作劳敢避把犁锄④。晴空万里宽多少，一片闲云足卷舒。

### 其二

世事本难全，吾生已愧天。借书常稇载⑤，馈酒亦蝉联。饘粥⑥随时具，湖山此地偏。残年更何慕，未死即神仙。

### 其三

世事说来犹可厌，宦情梦里亦应无。山林已结三生愿，朝市谁非九折途？醉舞杯盘无藉在，

---

① 筠（yún）笼：本指罩在火炉上的竹笼或竹篮之类器具，借指箱箧（qiè）之类盛器。

② 斋（jī）：本指捣碎的姜、蒜或韭菜的细末，引申指细和碎。

③ 蠹（dù）简：被虫蛀坏的书，泛指破旧书籍。

④ 犁锄（chú）：本指犁和锄，借指耕作。锄，同"锄"。

⑤ 稇（kǔn）载：亦作"稛载"，指以绳束财物并载车上，亦指满载或重载。

⑥ 饘（zhān）粥：即稀饭。

狂吟风月不枝梧。何人今擅丹青艺，为画苏门长啸图？

## 4293 书愤五首（宋·陆游）

**其一**

早岁那知世事艰，中原北望气如山。楼船夜雪瓜州渡，铁马秋风大散关。塞上长城空自许，镜中衰鬓已先斑。出师一表真名世，千载谁堪伯仲间。

**其二**

山河自古有乖分，京洛腥膻①实未闻。剧盗曾从宗父命，遗民犹望岳家军。上天悔祸终平虏，公道何人肯散群？白首自知疏报国，尚凭精意祝炉熏。

**其三**

清汴逶迤贯旧京，宫墙春草几番生。剖②心莫写孤臣愤，抉眼终看此虏平。天地固将容小丑，犬羊自惯渎齐盟。蓬窗老抱横行路，未敢随人说弭兵。

**其四**

白发萧萧卧泽中，只凭天地鉴孤忠。厄穷苏武餐毡久，忧愤张巡嚼齿空。细雨春芜上林苑，颓垣③夜月洛阳宫。壮心未与年俱老，死去犹能作鬼雄。

**其五**

镜里流年两鬓残，寸心自许尚如丹。衰迟罢试戎衣窄，悲愤犹争宝剑寒。远戍十年临的博④，壮图万里战皋兰⑤。关河自古无穷事，谁料如今袖手看！

## 4294 书室明暖终日婆娑其间倦则扶杖至小园戏作长句（宋·陆游）

美睡宜人胜按摩，江南十月气犹和。重帘不卷留香久，古砚微凹聚墨多。月上忽看梅影出，风高时送雁声过。一杯太淡君休笑，牛背吾方扣角歌。

## 4295 书睢阳⑥事后（宋·黄庭坚）

莫道睢阳覆我师，再兴唐祚⑦匪公谁。流离颠沛义不辱，去就

---

① 腥膻（xīng shān）：指又腥又膻的气味，比喻丑恶污浊的事物，也指肉食。引申指入侵的外敌（含憎恶、蔑视意），借指入侵的北方游牧民族。

② 剖（pōu）：即将某物切断，也有分辨和分析之义。

③ 颓垣（tuí yuán）：指坍塌的墙。

④ 的（dì）博：又作滴博、滴博岭，在今四川理县东南。这里泛指川、陕。

⑤ 皋（gāo）兰：山名，在今甘肃省兰州市南。

⑥ 睢（suī）阳：地名，在河南省商丘市辖区。

⑦ 祚（zuò）：指福气或福运，亦指君主的位置。

死生心自知。政使贺兰非长者，岂妨南八是男儿。乾坤震荡风尘晦，愁绝宗臣陷贼诗。

## 4296 叔父钓亭（宋·黄庭坚）

槛①外溪风拂面凉，四围春草自锄荒。陆沈霜发为钓直，柳贯锦鳞缘饵香。影落华亭千尺月，梦通岐下六州王。麒麟卧笑功名骨，不道山林日月长。

## 4297 蜀相（唐·杜甫）

丞相祠堂何处寻，锦官城外柏森森。映阶碧草自春色，隔叶黄鹂空好音。三顾频烦天下计，两朝开济老臣心。出师未捷身先死，长使英雄泪满襟。

## 4298 双井茶送子瞻

（宋·黄庭坚）

人间风日不到处，天上玉堂森宝书。想见东坡旧居士，挥毫百斛泻明珠。我家江南摘云腴②，落磑③霏霏雪不如。为君唤起黄州梦，独载扁舟向五湖。

## 4299 思亲汝州作

（宋·黄庭坚）

岁晚寒侵游子衣，拘留幕府报官移。五更归梦二百里，一日思亲十二时。车上吐茵元不逐，市中有虎竟成疑。秋毫得失关何事，总为平安书到迟。

## 4300 四月末天气陡然如秋遂御袷衣游北沙亭观江涨

（宋·黄庭坚）

沙岸人家报急流，船官解缆正夷犹。震雷将雨度绝壑，远水粘天吞钓舟。甚欲去挥白羽箑④，可堪更着紫草裘。平生得意无人会，浩荡春钼⑤且自由。

## 4301 嗣深尚书弟晬日

（宋·黄庭坚）

骨秀已知骐骥子，性仁端是凤凰雏。不腾渥水称神俊，应出岐山作瑞符。渐指家人知姓字，试看屏上识之无。乃翁断狱多阴德，径往高门待汝车。

---

① 槛（jiàn）：指栏杆或关禽兽的木笼。读kǎn时，指门槛。
② 云腴（yú）：茶的别称，有时也指酒，还指传说中的仙药。
③ 落磑（wèi）：把茶叶放在石磨里磨碎。
④ 箑（shà）：扇子。
⑤ 钼（chú）：同"锄"，也指诛灭或除去。

## 4302 宋夫人挽词

（宋·黄庭坚）

往岁涂宫暗碧纱，倾城出祖路人嗟①。松楠峰下迁华寝，雪月光中咽晓筎。有子今为二千石，同州才数两三家。儿孙满地厥衣举，不见归时桃李华。

## 4303 送曹黔南口号

（宋·黄庭坚）

摩围山色醉今朝，试问归程指斗杓。荔子阴成棠棣②爱，竹枝歌是去思谣。阳关一曲悲红袖，巫峡千波怨画桡③。归去天心承雨露，双鱼来报旧宾僚。

## 4304 送陈氏女弟至石塘河

（宋·黄庭坚）

富贵常多覆族忧，贱贫骨肉不相收。独乘舟去值花雨，寄得书来应麦秋。行李淮山三四驿，风波春水一双鸥。人言离别愁难遣，今日真成始欲愁。

## 4305 送邓慎思归长沙觐④省

（宋·黄庭坚）

邓侯过我解新靮⑤，潦倒犹能似旧时。西邑初除折腰尉，南陔⑥常咏采兰诗。姓名已入飞龙榜，书信新传喜鹊知。何日家庭供一笑，绿衣便是老莱衣。

## 4306 送杜子卿归西淮

（宋·黄庭坚）

雪意涔涔⑦满面风，杜郎马上若征鸿。樽前谈笑我方惜，天外淮山谁与同。行望酒帘沽白蚁，醉吟诗句入丹枫。一时真赏无人共，尚忆江南把钓翁。

## 4307 送高士敦赴成都钤辖二首（宋·黄庭坚）

其一

玉钤⑧金印临参井，控蜀通秦四十州。日下书来望鸿雁，江头

---

① 嗟（jiē）：最初一般为叹词，表示叹息悔恨，后用来泛指带有侮辱性的施舍。

② 棠棣（táng dì）：古书上说的一种树木。也作唐棣。

③ 画桡（ráo）：有画饰的船桨。

④ 觐（jìn）：朝见（君主）；朝拜（圣地）。

⑤ 靮（jī）：马缰绳。

⑥ 南陔（gāi）：《诗经·小雅·鹿鸣之什》的最后一篇，有目无诗（原诗佚失）。

⑦ 涔（cén）涔：形容水、汗、泪等不断地流下，也形容天色阴沉或心情烦闷。

⑧ 玉钤（qián）：相传为姜子牙所遗的兵书，后泛指兵略和军事。

298

花发醉貔貅①。巴滇②有马驹空老，林菁③无人叶自秋。能为将军歌此曲，鸣机割锦与缠头。

其二

捧日高宣事，东京四姓侯。军中闻俎豆④，庙胜脱兜鍪⑤。烧烛海棠夜，香衣药市秋。君平识行李，河汉接天流。

## 4308 送硕子敦赴河东三首
（宋·黄庭坚）

其一

头白书林二十年，印章今领晋山川。紫参可掘宜包贡，青铁无多莫铸钱。劝课农桑诚有道，折冲樽俎不临边。要知使者功多少，看取春郊处处田。

其二

家在江东不系怀，爱民忧国有从来。月斜汾沁催驿马，雪暗岢岚⑥传酒杯。塞上金汤惟粟粒，胸中水镜是人材。遥知更解青牛句，一寸功名心已灰。

其三

揽辔⑦都城风露秋，行台无妾护衣篝⑧。虎头妙墨能频寄，马乳蒲萄不待求。上党地寒应强饮，两河民病要分忧。犹闻昔在军兴日，一马人间费十牛。

## 4309 送李少府贬峡中王少府贬长沙（唐·高适）

嗟君此别意何如，驻马衔杯问谪居。巫峡啼猿数行泪，衡阳归雁几封书。青枫江上秋帆远，白帝城边古木疏。圣代即今多雨露，暂时分手莫踌躇。

## 4310 送刘季展从军雁门二首
（宋·黄庭坚）

其一

刘郎才力耐百战，苍鹰下韝⑨秋未晚。千里荷戈防犬羊，十年读书厌藜苋⑩。试寻北产汗血驹，莫杀南飞寄书雁。人生有

---

① 貔貅（pí xiū）：古书上说的一种猛兽，后人也以貔貅比喻勇猛的军队。

② 滇（diān）：云南省的简称。

③ 林菁（jīng）：成片生长的竹木。

④ 俎（zǔ）豆：俎和豆，古代祭祀、宴会时盛肉类等祭品的两种器皿，亦泛指各种礼器。

⑤ 兜鍪（dōu móu）：古代战士戴的头盔，秦汉以前称胄，后叫兜鍪。

⑥ 岢岚（kē lán）：地名。在山西西北部。

⑦ 辔（pèi）：驾驭牲口用的嚼子和缰绳。

⑧ 衣篝（gōu）：罩在熏炉上熏衣用的笼子。

⑨ 韝（gōu）：古代射箭时戴的皮制袖套。

⑩ 藜苋（lí xiàn）：指藜和苋，泛指贫者所食之粗劣菜蔬。

禄亲白头，可能一日无甘馔①。

其二

石趺②谷中玉子瘦，金刚窟前药草肥。仙家耕耘成白璧，道人煮掘起风痹。绛囊③璀璨④思盈斗，竹畚⑤香甘要百围。到官莫道无来使，日日北风鸿雁归。

## 4311 送吕知常赴太和丞

（宋·黄庭坚）

我去太和欲期矣，吕君初得太和官。邑中亦有文字乐，惜不同君涧谷盘。观山千尺夜泉落，快阁六月江风寒。往寻佳境不知处，扫壁觅我题诗看。

## 4312 送彭南阳（宋·黄庭坚）

南阳令尹振华镳⑥，三月春风困柳条。携手河梁愁欲别，离魂芳草不胜招。壶觞调笑平民讼，宾客风流醉舞腰。若见贤如武侯者，为言来仕圣明朝。

## 4313 送徐隐父宰余干二首

（宋·黄庭坚）

其一

地方百里身南面，翻手冷霜覆手炎。赘婿⑦得牛庭少讼，长官斋马吏争廉。邑中丞掾⑧阴桃

李，案上文书略米盐。治状要须闻岂弟，此行端为霁威严。

其二

天上麒麟来下瑞，江南橘柚间生贤。玉台书在犹骚雅，孺子亭荒只草烟。半世功名初墨绶，同兄文字直青钱。割鸡不合庖丁手，家传风流更着鞭。

## 4314 隋宫（唐·李商隐）

紫泉宫殿锁烟霞，欲取芜城作帝家。玉玺⑨不缘归日角，锦帆应是到天涯。于今腐草无萤火，终古垂杨有暮鸦。地下若逢陈后主，岂宜重问后庭花。

## 4315 孙不愚引开元故事请为移春槛因而赠答

（宋·黄庭坚）

南陌东城处处春，不须移槛损

---

① 馔（zhuàn）：指饭食。
② 趺（fū）：碑下的石座。
③ 绛囊（jiàng náng）：本指红色口袋，后喻草木之红色花果。
④ 璀璨（cuǐ càn）：光明灿烂。
⑤ 竹畚（běn）：竹子做的簸箕（bò ji）。
⑥ 华镳（biāo）：指精美的马勒，亦指马。
⑦ 赘婿（zhuì xù）：结婚后住到女方家的男子，俗称上门女婿。
⑧ 丞掾（chéng yuàn）：属官的泛称。
⑨ 玉玺（xǐ）：皇帝的玉印。

天真。鬓毛欲白休辞饮，风雨无端只误人。鸟语提壶元自好，酒狂惊俗未应嗔。稍寻绿树为诗社，更藉残红作醉茵。

## 4316 太平寺慈氏阁
（宋·黄庭坚）
青玻璃盆插千岑，湘江水清无古今。何处拭目穷表里，太平飞阁暂登临。朝阳不闻皂盖下，愚溪但见古木阴。谁与洗涤怀古恨，坐有佳客非孤斟。

## 4317 唐虞（宋·陆游）
唐虞虽远愈巍巍，孔氏如天孰得违？大道岂容私学裂，专门常怪世儒非。少林尚忌随人转，老氏亦尊知我稀。能尽此心方有得，勿持糟粕①议精微。

## 4318 滕王阁诗（唐·王勃）
滕王高阁临江渚，佩玉鸣鸾罢歌舞。画栋朝飞南浦云，珠帘暮卷西山雨。闲云潭影日悠悠，物换星移几度秋。阁中帝子今何在？槛外长江空自流。

## 4319 题安福李令朝华亭
（宋·黄庭坚）
丹楹刻桷②上峥嵘③，表里江山路眼平。晓日成霞张锦绮，青林多露缀珠缨。人如旋磨观群蚁，田似围棋据一枰④。对案昏昏迷簿领，暂来登览见高明。

## 4320 题淡山岩二首
（宋·黄庭坚）
其一
去城二十五里近，天与隔尽俗子尘。春蛙秋蝇不到耳，夏凉冬暖总宜人。岩中清磬僧定起，洞口绿树仙家春。惜哉次山世未显，不得雄文镵⑤翠珉⑥。
其二
淡山淡姓人安在，征君避秦亦不归。石门竹径几时有，琼台瑶室至今疑。回中明洁坐十客，亦可呼乐醉舞衣。阆州城南果何似，永州淡岩天下稀。

---

① 糟粕（zāo pò）：本指酿酒或磨米剩下的渣滓，后喻事物粗劣没有价值或腐朽有害的部分。
② 刻桷（jué）：有绘饰的方椽（chuán）。
③ 峥嵘（zhēng róng）：形容高峻，也比喻突出和不平凡。
④ 枰（píng）：棋盘。
⑤ 镵（chán）：古代一种铁制的掘土工具。
⑥ 翠珉（mín）：石碑的别称。

## 4321 题弟侄书堂

（唐·杜荀鹤）

何事居穷道不穷，乱时还与静时同。家山虽在干戈地，弟侄常修礼乐风。窗竹影摇书案上，野泉声入砚池中。少年辛苦终身事，莫向光阴惰寸功。

## 4322 题樊侯庙二首

（宋·黄庭坚）

其一

汉兴丰沛开天下，故旧因依日月明。拔剑一卮①戏下酒，剖符②千户舞阳城。鼓刀屠狗少时事，排闼③谏君身后名。异日淮阴傥④相见，安能鞅鞅似平生。

其二

门掩虚堂阴窈窈，风摇枯竹冷萧萧。邱虚余意谁相问，丰沛英魂我欲招。野老无知惟卜岁，神巫何事苦吹箫。人归里社黄云暮，只有哀蝉伴寂寥。

## 4323 题胡逸老致虚庵

（宋·黄庭坚）

藏书万卷可教子，遗金满籯⑤常作灾。能与贫人共年谷，必有明月生蚌胎。山随宴坐图画出，水作夜窗风雨来。观水观山皆得妙，更将何物污灵台。

## 4324 题槐安阁（宋·黄庭坚）

曲阁深房古屋头，病僧枯几过春秋。垣衣蛛网蒙窗牖⑥，万象纵横不系留。白蚁战酣千里血，黄粱炊熟百年休。功成事遂人间世，欲梦槐安向此游。

## 4325 题老学庵壁（宋·陆游）

此生生计愈萧然，架竹苫茆⑦只数椽⑧。万卷古今消永日，一窗昏晓送流年。太平民乐无愁叹，衰老形枯少睡眠。唤得南村跛童子，煎茶扫地亦随缘。

## 4326 题李十八知常轩

（宋·黄庭坚）

身心如一是知常，事不惊人味

---

① 卮（zhī）：盛酒的器皿。
② 剖（pōu）符：剖分信符。
③ 排闼（tà）：撞开或推开门。闼，指门或小门。
④ 傥（tǎng）：同"倘（tǎng）"，如果，假使。
⑤ 籯（yíng）：竹笼或放筷子的笼子。
⑥ 窗牖（yǒu）：即窗户。
⑦ 苫茆（shān máo）：茅草屋。苫，用草做成的盖东西或垫东西的器物。茆，同"茅"。
⑧ 椽（chuán）：承托屋面用的木构件，圆的叫椽，方的叫桷（jué）。

久长。盖世功名棋一局，藏山文字纸千张。无心海燕窥金屋，有意江鸥傍草堂。惊破南柯少时梦，新晴鼓角报斜阳。

## 4327 题落星寺四首

（宋·黄庭坚）

其一

星官游空何时落，著地亦化为宝坊。诗人昼吟山入座，醉客夜愕江撼床。蜜房各自开牖户，蚁穴或梦封侯王。不知青云梯几级，更借瘦藤寻上方。

其二

岩岩匡俗先生庐，其下宫亭水所都。北辰九关隔云雨，南极一星在江湖。相粘蚝山作居室，窍凿混沌无完肤。万鼓春撞夜涛涌，骊龙莫睡失明珠。

其三

落星开士深结屋，龙阁老翁来赋诗。小雨藏山客坐久，长江接天帆到迟。宴寝清香与世隔，画图妙绝无人知。蜂房各自开户牖，处处煮茶藤一枝。

其四

北风吹倒落星寺，吾与伯伦俱醉眠。螟蛉蜾蠃①但痴坐，夜寒南北斗垂天。

## 4328 题三义塔（鲁迅）

奔霆飞熛②歼③人子，败井颓垣④剩饿鸠。偶值大心离火宅，终遗高塔念瀛洲。精禽梦觉仍衔石，斗士诚坚共抗流。度尽劫波兄弟在，相逢一笑泯恩仇。

## 4329 题神移仁寿塔

（宋·黄庭坚）

十二观音无正面，谁令塔户向东开。定知四梵神通力，曾借六丁风雨推。蝇说冰霜如梦寐，鹦闻钟鼓亦惊猜。从今不信维摩诘，断取三千世界来。

## 4330 题诗（清·郑燮）

一半葫芦一半瓢，合来一处好成桃。从今入定风归寂，此后敲门月影遥。鸟性悦时空即色，莲花落处静偏娇。是谁勾却风流案，记取当堂郑板桥。

---

① 螟蛉（míng líng）蜾蠃（guǒ luǒ）：螟蛉是一种绿色小虫，蜾蠃是一种寄生蜂。蜾蠃常捕捉螟蛉并在其体内产卵，蜾蠃幼虫即以螟蛉为食。古人误认为蜾蠃不产子，养螟蛉为子，因此称养子为螟蛉。

② 熛（biāo）：指迸飞的火焰，或者形容迅疾的样子。

③ 歼（jiān）：全部消灭。

④ 颓垣（tuí yuán）：指坍塌的墙。

## 4331 题双凫观 (宋·黄庭坚)

飘萧阅世等虚舟，难息眼前无此流。满地悲风盘翠竹，半丛寒日破红榴。青山空在衣冠古，白鹤不归宫殿秋。王念平生樽酒地，千年万岁想来游。

## 4332 题司门李文园亭
(宋·黄庭坚)

白氏草堂元自葺①，陶公三径不教荒。青蕉雨后开书卷，黄菊霜前碎鹄②裳。落日看山凭曲槛，清风谈道据胡床。此来遂得归休意，却莫翻然起相汤。

## 4333 题息轩 (宋·黄庭坚)

僧开小槛笼沙界，郁郁参天翠竹丛。万籁参差写明月，一家寥落共清风。蒲团禅板无人付，茶鼎薰炉与客同。万水千山寻祖意，归来笑杀旧时翁。

## 4334 题杨道人默轩
(宋·黄庭坚)

炙手权门烈火炎，冷溪寒谷反幽潜。轻尘不动琴横膝，万籁无声月入帘。秋后丝钱谁数得，春余苍竹自知添。客星异日乘槎去，会访成都人姓严。

## 4335 题雍丘崔明府丹灶
(唐·李白)

美人为政本忘机，服药求仙事不违。叶县已泥丹灶毕，瀛洲当伴赤松归。先师有诀神将助，大圣无心火自飞。九转但能生羽翼，双凫忽去定何依。

## 4336 同韵和元明兄知命弟九日相忆二首 (宋·黄庭坚)

其一

草囊南渡传诗句，摹写相思意象真。九日黄花倾寿酒，几回青眼望归尘。蚤为学问文章误，晚作东西南北人。安得田园可温饱，长抛簪绂③裹头巾。

其二

万水千山厌问津，芭蕉林里自观身。邻田鸡黍留熊也，风雨关河走阿秦。鸿雁池边照双影，脊令原上忆三人。年年献寿须欢喜，白发黄花映角巾。

---

① 葺 (qì)：用茅草覆盖房顶。现泛指修理房屋。
② 鹄 (hú)：天鹅。
③ 簪绂 (zān fú)：指冠簪和缨带，古代官员服饰，亦喻显贵、仕宦。

## 4337 同子瞻和赵伯充团练
（宋·黄庭坚）

金玉堂中寂寞人，仙班时得共朝真。两宫无事安盘石，万国归心有老臣。家酿可供开口笑，侍儿工作捧心颦①。醉乡乃是安身处，付与升平作幸民。

## 4338 途中见杏花（唐·吴融）

一枝红杏出墙头，墙外行人正独愁。长得看来犹有恨，可堪逢处更难留！林空色暝莺先到，春浅香寒蝶未游。更忆帝乡千万树，澹②烟笼日暗神州。

## 4339 万里桥江上习射
（宋·陆游）

坡陇如涛东北倾，胡床看射及春晴。风和渐减雕弓力，野迥遥闻羽箭声。天上欃枪③端可落，草间狐兔不须惊。丈夫未死谁能料，一笴④他年下百城。

## 4340 王圣美三子补中广文生
（宋·黄庭坚）

王家人物从来远，今见诸孙总好贤。三级定知鱼尾进，一鸣已作雁行连。愧无藻监能推毂⑤，愿卷囊书当赠钱。归去雄夸向儿侄，舍中犊子剩狂颠。

## 4341 卫南（宋·黄庭坚）

今年畚锸⑥弃春耕，折苇枯荷绕坏城。白鸟自多人自少，污泥终浊水终清。沙场旗鼓千人集，渔户风烟一笛横。惟有鸣鸱⑦古祠柏，对人犹是向时情。

## 4342 闻官军收河南河北
（唐·杜甫）

剑外忽传收蓟北⑧，初闻涕泪满衣裳。却看妻子愁何在，漫卷诗书喜欲狂。白日放歌须纵酒，青春作伴好还乡。即从巴峡穿巫峡，便下襄阳向洛阳。

---

① 捧心颦（pín）：春秋时，越国美女西施因患心病而捧胸皱眉，更显娇美。后用以形容别具风韵或病困愁苦的样子。

② 澹（dàn）：本指水波摇动的样子，也指恬静安然的样子，还指水波纡缓的样子。

③ 欃（chán）枪：彗星的别名。

④ 笴（gǎn）：箭杆，代指箭。

⑤ 推毂（gǔ）：本指推着车子前进，借指帝王任命将帅时隆重的礼遇，也比喻推举人才。

⑥ 畚锸（běn chā）：畚，盛土器。锸，起土器。泛指挖运泥土的用具，亦借指土建之事。

⑦ 鸣鸱（chī）：即鸱鹰，借指鸱吻。

⑧ 蓟（jì）北：泛指唐代幽州、蓟州一带，今河北北部地区，是安史叛军的主要根据地。

## 4343 闻致政胡朝请多藏书以诗借书目 (宋·黄庭坚)

万事不理问伯始,藉甚声名南郡胡。远孙白头坐郎省,乞身归来犹好书。手抄万卷未阁笔,心醉六经还荷钮①。愿公借我藏书目,时送一鸱开锁鱼。

## 4344 无题 (宋·晏殊)

油壁香车不再逢,峡云无迹任西东。梨花院落溶溶月,柳絮池塘淡淡风。几日寂寥伤酒后,一番萧瑟禁烟中。鱼书欲寄何由达,水远山长处处同。

## 4345 无题 (唐·李商隐)

### 其一

相见时难别亦难,东风无力百花残。春蚕到死丝方尽,蜡炬成灰泪始干。晓镜但愁云鬓改,夜吟应觉月光寒。蓬山此去无多路,青鸟殷勤为探看。

### 其二

昨夜星辰昨夜风,画楼西畔桂堂东。身无彩凤双飞翼,心有灵犀一点通。隔座送钩春酒暖,分曹射覆蜡灯红。嗟余听鼓应官去,走马兰台类转蓬。

### 其三

来是空言去绝踪,月斜楼上五更钟。梦为远别啼难唤,书被催成墨未浓。蜡照半笼金翡翠,麝熏微度绣芙蓉。刘郎已恨蓬山远,更隔蓬山一万重。

### 其四

飒飒东风细雨来,芙蓉塘外有轻雷。金蟾啮锁②烧香入,玉虎牵丝汲井回。贾氏窥帘韩掾少③,宓妃④留枕魏王才。春心莫共花争发,一寸相思一寸灰。

### 其五

重帷深下莫愁堂,卧后清宵细细长。神女生涯原是梦,小姑居处本无郎。风波不信菱枝弱,月露谁教桂叶香。直道相思了无益,未妨惆怅是清狂。

## 4346 五老亭 (宋·黄庭坚)

白发苍髯五老人,德虽不孤世

---

① 钮 (chú):同"锄",也指诛灭或除去。

② 金蟾啮 (niè) 锁:金蟾是指一种蟾状香炉。啮,咬。锁,指香炉的鼻钮,可以开启放入香料。

③ 韩掾 (yuàn) 少:为了韩寿的年轻俊美。掾,古代官署属员的通称。少,指年轻。

④ 宓 (fú) 妃:古代传说伏羲氏之女名宓妃,溺死于洛水上,成为洛神,这里借指三国时曹丕的皇后甄氏。

无邻。松风忘味同戴舜，梅雨蒙头非避秦。筑亭风流二千石，此老入谒①官不嗔②。一樽相对是宾友，学得养生通治民。

## 4347 西塞山怀古
（唐·刘禹锡）

王濬楼船下益州，金陵王气黯然收。千寻铁锁沉江底，一片降幡出石头。人世几回伤往事，山形依旧枕寒流。今逢四海为家日，故垒萧萧芦荻秋。

## 4348 喜念四念八至京
（宋·黄庭坚）

朔③雪萧萧映薄帏，梦回空觉泪痕稀。惊闻庭树乌乌乐，知我江湖鸿雁归。拂榻喜开姜季被，上堂先着老莱衣。酒樽烟火长相近，酬劝从今更不违。

## 4349 喜太守毕朝散致政
（宋·黄庭坚）

膏火煎熬无妄灾，就阴息迹信明哉。功名富贵两蜗角，险阻艰难一酒杯。百体观来身是幻，万夫争处首先回。胸中元有不病者，记得陶潜归去来。

## 4350 戏呈孔毅父
（宋·黄庭坚）

管城子无肉食相，孔方兄有绝交书。文章功用不经世，何异丝窠④缀露珠。校书著作频诏除，犹能上车问何如。忽忆僧床同野饭，梦随秋雁到东湖。

## 4351 戏答仇梦得承制
（宋·黄庭坚）

仇侯能骑矍铄⑤马，席上亦赋竞病诗。玄冬未雷苍蛇卧，玉山无年天马饥。三天荷戈对摇落，十倍乞弟亦可缚。何如万骑出河西，捕取弄兵黄口儿。

## 4352 戏答元珍 （宋·欧阳修）

春风疑不到天涯，二月山城未见花。残雪压枝犹有橘，冻雷惊笋欲抽芽。夜闻归雁生乡思，病入新年感物华。曾是洛阳花下客，野芳虽晚不须嗟。

———————

① 谒（yè）：进见，拜见。
② 嗔（chēn）：对他人不满。
③ 朔（shuò）：农历每月第一天，也指（方向）北。
④ 丝窠（kē）：指蜘蛛网。
⑤ 矍铄（jué shuò）：形容老年人很有精神的样子。

## 4353 戏书效乐天

（宋·黄庭坚）

造物生成毹叔懒，好人容纵接舆狂。鸟飞鱼泳随高下，蚁集蜂衔听典常。母惜此儿长道路，兄嗟予弟困冰霜。酒壶自是华胥国，一醉从他四大忙。

## 4354 戏题葆真阁

（宋·黄庭坚）

真常自在如来性，肯綮①修持祇②益劳。十二因缘无妙果，三千世界起秋毫。有心便醉声闻酒，空手须磨般若③刀。截断众流寻一句，不离兔角与龟毛。

## 4355 戏咏江南土风

（宋·黄庭坚）

十月江南未得霜，高林残水下寒塘。饭香猎户分熊白，酒熟渔家擘④蟹黄。橘摘金苞随驿使，禾舂⑤玉粒送官仓。踏歌夜结田神社，游女多随陌上郎。

## 4356 戏赠顿二主簿

（宋·黄庭坚）

桐植客亭欣款曲，歌倾家酿勿徘徊。百年中半夜分去，一岁无多春暂来。落日园林须秉烛，能言桃李听传杯。红疏绿暗明朝是，公事相过得几回。

## 4357 戏赠惠南禅师

（宋·黄庭坚）

佛子禅心若苇林，此门无古亦无今。庭前柏树祖师意，竿上风幡⑥仁者心。草木同沾甘露味，人天倾听海潮音。胡床默坐不须说，拨尽寒灰劫数深。

## 4358 戏赠南安倅柳朝散

（宋·黄庭坚）

柳侯风味晚相见，衣袂⑦颇薰荀令香。桃李能言妙歌舞，樽前一曲断人肠。洞庭归客有佳句，庾岭⑧梅花如小棠。乘兴高帆少相待，淮湖秋月要传觞⑨。

---

① 肯綮（qìng）：本指筋骨结合的地方，后比喻最重要的关键。
② 祇（zhī）：恭敬。
③ 般若（bō rě）：梵语，通常译为"智慧"。
④ 擘（bò）：分裂，剖开。
⑤ 舂（chōng）：把东西放在石臼或乳钵里捣去皮壳或捣碎。
⑥ 风幡（fān）：指风中的旗幡。
⑦ 衣袂（mèi）：本指衣袖，也借指衣衫。
⑧ 庾（yǔ）岭：山名，即大庾岭，在江西省。
⑨ 传觞（shāng）：宴饮中传递酒杯劝酒。

## 4359 戏赠潘供奉
（宋·黄庭坚）

潘郎小时如白玉，上学觅归如杜鹃。当年屡过乃翁家，沽酒煮蟹不论钱。大梁相逢初不识，黄尘渍面催挽船。不如去作万骑将，黑头日致青云上。

## 4360 戏赠水牯①庵
（宋·黄庭坚）

水牯从来犯稼苗，著绳只要鼻穿牢。行须万里无寸草，卧对十方同一槽。租税及时王事了，云山横笛月轮高。华亭浪说吹毛剑，不见全牛可下刀。

## 4361 暇日（宋·陆游）

身健官闲荷主恩，萧然不异在家园。一池新墨生吟思，半篆残香入梦魂。旧友无书知独冷，小儿有命会孤骞。藜羹粗足余何事，钟动三茅又敛昏。

## 4362 夏日梦伯兄寄江南
（宋·黄庭坚）

故园相见略雍容，睡起南窗日射红。诗酒一言谈笑隔，江山千里梦魂通。河天月晕鱼分子，槲②叶风微鹿养茸。几度白砂青

影里，审听嘶马自撑③筇④。

## 4363 咸阳城东楼（唐·许浑）

一上高城万里愁，蒹葭杨柳似汀洲。溪云初起日沉阁，山雨欲来风满楼。鸟下绿芜秦苑夕，蝉鸣黄叶汉宫秋。行人莫问当年事，故国东来渭水流。

## 4364 献钱尚父（唐·贯休）

贵逼人来不自由，龙骧凤翥⑤势难收。满堂花醉三千客，一剑霜寒十四州。鼓角揭天嘉气冷，风涛动地海山秋。东南永作金天柱，谁美当时万户侯。

## 4365 小凉（宋·陆游）

羸⑥躯一夏困沉绵，不在林间即水边。高卧已忘浮世事，小凉渐近早秋天。桔槔⑦轧轧鸣幽

---

① 牯（gǔ）：公牛。
② 槲（hú）：落叶乔木，木材坚硬，树皮可制栲胶，叶和果实可入药。
③ 撑（zhī）：支撑，拄着。
④ 筇（qióng）：指筇竹杖。
⑤ 龙骧（xiāng）凤翥（zhù）：即凤翥龙骧，形容奋发有为。
⑥ 羸（léi）：本义指瘦弱，引申为疲困、贫弱、困住等。
⑦ 桔槔（jié gāo）：汲水工具。在水边架一杠杆，一端系汲水工具，一端坠重物，可一起一落地汲水。

圖，舴艋遥遥入暮烟。余日无多那讳得，逢人自笑说明年。

## 4366 小至 (唐·杜甫)

天时人事日相催，冬至阳生春又来。刺绣五纹添弱线，吹葭六管动浮灰。岸容待腊将舒柳，山意冲寒欲放梅。云物不殊乡国异，教儿且覆掌中杯。

## 4367 谢黄从善司业寄惠山泉 (宋·黄庭坚)

锡谷寒泉撷①石俱，并得新诗虿②尾书。急呼烹鼎供茗事，晴江急雨看跳珠。是功与世涤膻③腴④，令我屡空常晏如。安得左轓⑤清颖尾，风炉煮茗卧西湖。

## 4368 谢送宣城笔 (宋·黄庭坚)

宣城变样蹲鸡距，诸葛名家捉鼠须。一束喜从公处得，千金求买市中无。漫投墨客摹科斗，胜与朱门饱蠹鱼⑥。愧我初非草玄手，不将闲写吏文书。

## 4369 谢王炳之惠茶 (宋·黄庭坚)

平生心赏建溪春，一邱风味极可人。香包解尽宝带胯，黑面碾出明窗尘。家园鹰爪改呕泠⑦，官焙龙文常食陈。于公岁取壑源足，勿遣沙溪来乱真。

## 4370 谢仲谋示新诗 (宋·黄庭坚)

赠我新诗许指瑕，令人失喜更惊嗟。清于夷则初秋律，美似芙蓉八月花。采菲直须论下体，链金犹欲去寒沙。唐朝韩老夸张籍，定有云孙作世家。

## 4371 新堂 (宋·陆游)

湖上新堂气疏豁，三面岚光翠如泼。都门归来病相属，邻里怪我间何阔。莼丝作羹饭雕胡，厨人斫鲙⑧艺绝殊。何由唤得左元放，银盘钓出松江鲈?

---

① 撷 (wěi)：抛弃。
② 虿 (chài)：蛇、蝎类毒虫的古称。
③ 膻 (shān)：本指羊臊气，泛指类似羊臊气的味道。
④ 腴 (yú)：肥沃，丰满。
⑤ 轓 (fān)：古代车厢两旁反出如耳的部分，用以障蔽尘泥。
⑥ 蠹 (dù) 鱼：又称蠹、衣鱼、白鱼、书虫或衣虫，是一种灵巧、怕光、无翅的缨尾目昆虫。常蛀蚀书册等器物。
⑦ 泠 (líng)：凋零或清凉之意。
⑧ 斫鲙 (zhuó kuài)：薄切鱼片。

310

**4372 新息渡淮**（宋·黄庭坚）

京尘无处可轩眉，照面淮滨喜自知。风里麦苗连地起，雨中杨树带烟垂。故林归计嗟迟暮，久客平生厌别离。落日江南采蘋去，长歌柳恽洞庭诗。

**4373 新夏感事**（宋·陆游）

百花过尽绿阴成，漠漠炉香睡晚晴。病起兼旬疏把酒，山深四月始闻莺。近传下诏通言路，已卜余年见太平。圣主不忘初政美，小儒唯有涕纵横。

**4374 新喻道中寄元明用觞字韵**（宋·黄庭坚）

中年畏病不举酒，孤负东来数百觞。唤客煎茶山店远，看人秧稻午风凉。但知家里俱无恙，不用书来细作行。一百八盘携手上，至今犹梦绕羊肠。

**4375 修竹宴客东园**
（元·黄庚）

二月春光泼眼浓，携樽宴客小亭东。酒当半醉半醒处，春在轻寒轻暖中。拂槛柳添吟鬓绿，压阑花妒舞衣红。晚来听唱梁州曲，声绕吴姬扇底风。

**4376 秀江亭**（宋·黄庭坚）

因循不到此江头，匹马黄埃三十秋。旧舍只今人共老，清波常与月分流。羡君潇洒成佳趣，感我凄凉念旧游。沽酒买鱼终不负，何时相与泛扁舟。

**4377 徐孺子祠堂**
（宋·黄庭坚）

乔木幽人三亩宅，生刍一束向谁论。藤萝得意干云日，箫鼓何心进酒樽。白屋可能无孺子，黄堂不是欠陈蕃。古人冷淡今人笑，湖水年年到旧痕。

**4378 雪寔**（宋·陆游）

米尽囊空莫问渠，天公自解养迂疏。雪泥壅①路断来客，朝日满窗宜读书。渐暖横林闻语鸟，乍晴幽圃富嘉蔬。东家小蹇②那须借，早晚吾儿送鹿车。

**4379 雪夜感旧**（宋·陆游）

江月亭前桦烛香，龙门阁上驮声长。乱山古驿经三折，小市

---

① 壅（yōng）：堵塞，或把土或肥料培在植物的根上。
② 小蹇（jiǎn）：指瘦小的驴马，亦指小的窘迫和受挫。

311

孤城宿两当。晚岁犹思事鞍马,当时那信老耕桑?绿沉金锁俱尘委,雪洒寒灯泪数行。

## 4380 雪中连日行役戏书简同僚 (宋·黄庭坚)

简书催出似驱鸡,闻道饥寒满屋啼。炙背市眠榾柮①火,嚼冰晨饭薤波齑②。风如利剑穿狐腋,雪似流沙饮马蹄。官小责轻聊自慰,犹胜擐甲③去征西。

## 4381 雁门太守行
（唐·李贺）

黑云压城城欲摧,甲光向日金鳞开。角声满天秋色里,塞上燕脂凝夜紫。半卷红旗临易水,霜重鼓寒声不起。报君黄金台上意,提携玉龙为君死!

## 4382 扬州四首 (清·郑燮)

其一

画舫乘春破晓烟,满城丝管拂榆钱。千家养女先教曲,十里栽花算种田。雨过隋堤原不湿,风吹红袖欲登仙。词人久已伤头白,酒暖香温倍悄然。

其二

廿四桥④边草径荒,新开小港透

雷塘。画楼隐隐烟霞远,铁板铮铮树木凉。文字岂能传太守,风流原不碍隋皇。量今酌古情何限,愿借东风作小狂。

其三

西风又到洗妆楼,衰草连天落日愁。瓦砾数堆樵唱晚,凉云几片燕惊秋。繁华一刻人偏恋,呜咽千年水不流。借问累累荒冢⑤畔,几人耕出玉搔头。

其四

江上澄鲜秋水新,邗沟⑥几日雪迷津。千年战伐百余次,一岁变更何限人。尽把黄金通显要,惟余白眼到清贫。可怜道上饥寒子,昨日华堂卧锦茵。

## 4383 野望 (唐·杜甫)

西山白雪三城戍,南浦清江万里桥。海内风尘诸弟隔,天涯涕泪一身遥。惟将迟暮供多病,

---

① 榾柮 (gǔ duò):即木柴块或树根疙瘩,可代炭用,亦泛指树木的根部。
② 齑 (jī):本指捣碎的姜、蒜或韭菜的细末,引申指细和碎。
③ 擐 (huàn) 甲:穿着铠甲。
④ 廿 (niàn) 四桥:即二十四桥,在江苏省扬州市。
⑤ 冢 (zhǒng):指坟墓,也指山顶。
⑥ 邗 (hán) 沟:也称为邗水,是里运河的古称。

未有涓埃答圣朝。跨马出郊时极目，不堪人事日萧条。

## 4384 邺城 (清·郑燮)

划破寒云漳水流，残星画角动谁楼。孤城旭日牛羊出，万里新霜草木秋。铜雀荒凉遗瓦在，西陵风雨石人愁。分香一夕雄心尽，碑板仍题汉彻侯。

## 4385 夜泊水村 (宋·陆游)

腰间羽箭久凋零，太息燕然未勒铭。老子犹堪绝大漠，诸君何至泣新亭。一身报国有万死，双鬓向人无再青。记取江湖泊船处，卧闻新雁落寒汀。

## 4386 夜观蜀志 (宋·黄庭坚)

盖世英雄不自知，暮年初志各参差。南阳陇底卧龙日，北固樽前失箸时。霸主三分割天下，宗臣十倍胜曹丕。寒炉夜发尘书读，似覆输筹一局棋。

## 4387 宜阳别元明用觞字韵 (宋·黄庭坚)

霜须八十期同老，酌我仙人九酝觞。明月湾头松老大，永思堂下草荒凉。千林风雨莺求友，万里云天雁断行。别夜不眠听鼠啮，非关春茗搅枯肠。

## 4388 移疾 (宋·陆游)

朝来移疾卧虚堂，暂屏文书日更长。鸥鹭近人情渐熟，帘栊欲雨意先凉。沙巾自照清池影，蕊笈闲销古篆香。莫恨微霜侵绿鬓，为渠歌尽少年狂。

## 4389 以十扇送徐天隐 (宋·黄庭坚)

人贫鹅雁聒邻墙，公贫琢诗声绕梁。坐客有毡吾不爱，暑榻无扇公自凉。党锢诸生尊孺子，建安七人先伟长。遣奴送箑①非为好，恐有佳客或升堂。

## 4390 以双井茶送孔常父 (宋·黄庭坚)

校经同省并门居，无日不闻公读书。故持茗椀②浇舌本，要听六经如贯珠。心知韵胜舌知腴，何似宝云与真如。汤饼作魔应午寝，慰公渴梦吞江湖。

---

① 箑 (shà)：扇子。
② 椀 (wǎn)：同"碗"。

## 4391 弈棋二首呈任公渐

（宋·黄庭坚）

其一

偶无公事负朝暄，三百枯棋共一樽。坐隐不知岩穴乐，手谈胜与俗人言。簿书堆积尘生案，车马淹留客在门。战胜将骄疑必败，果然终取敌兵翻。

其二

偶无公事客休时，席上谈兵校两棋。心似蛛丝游碧落，身如蜩甲①化枯枝。湘东一目诚甘死，天下中分尚可持。谁谓吾徒犹爱日，参横月落不曾知。

## 4392 饮韩三家醉后始知夜雨

（宋·黄庭坚）

醉卧人家久未曾，偶然樽俎②对青灯。兵厨欲馨浮蛆瓮，馈妇初供醒酒冰。只见眼前人似月，岂知帘外雨如绳。浮云不负青春色，未觉新诗减杜陵。

## 4393 迎醇甫夫妇

（宋·黄庭坚）

陈甥归约柳青初，麦陇纤纤忽可鉏。望子从来非一日，因人略不寄双鱼。园中鸟语劝沽酒，窗下日长宜读书。策马得行休更秣，已令僮稚割生刍。

## 4394 咏怀古迹五首

（唐·杜甫）

其一

支离东北风尘际，漂泊西南天地间。三峡楼台淹日月，五溪衣服共云山。羯胡③事主终无赖，词客哀时且未还。庾信平生最萧瑟，暮年诗赋动江关。

其二

摇落深知宋玉悲，风流儒雅亦吾师。怅望千秋一洒泪，萧条异代不同时。江山故宅空文藻，云雨荒台岂梦思。最是楚宫俱泯灭，舟人指点到今疑。

其三

群山万壑赴荆门，生长明妃尚有村。一去紫台连朔漠，独留青冢④向黄昏。画图省识春风面，环佩空归夜月魂。千载琵琶作胡语，分明怨恨曲中论。

---

① 蜩（tiáo）甲：蝉脱落的外壳。
② 樽俎（zūn zǔ）：古代盛酒食的器具，后来常用作宴席的代称。
③ 羯（jié）胡：古时泛指北方异族侵略者。
④ 冢（zhǒng）：指坟墓，也指山顶。

314

## 其四

蜀主窥①吴幸三峡，崩年亦在永
安宫。翠华想象空山里，玉殿
虚无野寺中。古庙杉松巢水鹤，
岁时伏腊走村翁。武侯祠堂常
邻近，一体君臣祭祀同。

## 其五

诸葛大名垂宇宙，宗臣遗像肃
清高。三分割据纡筹策，万古
云霄一羽毛。伯仲之间见伊吕，
指挥若定失萧曹。运移汉祚终
难复，志决身歼军务劳。

## 4395 咏煤炭 (明·于谦)

凿开混沌得乌金，藏蓄阳和意
最深。爝火②燃回春浩浩，洪炉
照破夜沉沉。鼎彝③元赖生成
力，铁石犹存死后心。但愿苍
生俱饱暖，不辞辛苦出山林。

## 4396 咏史二首 (唐·李商隐)

### 其一

北湖南埭④水漫漫，一片降旗百
尺竿。三百年间同晓梦，钟山
何处有龙盘。

### 其二

历览前贤国与家，成由勤俭破
由奢。何须琥珀方为枕，岂得
真珠始是车。远去不逢青海马，
力穷难拔蜀山蛇。几人曾预南

薰曲，终古苍梧哭翠华。

## 4397 咏雪奉呈广平公
(宋·黄庭坚)

连空春雪明如洗，忽忆江清水
见沙。夜听疏疏还密密，晓看
整整复斜斜。风回共作婆娑舞，
天巧能开顷刻花。正使尽情寒
至骨，不妨桃李用年华。

## 4398 用几复韵题伯氏思堂
(宋·黄庭坚)

夫子勤于蘧伯玉⑤，洗心观道得
灵龟。开门择友尽三益，清坐
不言行四时。风与蛛丝游碧落，
日将槐影下隆墀⑥。天空地迥何
处觅，岁计有余心自知。

## 4399 幽居初夏 (宋·陆游)

湖山胜处放翁家，槐柳阴中野
径斜。水满有时观下鹭，草深

---

① 窥（kuī）：从小孔或缝隙里看，或暗
中察看。
② 爝（jué）火：小火，火把。
③ 彝（yí）：古代的盛酒器具，也泛指
古代宗庙祭器。
④ 埭（dài）：防水的土坝。
⑤ 蘧（qú）伯玉：春秋时卫国人，名
瑗，相传他"年五十而知四十九年
非"，是一个求进甚急并善于改过的
贤大夫。
⑥ 墀（chí）：台阶上面的空地。

无处不鸣蛙。箨龙①已过头番笋，木笔犹开第一花。叹息老来交旧尽，睡来谁共午瓯茶。

## 4400 游山西村 （宋·陆游）
莫笑农家腊酒浑，丰年留客足鸡豚。山重水复疑无路，柳暗花明又一村。箫鼓追随春社近，衣冠简朴古风存。从今若许闲乘月，拄杖无时夜叩门。

## 4401 游张公洞 （宋·黄庭坚）
古洞深沉白昼间，烟霞出没绝尘寰②。落红满地花初歇，啼鸟一声春自闲。丹灶苔荒仙去远，松坛月冷鹤飞还。我来几欲重登眺③，削壁题诗兴不悭④。

## 4402 又呈吴郎 （唐·杜甫）
堂前扑枣任西邻，无食无儿一妇人。不为困穷宁有此？只缘恐惧转须亲。即防远客虽多事，便插疏篱却甚真。已诉征求贫到骨，正思戎马泪盈巾。

## 4403 渔父二首 （宋·黄庭坚）
其一
秋风渐渐苍葭老，波浪悠悠白鬓翁。范子几年思狡兔，吕公

何处兆非熊。天寒两岸识渔火，日落几家收钓筒。不困田租与王役，一船妻子乐无穷。

其二
草草生涯事不多，短船身外岂知他。蒹葭浩荡双蓬鬓，风雨飘零一钓蓑⑤。春鲔⑥出潜留客脍⑦，秋菰遮岸和儿歌。莫言野父无分别，解笑沉江捐汨罗⑧。

## 4404 与黔倅张茂宗
（宋·黄庭坚）
静居门巷似乌衣，文采风流众所归。别乘同来二千石，化民曾寄十三徽。寒香亭下方遗爱，吏隐堂中已息机。暂与计司参婉画，百城官吏借光辉。

## 4405 予既不得叶遂过洛滨醉游累日 （宋·黄庭坚）
瘝民见我亦悠悠，瘿木累累满

---

① 箨（tuò）龙：竹笋的异名。
② 寰（huán）：尘世或人世间。
③ 眺（tiào）：往远处看。
④ 悭（qiān）：小气，吝啬。
⑤ 蓑（suō）：用草或棕等编成的雨衣。
⑥ 鲔（wěi）：古书上指鲟（xún）鱼。
⑦ 脍（kuài）：同"脍（kuài）"，细切的肉或鱼。
⑧ 汨（mì）罗：指湖南省北部的汨罗江。因屈原投汨罗而亡，文学作品中常以汨罗借指屈原。

道周。飞舄①已随王令化,真龙宁为叶公留。未能洗耳箕山去,且复吹笙洛浦游。舍故趋新归有分,令人何处欲藏舟。

## 4406 雨过至城西苏家
（宋·黄庭坚）

飘然一雨洒青春,九陌净无车马尘。渐散紫烟笼帝阙,稍回晴日丽天津。花飞衣袖红香湿,柳拂鞍鞯②绿色匀。管领风光唯痛饮,都城谁是得闲人。

## 4407 雨晴（宋·陈与义）

天缺西南江面清,纤云不动小滩横。墙头语鹊衣犹湿,楼外残雷气未平。尽取微凉供稳睡,急搜奇句报新晴。今宵绝胜无人共,卧看星河尽意明。

## 4408 雨晴过石塘留宿赠大中供奉（宋·黄庭坚）

长虹垂地若篆字,晴岫③插天如画屏。耕夫荷锄解被襫④,渔父晒网投笭箵⑤。子期闻笛正怀旧,车胤当窗方聚萤。独卧萧斋已无月,夜深犹听读书声。

## 4409 元丰癸亥经行石潭寺见旧和栖蟾诗甚可笑因削柎天稿别和一章（宋·黄庭坚）

千里追奔两蜗角,百年得意大槐宫。空余祇夜数行墨,不见伽梨一臂风。俗眼只如当日白,我颜非复向来红。浮生不作游丝上,即在尘沙逐转蓬。

## 4410 元夕二首（明·王守仁）
其一

故园今夕是元宵,独向蛮村坐寂寥。赖有遗经堪作伴,喜无车马过相邀。春还草阁梅先动,月满虚庭雪未消。堂上花灯诸弟集,重闱应念一身遥。

其二

去年今日卧燕台,铜鼓中宵隐地雷。月傍苑楼灯彩淡,风传阁道马蹄回。炎荒万里频回首,羌笛三更谩自哀。尚忆先朝多乐事,孝皇曾为两宫开。

---

① 飞舄（xì）：指会飞的仙鞋,后借为宾客的雅称。
② 鞍鞯（ān jiān）：马鞍和衬在马鞍下的垫子。
③ 岫（xiù）：指山或山洞。
④ 被襫（bó shì）：古时农夫穿的襄衣之类。
⑤ 笭箵（líng xǐng）：渔具的总称,亦指贮鱼的竹笼。

# 4411 袁州刘司法亦和予摩字诗因次韵寄之 (宋·黄庭坚)

袁州司法多兼局，日暮归来印几窠①。诗罢春风荣草木，书成快剑斩蛟鼍②。遥知吏隐清如此，应问卿曹果是何。颇忆病余居士否，在家无意饮萝摩。

# 4412 再次韵奉答子由
（宋·黄庭坚）

虿尾银钩③写珠玉，剡藤④蜀茧照松烟。似逢海若谈秋水，始觉醯鸡守瓮天⑤。何日清扬能觌面⑥，只今黄落又凋年。万钱买酒从公醉，一钵行歌听我颠。

# 4413 再次韵和吉老
（宋·黄庭坚）

今日仆姑晴自语，愁阴前日雪铺床。三冬一雨禾头湿，百斛几痕牛领疮。民欲与翁归作腊，公方无事可开场。相勤冻坐真成恶，愧我偷闲饱太仓。

# 4414 再次韵寄子由
（宋·黄庭坚）

想见苏耽携手仙，青山桑柘⑦冒寒烟。骐骥堕地思千里，虎豹憎人上九天。风雨极知鸡自晓，雪霜宁与菌争年。何时确论倾樽酒，医得儒生自圣颠。

# 4415 再次韵兼简履中南玉三首 (宋·黄庭坚)

其一

李侯诗律严且清，诸生赓载笔纵横。句中稍觉道战胜，胸次不使俗尘生。山绕楼台钟鼓晚，江触石矶砧杵⑧鸣。锁江主人能致酒，愿渠久住莫终更。

其二

江津道人心源清，不系虚舟尽日横。道机禅观转万物，文采风流被诸生。与世浮沉惟酒可，随人忧乐以诗鸣。江头一醉岂易得，事如浮云多变更。

---

① 窠（kē）：鸟兽昆虫的窝。
② 蛟鼍（tuó）：指水中凶猛的鳄类动物。
③ 虿（chài）尾银钩：比喻书法的笔画遒（qiú）劲。
④ 剡藤（shàn téng）：剡溪出产的藤可以造纸，负有盛名，后因称名纸为剡藤。
⑤ 醯（xī）鸡守瓮（wèng）天：瓮里醯鸡，指酒瓮中生的一种小虫。
⑥ 觌（dí）面：看见，见面，当面。
⑦ 桑柘（zhè）：指桑木与柘木，引申指农桑之事。
⑧ 砧杵（zhēn chǔ）：指捣衣石和棒槌，亦指捣衣。

其三

锁江亭上一樽酒，山自白云江自横。李侯短褐有长处，不与俗物同条生。经术貂蝉续狗尾，文章瓦釜作雷鸣。古来寒士但守节，夜夜抱关听五更。

## 4416 再和寄蓝六
（宋·黄庭坚）

南极一星淮上老，承家令子气横秋。万端只要称心耳，五鼎何如委曲优。海燕催归人作社，江花欲动雨含愁。追思二十年前会，棠棣①飘零叹鄂不。

## 4417 再赠陈季张拒霜花二首
（宋·黄庭坚）

其一

鼓盆庄叟赋情浓，天遣霜华慰此公。想见尚能迷蝶梦，移栽闻说自蚕丛。酒倾玉盏垂莲尽，鲙②簇金盘下箸空。秉烛栏边连夜饮，全藤折与卖花翁。

其二

倒着接䍦③吾素风，当时酩酊④似山公。且看小槛新花蕊，休泥他家晚菊丛。顾笑千金延客醉，解醒⑤五斗为君空。欢娱尽属少年事，白发欺人作老翁。

## 4418 早冬（唐·白居易）

十月江南天气好，可怜冬景似春华。霜轻未杀萋萋草，日暖初干漠漠沙。老柘叶黄如嫩树，寒樱枝白是狂花。此时却羡闲人醉，五马无由入酒家。

## 4419 赠别几复（宋·黄庭坚）

风惊鹿散豫章城，邂逅⑥相逢食楚蓱。佳友在门忘燕寝，故人发药见平生。只今满坐且樽酒，后夜此堂还月明。契阔愁思已知处，西山影落暮江清。

## 4420 赠答晁次膺⑦
（宋·黄庭坚）

次膺豪健如霜鹘⑧，空拳误挂田犬牙。果输司空城旦作，付与步兵厨人家。野马横郊作凝水，

———————

① 棠棣（dì）：古书上说的一种树木。也作唐棣。
② 鲙（kuài）：同"脍（kuài）"，细切的肉或鱼。
③ 接䍦（lí）：古代的一种头巾。
④ 酩酊（mǐng dǐng）：形容醉得很厉害。
⑤ 解醒（chéng）：从酒醉状态中清醒过来。
⑥ 邂逅（xiè hòu）：不期而遇。
⑦ 晁次膺（yīng）：晁元礼，字次膺，北宋词人，擅长写宫廷应制之作和抒情写意咏物之作。
⑧ 霜鹘（hú）：即鹘，因鹘鸟凶残故称，也喻指勇猛善战的人。

牵牛引竹上寒花。无酒醉公不甚惜，诵公五字使人嗟。

## 4421 赠李辅圣 （宋·黄庭坚）

交盖相逢水急流，八年今复会荆州。已回青眼追鸿翼，肯使黄尘没马头。旧管新收几妆镜，流行坎止一虚舟。相看绝叹女博士，笔研管弦成古丘。

## 4422 赠黔南贾使君
（宋·黄庭坚）

绿发将军领百蛮，横戈得句一开颜。少年坻下传书客，老去崆峒①问道山。春入莺花空自笑，秋成梨枣为谁攀。何时定作风光主，待得征西鼓吹还。

## 4423 赠清隐持正禅师
（宋·黄庭坚）

清隐开山有胜缘，南山松竹上参天。擘开华岳三峰手，参得浮山九带禅。水鸟风林成佛事，粥鱼斋鼓到江船。异时折脚铛安稳，更种平湖十顷莲。

## 4424 赠谢敞王博喻
（宋·黄庭坚）

高哉孔孟如秋月，万古清光仰照临。千里特来求骥马，两生于此敌南金。文章最怨随人后，道德无多只本心。废轸断弦尘漠漠，起予惆怅伯牙琴。

## 4425 赠袁枚 （清·郑燮）

晨星断雁几文人，错落江河湖海滨。抹去春秋自花实，逼来霜雪更枯筠②。女称绝色邻夸艳，君有奇才我不贫。不买明珠买明镜，爱他光怪是先秦。

## 4426 赠郑交 （宋·黄庭坚）

高居大士是龙象，草堂丈人非熊罴。不逢坏衲乞香饭，唯见白头垂钓丝。鸳鸯终日爱水镜，菡萏③晚风雕舞衣。开径老禅来煮茗，还寻密竹径中归。

## 4427 詹守携酒见过用前韵作诗聊复和之 （宋·苏轼）

箕踞狂歌老瓦盆，燎毛燔肉似羌浑。传呼草市来携客，酒扫

---

① 崆峒（kōng tóng）：山名，在今甘肃省平凉市西，相传是黄帝问道于广成子之所。
② 筠（yún）：指竹子的青皮，也指竹子。
③ 菡萏（hàn dàn）：即荷花，睡莲科莲属多年生水生草本植物，古称水芙蓉、芙蕖。

渔矶共置樽。山下黄童争看舞，江干白骨已衔恩。孤云落日西南望，长羡归鸦自识村。

## 4428 张功甫许见访以诗坚其约（宋·陆游）

零落汀苹露气清，北窗昨夜已秋声。书来屡有入东约，坐上极思虚左迎。激烈哦诗殷金石，纵横落笔走蛟鲸。吾曹此事期千载，老眼相逢剩要惊。

## 4429 张仲谟许送河鲤未至戏督以诗（宋·黄庭坚）

浮蛆琰琰动春醅①，张仲临津许鲙材。盐豉欲催莼菜熟，霜鳞未贯柳条来。日晴鱼网应曾晒，风软河冰必暂开。莫误晓窗占食指，仍须持取报章回。

## 4430 张主簿草堂赋大雨（元·元好问）

淅树蛙鸣告雨期，忽惊银箭四山飞。长江大浪欲横溃，厚地高天如合围。万里风云开伟观，百年毛发凛余威。长虹一出林光动，寂历村墟空落晖。

## 4431 章钱二君见和复次韵答之二首（宋·苏轼）

### 其一

黄昏已作风翻絮，半夜犹惊月在沙。照汴玉峰明佛刹，隔淮云海暗人家。来年有信迎三白，蘑卜②无香散六花。欲唤阿咸来守岁，林乌枥马斗喧哗。

### 其二

分无纤手裁春胜，更有新诗点蜀酥。醉里冰髭失缨络，梦回布被起廉隅。君应旅睫寒生晕，我亦饥肠夜自呼。明日南山春色动，不知谁佩紫微壶。

## 4432 章质夫送酒六壶书至而酒不达戏作小诗问之（宋·苏轼）

白衣送酒舞渊明，急扫风轩洗破觚。岂意青州六从事，化为乌有一先生。空烦左手持新蟹，漫绕东篱嗅落英。南海使君今北海，定分百榼③饷春耕。

---

① 醅（pēi）：没有过滤的酒。
② 蘑卜（zhān bo）：栀子花。
③ 榼（kē）：古时盛酒或水的器具。

## 4433 赵令答诗约携山妓见访
（宋·黄庭坚）

晴波鸂鶒①漾潭限，能使游人判不回。风入园林寒漠漠，日移宫殿影枚枚。未尝绿蚁何妨拨，宿戒红妆莫待催。缺月西南光景少，仍须挽取烛笼来。

## 4434 赵令许载酒见过
（宋·黄庭坚）

玉马何时破紫苔，南溪水满绿徘徊。买鱼斫鲙②须论网，扑杏供盘不数枚。广汉威名知讼少，平原樽俎费诗催。草玄寂寂下帘幙③，稍得闲时公合来。

## 4435 鹧鸪（唐·郑谷）

暖戏烟芜锦翼齐，品流应得近山鸡。雨昏青草湖边过，花落黄陵庙里啼。游子乍闻征袖湿，佳人才唱翠眉低。相呼相应湘江阔，苦竹丛深日向西。

## 4436 正月二十日与潘郭二生出郊寻春忽记去年是日同至女王城作诗乃和前韵
（宋·苏轼）

东风未肯入东门，走马还寻去岁村。人似秋鸿来有信，事如春梦了无痕。江城白酒三杯酽，野老苍颜一笑温。已约年年为此会，故人不用赋招魂。

## 4437 稚川约晚过进叔次前韵赠稚川并呈进叔
（宋·黄庭坚）

人骑一马钝如蛙，行向城东小隐家。道上风埃迷皂白，堂前水竹湛清华。春归河曲定寒食，公到江南应削瓜。樽酒光阴俱可惜，端须连夜发园花。

## 4438 中秋（宋·黄庭坚）

灏气④才中兔魄圆，众躔⑤韬彩独娟娟。魏宫乌绕空枝上，汉苑桐凋露井前。金液万重涵渤海，玉沙千里对江边。遥知此夕多情思，三级萧台枕碧涟。

## 4439 追和东坡壶中九华
（宋·黄庭坚）

有人夜半持山去，顿觉浮岚暖

---

① 鸂鶒（xī chì）：水鸟名，亦作"鸂鶆（lái）"，形大于鸳鸯，而多紫色，好并游。
② 斫鲙（zhuó kuài）：薄切鱼片。
③ 帘幙（mù）：同"帘幕"。
④ 灏（hào）气：弥漫在天地间之气，也指正大刚直之气。
⑤ 躔（chán）：指兽迹，也指天体运行。

翠空。试问安排华屋处，何如零落乱云中。能回赵璧人安在，已入南柯梦不通。赖有霜钟难席卷，袖椎来听响玲珑。

## 4440 追和东坡题李亮功归来图 (宋·黄庭坚)

今人常恨古人少，今得见之谁谓无。欲学渊明归作赋，先烦摩诘画成图。小池已筑鱼千里，隙地仍栽芋百区。朝市山林俱有累，不居京洛不江湖。

## 4441 追忆余泊舟
(宋·黄庭坚)

老大无机如汉阴，白鸟不去相知深。往事刻舟求坠剑，怀人挥泪着亡簪①。城南鼓罢吹画筒，城北归帆落晚风。人烟犬吠西山麓，鬼火狐鸣春竹丛。

## 4442 子范徼巡诸乡捕逐群盗几尽辄作长句劳苦行李
(宋·黄庭坚)

白发尉曹能挽弓，着鞭跨马欲生风。乃兄本是文章伯，此老真成矍铄②翁。枹鼓③诸村宵警报，牛羊几处暮牢空。得公万户开门卧，看取三年治最功。

## 4443 子瞻以子夏丘明见戏聊复戏答 (宋·黄庭坚)

化工见弹太早计，端为失明能著书。迩来似天会事发，泪睫见光犹陨珠。喜公新赐紫琳腴，上清虚皇对久如。请天还我读书眼，愿载轩辕讫鼎湖。

## 4444 自嘲 (鲁迅)

运交华盖欲何求，未敢翻身已碰头。破帽遮颜过闹市，漏船载酒泛中流。横眉冷对千夫指，俯首甘为孺子牛。躲进小楼成一统，管他冬夏与春秋。

## 4445 自嘲 (宋·陆游)

少读诗书陋汉唐，莫年身世寄农桑。骑驴两脚欲到地，爱酒一樽常在旁。老去形容虽变改，醉来意气尚轩昂。太行王屋何由动，堪笑愚公不自量。

---

① 簪 (zān)：簪子，旧时用来别住头发的一种饰物；往头上插戴饰物。
② 矍铄 (jué shuò)：形容老年人很有精神的样子。
③ 枹 (fú) 鼓：鼓槌和鼓，也指战鼓和报警之鼓，借指军旅。

## 4446 醉赠刘二十八使君

（唐·白居易）

为我引杯添酒饮，与君把箸击盘歌。诗称国手徒为尔，命压人头不奈何。举眼风光长寂寞，满朝官职独蹉跎。亦知合被才名折，二十三年折太多。

## 4447 醉中出西门偶书

（宋·陆游）

古寺闲房闭寂寥，几年耽酒负公朝。青山是处可埋骨，白发向人羞折腰。末路自悲终老蜀，少年常愿从征辽。醉来挟箭西郊去，极目寒芜雉兔骄。

## 4448 醉中感怀（宋·陆游）

早岁君王记姓名，只今憔悴①客边城。青衫犹是鹓行②旧，白发新从剑外生。古戍旌旗秋惨淡，高城刁斗夜分明。壮心未许全消尽，醉听檀槽出塞声。

## 4449 左迁至蓝关示侄孙湘

（唐·韩愈）

一封朝奏九重天，夕贬潮州路八千。欲为圣明除弊事，肯将衰朽惜残年！云横秦岭家何在？雪拥蓝关马不前。知汝远来应有意，好收吾骨瘴江边。

---

① 憔悴（qiáo cuì）：形容人脸色差，瘦削。
② 鹓行（yuān háng）：指朝官的行列。

伍·古风

## 5001 把酒问月 (唐·李白)

青天有月来几时？我今停杯一问之。人攀明月不可得，月行却与人相随。皎如飞镜临丹阙，绿烟灭尽清辉发。但见宵从海上来，宁知晓向云间没。白兔捣药秋复春，嫦娥孤栖与谁邻。今人不见古时月，今月曾经照古人。古人今人若流水，共看明月皆如此。唯愿当歌对酒时，月光长照金樽里。

## 5002 白雪歌送武判官归京 (唐·岑参)

北风卷地白草折，胡天八月即飞雪。忽如一夜春风来，千树万树梨花开。散入珠帘湿罗幕，狐裘不暖锦衾①薄。将军角弓不得控，都护铁衣冷难着。瀚海阑干百丈冰，愁云惨淡万里凝。中军置酒饮归客，胡琴琵琶与羌笛。纷纷暮雪下辕门，风掣②红旗冻不翻。轮台东门送君去，去时雪满天山路。山回路转不见君，雪上空留马行处。

## 5003 北岩 (宋·陆游)

舣船③涪州④岸，携儿北岩游。摇楫横大江，褰裳⑤蹑⑥高楼。

雨昏山半失，江涨地欲浮。老矣宁再来，为作竟日流。乌帽程丈人，闭户有好修。骇机一朝发，议罪至窜投。党禁久不解，胡尘暗神州。修念以稔祸⑦，哀哉谁始谋？小人无远略，所怀在私雠⑧。后来其监兹，赋诗识岩幽。

## 5004 敕勒歌 (南北朝·佚名)

敕勒川，阴山下。天似穹庐，笼盖四野。天苍苍，野茫茫，风吹草低见牛羊。

## 5005 春江花月夜 (唐·张若虚)

春江潮水连海平，海上明月共潮生。滟滟随波千万里，何处春江无月明。江流宛转绕芳甸，

---

① 锦衾（qīn）：锦缎制的被子。衾，被子。
② 风掣（chè）：红旗因雪而冻结，风都吹不动了。掣，拉，扯。
③ 舣（yǐ）船：把船停靠在岸边。
④ 涪（fú）州：中国古代地名，在今重庆涪陵一带。
⑤ 褰裳（qiān cháng）：撩动下裳。
⑥ 蹑（niè）：本义指有意识地踩踏。引申为放轻脚步悄悄走。
⑦ 稔（rěn）祸：犹酿祸。
⑧ 私雠（chóu）：私人的怨仇。

326

月照花林皆似霰①。空里流霜不觉飞，汀②上白沙看不见。江天一色无纤尘，皎皎空中孤月轮。江畔何人初见月？江月何年初照人？人生代代无穷已，江月年年只相似。不知江月待何人，但见长江送流水。白云一片去悠悠，青枫浦上不胜愁。谁家今夜扁舟子③？何处相思明月楼？可怜楼上月徘徊，应照离人妆镜台。玉户帘中卷不去，捣衣砧④上拂还来。此时相望不相闻，愿逐月华流照君。鸿雁长飞光不度，鱼龙潜跃水成文。昨夜闲潭梦落花，可怜春半不还家。江水流春去欲尽，江潭落月复西斜。斜月沉沉藏海雾，碣石⑤潇湘无限路。不知乘月几人归，落月摇情满江树。

## 5006 大风歌 (汉·刘邦)

大风起兮云飞扬，威加海内兮归故乡，安得猛士兮守四方！

## 5007 大风雨中作 (宋·陆游)

风如拔山怒，雨如决河倾。屋漏不可支，窗户俱有声。乌鸢⑥堕地死，鸡犬噤不鸣。老病无避处，起坐徒叹惊。三年稼如云，一旦败垂成。夫岂或使之，忧乃及躬耕。邻曲无人色，妇子泪纵横。且抽架上书，洪范推五行。

## 5008 大热 (宋·陆游)

五月颇闵雨，炎风吹旱尘。气羸不给喘，流汗沾衣巾。呼婢使具浴，报以未买薪。汝事虽不恪，亦坐乃翁贫。汲井掬寒泉，自足忘我嗔⑦。譬如寓逆旅，百事听主人。

## 5009 登幽州台歌
(唐·陈子昂)

前不见古人，后不见来者。念天地之悠悠，独怆然⑧而涕下！

---

① 霰（xiàn）：天空中降落的白色不透明的小冰粒，此处形容月光下春花晶莹洁白。
② 汀（tīng）：水边平地。
③ 扁（piān）舟子：飘荡江湖的游子。扁舟，小舟。
④ 捣衣砧（zhēn）：捣衣石，捶布石。
⑤ 碣（jié）石：山名，在河北省昌黎县北。
⑥ 乌鸢（yuān）：乌鸦和老鹰，均为贪食之鸟。
⑦ 嗔（chēn）：对他人不满。
⑧ 怆（chuàng）然：形容悲伤的样子。

## 5010 短歌行二首

（魏晋·曹操）

### 其一

对酒当歌，人生几何！譬如朝露，去日苦多。慨当以慷，忧思难忘。何以解忧？唯有杜康。青青子衿①，悠悠我心。但为君故，沉吟至今。呦呦鹿鸣，食野之苹。我有嘉宾，鼓瑟吹笙。明明如月，何时可掇②？忧从中来，不可断绝。越陌度阡，枉用相存。契阔谈䜩，心念旧恩。月明星稀，乌鹊南飞。绕树三匝③，何枝可依？山不厌高，海不厌深。周公吐哺，天下归心④。

### 其二

周西伯昌，怀此圣德。三分天下，而有其二。修奉贡献，臣节不隆。崇侯谗之，是以拘系。后见赦原，赐之斧钺⑤，得使征伐，为仲尼所称。达及德行，犹奉事殷，论叙其美。齐桓之功，为霸之首。九合诸侯，一匡天下。一匡天下，不以兵车。正而不谲⑥，其德传称。孔子所叹，并称夷吾，民受其恩。赐与庙胙⑦，命无下拜。小白不敢尔，天威在颜咫尺⑧。晋文亦霸，躬奉天王。受赐珪瓒⑨，秬

鬯⑩彤弓。卢弓矢千，虎贲⑪三百人。威服诸侯，师之者尊。八方闻之，名亚齐桓。河阳之会，诈称周王，是其名纷葩。

## 5011 感事六言（宋·陆游）

老去转无饱计，醉来暂豁忧端。
双鬓多年作雪，寸心至死如丹。

## 5012 古风五十九首

（唐·李白）

### 其一

大雅久不作，吾衰竟谁陈？王

---

① 青青子衿（jīn）：子是对对方的尊称，青衿是周代读书人的服装，这里泛指有学识的人。

② 掇（duō）：拾取，摘取，用手拿（椅子、凳子等）。

③ 三匝（zā）：三周。匝，周，圈。

④ 周公吐哺（bǔ），天下归心：引周公自比，说明求贤建业的心思。哺，口中正吃的食物。《史记》载周公自谓："一沐三握发，一饭三吐哺，起以待士，犹恐失天下之贤人。"

⑤ 斧钺（yuè）：斧和钺，古代兵器，用于斩刑。另，斧钺在上古时期不但是作战兵器，还是军权和国家治权的象征。

⑥ 谲（jué）：诡诈。

⑦ 庙胙（zuò）：祭祀用的肉。

⑧ 咫（zhǐ）尺：形容距离很近。

⑨ 珪瓒（guī zàn）：古代一种玉制酒器。

⑩ 鬯（chàng）：古代祭祀用的酒。

⑪ 虎贲（bēn）：勇士，武士。

328

风委蔓草，战国多荆榛①。龙虎相啖食②，兵戈逮狂秦。正声何微茫，哀怨起骚人。扬马激颓波，开流荡无垠。废兴虽万变，宪章亦已沦。自从建安来，绮丽不足珍。圣代复元古，垂衣贵清真。群才属休明，乘运共跃鳞。文质相炳焕，众星罗秋旻。我志在删述，垂辉映千春。希圣如有立，绝笔于获麟。

其二

蟾蜍薄太清，蚀此瑶台月。圆光亏中天，金魄遂沦没。蝃蝀③入紫微，大明夷朝晖。浮云隔两曜，万象昏阴霏。萧萧长门宫，昔是今已非。桂蠹④花不实，天霜下严威。沉叹终永夕，感我涕沾衣。

其三

秦皇扫六合，虎视何雄哉。挥剑决浮云，诸侯尽西来。明断自天启，大略驾群才。收兵铸金人，函谷正东开。铭功会稽岭，骋⑤望琅琊台⑥。刑徒七十万，起土骊山隈。尚采不死药，茫然使心哀。连弩射海鱼，长鲸正崔嵬⑦。额鼻象五岳，扬波喷云雷。鬐鬣⑧蔽青天，何由睹蓬莱。徐市载秦女，楼船几时回。但见三泉下，金棺葬寒灰。

其四

凤飞九千仞，五章备彩珍。衔书且虚归，空入周与秦。横绝历四海，所居未得邻。吾营紫河车，千载落风尘。药物秘海岳，采铅青溪滨。时登大楼山，举首望仙真。羽驾灭去影，飙车⑨绝回轮。尚恐丹液迟，志愿不及申。徒霜镜中发，羞彼鹤上人。桃李何处开，此花非我春。唯应清都境，长与韩众亲。

其五

太白何苍苍，星辰上森列。去天三百里，邈⑩尔与世绝。中有

---

① 荆榛（jīng zhēn）：泛指丛生灌木，多用以形容荒芜情景，也比喻艰危困难，或喻恶人。

② 啖（dàn）食：指吞食，亦泛指吃东西。

③ 蝃蝀（dì dōng）：虹的别名，借指桥，比喻才气横溢。

④ 蠹（dù）：又称蠹鱼、衣鱼、白鱼、书虫或衣虫，是一种灵巧、怕光、无翅的缨尾目昆虫。常蛀蚀书册等器物。

⑤ 骋（chěng）：奔跑或放开。

⑥ 琅琊（láng yá）台：亦作"琅邪（yá）台"，越王勾践所建观台，在今山东青岛。

⑦ 崔嵬（wéi）：形容高峻或高大雄伟的物体。

⑧ 鬐鬣（qún liè）：卷曲的毛发。

⑨ 飙（biāo）车：指传说中御风而行的神车，也指超高速驾车行驶的行为。

⑩ 邈（miǎo）：指距离遥远。

329

绿发翁，披云卧松雪。不笑亦不语，冥栖在岩穴。我来逢真人，长跪问宝诀。粲然启玉齿，授以炼药说。铭骨传其语，竦身①已电灭。仰望不可及，苍然五情热。吾将营丹砂，永与世人别。

## 其六

代马不思越，越禽不恋燕。情性有所习，土风固其然。昔别雁门关，今戍龙庭前。惊沙乱海日，飞雪迷胡天。蚍蜉②生虎鹖③，心魂逐旌旃④。苦战功不赏，忠诚难可宣。谁怜李飞将，白首没三边。

## 其七

五鹤西北来，飞飞凌太清。仙人绿云上，自道安期名。两两白玉童，双吹紫鸾笙。去影忽不见，回风送天声。我欲一问之，飘然若流星。愿餐金光草，寿与天齐倾。

## 其八

咸阳二三月，宫柳黄金枝。绿帻⑤谁家子，卖珠轻薄儿。日暮醉酒归，白马骄且驰。意气人所仰，冶游⑥方及时。子云不晓事，晚献长杨辞。赋达身已老，草玄鬓若丝。投阁良可叹，但为此辈嗤。

## 其九

庄周梦胡蝶，胡蝶为庄周。一体更变易，万事良悠悠。乃知蓬莱水，复作清浅流。青门种瓜人，旧日东陵侯。富贵故如此，营营何所求。

## 其十

齐有倜傥⑦生，鲁连特高妙。明月出海底，一朝开光曜。却秦振英声，后世仰末照。意轻千金赠，顾向平原笑。吾亦澹荡人，拂衣可同调。

## 其十一

黄河走东溟，白日落西海。逝川与流光，飘忽不相待。春容舍我去，秋发已衰改。人生非寒松，年貌岂长在。吾当乘云螭⑧，吸景驻光彩。

---

① 竦（sǒng）身：纵身向上跳。
② 蚍蜉（jǐ shī）：虱子及虱卵，也比喻卑微。
③ 虎鹖（hé）：虎，指虎衣，鹖，指鹖冠。皆古代武将衣冠。
④ 旌旃（jīng zhān）：旗帜的泛称。
⑤ 绿帻（zé）：指绿色头巾，为古代供膳仆役所穿，也是一般地位卑贱者的服饰，后引申指浮薄少年的冠服。
⑥ 冶（yě）游：男女在春天或节日里外出游玩。
⑦ 倜傥（tì tǎng）：卓异，特别；豪迈洒脱不受约束的样子。
⑧ 云螭（chī）：传说中龙的别称，后喻指骏马。

其十二

松柏本孤直，难为桃李颜。昭昭严子陵，垂钓沧波间。身将客星隐，心与浮云闲。长揖万乘君，还归富春山。清风洒六合，邈然不可攀。使我长叹息，冥栖岩石间。

其十三

君平既弃世，世亦弃君平。观变穷太易，探元化群生。寂寞缀道论，空帘闭幽情。驺虞①不虚来，鸑鷟②有时鸣。安知天汉上，白日悬高名。海客去已久，谁人测沉冥。

其十四

胡关饶风沙，萧索竟终古。木落秋草黄，登高望戎虏。荒城空大漠，边邑无遗堵。白骨横千霜，嵯峨③蔽榛莽④。借问谁凌虐，天骄毒威武。赫怒我圣皇，劳师事鼙鼓⑤。阳和变杀气，发卒骚中土。三十六万人，哀哀泪如雨。且悲就行役，安得营农圃。不见征戍儿，岂知关山苦。李牧今不在，边人饲豺虎。

其十五

燕昭延郭隗，遂筑黄金台。剧辛方赵至，邹衍⑥复齐来。奈何青云士，弃我如尘埃。珠玉买歌笑，糟糠养贤才。方知黄鹤举，千里独裴回。

其十六

宝剑双蛟龙，雪花照芙蓉。精光射天地，雷腾不可冲。一去别金匣，飞沉失相从。风胡灭已久，所以潜其锋。吴水深万丈，楚山邈千重。雌雄终不隔，神物会当逢。

其十七

金华牧羊儿，乃是紫烟客。我愿从之游，未去发已白。不知繁华子，扰扰何所迫。昆山采琼蕊，可以炼精魄。

其十八

天津三月时，千门桃与李。朝为断肠花，暮逐东流水。前水复后水，古今相续流。新人非旧人，年年桥上游。鸡鸣海色

---

① 驺虞（zōu yú）：传说中的义兽名，或天子囿（yòu）（即园林）中掌鸟兽的官。
② 鸑鷟（yuè zhuó）：古代汉族民间传说中的五凤之一，为黑色或紫色，象征着坚贞不屈的品质。
③ 嵯峨（cuó é）：形容山势高峻。
④ 榛莽（zhēn mǎng）：本指丛杂的草木，喻艰危和荒乱。
⑤ 鼙（pí）鼓：鼙，指小鼓；鼓，指大鼓。古代军中用来发号进攻。借指军事。
⑥ 邹衍（zōu yǎn）：战国末期齐国人，阴阳家代表人物，五行创始人。

331

动，谒①帝罗公侯。月落西上阳，余辉半城楼。衣冠照云日，朝下散皇州。鞍马如飞龙，黄金络马头。行人皆辟易，志气横嵩丘。入门上高堂，列鼎错珍羞。香风引赵舞，清管随齐讴。七十紫鸳鸯，双双戏庭幽。行乐争昼夜，自言度千秋。功成身不退，自古多愆尤②。黄犬空叹息，绿珠成衅雠③。何如鸱夷子④，散发棹扁舟。

其十九

西上莲花山，迢迢见明星。素手把芙蓉，虚步蹑太清。霓裳⑤曳⑥广带，飘拂升天行。邀我登云台，高揖卫叔卿。恍恍与之去，驾鸿凌紫冥。俯视洛阳川，茫茫走胡兵。流血涂野草，豺狼尽冠缨。

其二十

昔我游齐都，登华不注峰。兹山何峻秀，绿翠如芙蓉。萧飒古仙人，了知是赤松。借予一白鹿，自挟两青龙。含笑凌倒景，欣然愿相从。泣与亲友别，欲语再三咽。勖⑦君青松心，努力保霜雪。世路多险艰，白日欺红颜。分手各千里，去去何时还。在世复几时，倏⑧如飘风度。空闻紫金经，白首愁相误。

抚己忽自笑，沉吟为谁故。名利徒煎熬，安得闲余步。终留赤玉舃⑨，东上蓬莱路。秦帝如我求，苍苍但烟雾。

其二十一

郢客⑩吟白雪，遗响飞青天。徒劳歌此曲，举世谁为传。试为巴人唱，和者乃数千。吞声何足道，叹息空凄然。

其二十二

秦水别陇首，幽咽多悲声。胡马顾朔雪，蹀躞⑪长嘶鸣。感物动我心，缅然含归情。昔视秋蛾飞，今见春蚕生。袅袅桑柘⑫叶，萋萋柳垂荣。急节谢流水，

---

① 谒（yè）：进见，拜见。
② 愆（qiān）尤：罪过。
③ 衅雠（xìn chóu）：仇隙。
④ 鸱夷（chī yí）子：越国上卿范蠡辞官后乘扁舟遨游五湖时自号"鸱夷子"。
⑤ 霓裳（ní cháng）：以霓所制的衣裳，指仙人所穿的服装。裳读"shang"（轻音）时，泛指衣服。
⑥ 曳（yè）：拖，拉，牵引。
⑦ 勖（xù）：勉励。
⑧ 倏（shū）：极快地，忽然。
⑨ 赤玉舃（xì）：古代传说中赤玉做成的鞋子。
⑩ 郢（yǐng）客：本指歌手或诗人，后借指格调高雅的乐曲或诗文。
⑪ 蹀躞（xiè dié）：小步行走的样子，也指马行走的样子。
⑫ 桑柘（zhè）：指桑木与柘木，引申指农桑之事。

羁心摇悬旌。挥涕且复去，恻怆何时平。

### 其二十三

秋露白如玉，团团下庭绿。我行忽见之，寒早悲岁促。人生鸟过目，胡乃自结束。景公一何愚，牛山泪相续。物苦不知足，得陇又望蜀。人心若波澜，世路有屈曲。三万六千日，夜夜当秉烛。

### 其二十四

大车扬飞尘，亭午暗阡陌。中贵多黄金，连云开甲宅。路逢斗鸡者，冠盖何辉赫。鼻息干虹霓，行人皆怵惕①。世无洗耳翁，谁知尧与跖②。

### 其二十五

世道日交丧，浇风散淳源。不采芳桂枝，反栖恶木根。所以桃李树，吐花竟不言。大运有兴没，群动争飞奔。归来广成子，去入无穷门。

### 其二十六

碧荷生幽泉，朝日艳且鲜。秋花冒绿水，密叶罗青烟。秀色空绝世，馨香竟谁传。坐看飞霜满，凋此红芳年。结根未得所，愿托华池边。

### 其二十七

燕赵有秀色，绮楼青云端。眉目艳皎月，一笑倾城欢。常恐碧草晚，坐泣秋风寒。纤手怨玉琴，清晨起长叹。焉得偶君子，共乘双飞鸾。

### 其二十八

容颜若飞电，时景如飘风。草绿霜已白，日西月复东。华鬓不耐秋，飒然成衰蓬。古来贤圣人，一一谁成功。君子变猿鹤，小人为沙虫。不及广成子，乘云驾轻鸿。

### 其二十九

三季分战国，七雄成乱麻。王风何怨怒，世道终纷拏③。至人洞玄象，高举凌紫霞。仲尼欲浮海，吾祖之流沙。圣贤共沦没，临歧胡咄嗟。

### 其三十

玄风变太古，道丧无时还。扰扰季叶人，鸡鸣趋四关。但识金马门，谁知蓬莱山。白首死罗绮，笑歌无时闲。绿酒哂丹液，青娥凋素颜。大儒挥金椎，琢之诗礼间。苍苍三株树，冥

---

① 怵惕（chù tì）：恐惧警惕。
② 跖（zhí）：指脚面上接近脚趾的部分，也指践踏。另，相传古时一个有名的盗贼名叫盗跖，简称跖。
③ 纷拏（ná）：杂乱。拏，持握，捕捉，执拿。

目焉能攀。

其三十一

郑客西入关，行行未能已。白
马华山君，相逢平原里。璧遗
镐池君，明年祖龙死。秦人相
谓曰，吾属可去矣。一往桃花
源，千春隔流水。

其三十二

蓐收①肃金气，西陆弦海月。秋
蝉号阶轩，感物忧不歇。良辰
竟何许，大运有沦忽。天寒悲
风生，夜久众星没。恻恻不忍
言，哀歌逮明发。

其三十三

北溟有巨鱼，身长数千里。仰
喷三山雪，横吞百川水。凭陵
随海运，燀赫②因风起。吾观摩
天飞，九万方未已。

其三十四

羽檄③如流星，虎符合专城。喧
呼救边急，群鸟皆夜鸣。白日
曜紫微，三公运权衡。天地皆
得一，澹然四海清。借问此何
为，答言楚征兵。渡泸及五月，
将赴云南征。怯卒非战士，炎
方难远行。长号别严亲，日月
惨光晶。泣尽继以血，心摧两
无声。困兽当猛虎，穷鱼饵奔
鲸。千去不一回，投躯岂全生。
如何舞干戚，一使有苗平。

其三十五

丑女来效颦，还家惊四邻。寿
陵失本步，笑杀邯郸人。一曲
斐然子，雕虫丧天真。棘刺造
沐猴，三年费精神。功成无所
用，楚楚且华身。大雅思文王，
颂声久崩沦。安得郢中质④，一
挥成斧斤。

其三十六

抱玉入楚国，见疑古所闻。良
宝终见弃，徒劳三献君。直木
忌先伐，芳兰哀自焚。盈满天
所损，沉冥道为群。东海泛碧
水，西关乘紫云。鲁连及柱史，
可以蹑清芬。

其三十七

燕臣昔恸哭⑤，五月飞秋霜。庶
女号苍天，震风击齐堂。精诚
有所感，造化为悲伤。而我竟
何辜，远身金殿旁。浮云蔽紫
闼⑥，白日难回光。群沙秽明

---

① 蓐（rù）收：中国古代传说中的西方
之神，司秋。
② 燀赫（chǎn hè）：显赫。
③ 羽檄（xí）：古代军事文书，插鸟羽
以示紧急，必须迅速传递。
④ 郢（yǐng）中质：郢地有匠石者，能
用斧头削除人鼻端的白粉而不伤其
鼻。后因以"郢质"喻指契合无间的
知音。
⑤ 恸（tòng）哭：放声痛哭，号哭。
⑥ 紫闼（tà）：宫廷。

珠，众草凌孤芳。古来共叹息，流泪空沾裳。

其三十八

孤兰生幽园，众草共芜没。虽照阳春晖，复悲高秋月。飞霜早淅沥，绿艳恐休歇。若无清风吹，香气为谁发。

其三十九

登高望四海，天地何漫漫。霜被群物秋，风飘大荒寒。荣华东流水，万事皆波澜。白日掩徂辉，浮云无定端。梧桐巢燕雀，枳棘栖鸳鸾。且复归去来，剑歌行路难。

其四十

凤饥不啄粟，所食唯琅玕。焉能与群鸡，刺蹙①争一餐。朝鸣昆丘树，夕饮砥柱湍。归飞海路远，独宿天霜寒。幸遇王子晋，结交青云端。怀恩未得报，感别空长叹。

其四十一

朝弄紫泥海，夕披丹霞裳。挥手折若木，拂此西日光。云卧游八极，玉颜已千霜。飘飘入无倪，稽首祈上皇。呼我游太素，玉杯赐琼浆。一餐历万岁，何用还故乡。永随长风去，天外恣飘扬。

其四十二

摇裔双白鸥，鸣飞沧江流。宜与海人狎，岂伊云鹤俦。寄形宿沙月，沿芳戏春洲。吾亦洗心者，忘机从尔游。

其四十三

周穆八荒意，汉皇万乘尊。淫乐心不极，雄豪安足论。西海宴王母，北宫邀上元。瑶水闻遗歌，玉杯竟空言。灵迹成蔓草，徒悲千载魂。

其四十四

绿萝纷葳蕤②，缭绕松柏枝。草木有所托，岁寒尚不移。奈何天桃色，坐叹葑菲③诗。玉颜艳红彩，云发非素丝。君子恩已毕，贱妾将何为。

其四十五

八荒驰惊飙，万物尽凋落。浮云蔽颓阳，洪波振大壑。龙凤脱罔罟④，飘摇将安托。去去乘白驹，空山咏场藿。

其四十六

一百四十年，国容何赫然。隐

---

① 刺蹙（cù）：指刺绣成绉纹形状。
② 葳蕤（wēi ruí）：羽毛装饰华丽鲜艳的样子，也可形容植物生长茂盛的样子，还可比喻辞藻华丽。
③ 葑菲（fēng fēi）：葑、菲是两种野菜，茎叶可食。
④ 罔罟（wǎng gǔ）：指渔猎的网具。

隐五凤楼，峨峨横三川。王侯
象星月，宾客如云烟。斗鸡金
宫里，蹴鞠①瑶台边。举动摇白
日，指挥回青天。当涂何翕
忽②，失路长弃捐。独有扬执
戟，闭关草太玄。

### 其四十七

桃花开东园，含笑夸白日。偶
蒙东风荣，生此艳阳质。岂无
佳人色，但恐花不实。宛转龙
火飞，零落早相失。讵知南山
松，独立自萧瑟。

### 其四十八

秦皇按宝剑，赫怒震威神。逐
日巡海右，驱石驾沧津。征卒
空九寓，作桥伤万人。但求蓬
岛药，岂思农扈③春。力尽功不
赡，千载为悲辛。

### 其四十九

美人出南国，灼灼芙蓉姿。皓
齿终不发，芳心空自持。由来
紫宫女，共妒青蛾眉。归去潇
湘沚，沉吟何足悲。

### 其五十

宋国梧台东，野人得燕石。夸
作天下珍，却咍赵王璧。赵璧
无缁磷④，燕石非贞真。流俗多
错误，岂知玉与珉。

### 其五十一

殷后乱天纪，楚怀亦已昏。夷

羊满中野，菉葹盈高门。比干
谏而死，屈平窜湘源。虎口何
婉娈⑤，女媭⑥空婵媛。彭咸久
沦没，此意与谁论。

### 其五十二

青春流惊湍，朱明骤回薄。不
忍看秋蓬，飘扬竟何托。光风
灭兰蕙，白露洒葵藿。美人不
我期，草木日零落。

### 其五十三

战国何纷纷，兵戈乱浮云。赵
倚两虎斗，晋为六卿分。奸臣
欲窃位，树党自相群。果然田
成子，一旦杀齐君。

### 其五十四

倚剑登高台，悠悠送春目。苍
榛⑦蔽层丘，琼草隐深谷。凤鸟
鸣西海，欲集无珍木。鸒斯⑧得
所居，蒿下盈万族。晋风日已

---

① 蹴鞠（cù jū）：一种古代踢球游戏，
类似现今的踢足球。
② 翕（xī）忽：轻快敏捷的样子。
③ 农扈（hù）：古时各种农官的总称，
亦借指农事。
④ 缁磷（zī lín）：喻操守不坚贞。
⑤ 婉娈（wǎn luán）：指美貌，借指美
女，亦指柔顺缠绵，引申为依恋、委
婉含蓄。
⑥ 女媭（xū）：一般被认为指屈原之姐。
⑦ 苍榛（zhēn）：丛生的杂草，喻指
小人。
⑧ 鸒（yù）斯：乌鸦的一种。

颜，穷途方恸哭。

### 其五十五

齐瑟弹东吟，秦弦弄西音。慷慨动颜魄，使人成荒淫。彼美佞邪①子，婉娈②来相寻。一笑双白璧，再歌千黄金。珍色不贵道，讵惜飞光沉。安识紫霞客，瑶台鸣素琴。

### 其五十六

越客采明珠，提携出南隅。清辉照海月，美价倾皇都。献君君按剑，怀宝空长吁。鱼目复相哂③，寸心增烦纡④。

### 其五十七

羽族禀万化，小大各有依。周周亦何辜，六翮⑤掩不挥。愿衔众禽翼，一向黄河飞。飞者莫我顾，叹息将安归。

### 其五十八

我到巫山渚，寻古登阳台。天空彩云灭，地远清风来。神女去已久，襄王安在哉。荒淫竟沦替，樵牧徒悲哀。

### 其五十九

恻恻泣路岐⑥，哀哀悲素丝。路岐有南北，素丝易变移。万事固如此，人生无定期。田窦相倾夺，宾客互盈亏。世途多翻覆，交道方崄巇⑦。斗酒强然诺，寸心终自疑。张陈竟火灭，萧朱亦星离。众鸟集荣柯，穷鱼守枯池。嗟嗟失权客，勤问何所规。

## 5013 关雎（诗经·国风·周南）

关关雎鸠，在河之洲。窈窕⑧淑女，君子好逑。参差荇菜⑨，左右流之。窈窕淑女，寤寐⑩求之。求之不得，寤寐思服。悠哉悠哉，辗转反侧。参差荇菜，左右采之。窈窕淑女，琴瑟友之。参差荇菜，左右芼⑪之。窈

---

① 佞邪（nìng xié）：奸邪，或指奸邪之人。

② 婉娈（wǎn luán）：指美貌，借指美女，亦指柔顺缠绵，引申为依恋、委婉含蓄。

③ 哂（shěn）：微笑；讥笑。

④ 烦纡（yū）：愁闷郁结。

⑤ 翮（hé）：鸟羽的茎状中空透明部分，也指鸟的翅膀。

⑥ 路岐（qí）：亦作"路歧（qí）"，指岔路。另，宋元时流动卖艺的民间艺人俗称路歧人。

⑦ 崄巇（xiǎn xī）：本指险峻崎岖的山地，喻指人事艰险或人心险恶，或比喻心地险恶的人。

⑧ 窈窕（yǎo tiǎo）：形容女子文静而美好。

⑨ 荇（xìng）菜：一种浅水性植物，可食。

⑩ 寤寐（wù mèi）：即醒和睡，引申指日夜。

⑪ 芼（mào）：扫取或拔。

窈淑女，钟鼓乐之。

## 5014 观沧海（魏晋·曹操）

东临碣石，以观沧海。水何澹澹①，山岛竦峙②。树木丛生，百草丰茂。秋风萧瑟，洪波涌起。日月之行，若出其中；星汉灿烂，若出其里。幸甚至哉，歌以咏志。

## 5015 观刈麦（唐·白居易）

田家少闲月，五月人倍忙。夜来南风起，小麦覆陇黄。妇姑荷箪食，童稚携壶浆。相随饷田③去，丁壮在南冈。足蒸暑土气，背灼炎天光。力尽不知热，但惜夏日长。复有贫妇人，抱子在其旁。右手秉遗穗，左臂悬敝筐。听其相顾言，闻者为悲伤。家田输税尽，拾此充饥肠。今我何功德？曾不事农桑。吏禄三百石，岁晏有余粮。念此私自愧，尽日不能忘。

## 5016 归园田居六首
（晋·陶渊明）

其一

少无适俗韵，性本爱丘山。误落尘网中，一去三十年。羁鸟④

恋旧林，池鱼思故渊。开荒南野际，守拙归园田。方宅十余亩，草屋八九间。榆柳荫后檐，桃李罗堂前。暧暧远人村，依依墟里烟。狗吠深巷中，鸡鸣桑树颠。户庭无尘杂，虚室有余闲。久在樊笼里，复得返自然。

其二

野外罕人事，穷巷寡轮鞅。白日掩荆扉，虚室绝尘想。时复墟曲中，披草共来往。相见无杂言，但道桑麻长。桑麻日已长，我土日已广。常恐霜霰⑤至，零落同草莽。

其三

种豆南山下，草盛豆苗稀。晨兴理荒秽⑥，带月荷锄归。道狭草木长，夕露沾我衣。衣沾不足惜，但使愿无违。

其四

久去山泽游，浪莽林野娱。试携子侄辈，披榛步荒墟。徘徊

---

① 澹（dàn）澹：水波摇动的样子。
② 竦峙（sǒng zhì）：高高地挺立。
③ 饷（xiǎng）田：送饭食到田头。
④ 羁（jī）鸟：笼中的鸟。
⑤ 霜霰（xiàn）：本指霜和霰，后也喻指恶势力或严刑峻法。
⑥ 荒秽（huì）：指荒芜和污秽，亦谓稀少而低下。

丘垄间，依依昔人居。井灶有遗处，桑竹残朽①株。借问采薪者，此人皆焉如？薪者向我言，死没无复余。一世异朝市，此语真不虚。人生似幻化，终当归空无。

其五

怅恨独策还，崎岖历榛曲。山涧清且浅，可以濯②吾足。漉我新熟酒，只鸡招近局。日入室中暗，荆薪代明烛。欢来苦夕短，已复至天旭。

其六

种苗在东皋，苗生满阡陌。虽有荷锄倦，浊酒聊自适。日暮巾柴车，路暗光已夕。归人望烟火，稚子候檐隙。问君亦何为，百年会有役。但愿桑麻成，蚕月得纺绩。素心正如此，开径望三益。

## 5017 龟虽寿（魏晋·曹操）

神龟虽寿，犹有竟时。螣蛇③乘雾，终为土灰。老骥伏枥，志在千里。烈士暮年，壮心不已。盈缩之期，不但在天；养怡之福，可得永年。幸甚至哉，歌以咏志。

## 5018 稽山（宋·陆游）

我识康庐面，亦抚终南背。平生爱山心，于此可无悔。晚归古会稽，开门与山对。奇峰绾④髻鬟⑤，横岭扫眉黛。岂亦念孤愁，一日变万态。风月娱朝夕，云烟阅明晦。一洗故乡悲，更益吾庐爱。东偏得山多，寝食鲜不在。宁无度世人，谈笑见英概。御风倘可留，为我倾玉瀣⑥。

## 5019 寄远十二首（唐·李白）

其一

三鸟别王母，衔书来见过。肠断若剪弦，其如愁思何。遥知玉窗里，纤手弄云和。奏曲有深意，青松交女萝。写水山井中，同泉岂殊波。秦心与楚恨，皎皎⑦为谁多。

---

① 杇（wū）：涂抹。
② 濯（zhuó）：洗涤、清洗。
③ 螣（téng）蛇：一作"腾蛇"，是一种会腾云驾雾的蛇，乃传说中的仙兽。
④ 绾（wǎn）：把长条形的东西盘绕起来打成结，或卷起来。
⑤ 髻鬟（jì huán）：古时妇女发式，将头发环曲束于顶。
⑥ 玉瀣（xiè）：美酒。
⑦ 皎（jiǎo）皎：形容白而亮。

其二

青楼何所在，乃在碧云中。宝镜挂秋水，罗衣轻春风。新妆坐落日，怅望金屏空。念此送短书，愿同双飞鸿。

其三

本作一行书，殷勤道相忆。一行复一行，满纸情何极。瑶台有黄鹤，为报青楼人。朱颜凋落尽，白发一何新。自知未应还，离居经三春。桃李今若为，当窗发光彩。莫使香风飘，留与红芳待。

其四

玉箸落春镜，坐愁湖阳水。闻与阴丽华，风烟接邻里。青春已复过，白日忽相催。但恐荷花晚，令人意已摧。相思不惜梦，日夜向阳台。

其五

远忆巫山阳，花明渌江暖。踌躇未得往，泪向南云满。春风复无情，吹我梦魂断。不见眼中人，天长音信短。

其六

阳台隔楚水，春草生黄河。相思无日夜，浩荡若流波。流波向海去，欲见终无因。遥将一点泪，远寄如花人。

其七

妾在春陵东，君居汉江岛。一日望花光，往来成白道。一为云雨别，此地生秋草。秋草秋蛾飞，相思愁落晖。何由一相见，灭烛解罗衣。

其八

忆昨东园桃李红碧枝，与君此时初别离。金瓶落井无消息，令人行叹复坐思。坐思行叹成楚越，春风玉颜畏销歇。碧窗纷纷下落花，青楼寂寂空明月。两不见，但相思。空留锦字表心素，至今缄愁①不忍窥②。

其九

长短春草绿，缘阶如有情。卷葹心独苦，抽却死还生。睹物知妾意，希君种后庭。闲时当采掇③，念此莫相轻。

其十

鲁缟④如玉霜，笔题月氏书。寄书白鹦鹉，西海慰离居。行数虽不多，字字有委曲。天末如见之，开缄泪相续。泪尽恨转

---

① 缄（jiān）愁：寄信言别愁相思。

② 窥（kuī）：从小孔或缝隙里看，或暗中察看。

③ 采掇（duō）：搜集、摘取、采纳等。

④ 鲁缟（gǎo）：古代鲁地出产的一种白色生绢，以薄细著称。

深，千里同此心。相思千万里，一书值千金。

**其十一**

美人在时花满堂，美人去时余空床。床中绣被卷不寝，至今三载闻余香。香亦竟不灭，人亦竟不来。相思黄叶落，白露湿青苔。

**其十二**

爱君芙蓉婵娟之艳色，色可餐兮难再得。怜君冰玉清迥①之明心，情不极兮意已深。朝共琅玕②之绮食，夜同鸳鸯之锦衾。恩情婉娈③忽为别，使人莫错乱愁心。乱愁心，涕如雪。寒灯厌梦魂欲绝，觉来相思生白发。盈盈汉水若可越，可惜凌波步罗袜。美人美人兮归去来，莫作朝云暮雨兮飞阳台。

## 5020 蒹葭④（诗经·国风·秦风）

蒹葭苍苍，白露为霜。所谓伊人，在水一方。溯洄⑤从之，道阻且长。溯游从之，宛在水中央。

蒹葭萋萋，白露未晞。所谓伊人，在水之湄。溯洄从之，道阻且跻⑥。溯游从之，宛在水中坻⑦。

蒹葭采采，白露未已。所谓伊人，在水之涘⑧。溯洄从之，道阻且右。溯游从之，宛在水中沚⑨。

## 5021 江南（汉乐府）

江南可采莲，莲叶何田田。鱼戏莲叶间。鱼戏莲叶东，鱼戏莲叶西，鱼戏莲叶南，鱼戏莲叶北。

## 5022 将军行（宋·陆游）

将军入奏平燕策，持笏⑩楯前亲指画。天山热海在目中，下殿

---

① 清迥（jiǒng）：指清明旷远，或清越而有回声。
② 琅玕（láng gān）：中国神话传说中的仙树，其实似珠，借指像珠子的美石。
③ 婉娈（wǎn luán）：指美貌，借指美女，亦指柔顺缠绵，引申为依恋、委婉含蓄。
④ 蒹葭（jiān jiā）：荻与芦，有时也统称芦苇。蒹是没长穗的荻，葭是初生的芦苇。
⑤ 溯洄（sù huí）：逆流而上。
⑥ 跻（jī）：登上高处，升高。
⑦ 坻（chí）：水中的小高地。
⑧ 涘（sì）：水涯，水边。
⑨ 沚（zhǐ）：水中的小块陆地。
⑩ 笏（hù）：古代臣子朝见君主时手中所拿的狭长板子，用玉、象牙或竹片制成，上面可以记事。

即日名烜赫①。驰出都门雪初霁，直过黄河冰未坼②。绣旗方掠桑干渡，羽檄已入金台陌。勇士如鹰健欲飞，孱王③似兔何劳搦④。戎服押俘献庙社，正衙第赏颁诏册。端门赐酺⑤天下庆，御觞⑥尚恨沧溟⑦迮⑧。从来文吏喜相轻，聊遣濡毫⑨书竹帛。

## 5023 金错刀行（宋·陆游）

黄金错刀白玉装，夜穿窗扉出光芒。丈夫五十功未立，提刀独立顾八荒。京华结交尽奇士，意气相期共生死。千年史册耻无名，一片丹心报天子。尔来从军天汉滨，南山晓雪玉嶙峋。呜呼！楚虽三户能亡秦，岂有堂堂中国空无人！

## 5024 九月一日夜读诗稿有感走笔作歌（宋·陆游）

我昔学诗未有得，残余未免从人乞。力孱气馁心自知，妄取虚名有惭色。四十从戎驻南郑，酣宴军中夜连日。打球筑场一千步，阅马列厩⑩三万匹。华灯纵博声满楼，宝钗艳舞光照席。琵琶弦急冰雹乱，羯鼓⑪手匀风

雨疾。诗家三昧忽见前，屈贾在眼元历历。天机云锦用在我，剪裁妙处非刀尺。世间才杰固不乏，秋毫未合天地隔。放翁老死何足论？广陵散绝还堪惜。

## 5025 陋室铭（唐·刘禹锡）

山不在高，有仙则名。水不在深，有龙则灵。斯是陋室，惟吾德馨。苔痕上阶绿，草色入帘青。谈笑有鸿儒，往来无白丁。可以调素琴，阅金经。无丝竹之乱耳，无案牍之劳形。南阳诸葛庐，西蜀子云亭。孔子云：何陋之有？

---

① 烜赫（xuǎn hè）：名声或威望盛大的样子。
② 坼（chè）：裂开或分裂。
③ 孱（chán）王：懦弱的君王。
④ 搦（nuò）：本义是用力按压，引申为挑斗和招惹。
⑤ 赐酺（pú）：一种宴饮庆祝活动。
⑥ 御觞（yù shāng）：指饮酒。
⑦ 沧溟（míng）：大海或高远幽深的天空。
⑧ 迮（zé）：本指狭窄，引申为逼迫。
⑨ 濡（rú）毫：谓蘸笔书写或绘画。濡，沾染或停留、迟滞。
⑩ 厩（jiù）：指马棚，泛指牲口棚。
⑪ 羯（jié）鼓：古代打击乐器的一种，源于印度，从西域传入，盛行于唐开元、天宝年间。

## 5026 卖炭翁 (唐·白居易)

卖炭翁，伐薪烧炭南山中。满面尘灰烟火色，两鬓苍苍十指黑。卖炭得钱何所营？身上衣裳口中食。可怜身上衣正单，心忧炭贱愿天寒。夜来城外一尺雪，晓驾炭车辗①冰辙②。牛困人饥日已高，市南门外泥中歇。翩翩③两骑④来是谁？黄衣使者白衫儿。手把文书口称敕⑤，回车叱⑥牛牵向北。一车炭，千余斤，宫使驱将惜不得。半匹红纱一丈绫，系向牛头充炭直。

## 5027 茅屋为秋风所破歌 (唐·杜甫)

八月秋高风怒号，卷我屋上三重茅。茅飞渡江洒江郊，高者挂罥⑦长林梢，下者飘转沉塘坳⑧。南村群童欺我老无力，忍能对面为盗贼，公然抱茅入竹去。唇焦口燥呼不得，归来倚杖自叹息。俄顷风定云墨色，秋天漠漠向昏黑。布衾⑨多年冷似铁，娇儿恶卧踏里裂。床头屋漏无干处，雨脚如麻未断绝。自经丧乱少睡眠，长夜沾湿何由彻？安得广厦千万间，大庇天下寒士俱欢颜，风雨不动安如山！呜呼！何时眼前突兀见此屋，吾庐独破受冻死亦足。

## 5028 梦游天姥⑩吟留别 (唐·李白)

海客谈瀛洲⑪，烟涛微茫信难求。越人语天姥，云霞明灭或可睹。天姥连天向天横，势拔五岳掩赤城。天台四万八千丈，对此欲倒东南倾。我欲因之梦吴越，一夜飞度镜湖月。湖月照我影，送我至剡溪⑫。谢公宿处今尚在，渌⑬水荡漾清猿啼。脚着谢公屐⑭，身登青云梯。半壁见海日，空中闻天鸡。千岩

---

① 辗（niǎn）：同"碾（niǎn）"，压。
② 辙（zhé）：车轮滚过地面碾出的痕迹。
③ 翩（piān）翩：轻快洒脱的情状。这里形容得意忘形的样子。
④ 骑（jì）：骑马的人。
⑤ 敕（chì）：皇帝的诏令。
⑥ 叱（chì）：大声呵斥。
⑦ 挂罥（juàn）：缠挂。
⑧ 塘坳（ào）：池塘或有水的洼地。
⑨ 布衾（qīn）：唐朝老百姓用的布，一般用麻、葛等制成，衾为被子。
⑩ 天姥（mǔ）：天姥山，位于浙江绍兴。
⑪ 瀛（yíng）洲：传说为东海中神仙所居住的仙岛。
⑫ 剡（shàn）溪：水名，浙江绍兴嵊州境内主要河流。
⑬ 渌（lù）：清澈。
⑭ 谢公屐（jī）：谢灵运登山时穿的一种活齿木鞋。

万转路不定，迷花倚石忽已暝。熊咆龙吟殷岩泉，栗深林兮惊层巅。云青青兮欲雨，水澹澹①兮生烟。列缺霹雳，丘峦崩摧。洞天石扉，訇然②中开。青冥浩荡不见底，日月照耀金银台。霓为衣兮风为马，云之君兮纷纷而来下。虎鼓瑟兮鸾回车，仙之人兮列如麻。忽魂悸以魄动，恍惊起而长嗟。惟觉时之枕席，失向来之烟霞。世间行乐亦如此，古来万事东流水。别君去兮何时还？且放白鹿青崖间，须行即骑访名山。安能摧眉折腰事权贵，使我不得开心颜！

### 5029 陌上桑（汉乐府）

日出东南隅③，照我秦氏楼。秦氏有好女，自名为罗敷④。罗敷喜蚕桑，采桑城南隅。青丝为笼系，桂枝为笼钩。头上倭堕髻⑤，耳中明月珠。缃绮为下裙，紫绮为上襦⑥。行者见罗敷，下担捋⑦髭须⑧。少年见罗敷，脱帽着帩头。耕者忘其犁，锄者忘其锄。来归相怨怒，但坐观罗敷。使君从南来，五马立踟蹰。使君遣吏往，问是谁家姝⑨？"秦氏有好女，自名为

罗敷。""罗敷年几何？""二十尚不足，十五颇有余。"使君谢罗敷："宁可共载不？"罗敷前致辞："使君一何愚！使君自有妇，罗敷自有夫！东方千余骑，夫婿居上头。何用识夫婿？白马从骊驹。青丝系马尾，黄金络马头。腰中鹿卢剑，可值千万余。十五府小吏，二十朝大夫，三十侍中郎，四十专城居。为人洁白晰，鬑鬑⑩颇有须。盈盈公府步，冉冉府中趋。坐中数千人，皆言夫婿殊。"

### 5030 木兰诗（南北朝民歌）

唧唧复唧唧，木兰当户织。不闻机杼⑪声，惟闻女叹息。问女

---

① 澹（dàn）澹：水波摇动的样子。
② 訇（hōng）然：形容巨响声。
③ 隅（yú）：指角落或靠边沿的地方。
④ 罗敷（fū）：古代美女名。
⑤ 倭堕髻（wō duò jì）：汉时流行的一种发髻，髻斜于一侧，故称。
⑥ 上襦（rú）：汉服有一种类型叫作襦裙，这种襦裙的上半身衣服较短，名为"上襦"。
⑦ 捋（lǔ）：用手指顺着抹过去，使物体顺溜或干净。
⑧ 髭（zī）须：即胡子，唇上曰髭，唇下为须。
⑨ 姝（shū）：美丽的女子。
⑩ 鬑（lián）鬑：须发稀疏的样子，也喻草木稀疏。
⑪ 机杼（zhù）：指织布机。杼，织梭。

344

何所思，问女何所忆。女亦无所思，女亦无所忆。昨夜见军帖，可汗大点兵。军书十二卷，卷卷有爷名。阿爷无大儿，木兰无长兄。愿为市鞍马，从此替爷征。东市买骏马，西市买鞍鞯①，南市买辔头②，北市买长鞭。旦辞爷娘去，暮宿黄河边，不闻爷娘唤女声，但闻黄河流水鸣溅溅。旦辞黄河去，暮至黑山头，不闻爷娘唤女声，但闻燕山胡骑③鸣啾啾④。万里赴戎机，关山度若飞。朔气传金柝⑤，寒光照铁衣。将军百战死，壮士十年归。归来见天子，天子坐明堂。策勋十二转，赏赐百千强。可汗问所欲，木兰不用尚书郎。愿驰千里足，送儿还故乡。爷娘闻女来，出郭相扶将；阿姊闻妹来，当户理红妆；小弟闻姊来，磨刀霍霍向猪羊。开我东阁门，坐我西阁床，脱我战时袍，着我旧时裳。当窗理云鬓，对镜贴花黄。出门看火伴，火伴皆惊忙：同行十二年，不知木兰是女郎。雄兔脚扑朔，雌兔眼迷离；双兔傍地走，安能辨我是雄雌？

## 5031 暮秋山行（唐·岑参）

疲马卧长坂，夕阳下通津。山风吹空林，飒飒⑥如有人。苍旻⑦霁凉雨，石路无飞尘。千念集暮节，万籁悲萧晨。鶗鴂⑧昨夜鸣，蕙草色已陈。况在远行客，自然多苦辛。

## 5032 拟古十二首（唐·李白）

### 其一

青天何历历，明星如白石。黄姑与织女，相去不盈尺。银河无鹊桥，非时将安适。闺人理纨素，游子悲行役。瓶冰知冬寒，霜露欺远客。客似秋叶飞，飘摇不言归。别后罗带长，愁宽去时衣。乘月托宵梦，因之寄金徽。

---

① 鞍鞯（ān jiān）：马鞍和衬在马鞍下的垫子。
② 辔（pèi）头：驾驭牲口的嚼子和缰绳。
③ 胡骑（jì）：胡人的战马。
④ 啾（jiū）啾：马叫的声音。
⑤ 朔（shuò）气传金柝（tuò）：北方的寒气传送着打更的声音。金柝，即刁斗，三足一柄，白天用以烧饭，夜晚用以打更。
⑥ 飒（sà）飒：形容风吹动树木枝叶等的声音。
⑦ 苍旻（mín）：指苍天。
⑧ 鶗鴂（tí jué）：古同"子规"，杜鹃鸟。

其二

高楼入青天,下有白玉堂。明月看欲堕,当窗悬清光。遥夜一美人,罗衣沾秋霜。含情弄柔瑟,弹作陌上桑。弦声何激烈,风卷绕飞梁。行人皆踯躅①,栖鸟起回翔。但写妾意苦,莫辞此曲伤。愿逢同心者,飞作紫鸳鸯。

其三

长绳难系日,自古共悲辛。黄金高北斗,不惜买阳春。石火无留光,还如世中人。即事已如梦,后来我谁身。提壶莫辞贫,取酒会四邻。仙人殊恍惚,未若醉中真。

其四

清都绿玉树,灼烁②瑶台春。攀花弄秀色,远赠天仙人。香风送紫蕊,直到扶桑津。取摵③世上艳,所贵心之珍。相思传一笑,聊欲示情亲。

其五

今日风日好,明日恐不如。春风笑于人,何乃愁自居。吹箫舞彩凤,酌醴④鲙⑤神鱼。千金买一醉,取乐不求余。达士遗天地,东门有二疏。愚夫同瓦石,有才知卷舒。无事坐悲苦,块然涸辙鲋⑥。

其六

运速天地闭,胡风结飞霜。百草死冬月,六龙颓西荒。太白出东方,彗星扬精光。鸳鸯非越鸟,何为眷南翔。惟昔鹰将犬,今为侯与王。得水成蛟龙,争池夺凤凰。北斗不酌酒,南箕空簸扬⑦。

其七

世路今太行,回车竟何托。万族皆凋枯,遂无少可乐。旷野多白骨,幽魂共销铄⑧。荣贵当及时,春华宜照灼。人非昆山玉,安得长璀错?身没期不朽,荣名在麟阁。

其八

月色不可扫,客愁不可道。玉露生秋衣,流萤飞百草。日月

---

① 踯躅(zhí zhú):指以足击地,或徘徊不进的样子。
② 灼烁(zhuó shuò):鲜明光彩的样子。
③ 摵(duō):拾取,摘取,用手拿(椅子、凳子等)。
④ 酌醴(zhuó lǐ):酌酒。
⑤ 鲙(kuài):同"脍(kuài)",细切的鱼或肉。
⑥ 涸辙鲋(hé zhé fù):涸辙之鲋的简称,指在干涸了的车辙里的鲋(鲫鱼),比喻处在困境中亟待救援的人。
⑦ 簸(bǒ)扬:扬去谷物中的糠秕杂物。
⑧ 销铄(shuò):因久病而消瘦。

终销毁，天地同枯槁。螗蛄<sup>①</sup>啼青松，安见此树老。金丹宁误俗，昧者难精讨。尔非千岁翁，多恨去世早。饮酒入玉壶，藏身以为宝。

其九

生者为过客，死者为归人。天地一逆旅，同悲万古尘。月兔空捣药，扶桑已成薪。白骨寂无言，青松岂知春。前后更叹息，浮荣安足珍？

其十

仙人骑彩凤，昨下阆风<sup>②</sup>岑。海水三清浅，桃源一见寻。遗我绿玉杯，兼之紫琼琴。杯以倾美酒，琴以闲素心。二物非世有，何论珠与金。琴弹松里风，杯劝天上月。风月长相知，世人何倏忽<sup>③</sup>。

其十一

涉江弄秋水，爱此荷花鲜。攀荷弄其珠，荡漾不成圆。佳人彩云里，欲赠隔远天。相思无由见，怅望凉风前。

其十二

去去复去去，辞君还忆君。汉水既殊流，楚山亦此分。人生难称意，岂得长为群。越燕喜海日，燕鸿思朔云。别久容华晚，琅玕<sup>④</sup>不能饭。日落知天昏，梦长觉道远。望夫登高山，化石竟不返。

## 5033 鸟啼（宋·陆游）

野人无历日，鸟啼知四时。二月闻子规，春耕不可迟。三月闻黄鹂，幼妇闵蚕饥。四月鸣布谷，家家蚕上簇。五月鸣鸦舅，苗稚忧草茂。人言农家苦，望晴复望雨。乐处谁得知？生不识官府。葛衫麦饭有即休，湖桥小市酒如油。夜夜扶归常烂醉，不怕行逢灞陵尉。

## 5034 农家叹（宋·陆游）

有山皆种麦，有水皆种粳<sup>⑤</sup>。牛领疮见骨，叱叱<sup>⑥</sup>犹夜耕。竭力事本业，所愿乐太平。门前谁剥啄？县吏征租声。一身入县

---

① 螗蛄（huì gū）：蝉的一种，雄的腹部有发音器，夏末自早至暮鸣声不息。

② 阆（láng）风：山名，位于昆仑山的山巅，相传为仙人所居。

③ 倏（shū）忽：形容很快。

④ 琅玕（láng gān）：中国神话传说中的仙树，其实似珠，借指像珠子的美石。

⑤ 粳（jīng）：粳稻，稻的一种。叶窄，色浓绿，耐肥耐寒，不易倒伏，米近圆形，黏性强，胀性小。

⑥ 叱（chì）叱：驱使牲畜声。

庭，日夜穷笞搒①。人孰不惮②死？自计无由生。还家欲具说，恐伤父母情。老人傥③得食，妻子鸿毛轻。

## 5035 烹茶（宋·陆游）

曲生可论交，正自畏中圣。年来衰可笑，茶亦能作病。噎呕废晨飧④，支离失宵暝。是身如芭蕉，宁可与物竞。兔瓯⑤试玉尘，香色两超胜。把玩一欣然，为汝烹茶竟。

## 5036 七夕（唐·崔颢）

长安城中月如练，家家此夜持针线。仙裙玉佩空自知，天上人间不相见。长信深阴夜转幽，瑶阶金阁数萤流。班姬此夕愁无限，河汉三更看斗牛。

## 5037 将进酒⑥（唐·李白）

君不见，黄河之水天上来，奔流到海不复回。君不见，高堂明镜悲白发，朝如青丝暮成雪！人生得意须尽欢，莫使金樽空对月。天生我材必有用，千金散尽还复来。烹羊宰牛且为乐，会须一饮三百杯。岑夫子，丹丘生，将进酒，杯莫停。与君

歌一曲，请君为我倾耳听。钟鼓馔玉⑦不足贵，但愿长醉不复醒。古来圣贤皆寂寞，惟有饮者留其名。陈王昔时宴平乐，斗酒十千恣欢谑。主人何为言少钱，径须沽取⑧对君酌。五花马，千金裘，呼儿将出换美酒，与尔同销万古愁！

## 5038 三月十七日夜醉中作（宋·陆游）

前年脍⑨鲸东海上，白浪如山寄豪壮。去年射虎南山秋，夜归急雪满貂裘。今年摧颓⑩最堪笑，华发苍颜羞自照。谁知得酒尚能狂，脱帽向人时大叫。逆胡未灭心未平，孤剑床头铿⑪有声。破驿梦回灯欲死，打窗

---

① 笞搒（chī péng）：拷打。
② 惮（dàn）：害怕，畏惧。
③ 傥（tǎng）：同"倘（tǎng）"，如果，假使。
④ 飧（sūn）：指晚饭，亦泛指熟食。
⑤ 瓯（ōu）：盆盂类瓦器。
⑥ 将（qiāng）进酒：请饮酒。
⑦ 钟鼓馔（zhuàn）玉：形容富贵豪华的生活。
⑧ 径须沽（gū）取：那就应该买了来。
⑨ 脍（kuài）：同"鲙"，细切的鱼或肉。此处指把鱼或肉切成薄片。
⑩ 摧颓（cuī tuí）：摧折衰败，困顿失意。
⑪ 铿（kēng）：形容声音响亮。

风雨正三更。

## 5039 十五从军征（汉乐府）

十五从军征，八十始得归。道逢乡里人，家中有阿谁？遥看是君家，松柏冢①累累。兔从狗窦②入，雉③从梁上飞。中庭生旅谷，井上生旅葵。舂谷持作饭，采葵持作羹。羹饭一时熟，不知贻④阿谁。出门东向看，泪落沾我衣。

## 5040 十月二十八日风雨大作（宋·陆游）

风怒欲拔木，雨暴欲掀屋。风声翻海涛，雨点堕车轴。拄门那敢开，吹火不得烛。岂惟涨沟溪，势已卷平陆。辛勤艺宿麦，所望明年熟。一饱正自艰，五穷故相逐。南邻更可念，布被冬未赎。明朝甑⑤复空，母子相持哭。

## 5041 时雨（宋·陆游）

时雨及芒种，四野皆插秧。家家麦饭美，处处菱歌长。老我成惰农，永日付竹床。衰发短不栉⑥，爱此一雨凉。庭木集奇声，架藤发幽香。莺衣湿不去，劝我持一觞。即今幸无事，际海皆农桑。野老固不穷，击壤歌虞唐。

## 5042 松骥行（宋·陆游）

骥行千里亦何得，垂首伏枥终自伤。松阅千年弃涧壑⑦，不如杀身扶明堂。士生抱材愿少试，誓取燕赵归君王。闭门高卧身欲老，闻鸡相蹴⑧涕数行。正令咿嘤⑨死床箦⑩，岂若横身当战场。半酣浩歌声激烈，车轮百转盘愁肠。

## 5043 题竹石图（清·郑燮）

淡烟古墨纵横，写出此君半面。不须日报平安，高节清风曾见。

---

① 冢（zhǒng）：指坟墓，也指山顶。
② 狗窦（dòu）：指狗洞，也比喻坏人聚居之处，或戏称齿缺状。
③ 雉（zhì）：鸟名，外形像鸡，俗称野鸡，有的地方也叫山鸡。
④ 贻（yí）：赠送，或遗留。
⑤ 甑（zèng）：古代炊具，底部有许多小孔，放在鬲（lì）上蒸食物。
⑥ 不栉（zhì）：不束发。
⑦ 涧壑（jiàn hè）：指溪涧山谷，借指隐居处。
⑧ 蹴（cù）：踢或踏。
⑨ 咿嘤（yī yīng）：象声词，啼叫或啼哭声。
⑩ 床箦（zé）：指床和垫在床上的竹席，泛指床铺。

## 5044 我梦 (宋·陆游)

我梦入烟海，初日如金熔。赤手骑怒鲸，横身当渴龙。百日京尘中，诗料颇阙供。此夕复何夕，老狂洗衰慵。梦觉坐叹息，杳杳①三茆钟。车马动晓陌，不竟睡味浓。平生击虏意，裂眦②发上冲。尚可乘一障，凭堞③观传烽。

## 5045 无题 (唐·李商隐)

八岁偷照镜，长眉已能画。十岁去踏青，芙蓉作裙衩。十二学弹筝，银甲不曾卸。十四藏六亲，悬知犹未嫁。十五泣春风，背面秋千下。

## 5046 五更读书示子 (宋·陆游)

近村远村鸡续鸣，大星已高天未明。床头瓦檠④灯煜爚⑤，老夫冻坐书纵横。暮年于书更多味，眼底明明见莘渭。但令病骨尚枝梧，半盏残膏未为费。吾儿虽戆⑥素业存，颇能伴翁饱菜根。万钟一品不足论，时来出手苏元元。

## 5047 喜晴 (宋·范成大)

窗间梅熟落蒂，墙下笋成出林。连雨不知春去，一晴方觉夏深。

## 5048 夏日六言 (宋·陆游)

溪涨清风拂面，月落繁星满天。数只船横浦口，一声笛起山前。

## 5049 行路难 (唐·李白)

金樽清酒斗十千，玉盘珍羞直万钱。停杯投箸不能食，拔剑四顾心茫然。欲渡黄河冰塞川，将登太行雪满山。闲来垂钓碧溪上，忽复乘舟梦日边。行路难！行路难！多歧路，今安在？长风破浪会有时，直挂云帆济沧海。

## 5050 宣州谢朓楼⑦饯别校书叔云 (唐·李白)

弃我去者，昨日之日不可留；乱我心者，今日之日多烦忧。

---

① 杳 (yǎo) 杳：昏暗幽远的样子，引申指渺茫或隐约。
② 裂眦 (zì)：谓因发怒而眼睛睁得极大，眼眶似乎要裂开，形容极其愤怒的神态。
③ 堞 (dié)：城墙上齿形的矮墙。
④ 瓦檠 (qíng)：陶制的灯架。
⑤ 煜爚 (yù yuè)：光辉灿烂。
⑥ 戆 (gàng)：傻笨或鲁莽 (如戆头戆脑)。读 zhuàng 时表示憨厚而刚直。
⑦ 谢朓 (tiǎo) 楼：位于安徽宣城市区中心陵阳山上，是一座文化名楼。

长风万里送秋雁，对此可以酣高楼。蓬莱文章建安骨，中间小谢又清发。俱怀逸兴壮思飞，欲上青天揽明月。抽刀断水水更流，举杯销愁愁更愁。人生在世不称意，明朝散发弄扁舟。

## 5051 饮酒 (晋·陶渊明)

结庐在人境，而无车马喧。问君何能尔？心远地自偏。采菊东篱下，悠然见南山。山气日夕佳，飞鸟相与还。此中有真意，欲辨已忘言。

## 5052 游子吟 (唐·孟郊)

慈母手中线，游子身上衣。临行密密缝，意恐迟迟归。谁言寸草心，报得三春晖。

## 5053 雨夕 (宋·陆游)

岁旱连夏秋，客袂厌尘土。欣然成一笑，爱此清夜雨。瓦檠① 堕灯烬，铜碗起香缕。心清病良已，境寂句欲吐。东溪久枯涸，想象素蛟舞。分喜到沟池，游鱼命俦侣②。

## 5054 月下独酌 (唐·李白)

花间一壶酒，独酌无相亲。举杯邀明月，对影成三人。月既不解饮，影徒随我身。暂伴月将影，行乐须及春。我歌月徘徊③，我舞影零乱。醒时同交欢，醉后各分散。永结无情游，相期邈云汉。

## 5055 杂诗十二首

(晋·陶渊明)

其一

人生无根蒂，飘如陌上尘。分散逐风转，此已非常身。落地为兄弟，何必骨肉亲！得欢当作乐，斗酒聚比邻。盛年不重来，一日难再晨。及时当勉励，岁月不待人。

其二

白日沦西河，素月出东岭。遥遥万里辉，荡荡空中景。风来入房户，夜中枕席冷。气变悟时易，不眠知夕永。欲言无予和，挥杯劝孤影。日月掷人去，有志不获骋。念此怀悲凄，终晓不能静。

---

① 瓦檠（qíng）：陶制的灯架。
② 俦侣（chóu lǚ）：伴侣和朋友。
③ 徘徊（pái huái）：本指来回走动，比喻犹豫不决，也比喻事物在某个范围内来回起伏。

其三

荣华难久居，盛衰不可量。昔
为三春蕖，今作秋莲房。严霜
结野草，枯悴①未遽央②。日月
有环周，我去不再阳。眷眷③往
昔时，忆此断人肠。

其四

丈夫志四海，我愿不知老。亲
戚共一处，子孙还相保。觞弦④
肆朝日，樽中酒不燥。缓带尽
欢娱，起晚眠常早。孰若当世
时，冰炭满怀抱。百年归丘垄，
用此空名道！

其五

忆我少壮时，无乐自欣豫。猛
志逸四海，骞翮⑤思远翥⑥。荏
苒岁月颓，此心稍已去。值欢
无复娱，每每多忧虑。气力渐
衰损，转觉日不如。壑舟⑦无须
臾，引我不得住。前涂当几许，
未知止泊处。古人惜寸阴，念
此使人惧。

其六

昔闻长者言，掩耳每不喜。奈
何五十年，忽已亲此事。求我
盛年欢，一毫无复意。去去转
欲速，此生岂再值。倾家持作
乐，竟此岁月驶。有子不留金，
何用身后置！

其七

日月不肯迟，四时相催迫。寒
风拂枯条，落叶掩长陌。弱质
与运颓⑧，玄发早已白。素标插
人头，前途渐就窄。家为逆旅
舍，我如当去客。去去欲何之？
南山有旧宅。

其八

代耕本非望，所业在田桑。躬
亲未曾替，寒馁⑨常糟糠。岂期
过满腹，但愿饱粳⑩粮。御冬足
大布，粗䌷衣⑪以应阳。正尔不
能得，哀哉亦可伤！人皆尽获
宜，拙生失其方。理也可奈何，
且为陶一觞。

其九

遥遥从羁役，一心处两端。掩

---

① 枯悴（kū cuì）：憔悴，枯萎，也指枯
  燥乏味。
② 遽（jù）央：终尽或完毕。
③ 眷（juàn）眷：依依不舍的样子。
④ 觞（shāng）弦：杯酒弦歌。
⑤ 骞翮（qiān hé）：展翅。
⑥ 翥（zhù）：高飞。
⑦ 壑（hè）舟：比喻不知不觉中事物不
  停地变化。典出《庄子·内篇·大宗
  师》。
⑧ 运颓（tuí）：命运的衰落悲惨。
⑨ 寒馁（něi）：指饥寒。
⑩ 粳（jīng）：粳稻，稻的一种。叶窄，
  色浓绿，耐肥耐寒，不易倒伏，米近
  圆形，黏性强，胀性小。
⑪ 䌷（chī）：细葛布衣。

泪泛东逝，顺流追时迁。日没星与昴①，势翳②西山颠。萧条隔天涯，惆怅念常餐。慷慨思南归，路遐无由缘。关梁难亏替，绝音寄斯篇。

**其十**

闲居执荡志，时驶不可稽。驱役无停息，轩裳逝东崖。沉阴拟薰麝，寒气激我怀。岁月有常御，我来淹已弥。慷慨忆绸缪③，此情久已离。荏苒经十载，暂为人所羁。庭宇翳余木，倏忽④日月亏。

**其十一**

我行未云远，回顾惨风凉。春燕应节起，高飞拂尘梁。边雁悲无所，代谢归北乡。离鹍⑤鸣清池，涉暑经秋霜。愁人难为辞，遥遥春夜长。

**其十二**

袅袅松标崖，婉娈⑥柔童子。年始三五间，乔柯何可倚。养色含精气，粲然有心理。

## 5056 战厓山（清·梁季子）

厓山高高风怒号，海水不似浙江潮。覆舟而死千古憾，将军乃为国家三百余年忠节冠。德佑皇帝已一辱，尚留赵氏一块肉。负帝赴海陆秀夫，天下英雄同一哭。既葬祥兴帝，又葬杨太妃。断维夺港真男儿，收兵尚欲决雄雌。平章山下飓风起，将军一溺宋亡矣。非元亡宋宋自亡，自毁人毁理如此。只赢得将军光明磊落之一死，昭如皎日芳青史。君子临难不苟免，迫人谁作吠尧犬。大元元帅宋国民，张柔之子张弘范。

## 5057 昭君辞（隋·薛道衡）

我本良家子，充选入椒庭。不蒙女史进，更失画师情。蛾眉非本质，蝉鬓改真形。专由妾命薄，误使君恩轻。啼沾渭桥路，叹别长安城。夜依寒草宿，朝逐转蓬征。却望关山迥，前瞻沙漠平。胡风带秋月，嘶马杂笳声。毛裘易罗绮，毡帐代金屏。自知莲脸歇，羞看菱镜

---

① 昴（mǎo）：星宿名，二十八宿之一，是西方白虎七宿的第四宿。

② 翳（yì）：本指用羽毛做的华盖，后引申为起障蔽作用的东西或遮掩。

③ 绸缪（chóu móu）：紧密缠缚，连绵不断，情意殷切。

④ 倏（shū）忽：形容很快。

⑤ 鹍（kūn）：指中国古代民间传说中像鹤的一种鸟，或《鹍鸡曲》的省称。

⑥ 婉娈（wǎn luán）：指美貌，借指美女，亦指柔顺缠绵，引申为依恋、委婉含蓄。

明。钗落终应弃，鬟解不须萦。何用单于重，讵假阏氏①名。駃騠②聊强食，筒酒未能倾。心随故乡断，愁逐塞云生。汉宫如有忆，为视旄头星。

## 5058 治心 (宋·陆游)

治心无他法，要使百念空。秋毫作其间，有若海飓风。飓风孰能止，三日力自穷。我徐蹑其后，杲杲日出东。向来一噎者，毕竟谁为雄？万里静海氛，一望开天容。会从安期生，高会蓬莱宫。

## 5059 中秋夜大观园即景联句三十五韵 (清·曹雪芹)

三五中秋夕，清游拟上元。撒天箕斗灿，匝地管弦繁。几处狂飞盏，谁家不启轩。轻寒风剪剪，良夜景暄暄。争饼嘲黄发，分瓜笑绿嫒。香新荣玉桂，色健茂金萱。蜡烛辉琼宴，觥筹乱绮园。分曹尊一令，射覆听三宣。骰③彩红成点，传花鼓滥喧。晴光摇院宇，素彩接乾坤。赏罚无宾主，吟诗序仲昆。构思时倚槛，拟景或依门。酒尽情犹在，更残乐已谖。渐闻

语笑寂，空剩雪霜痕。阶露团朝菌，庭烟敛夕棔④。秋湍⑤泻石髓，风叶聚云根。宝婺⑥情孤洁，银蟾气吐吞。药经灵兔捣，人向广寒奔。犯斗邀牛女，乘槎⑦待帝孙。虚盈轮莫定，晦朔魄空存。壶漏声将涸，窗灯焰已昏。寒塘渡鹤影，冷月葬花魂。香篆销金鼎，脂冰腻玉盆。箫增嫠妇⑧泣，衾倩侍儿温。空帐悬文凤，闲屏掩彩鸳。露浓苔更滑，霜重竹难扪。犹步萦纤沼，还登寂历原。石奇神鬼搏，木怪虎狼蹲。赑屃⑨朝光透，罘罳⑩晓露屯。振林千树

----

① 阏氏 (yān zhī)：汉代匈奴单于和诸王的妻的统称。
② 駃騠 (jué tí)：亦作"駃騠"，古时良马名。
③ 骰 (tóu)：指骨制的赌具，俗称"色 (shǎi) 子"，也叫骰子。
④ 棔 (hūn)：指合欢树。
⑤ 湍 (tuān)：水流急，或急流的水。
⑥ 宝婺 (wù)：本为二十八宿之一女宿的别称，借指女神，也泛指对女性的美称。
⑦ 乘槎 (chá)：乘坐竹木编成的筏。
⑧ 嫠 (lí) 妇：寡妇。
⑨ 赑屃 (bì xì)：传说中一种像龟的动物，为龙之九子之一，旧时石碑的碑座多雕其形。也以之形容用力的样子。
⑩ 罘罳 (fú sī)：也作罦 (fú) 罳，指古代设在门外的一种屏风，也指设在屋檐下防鸟雀来筑巢的金属网。

鸟，啼谷一声猿。歧熟焉忘径，泉知不问源。钟鸣栊翠寺，鸡唱稻香村。有兴悲何继，无愁意岂烦。芳情只自遣，雅趣向谁言。彻旦休云倦，烹茶更细论。

## 5060 走马川行奉送封大夫出师西征 (唐·岑参)

君不见走马川行雪海边，平沙莽莽黄入天。轮台九月风夜吼，一川碎石大如斗，随风满地石乱走。匈奴草黄马正肥，金山西见烟尘飞，汉家大将西出师。将军金甲夜不脱，半夜军行戈相拨，风头如刀面如割。马毛带雪汗气蒸，五花连钱旋作冰，幕中草檄①砚水凝。虏骑闻之应胆慑，料知短兵不敢接，车师西门伫献捷。

---

① 檄 (xí)：即檄文，古时征兵的军书。也指用檄文晓谕或声讨。